VRは脳を
どう変えるか？

仮想現実の心理学

EXPERIENCE ON DEMAND:
WHAT VIRTUAL REALITY IS, HOW IT WORKS,
AND WHAT IT CAN DO
Jeremy Bailenson

スタンフォード大学 心理学教授
ジェレミー・ベイレンソン
倉田幸信・訳

文藝春秋

VRは脳をどう変えるか?　仮想現実の心理学　目次

序章　なぜフェイスブックはVRに賭けたのか？——9
私は二〇年にわたり、認知心理学の観点からVRを研究してきた。今のVRブームは、二〇一四年にフェイスブックが「オキュラス」を二〇億ドル超で買収したことから始まったが、実はその数週間前、マーク・ザッカーバーグは私の研究室を訪れていた。

第1章　一流はバーチャル空間で練習する——27
VR内での経験は、現実の経験と同様の生理学的反応を脳にもたらす。VRは人類の歴史上、最も強い心理的効果を持つメディアなのだ。では、これを学習に応用したらなにが起きるだろうか。NFLのチームで行った実験は、驚愕の結果をもたらした。

第2章　その没入感は脳を変える——67
VRでは一人称視点の暴力ゲームを作らない——ゲーム開発者は早々にこの結論に至った。ゲームであってもVR内の殺人はあまりに生々しく、罪悪感を残すからだ。VRは脳へ強烈な影響を与える。仮想世界で二五時間過ごした男にもある変化が起きた。

第3章　人類は初めて新たな身体を手に入れる――109
特殊な〝鏡〟を使えば、人間の脳はいとも簡単に仮想の身体を自分自身だと思いこむ。これをVRと組み合わせれば、年齢や人種の異なる人間はもちろん、別の動物の身体に移転することも可能だ。人類史上初めての事態に、我々の脳は対応しきれるのか？

第4章　消費活動の中心は仮想世界へ――147
宇宙から海底まで、誰でも簡単に旅ができるVRが普及することで、世界の消費活動は一変する。既に仮想世界で遊ぶための衣服・不動産・船などにあらゆる階層の人々が多額を投じ、巨大な経済圏が生まれている。これを軽視すると未来を見誤るだろう。

第5章　二〇〇〇人のPTSD患者を救ったVRソフト――181
同時多発テロ後、多くの人がPTSDに苦しんだ。治療にはトラウマの再現が有効だが、本人の記憶に頼る従来の手法ではあまり効果はなかった。そこである専門医は、テロ当日を緻密に再現したVRを作製。患者を再度、九月一一日のNYに送り出した。

第6章　医療の現場が注目する〝痛みからの解放〟 ——— 199

重度のやけど患者は治療で想像を絶する激痛を味わう。それはどんな鎮痛剤も効かないほどだ。だが治療中の患者にあるＶＲソフトをプレイさせると、劇的に痛みが和らぎ、脳の活動にも明確な変化が見て取れた。このＶＲ療法の登場に衝撃が走っている。

第7章　アバターは人間関係をいかに変えるか？ ——— 229

ユーザーの細かな表情や動きを仮想世界のアバターに反映させる技術は急速に進化している。誰もが仮想空間で交流し、通勤や出張が不要になる日も来るはずだ。だがあらゆるアバターは心理学に基づく印象操作を駆使して、表情や行動を偽装するだろう。

第8章　映画とゲームを融合した新世代のエンタテイメント ——— 267

ハリウッドではゲーム業界出身者が集まり、ＶＲを用いた全く新たな物語作品を作り始めている。ＶＲは没入感と引き換えに、一本道のストーリーには向かないという弱点がある。解決策として彼らが注目するのは、ＡＩを用いた〝ストーリー磁石〟だ。

第9章　バーチャル教室で子供は学ぶ　301

ハーバード大学では、一九世紀の町をインタラクティブに再現したVRを制作。当時の世界にタイムスリップして科学を学ばせる「VR社会見学」を中学生に体験させた。結果、生徒たちの学習意欲は大きく向上。VRは教育の世界も劇的に変えていく。

第10章　優れたVRコンテンツの三条件　327

かつては一部の専門家にしか扱えなかったVRも、今では誰でも簡単に入手できるようになった。既存のメディアとは全く異質で、測り知れない力を秘めたこの技術は、人類にとって諸刃の剣だ。その制作者は三つのルールを必ず守らなければならない。

謝　辞　345　ソースノート　351

訳者あとがき　361

ＶＲは脳をどう変えるか？　仮想現実の心理学

私が今まで出会った中で最も親切な天才、クリフォード・ナスに本書を捧げる。

序章　なぜフェイスブックはＶＲに賭けたのか？

私は二〇年にわたり、認知心理学の観点からＶＲを研究してきた。今のＶＲブームは、二〇一四年にフェイスブックが「オキュラス」を二〇億ドル超で買収したことから始まったが、実はその数週間前、マーク・ザッカーバーグは私の研究室を訪れていた。

マーク・ザッカーバーグは今まさに〝板〟の上を歩き始めようとしていた――。

それは二〇一四年三月のことだった。場所はスタンフォード大学バーチャル・ヒューマン・インタラクション研究所のマルチセンサー室。私はザッカーバーグが頭にかぶったヘッドマウントディスプレイ（ＨＭＤ）に最後の調整をしていた。ヘルメットのようにゴツい、この高価な装置が彼を別世界へと連れて行く。調整のため暗闇に包まれたザッカーバーグは、私の研究所が誇るＶＲ装置のスペックについてあれこれ質問してきた。顔をおおうディスプレイの解像度はどれくらいか、映像のフレームレート数はいかほどか――。この被験者は好奇心旺盛で専門知識も豊富だ。そのうえしっかりと予習もしてきたらしい。

ザッカーバーグが今日ここに来たのは、最先端のバーチャルリアリティ（ＶＲ）を体験したかったからだ。そして私も彼と話し合うのを心待ちにしていた。というのも、フェイスブックのようなソーシャルネットワーキングサービス（ＳＮＳ）がどのようにＶＲを活用すべきかについて、私なりの意見があったからだ。きわめて多くの活用方法が考えられる中で、私には「こう使うべきだ」という明確な意見があった。

有名人や企業幹部が足を運ぶ世界一のラボ

スタンフォード大学では、学生も教授も外の世界に目を向けるよう勧められる。研究成果を学会で発表するだけでなく、さまざまな意思決定者たちと成果を分かち合うよう背中を押されるのである。私もその種の積極外交をよく行っている。私のラボでしか味わえない高性能なＶＲを、有名人や企業幹部、外国高官やジャーナリスト、その他ＶＲに興味を持つ人々に体験してもらうことも多い。この日、私がザッカーバーグの訪問を心待ちにしていた理由は、彼が教育、環境、共感性研究といった分野で多額の慈善的投資を行っているからだ。我々のＶＲ研究の成果はまさにそうした分野ですぐさま役立つ。それを示したかったのである。

しかし、まずは最初に我々のラボのすごさを実感してもらわねばならない。訪問客にはたいてい最初に〝板〟を体験してもらう。優れたＶＲが生み出す強烈な臨場感を味わうのになにしろ効果的だからだ。我々のＶＲは非常に優れている。世界で最も優れたＶＲの一つと言えるだろう。床は実際にグラグラ動くし、被験者の両手の触覚に働きかける装置も備えている。二四個のスピーカーは空間の広がりを再現する音を伝える。高解像度のヘッドセットの側面にはＬＥＤがあり、実験室内にぐるりと設置されたカメラがこれを追跡することにより、被験者が室内を歩き回るにつれて変化する頭部と胴体の動きを把握できる。こうした情報すべてを取り込んで、双方向性を持つデジタルの〝場所〟を描き出すのだ。

被験者はそこで、人が考え付くほとんどすべてのことを体験できる。都市の中を飛び回り、サメと一緒に泳ぎ、別の生き物になり、火星の上を歩く――どんな場所であれ、プログラムさえ組めば仮想環境としてここに出現させることができるのだ。

ザッカーバーグも驚いた〝臨場感〟

ＨＭＤがオンになり、ザッカーバーグの目前にはふたたびマルチセンサー室の室内が出現した。ただし、現実にはそこにいる私やアシスタントたちの姿は消えている。ザッカーバーグに見えている室内は、はっきりとわかるほど解像度が低い。高精細度（ＨＤ）が登場する前のテレビといったところだ。とはいえ、ＨＭＤを着ける前に見えていたカーペットの床や目の前の壁、ドアなどはすべて描かれており、先ほどまで彼がいた部屋はしっかりと再現されている。ザッカーバーグは頭をあちこちに動かし、全体像をつかもうとしている。彼の視界の中ではすべてがなめらかに、現実と同じように動く。彼は数歩前へ進み、次は後ろへさがってみた。目の前数センチにひろがる〝ニセモノの世界〟は彼の動きに呼応する。「最高だね」とザッカーバーグ。

私は彼を、ある場所まで連れて行く（私はこの先も常にザッカーバーグの側に立ち、最後まで彼を監視している。というのも、仮想現実の世界を歩き回るとき、現実世界のモノにぶつかることがしょっちゅうあるからだ）。そして、制御室のアシスタントにプログラムを動かすよう指示を出す。「〝板〟を始めてくれ！」
　ザッカーバーグの耳に機械のうなり声が聞こえ、床が震えるのがわかる。仮想現実の中で彼の立っている狭い足場だけがはるか上空に上がっていく。彼が見ている世界は壁のモニターにも映し出されており、私にも仮想現実の景色が見える。今や彼は地上から三〇フィート（約九メートル）の高さにある、狭い足場の上に立っている。目の前には細い〝板〟があり、それが橋のように向こう側の足場へと繋がっている。板の長さは一五フィート（約四・五メートル）だ。ザッカーバーグはわずかに腰を落とし、知らず知らずのうちに片手で心臓を押さえた。「確かにこれは、かなり怖いね――」
　もし被験者のストレス・サインを計測していれば、心拍数が上がり、手のひらに汗をかいているのがわかっただろう。頭では自分が実験室の床の上に立っていると理解している。だが、彼を支配する感覚は、自分は落ちたら確実に死ぬ高さの足場に危ういバランスで立っている、と伝えてくる。今まさにザッカーバーグはＶＲの〝臨場感〟を全身で理解しつつある。それは仮想現実だけにしかない「その場にいる」という感覚なのだ。

息をのむ人、笑い出す人、恐怖に叫び出す人……

　私は二〇年近くＶＲの実験とデモを繰り返している。人が初めて仮想現実に取り囲まれて、その感覚を味わっている姿を何千回となく目にしてきた。反応はさまざまである。息をのむ人。楽しくて笑い出す人。プログラムの内容次第で、恐怖に叫び出すこともあれば、迫ってくる壁から身を守るため両手を突き出すこともある。

初老の連邦裁判所判事は、仮想の足場から〝転落〟した後、なんとか岩棚につかまろうと横っ飛びし、見事に実験室のテーブルに突っ込んだ。トライベッカ映画祭にＶＲデモを出展したときは、有名ラッパーのＱティップが〝板〟の上をハイハイで進んだものだ。多くの人は我々のＶＲを初めて体験すると、驚きでただあんぐり口をあけてその場に棒立ちになり、上下左右を見回す。突然自分の周囲に現れたこの世界が、デジタル製ながら抗いがたい現実感を持つことに驚嘆するのだ。

この切り立った足場の上に立つのはとても変わった感覚だ。自分ではどれほど覚悟ができているつもりでも、初めて体験するときはやはり不意打ちを食らったようなショックを受ける。このように考えてみてほしい。あなたは被験者として今から〝板〟の世界に投げ込まれ、ＶＲデモを体験するのだと知っている。気づいたらなにかの間違いでＶＲ装備を身に着けていた、という状況とは違う。つまりなにが起きるか事前に予期しているのだ。

それどころか、おそらくは自分の目の前で他の被験者が〝板〟を体験している様子を見て、それを面白おかしく感じてさえいたはずだ。彼らが切り立った足場に立ってどんな景色を見ているのか、その人の一人称視点を実験室のモニターで見ることもできる。被験者が重心を低くするために足を曲げ、バランスを取ろうと両手を水平に広げる姿をあなたは見ている。彼らはためらいながら、すり足で細い板を渡っているが、それはプログラムの中と被験者の脳の一部分——視界に映る幻影を現実のように解釈する部分——にしか存在しない。彼らは実験室の真ん中に立ち、天井から何本もコードがつながった不格好なヘルメットをかぶり、実際には存在しない奈落をのぞき込もうとおそるおそる身体を前傾させている――。

その姿は実のところ、かなり笑える。とはいえ、すぐにあなたもＨＭＤをかぶり、実験室の床の上に根の生えたように立ち尽くすことになるのだ。ちょっと前に何気なく横切った床は今や恐ろしい奈落となり、細い一本の板しか前に進む道はない。もはやどこにも笑えるところはない。足場から一歩踏み出して〝奈落〟の上に立ってごらん、と私があなたに声をかけても、全被験者の三分の一がそうであるように、その場から一歩たりとも動こうとしないかもしれない。

はるか遠くに住む友人や家族と同じ経験を楽しむ

ザッカーバーグはなんとか板を渡り切った。彼が見事に反対側の足場までたどり着いた後、私は別のプログラムを走らせて、彼のアバター（ＶＲ内の自分の分身）に三本目の腕を生やしてみた。ザッカーバーグは自分の本当の手足を微妙にひねることで第三の腕を自由に動かす術《すべ》を学んだ。次に彼はスーパーマンのように空を飛んだ。また、彼を老人の身体に移し替えてバーチャル・ミラーを見るよう指示した。そこにザッカーバーグが見たのは、自分とまったく同じ動きをする見知らぬ老人の姿だった。

私が別のプログラムを走らせると、彼はサメとなって珊瑚礁を泳ぎ回った。「サメになるのは悪くないね」とザッカーバーグ。そのあたりで時間切れになった。圧倒的なＶＲ体験はときに心身に大きな負担を与えることもあり、最も優れた装置を使っていても二〇分程度が上限だ。それ以上続けると眼精疲労や頭痛を引き起こしかねない。

ザッカーバーグの訪問時間は二時間の予定だった。我々は残りの時間、議論をして過ごした。私の研究テーマである「ＶＲが人間心理に与える影響」について話し、その結果ＶＲの独特のパワーを活用すればさまざまなこと――人間的に成長したり、共感力を高めたり、地球環境への関心を高めたり、仕事で生産性を上げたり――ができると、私がなぜ確信するに至ったかを説明した。他にも私たちは、ＶＲが教育の質を高め、より多くの人に教育機会をもたらすであろうことや、旅行する余裕のない人々のために新しい世界を広げ、山の頂上に行ったり地球の軌道上を漂ったり、または長い一日の終わりを静かなビーチサイドで過ごせるようになるだろうことを話し合った。そうした体験を、はるか遠くに住む友人や家族とでも一緒に味わえるようになるだろうと――。

ビデオ映像を観ることとの圧倒的な違い

イスに座ったまま、または狭い室内に立ったまま、目をおおうゴーグルを着けてデジタルの世界と交流することを〝経験〟と表現するのはいささか過大評価だと思われるかもしれない。経験とはなんであれ現実世界で起きるものだ。実際になにかをすることを伴うものだ。経験とは「なかなか得られないもの」であり、知恵を授けてくれるものであり、「最高の教師」なのだ。そのように昔から理解されてきた。経験に価値があると我々が考えるのは、この世界を知り、理解する最も強烈で効果的な方法は、事実や出来事と直接向かい合うことだと知っているからだ。

確かにメディアを通した経験も我々に影響を与えることはあるが、実際の経験よりはるかにその力は弱い。この点は認めざるを得ないだろう。現実の世界と、薄められて抽象化された「現実もどき」との間には巨大な差がある。映画やビデオゲームのような複数の感覚器官に訴えるメディアでさえ、私たちは現実との違いにいとも簡単に気づく。そこに異論はない。

ところが、「現実の経験」と「メディアを通した経験」とのギャップは、VRによってこれまでよりずっと小さくなる。VRは実際の経験とそっくり同じではないものの、これまで存在したいかなるメディアよりもはるかに強い心理的影響力を持つため、我々の生活を劇的に変えることになりそうだ。クリック一つで瞬時に経験を呼び出すことが可能になる。それもあらゆる種類の経験を、である。自室のイスに座ったまま、一分後にはスカイダイビングをしているかもしれないし、古代ローマの遺跡にいるかもしれない。はたまた、海の底を散歩しているかもしれない。近い将来には、こうしたことを離れた場所にいる家族や友人と一緒に、または出会ったばかりの地球の反対側にいる人々と一緒に経験できるようになるだろう。

VRによって我々は、滅多にできない経験ができるだけでなく、見るのが不可能なものを見たり、空想の世界にしかないものを見たり、現実世界を今までと違う視点から見ることもできるようになる。今の想像力の限界を超えた場所まで知性を広げることができるのだ。極小の身体になって細胞核を内側から観察したり、巨大な身体になって宇宙に漂い、惑星を手で摑むこともできる。アバターを通して別の人種や性別になったり、ワシやサメの視点で世界を見ることもできる。

VRを経験することとビデオ映像を観ることには、一つの大きな質的な違いがある。「現実のように感じられるかどうか」という点だ。優れたVRはその経験が現実のように感じられる。適切な条件下で高品質のVRを経験すれば、どのような種類のコンテンツ——劇的、美的、暴力的、感動的、性的、教育的、その他どんなものでも望むままだ――であろうとも非常に現実的で、没入することができる。そのため、現実世界の実経験と同じように、根本的でしかも永続的な変化を我々にもたらす可能性を秘めている。

どんな危険が潜んでいるのか？

この日、ザッカーバーグが研究所にいる間、我々はＶＲの落とし穴についても話し合った。世の中を変える技術には例外なくリスクがある。ＶＲはどんな危険を使用者の心と体にもたらしうるか、そしてＶＲが広く普及した暁には、ある種のＶＲ経験が我々の社会や文化に有害な影響を与えるであろうことなども議論した。

私はザッカーバーグに対し、魅惑的な空想の世界、すなわちポルノやゲームの中毒が広がったせいで今でも社会的コストが発生しているが、ＶＲのような強力で没入型のメディアが普及すればそのコストは何倍にも増えるだろうと警告した。また、つまらないことながら危険性では決してあなどれない問題として、ＨＭＤをかぶってＶＲ世界に没入したあげく、壁やテーブルにぶつかる人が何百万人単位で生まれるという危険も指摘した。

フェイスブックは「オキュラス」を巨額で買収

私がザッカーバーグと会った数週間後、フェイスブックはテクノロジー業界に衝撃を与えた。

クラウドファンディングで起業した「オキュラス」という小さな会社を二〇億ドル超で買収したのだ。オキュラスを創業したのは独学で工学の知識を身に付けた二一歳の青年で、天才的なHMDの作り手マーク・ボラスの指導を受けたこともある人物だ。

フェイスブックが買収した時点で、オキュラスはすでに一部の専門技術者やゲーマーの間では有名だった。というのも買収の数年前、同社はスマートフォンに簡単に取り付けられる軽量で優れたHMDの試作品「オキュラス・リフト」を、素晴らしいプログラムとともに開発し、世間のVRへの関心を再燃させた実績があるからだ。シリコンバレーに大きな影響力を持つベンチャーキャピタル、アンドリーセン・ホロウィッツの投資家クリス・ディクソンはこう書いている。「新技術のデモを見て、今まさに未来を垣間見ているのだと興奮したことは人生で数えるほどしかない。アップルⅡ、ネットスケープ、グーグル、iPhone、そして最後にオキュラス・リフトだ[1]」

この新しい消費者向けVR装置の性能は、私のラボにあるような最高品質のハードウェアと比べれば劣っているものの、それまでの消費者向けVR装置が悩まされていた性能上の大きな問題、すなわち気持ち悪さを生み出すラグを解消できるだけの性能はあった。そしておそらく、VRを消費者用メディアとして立ちいかせるためにより重要なのは、オキュラス・リフトの製造コストが三〇〇ドル程度だったことだ。研究所で使われる高級HMDの三万ドルと比べればはるかに安い。これまで何度か〝夜明け〟が来たと勘違いさせられたが、今度こそ本当に、ちゃんと使えるお手ごろ価格のVRの時代が到来したのである。

フェイスブックが巨額でオキュラスを買収した二〇一四年からのわずか数年間で、VRをめぐる数多くのイノベーションや進歩が生まれ、関心も高まってきた。その勢いは、私がＶＲを研究し始めてから二〇一四年までの二〇年間に見てきたものを凌駕するほどだ。しかもそれは今でも加速を続けている。ザッカーバーグが我々の研究所を訪れた頃、ＶＲを体験できるのは限られた人だけだった。大学や軍事施設、病院や企業など、ＶＲの研究を行っている施設か、もしくは研修や工業デザイン、医療訓練などさまざまな目的でＶＲを利用している施設に縁のある人だけだった。

その後二〇一四年後半にはグーグルが〝段ボール製〟のＶＲキット「カードボード」を一〇ドルという安値で発売し、最新型スマートフォンを持っていれば誰でもそれをＶＲのヘッドセットにできるようになった。限られたことしかできないが、それでも十分に人を驚嘆させるだけのＶＲ体験が、信じられないほど安価に得られるようになったのだ。サムソンも同じようなシステムを「ギア」の名前で発売した。こちらは独自の回転追跡システムを装備しているためすこし割高だった。

「カードボード」や「ギア」で観られるのは、単なる三六〇度視界の映像であり、極めて限定的な没入体験しかできない。そのような入門レベルの装置をＶＲと言えるかどうかは議論の余地があろう。厳密に定義すれば、モーショントラッキング（動作追跡）の仕組みと、動き回れるデジタル世界が伴わなければＶＲとは呼べないという考え方もあるだろう。

だが本書ではＶＲの定義を広くとらえ、現時点で入手できるさまざまな没入型体験装置もＶＲに含めたいと思う。

グーグル・グラスの失敗は繰り返さない

二〇一六年の感謝祭シーズンは私に不思議な感覚をもたらした。というのも、この時期には全米で誰もが釘付けになり、私も昔から見続けている大人気のアメリカンフットボール番組でいろいろなＶＲの広告が流れたからだ。一年前から売り出されているサムソン・ギアだけでなく、「デイドリーム」と名付けられたグーグルのＶＲシステム第二弾や、ゲームを変えると訴えるソニーのプレイステーションＶＲなどだ。ソニーに至ってはタコベルとの共同販促キャンペーンを打っていた。これこそＶＲが本当に主流商品になったことの証左ではないかと私には思えた。

高級品に目を移せば、本格的なテック・マニアやゲーマー向けの高価なＶＲシステム（ＶＲを動かすための高性能ＰＣを含めて二〇〇〇ドル程度）もまさに販売直前だった。ＨＴＣ「Ｖｉｖｅ」や待ちに待った「オキュラス・リフト」がこの分野のトッププランナーだ。「カードボード」や「ギア」のように、使用者があまり活発に動けない受け身のＶＲシステムと違い、こうした高級品は没入感が強く、私のラボに近い体験ができる。こうしたシステムには、ゲームコントローラーであると同時に使用者の触覚に訴える〝触覚型デバイス〟も含まれ、デジタル世界と双方向の関わりを持てる。

ＶＲの世界に関わる者にとって今はまさにエキサイティングなときだ。前述のような優れたハードウェアが突如として現れたことで、芸術家や映画監督、ジャーナリスト、その他さまざまな分野の人々がこの新しいメディアの使い方を模索し始めている。これはＶＲの創造的利用法やコンテンツが爆発的に増えるきっかけとなる。投資家もまた強気だ。テクノロジー分野に特化した投資グループは、ＶＲが今後一〇年間の主流をなす技術であり、六〇〇億ドルの価値があると予想している。(2)

だからと言って、今から数年かかるであろうＶＲの普及期がなんの問題もなくスムーズに運ぶと断言したいわけではない。ＶＲに大きな技術的な壁などもうないと言いたいわけでもない。高級ＶＲは値段が高すぎるし、ヘッドセットはいまだに重くてかさばるため装着感は悪い。目の前数センチの画面に焦点を合わせるため、プレイし過ぎると眼精疲労を起こし、中には〝ＶＲ酔い〟の症状になる人もいる。デジタル世界を歩き回り、真の没入感を味わえる「一部屋サイズ」のＶＲには、それ専用の部屋を用意する必要があり、それが無理ならそれなりに広い空きスペースが必要だが、自宅にそんな場所がある恵まれた人などめったにいないだろう。これらの問題はＶＲを一般消費者市場に送り出すためにクリアすべきハードルのほんの一部であり、ＶＲ設計者の苦労は今も続いている。だが、ここ数年のおそるべき技術進歩を見る限り、こうした課題はいつか乗り越えられるだろう。

次に来るのは実際に機材を身に着ける際の問題だ。発売前から話題沸騰だったグーグルの拡張現実（ＡＲ）型アイウェア〝グーグル・グラス〟は結局市場に受け入れられず、その失敗例を挙げて「誰もゴーグルなんて着けやしないよ」と言う人もいる。ただ、人々がグーグル・グラスにうんざりしたのは、常に映像と音声を記録し続けられるという不気味な機能のせいだ。さらに、現実世界でなにかをしながら同時にＥメールもチェックできるというのが反社会的だと見なされたせいでもある。

一方、ＶＲは人々の日常生活にまで入りこもうという大それた狙いはない。少なくとも近い将来は、ＶＲヘッドセットはパソコンやゲーム機の横に置かれ、日常生活とは切り離された時間の中で使われるだろう。ネットの記事にＶＲコンテンツが追加されたり、自分の兄弟から甥っ子の入学式のＶＲビデオが送られてきたり、大好きなスポーツの試合をＶＲで臨場感を味わいながら鑑賞するといった使い方だ。ＳＮＳもＶＲ化し、仮想空間で他人と交流することもあろう。いずれの場合も、せいぜい一五分ほどＶＲヘッドセットを身に着けるだけだ。

インターネットを使うのにゴーグルのようなヘッドセットを身に着けるなんて風変わりに思えるかもしれない。だが、ほんの数年前を考えてほしい。みながスマホ画面を凝視したり、スカイプでチャットしたり、ばかでかいノイズキャンセリング・ヘッドホンを着けて街中を歩いている様子はやはり風変わりに思えたはずだ。人々がひとたびＶＲ経験のすごさを知れば、ＨＭＤの奇妙さなど消え失せるだろう。

私たちはまだＶＲをどう使うべきかわかっていない

こうしたことすべてはなにを意味するのか――それは、多くの専門家が予想していたより早く、ＶＲによる没入体験を莫大な数の消費者が味わえるようになるということだ。ＶＲを二〇年にわたって研究してきた私が断言するが、これはけっして小さな話ではない。ＶＲというのは、映画を３Ｄにしたり、テレビ映像を白黒からカラーにしたり、といった既存メディアのバージョンアップとは根本的に話が違う。ＶＲは過去に存在しなかったまったく新しいメディアであり、他のメディアにはない独自の特徴と心理的効果を持ち、我々が身の回りの現実世界や他人と関わる方法を完全に変えてしまうのである。

このようなまったく新しい技術とコンテンツが今後わずか数年で世間に広く普及しようとしているのに、ＶＲ技術の仕組みやそれが脳に与える影響、ＶＲがなにに役立つのかといったことを理解している人はほとんどいない。これこそ、私が本書を書こうと思った理由である。

本書の目的はＶＲ技術の最新トレンドを伝えることではない。猛烈なスピードでトレンドが動いているＶＲの世界でそんなことをするのは馬鹿げている。だが、そもそもＶＲになにができるのか、そして我々はＶＲになにをしてほしいのか、といった点を一度立ち止まってじっくり吟味するには今がちょうどいいタイミングである。そこで本書では、なるべく大きなテーマに焦点を当てていきたい。これまでのどんな技術よりも強い力で我々を仮想世界に引き込み、その世界とやりとりしたりそこで暮らしたりできるＶＲという技術は、我々にいったいなにをもたらすのか――。とくにその技術の建設的な使い方を中心に、大きな青写真を描いてみたい。

もちろん、現在進行形で発展中の技術が我々の文化にこの先どんな影響を及ぼすかを予測するなど、控えめに言っても大ばくちだ。それを実感したのは、二〇一六年、アップルの共同創業者スティーブ・ウォズニアックが出席したＶＲの公開イベントに参加したときだ。ウォズニアックはＶＲに夢中である。初めてＨＴＣ「Ｖｉｖｅ」を体験したときには鳥肌が立ったという。だが彼は「使い方を具体的に決めすぎる」危険について語った。アップルの創業時にスティーブ・ジョブズと二人でアップルⅡを生み出したときのエピソードを教えてくれたのだ。二人はアップルⅡを「コンピュータ・マニア向けの家電製品」だと考えていた。ゲームで遊んだり、キッチンに置いてレシピを呼び出したりといった使い方を予想していた。だがふたを開けてみれば、アップルⅡは予想もしていなかった分野で大いに役に立ったのである。表計算ソフトが開発され、突如として人々が自宅で仕事をできるようになったときからアップルⅡの売り上げは爆発的に伸び始めた。ウォズニアックとジョブズは、アップルⅡがなにに使われるかという点を見誤っていたのだ。なにか革命的なモノを生み出したことは二人ともわかっていた。しかしその革命の本当の意味はわかっていなかった。

ＶＲにもこれと同じことが当てはまるだろう。初めてＶＲを体験した人はほぼ例外なくこの技術の意義と重要性に衝撃を受ける。それにもかかわらず、我々はまだＶＲをなにに使うのが一番よいのか手探りしている状態だ。九一歳になる私の祖父はこの問題を見事に一言で表現した。長年の説得の結果、ついに私は祖父にオキュラス・リフトを装着させ、いくつかのデモを体験させることができた。数分後、それほどの感銘も受けずにデモプレイを終えた祖父は肩をすくめて言った。「私はなにをすればいいんだ?」――。決して馬鹿にするような口調で言ったわけではない。ただ祖父は、この驚くべき技術をなんのために使うのか、その意味をなんとか理解しようと努力していたのだ。

ＶＲは瞬時に世界中に普及し、かつてないチャンスと危険をもたらす

消費者向けＶＲの普及はある日一気にやってくる。二年後かもしれないし、一〇年後かもしれない。だが、安価で高性能なＶＲ技術が一般大衆に普及すれば、コンテンツへの活発な投資も同

時に起き、その結果なだれのような利用法の洪水が生まれる。我々の生活のあらゆる側面にＶＲが関わるようになるだろう。一部の研究者や医者、産業デザイナー、パイロットといった人々だけが何十年も知っていた強力なＶＲの効果を、今後は芸術家やゲームデザイナー、映画監督、ジャーナリストたちも自分の道具として使えるようになる。最終的には一般の人々も、ソフトウェアの助けを借りて自分の好きな独自のＶＲ経験を設計できるようになるだろう。

だが現時点では、ＶＲは混沌としており人々に正しく理解すらされていない。したがって、人類の歴史上で最も心理的に強い効果を持つメディアであるＶＲは、初期段階のテストさえぶっつけ本番で行うことになる。実験室ではなく、世界中のリビングルームで。

この技術の具体的な使い方をどうするのか、それを決めるのは我々一人ひとりの役割である。本書では、一歩退いて広い視点からＶＲの利用法を読者に考えてほしい。ゲームや映画といったわかりやすい目先の娯楽に目を奪われず、人生を変えるようなＶＲの利用法を考えてほしい。ＶＲはそうした可能性を持っている。

そして読者には、ＶＲを一つのメディアとしてとらえてほしい。そのため本書では、二〇年にわたる研究を通して私が知ったＶＲの強烈な影響力を解説する。というのも、今のよちよち歩きの段階から次のステージに進んだとき、責任ある使い方ができるよう、考えうる中で最良のＶＲ経験を創り出し、選べるようになってほしいのだ。自分自身を、そして世界を、今よりも良くするようなＶＲ経験をみんなで生み出したい。それが私の願いだ。そして、責任ある使い方をするためには、まず使うもののことを知らねばならない。

メディアの歴史の中で、今のような時期はかつて一度もなかった。ＶＲという、強力な効果を持った歴史の浅い技術が、産業界や学界の実験室から世界中のリビングルームへと進出しようとしている。ＶＲで可能になる驚異的な体験への興奮が冷めもしないうちに、間違いなくＶＲは瞬時に世界中に普及し、かつてないチャンスと危険をもたらすことになろう。我々はこの新技術についてなにを知っておく必要があるのか。最良の使い方はなにか。心理面への影響はどうか。倫理的に許されない使い方の基準をどう決めるべきだろうか。その具体的な中身はどうするのか。学び方や遊び方、他人と関わる方法はどう変わるのか。ＶＲは人々の自己認識をどう変えるのだろうか――。

ＶＲでの経験をなんでも無制限に選べるようになったとき、我々は一体どんな経験を選ぶのであろうか。

第１章　一流はバーチャル空間で練習する

ＶＲ内での経験は、現実の経験と同様の生理学的反応を脳にもたらす。ＶＲは人類の歴史上、最も強い心理的効果を持つメディアなのだ。では、これを学習に応用したらなにが起きるだろうか。ＮＦＬのチームで行った実験は、驚愕の結果をもたらした。

それは、その日だけで何十回と繰り返された攻撃開始の瞬間だった。

ＮＣＡＡ（全米大学体育協会）公認の大学アメリカンフットボール大会「フォスターファームス・ボウル」の二〇一四年大会。スタンフォード大学のＱＢ（クオーターバック）、ケビン・ホーガンはメリーランド大学〝テラピンズ〟と対戦していた。コーチたちはホーガンに、単純なランニング・プレイである〝９５Ｂａｍａ〟でいくよう指示していた。このプレイでは、ホーガンがランニングバックにボールを渡した後、ワイドレシーバーが相手チームのセーフティ（守備側の後方のポジション）の一人を必ずブロックしなければならない。

だが、両チームが位置についてプレイが始まる直前、ホーガンは相手チームの守備フォーメーションに微妙な変化が起きていることに気づいた。そのプレイに不可欠なブロックができなくなるように、相手チームのセーフティたちが位置を変え始めていたのだ。攻撃開始《スナップ》までわずか数秒しかないが、もしホーガンがプレイの内容を変えなければ、そのセーフティはブロックを受けないまま、ボールを持ったランニングバックを止めてしまうだろう。そうなればスタンフォード大学は大きな痛手をこうむる。

現場での臨機応変な意思決定は、優れたQBには欠かせない。そこでホーガンは当初のプランを捨てて別のランニング・プレイを選んだ。そのプレイなら、味方のランニングバックであるリマウンド・ライトが敵の守備フォーメーションに新しくできた穴を突くことができる——。

結果はスタンフォード大学の三五ヤード・ゲイン［オフェンス側がボールを前進させること］になった。ホーガンはこの日、こうした判断を何百回と繰り返し、スタンフォード大学の圧勝に貢献した。試合後にホーガンは記者に聞かれた。なぜ例のプレイで一瞬にして作戦を変え、チャンスを生み出す判断ができたのかと。ホーガンは「簡単でした」と答えている。なぜなら彼はメリーランド大学テラピンズの奇襲作戦に慣れていたからだ。ホーガンは彼らの奇襲作戦をQBの視点で数え切れないほど経験していた。スタンフォード大学がシーズン開幕当初から導入した、VR練習プログラムの中で(1)。

作戦や戦略を〝インストールする〟アメフト選手たち

大学やプロ・リーグで行われる一流のアメリカンフットボールと言われて思い浮かぶのは、鍛えられた肉体の荒々しいぶつかり合い、そして息をのむような運動神経の美技だ。アメフト・ファンが毎週末、数時間テレビに釘付けになってなにを楽しむのかといえば、それは激しいタックルやバレエのような美しいキャッチ、熟練のタッチダウン・パスといった抜群の運動能力である。スポーツ専門チャンネルやユーチューブのハイライト集でファンが見るのもこうした映像であり、アメフトの試合は肉体面ばかりが強調される。それゆえ、最高レベルのアメフトの試合がコーチ陣だけでなく選手にとってどれほどの頭脳を必要とするか、熱心なファン以外はまったく気づかない。

アメフトというスポーツでどれほど知性が重要かを知るには、チームの練習風景を見ればいい。ほとんどのチームスポーツでは反復練習や紅白戦などをメインに行うが、アメフト選手の練習風景はそれと異なりもっと無味乾燥だ。ほとんどの時間はプレイブック［攻撃や守備における各選手の動き方を図解入りで記した作戦集］を熟読し、試合のビデオを観て過ごす。監督・コーチ陣の考えた、細かく調整された多彩で現代的なオフェンス戦略を記憶するのである。

アメフト業界では、こうした作戦や戦略を暗記することを〝インストールする〟と言う。あたかも選手が人間コンピュータであり、新しいＯＳをダウンロードするかのように。だが実際は、選手はコンピュータではない。オフェンス戦略を記憶するには受け身の訓練ではなかなかはかどらず、長時間の集中した厳しい学習が必要になる。シーズンの始まる夏から翌年の冬にかけ、日曜を除く毎日、選手は練習前の早朝や寝る前の時間を学習にあて、何度も何度も反復する。こうした複雑な作戦を、いざ試合となれば無意識に実行できるほど頭に染みこませるには、それ以外の方法はない。

作戦を正確に覚え、それをきちんと実行できるかどうかにチームの勝利はかかっている。だからこそ、巨大ビジネスでもあるアメフトの大学リーグやプロ・リーグにおいて、この学習プロセスを少しでも改善しようと各チームが多くの時間と資金をかけるのは当然なのだ。そして、きちんと記憶して実行する責任が誰よりも重いのはＱＢである。

一試合ごとに一七〇種類の作戦を頭に詰め込む

ここでＮＦＬ（全米フットボール連盟：アメリカで最上位のプロ・リーグ）に属するアリゾナ・カーディナルスのベテランＱＢ、カーソン・パーマーを例に、ＱＢの一週間の仕事を見てみよう。シーズン中は特別なことがない限り毎週、彼はコーチ陣と一緒になって、まずは週末の対戦相手用のプレイブックに記された二五〇のプレイを一七〇にまで減らす。[2] その一七〇種類の作戦をすべて学習し、頭に刻み込まねばならない。

覚えるのは基本となるフォーメーションや各選手の位置と動きだけではない。関連情報も覚えるのだ。今週末の対戦相手はどんなディフェンス戦略をとる見込みが高いか、相手が別のディフェンス戦略を選んだらパーマーはどう反応すべきか、パス・プレイの場合、ＱＢはパスを出す相手として最初にどのレシーバーを見るべきか、そしていざというとき最後に頼れるレシーバーは誰か――。

このように、あれやこれやの偶発的な展開まで覚えなければならない。しかもそれぞれのプレイごとに、である。めまいがするほどの情報量であり、日曜日の試合開始までにすべてを頭に刻み込むためには、厳しい詰め込み型の勉強を休みなく続けなければならない。シーズン中、パーマーやその他のトップレベルのＱＢたちは、わずか一週間後に迫った学年末試験に向けて猛勉強する学生のようなことを毎週繰り返している。しかもその「学年末試験」は何千万人もの人々に向けて放映され、翌日にはスポーツ専門チャンネルやラジオの解説者たちに容赦なく徹底分析されてしまう。

パーマーの勉強漬けの一週間は通常、火曜の夜に始まる。日曜（月曜のこともある）の対戦相手用に用意されたプレイブックをコーチ陣から渡されるのだ。チームは水曜から金曜にかけての練習で、このプレイブックに記されたプレイを一通り行う。

従来はこの練習の様子をビデオ撮影してコンピュータに取り込み、プレイごとにリスト化していた。そうすれば各選手は練習後も自分のパソコンやタブレットでプレイを振り返り、暗記するまで繰り返し復習できるからだ。

だが、二〇一五～一六年のシーズンから、アリゾナ・カーディナルスはこれに加えてVRトレーニングを導入した。二〇一四年にスタンフォード大学のケビン・ホーガンが使ったのと同じシステムである。今ではパーマーは毎朝毎夕、練習の前と後にHMDを装着し、練習中に自分の後頭部に装着していた三六〇度カメラで撮影したプレイ映像を見返している。自宅に帰ってもHMDをかぶれば、その瞬間に練習場へとワープする。自分自身の視点で、実際に見た練習場の風景とほぼ同じ映像が再現されるのだ。

パーマーだけでなく、プロ・リーグや大学リーグ、さらには高校リーグにさえ、同システムを練習に利用するQBは増えつつある。彼らにとってVRは文字通り「ゲーム・チェンジャー」なのだ。

VRの登場によって、タブレットPCもビデオも「太古の技術」になった

ベテラン選手であるパーマーは、選手人生の中で数々のテクノロジーを見てきた。一九九〇年代に高校の選手だった頃、彼は昔ながらのプレイブックを使っていた。三つ穴式バインダーに綴じられた数百ページの紙にXやOで戦略が図示されていたものだ。当時すでにビデオは一般的な技術で、練習や試合の様子は高い位置にある記者席からビデオカメラで撮影できた。そのビデオテープは後から見返して理解を深めたり批評したりするのに使われた。

こうした基本的な技術はパーマーがキャリアを積み重ねていく間もあまり変化しなかった。それでもビデオ映像の品質は良くなり、撮影に使うカメラの数は増えた。彼が南カリフォルニア大学のアメフト選手として活躍していた頃には、テレビ局は試合の映像を複数のカメラで撮影するようになっており、後で試合を振り返る際に視点を変えたりクローズアップで見ることが可能になった。しかし同時に問題も起きた。アナログ方式の映像が大量に撮影された結果、特定のプレイを探し出すのが大変な作業になったのだ。パーマーはアナログのベータカム・テープを使っていた時代のイライラを今でも覚えている。

「ファーストダウンでもいいし、レッドゾーンやファースト・アンド・テンのときでもいい。なんであれ一つのプレイを見たいと思ったら、ビデオテープの山を全部調べなきゃならないんだ」とパーマーは私に語った。「今みたいにデジタル化された映像カタログなんてなかったからね。今なら観たいプレイのキーワードをタイプして〝ポン！〟でもう観られる。これは本当にものす

ごい進化だよ」

私がパーマーに話を聞いたのは二〇一六年六月、カーディナルスの短期トレーニングキャンプの終盤だった。その数ヶ月前に終わったシーズンで、彼はアメフト選手として長いキャリアの中でも最高の成績を残した。アリゾナ・カーディナルスはチーム史上最高となるNFL優勝決定戦まで駒を進め、チームの成績も最高記録を達成した。その原動力となったのがパーマーの活躍だった。私はVRを研究する科学者として、またパーマーが使っているVRシステム「STRIVR」を設計した会社の共同創業者として、彼がVRで経験したことを詳しく聞きたかった。そして、なぜ彼がVRのおかげで選手として成長できたと感じたのかを知りたかった。

大活躍した前シーズン、パーマーはいくつかの記事でVRトレーニングについて語っており[3]、そのコメント内容から私はパーマーがVRを大いに評価していると知っていた（その記事はSTRIVRのオフィスで大人気だ）。「これには完全にやられた。文字通り、週に六日間使っている。毎週繰り返す試合の準備にもはや欠かせない存在だよ[4]」――彼はスポーツ専門チャンネルESPNの記者にVRについてこんなコメントをしていた。

私がパーマーに聞いたのは、彼が選手として利用してきた他の技術と比べてVRはどうなのかという点だ。彼はプレイブックやタブレットPC、試合の映像までも含めたこれまでの技術を「太古の技術」と表現した。

「他人のプレイしているビデオを観たり、図解やOHPを見るのよりもはるかにVRは役立つ。……間違いなく練習のためになっているし、非常に複雑な作戦を覚える手助けになる。しかも短時間で覚えられる。VRがなければ選手としてここまでの評価は絶対に得られなかったね」

そしてパーマーはこう付け加えた。「経験っていうのは、ものすごく役に立つんだ」

仮想現実の「臨場感」に乗っ取られたニュースキャスター

現実世界では、自分が動けば周りも変化する。木に近寄れば、その木は大きく見える。テレビのある方へ耳を向ければ、音は大きく聞こえる。壁に触れれば、触った瞬間に押し返す力を指が感じる。物理的な動きはすべて、それに応じた新しい情報を五感にもたらす。このようにして人間は熊を避け、仲間を見つけ、何千年もの間この世界を巧みに動き回ってきた。

優れたVRは現実との境界線が目立たず、その仮想世界は現実世界とまったく同じように変化する。インターフェイス（機械と利用者の接触面）は存在せず、小道具もなく、ピクセルの凸凹もない。HMDを装着した瞬間にはどこか別の場所にいる。プログラムによってどこに連れて行かれたとしても、〝その場にいる〟という感覚がある。研究者が「心理的臨場感」と呼ぶこの感覚こそ、VRの最も基本的な特徴である。その感覚が生じると、あなたの運動機能と認知機能は現実世界に対するのと同じように仮想世界と相互作用する。カーソン・パーマーがビデオよりVRのほうが短期間にプレイブックを暗記できたのも、この臨場感に理由がある。〝その場にいる〟という感覚こそ、VRの必須条件なのだ。

実際に作動しているVRの臨場感がどれほどのものか、実例を一つご紹介しよう。二〇一五年に大手テレビ局がニュース番組用に私のラボを取材した。番組でおなじみの某ニュースキャスターがHMDを装着して一〇種類ほどのデモを体験し、その様子をカメラクルーが三方向から同時に撮影していた。

その日一番〝絵になった〟のは、「地震」と呼ばれるデモだった。VRの中で体験者は工場の床に立っており、周囲には木箱が天井まで高々と積み上げられている。木箱は一つひとつが机くらいの大きさで、かなり乱雑に積み上げられているのでバランスが悪い。それがあなたの前後にあり、それぞれ三メートルほどの高さになっていると考えてほしい。大きな地震を経験したことがある人なら、これが悪い知らせだとわかるだろう。

一方で、良い知らせもある。この工場では体験者の左側にきわめて頑丈な鉄製のテーブルがあり、大人がそこにもぐりこめるほどの高さもある。そう、これは昔ながらの標語「グラッときたら身の安全」を具体化したデモなのだ。我々はサンマテオ郡の消防署長からの依頼でこれを作成した。地震を無事に切り抜ける方法を、身体に覚え込ませようというアイデアだ。要するに地震サバイバル・シミュレーターだと思ってほしい。

さて、ニュースキャスター氏はHMDを身に着け、周囲を見回している。

「地震にあった経験は？」と私。

「ないですね」と彼が答えたので、左側にテーブルがあることを確認させる。「あなたの命を救うのはそれですよ」

それから私はキーボードの〝Q〟ボタンを押してプログラム内で地震を起こした。ラボの床は非常に剛性の高い金属でできていて、振動を伝える設計になっている。その床がぐらぐらと揺れ始めた。特別設計のサラウンドスピーカー・システムからは「ゴーッ」という大音響がとどろく。キャスター氏が見ている眺めは、ラボの壁にかかったモニターにも表示されるので、その場の全員にも見える。仮想現実の工場の中で、高々と積まれた木箱が揺れ始め、大きく傾く。これがすべてキャスター氏の頭上に崩れ落ちることは誰の目にも明らかだ。

きわめて生々しいこの迫真のシミュレーションにさらされ、自分の反応を抑えられる人はまずいない。心拍数は上がり、手のひらは汗でぬれる——。だが、中にはさらに極端な反応をする人もいる。仮想現実があまりにも強烈で、脳の辺縁系が過剰反応するのだ。この種の人々を我々研究者は「臨場感過剰タイプ」と呼ぶ。彼らにとってVRはとりわけ強烈なメディアなのだ。

そして、キャスター氏は間違いなくこのタイプだった。彼の心にとってこのシミュレーションは現実だった。それも非常に生々しい現実だ。彼は、このシミュレーションを通して我々が教えようとした通りの行動をとった。四つん這いになって（仮想の）テーブルの下に飛び込み、頭を床につけると両手を後頭部にまわして頭を守ったのである。自分の命を守るため、彼は正しい行動をした。傍目からも彼の動揺ぶりははっきりとわかった。

それから、めったに起きないことが起きた。このシミュレーションでは、木箱の最初の位置は毎回まったく同じなのだが、揺れに対しては物理法則に従って偶発的に動くようモデリングされている。つまり、何千回となく繰り返されるデモ内の地震のたびに、木箱はそれぞれ違うパターンで崩れてくる。後ろ側に崩れることもあれば、前方に崩れることもある。どのように床にぶつかり、どっちの方向に木箱が吹き飛ぶかも毎回異なる。そして、このキャスター氏が経験したのは、私でさえ一度も見たことのないパターンだった。宝くじに当たるほどの確率と言っていいだろう。木箱の一つが完璧な軌道を描き、彼が身を隠したテーブルの下へと飛び込んできたのである。わずか数センチほどの余裕しかなかったが、木箱は偶然そこを通ってしまったのだ。テーブルの下の安全地帯に木箱が迫り、いまにも彼にぶつかろうとした――。

彼は悲鳴を上げながらテーブルを飛び出して、立ち上がると全力でダッシュした。頭の中の仮想世界では、安全な場所に向かって。だが現実世界では、真正面から壁に向かって――。壁に激突する直前で、私はかろうじて彼を抱き止めることができた。間一髪だった。

このシミュレーションを始めるとき、キャスター氏はそれが現実でないと意識していた。だが問題の瞬間、その意識は仮想現実の「臨場感」に乗っ取られた。彼の脳は、飛んでくる木箱が本当の危険であるかのように反応した。彼の脳にとっては、飛んでくるニセモノの木箱でケガをする可能性があったのである。

一九九〇年代からＶＲを研究しているテンプル大学教授のマシュー・ロンバードは、臨場感を「仲介役《メディア》のいない幻影」と定義する。[5] 作り手からすれば、素晴らしい仮想世界を構築するために大変な努力をしてトラッキング精度を上げ、システムのラグを減らし、その他もろもろの秘技を駆使する。だが体験する側にすれば、それは自分がテーブルの下で震えているときに上から落ちてくる、木箱以外の何物でもないのである。

ＶＲを支える三つの技術

話を先へ進める前に、いくつかの技術について理解してもらう必要がある。臨場感を作り出すためには、ＶＲでは三つの要素が技術的に完璧に実行されなければならない。それは①トラッキング、②レンダリング、③ディスプレイである。そもそも消費者向けＶＲが販売できるようになった理由の一つは、この三要素の実現に必要とされる能力を持つコンピュータが、ようやく十分に安価になったからだ。三要素のうち一つでも欠けると、使用者はシミュレーター酔いになる。これは、自分が今なにを経験しているのか肉体が教えてくれることと、実際に目で見ているものとの間にずれ（ラグ）が生じることで発生し、その人は気分が悪くなってしまう。

①トラッキング

これは身体の動きを追跡する作業を指す。前述の地震デモを例に取れば、我々はキャスター氏の身体の位置をXYZの三次元空間で把握し、頭部の回転も追跡していた。もし彼が一歩前に動けば（Z軸上でプラス方向）、我々はその移動距離を把握する。彼が左側を見れば（マイナス方向のヨーイング）、頭部の回転度合いも把握する。

我々は最近、「メタ分析」と呼ばれる種類の研究を発表した。メタ分析とは、ある研究分野においてこれまでに公開されたすべての研究（と、さらには非公開の多数の研究）の要約データを集約した研究のことである。我々のメタ分析の目的は、心理的臨場感を生み出し、VRを特別な技術にしている各特徴（これを「アフォーダンス」という）の、それぞれの寄与度を知ることにあった。「没入型」テクノロジーを使うことによって、没入型でない技術を使う場合と比べて心理的にどのようなメリットがあるのかを知りたかったのだ。

我々は、「ディスプレイ装置に映る映像の解像度」から「音声の品質」まで、十数種類に及ぶ特徴を調べた。その結果「トラッキング」はリストの上位、すべての特徴の中で二位にランクインした。トラッキングの効果量《エフェクトサイズ》は〇・四一で、統計学的には〝中程度〟の効果とされた。これが意味するところは基本的にこう言っていいだろう。どのようなVR装置であれ、どの技術よりもトラッキング技術を改善することが、最も大きく心理的臨場感を向上させる。(6)

私のラボではトラッキングを素早く正確に行うため大変な努力をしている。これは遅延時間《レイテンシー》を減らし、情報の更新レートを高めるためだ。人と会ってVR技術の話をするとき、私はよく次の冗談を言う。「VR技術の中で最も大事な五つの要素はなんだと思いますか？　答えは、トラッキング、トラッキング、トラッキング、トラッキング、そしてトラッキングです」（つまらないジョークに笑ってくれてありがとう）

②レンダリング

これは、三次元モデルという、たんなる記号に過ぎない数学的情報を読み込み、それにふさわしい見た目、音、触覚、ときには匂いを与えて具体化し、トラッキングした新しい場所に出現させる作業のことだ。今この本を読んでいるあなたは、非常に狭い一定の角度と距離からしかこの本を見ていない。その角度と距離は、頭部の向きをわずかに動かすだけで変化する。だがVRの場合、利用者の移動がトラッキングされる度に、移動先での新しい情景を表すデジタル情報に合わせてレンダリングをし直す必要がある。複雑な情景のあらゆる角度から見たデータを予め保存しておくのは不可能なので、VR利用者が移動するたびにリアルタイムで視界を新たにレンダリングし続けるしかない。

例のキャスター氏がテーブルの下に飛び込んだとき、彼の目に映る実験室は一フレームごとに新しく描き換えられていたはずだ。二〇一五年当時の我々のシステムでは、そのレートは一秒間に七五フレーム。その一フレームごとに我々は彼の正確な位置を把握し、彼の頭部と床との距離が近づくにつれて床がより大きくなるようにレンダリングしたのである。さらに、彼が床に近づくにつれてガタガタという音も大きくなるようレンダリングした。なぜならその音は床からきているからだ。現実世界と同様、VRの世界でも人の五感は本人の動きに合わせて継ぎ目なくアップデートされなければならない。

③ディスプレイ

これは、物理的な感覚をデジタル情報で代替する方法のことを指す。トラッキングで新しい位置を把握し、そこでの視界や聞こえる音をレンダリングしたら、次にそれを利用者に伝える必要がある。視界については、立体的な映像を映し出せるヘッドセットを使う。本書の執筆時で最先端のヘッドセットは片方の眼につき一二〇〇×一〇〇〇ピクセルの映像を、一秒間に九〇フレームで映し出す。音についてはイヤホンを使ったり、空間的広がりを出すために外部スピーカーを使ったりする。触覚については、床が震えるし、ときには「触覚型デバイス」(詳細は後述)も利用する。

一九二〇年代に最初のVR装置が発明された

スポーツ選手がVR技術をトレーニングに取り入れるようになったのは最近の話だが、実はVRを使った訓練の歴史は長くて多彩である。一九二九年にはアメリカ人発明家で航空マニアだったエドウィン・リンクが「リンク・トレーナー」を発明している。彼の特許申請書によると（リンクは生涯に三〇近い特許を取っている）、この機械は「コクピットと計器類を備えた、飛行機の胴体のような装置で、飛んでいるかのような動きと感覚を生み出す」という。[7] 今から振り返ればこれはフライト・シミュレーターの原型であり、多くの人が最初のＶＲの一つだと見なしている。

リンクの伝記によれば、この装置を発明するきっかけとなったのは、彼が初めて飛行レッスンを受けたときに感じた不満だったという。レッスン代は一九二〇年当時で五〇ドル（今なら六〇〇ドル相当）もするのに、教官は彼に計器類に触ることさえ許さなかった。確かに教官の立場も理解できる。本物の飛行機は高価だし、人命はそれよりさらに高価なのだから！　とはいえ、我々は実際に行うことで学ぶわけだし、リンクが計器類に触りたかったのも当然だろう。そうなると悩ましい問題が持ち上がる。誰かに危険な技術を教えるとき、本人や周囲を危険にさらさずに済ませるにはどうすればいいのか――。

この問題にリンクはビジネスチャンスを見た。時は一九二〇年代、アメリカ市民は飛行熱にとりつかれており、飛行訓練には巨大な需要があった。初心者に飛行機の運転を任せるという命がけのリスクをなくすため、リンクは「動く飛行機の胴体部分」を発明した。空気を送り込むふいごの力によってこの胴体は三次元の動きをし、操縦桿を握る生徒はフィードバックを得られる。

この装置は大成功を収め、ついには軍が一九三四年に彼の会社を買収することになる。さらに一九三〇年代末までにリンク・トレーナーは三五カ国に普及し、無数のパイロットを訓練するまでになった。一九五八年のリンク本人の推定によると、二〇〇万人のパイロットがリンク・トレーナーで訓練を受け、うち半分の一〇〇万人は第二次世界大戦中の軍のパイロットだったという(8)。

一九六〇年代になると、音響・映像再生のイノベーションとコンピュータの進化によって、デジタルで仮想現実を生み出す技術が生まれた。その後数十年かけて、例えば宇宙飛行士、兵士、外科医など難しい仕事をこなすスペシャリストを訓練するため、さまざまな分野で仮想シミュレーターが登場した。こうした分野でVRが導入されたのは、フライト・シミュレーターがパイロット訓練に不可欠になったのと同じ理由だ。VRの世界ではミスをしてもなんの損失も起きないため、OJTに大きな危険がともなうパイロットや外科医、兵士などをリスクなしで一人前に育てられる。それは、技術のとてつもない勝利であった。

その後もVRを利用した訓練は広がり続ける。一九八〇年代後半から九〇年代にかけて、南カリフォルニア大学のアルバート・〝スキップ〟・リッツォなど初期VRのパイオニアたちは、脳卒中や外傷性脳損傷の後遺症に苦しむ人々や、義手・義足の人々のリハビリテーションにVRを利用し始める。こうしたVRシステムの狙いは、患者のモチベーションを高めることと、退屈なリハビリ訓練の繰り返し作業をインタラクティブで楽しい作業にすることにあった。一部のVRシステムには患者の動きに対してフィードバックを返し、間違ったリハビリ運動をしないようにする機能まであった。こうした実験的な治療方法は極めて効果的だったことが研究で明らかになっている。

学習の現場を劇的に変えた「ビデオ」の歴史

このように、ＶＲ訓練がさまざまな分野で役立つことを示す研究は山ほどあったが、二〇〇五年に私は、ＶＲ訓練とその他の手法による訓練をはっきりと比較した研究がほとんどないことに気づいた。ＶＲ装置を使った訓練システムはとても高価なので、産業界の多くの人は、その対価として正確にはなにが得られるのか、訓練の成果という観点から知りたがった。そこで私はこの点を詳しく調べようと考え、同僚と一緒に比較研究を行うことにした。ＶＲ訓練を、最も普及している訓練用メディアである「ビデオ」と比べてみたのである。

今となっては、音響・映像技術がどれほどの大変革を教育にもたらしたか、覚えている人は少ないかもしれない。だが想像してみてほしい。例えば映画が発明される前の時代、ダンスやテニスラケットの振り方を習いたいのに、教えてくれる人が見つからなかったらどうすればいいのか。最も簡単な身体の動きでも同じことだ。イラストを見るか、そうでなければ文章か口頭で説明してもらう他に手段はないだろう。マニュアルに頼って車を修理しようとすれば、誰でもすぐにそれがいかに難しいかを知るはずだ。映像による説明がいかに優れているかは、映画が発明された瞬間から明らかだったと思う。

したがって、教育用映画の歴史は映画というメディア自身とほぼ同じだけ古いのも不思議ではない。例えば一九一五年にハリウッドで創業した「エデュケーショナル・ピクチャーズ」というわかりやすい名前のスタジオは、創業から数年後に短編コメディ映画のほうが儲かると気づくまで、もっぱら教育用映画だけを作り続けていた(9)。その後も教育用映画はアメリカ政府の後押しもあって大盛況が続く。そして一九七〇年代後半になり安価で手軽なビデオ録画技術が登場すると、教育用ビデオが爆発的に増加した。

今では、手ごろな価格のカメラや携帯電話を使えばどこでもデジタル映像を撮影でき、ユーチューブのようにネット経由で配布する手段も数多くある。このため、世界中の何億人もの熱心なアマチュアたちは、絵の描き方からゴルフのスイング、水漏れの修理からギターで「天国への階段」を演奏する方法まで学ぶことができる。もちろん、優れた教師に個人指導を受けるのにはかなわない。生身の教師ならあなたに合わせた指導で上手にやる気を引き出してくれるし、一対一のやりとりもできる。しかし、ビデオで学ぶほうがよほど安価だし、かつての自己学習方法と比べてはるかに細かい点まで教えてもらえる。

これまで一〇〇年以上にわたり、身体の動きを説明するのに最もふさわしいメディアは映像だった。だが、ここにVRが登場した。臨場感の力を上手に生かせば、あなたの部屋であなたの隣にバーチャル教師がいるかのような感覚を生み出せる。VRだけにしかない特徴を生かして、この種の説明・教育・訓練をさらに深めることができるのではないか、と私は考える。もしそうであるならば、そのメリットの大きさは具体的にどれほどなのだろう。

VRによる訓練の効果はビデオより二五%も高かった

我々はVRとビデオを比較研究するための題材として太極拳を選んだ。太極拳を習得するには三次元空間での複雑な動きを正確に行う必要があるが、その動作はゆっくりしているので、当時（二〇〇五年）のトラッキング技術でも十分に追跡できたからだ。研究では被験者を二つのグループにわけ、どちらのグループも同じ三種類の動き（型）を先生から教えてもらった。

一方のグループでは、ビデオ映像で先生の動きを見て教わる。もう一方のグループでは、3Dで描かれたバーチャル先生の動きを見て型を習う。バーチャル先生の動きは立体的な映像として被験者の前にあるモニターに映し出される（この実験は身体の動きを伴うため、片方のグループだけに重くてかさばるHMDを装着させることは避けたかった）。両グループが訓練を終えると、被験者たちに習ったばかりの三種類の太極拳を、記憶を頼りに再現してもらい、その様子を録画して二人の採点係に送った。採点係は太極拳の動きを評価する訓練を積んだ専門家で、彼らに被験者の動きの正確さを点数化してもらった。その結果、VRで習ったグループの動きはビデオで習ったグループより正確さが二五％高いことが判明した。(10)

二〇〇五年の実験なのでレンダリング技術は今より劣っていた。しかし、それでも没入感の強いVRのほうが二次元のビデオ映像よりも、身体の動きを伴う訓練の成果が高まることを証明でき、そのメリットの大きさも具体的数値で示すことができた。この実験により、とりわけダンスの振り付けや職業訓練、理学療法などの分野でVR訓練が大いに有望であることが示された。また私自身も、技術の改善が進めばいつかはフィードバックと双方向性を持つVR訓練シミュレーションにより、スポーツ選手向けの複雑な訓練も可能になるはずだと確信できた。

何十年も先だと思われていた未来がわずか数年でやってきた

そう確信できたのは結果的に良かった。というのもその後一〇年間、プロのスポーツチームの幹部や選手が私のラボに見学にくるたび、この点を質問されたからだ。このVR技術をアメフト

（バスケットボール、野球）の練習に利用する手はないでしょうか、と。当時、ＶＲを使った初歩的な訓練ツールは存在したが、ほとんどはデモ程度であり、プロ選手向けに作られたものではなかった。私が知る限り、プロのスポーツ選手の世界にＶＲ技術を持ち込んで成功した人はまだ一人もいなかった。

それにはもっともな理由がいくつかあった。前にも述べたが、二〇一四年頃までは、ＶＲを動かすためのＨＭＤとコンピュータは実験室の外に持ち出すにはあまりにも高価であり、技術的にも困難だった。ハードルはまだあった。仮想世界の構築には時間がかかるのだ。例えば、利用者が完全に没入できるようなアメフト競技場を構築するには、フィールド上のパイロンからユニフォームのしわ、ヘルメットの光沢まですべてをゼロから作らねばならない。限られた予算内で一つずつすべてを作るのだ。プロのスポーツチームなら、それだけの投資ができる予算規模を持つところもあっただろう。だが、ただでさえみっちりと練習スケジュールが組まれているプロのスポーツチームに、まだなんの実績もない練習方法を持ち込むのは、時間コストとリスクが大きすぎた。

ハードルは他にもあった。例えばバーチャル訓練のメニュー内容をどのように決めるのか。プログラムは誰が書くのか。アメフトのように複雑で動きの激しいプレイのきちんとしたコンピュータ・シミュレーションを作るのは極めて難しく、かといって実写のビデオ映像をもとにＶＲを構築する技術はまだ存在していなかった。

たしかに我々の実験によって、ハイレベルなスポーツ選手の役に立つＶＲ訓練は可能であり、しかもそれほど遠くない未来に実現できそうだとは示された。しかし、ごく近い将来に実現できそうだとも思えなかった。企業や研究機関で行われている他のVR利用法と同じように、より広く一般の市場に普及させるにはまだコストがかかりすぎたからだ。

今にして思えば、商品として成り立つ消費者向けVRがいつになったら本当に実現できるのか、私は悲観的に考えすぎていたようだ。長年VRの研究を続けてきた私は、必ずいつかはVRが中核的な技術となり、我々の学習やコミュニケーションを根本から変えることになると確信していた。それでもVR研究者の中でこれほど早くその日が見えてくると予想していた者はほとんどいなかった。ところが、技術進歩と経済状況と起業家数人の大胆な行動とが奇跡的にうまく重なり、何十年も先のことだろうと思われていた未来がわずか数年でやってきたのである。携帯電話メーカーがモニターの価格を低下させ、レンズも安くなった。コンピュータの速度はアップした。

また、VRソフト制作会社ワールドビズ（WorldViz）のアンディー・ベルのような人々がモーション・トラッキング技術とVR設計用のプラットフォームを作ってくれたおかげで、VR環境のソフトウェア構築もずいぶん容易になった。マーク・ボラスのようなエンジニアが画期的な製造方法を考え出したおかげでハードウェアの価格も手ごろになった。そして二〇一二年、クラウドファンディングの大成功に後押しされたオキュラスが、初めて消費者市場に大々的に売り出せるだけのHMDの原型を作り始めたのである。

二〇一四年三月にフェイスブックがオキュラスを二〇億ドルで買収すると、シリコンバレーの空気は一気に変わり、「ついにVRにも本当の変化の波が起きそうだ」とみなが思い始めた。二〇一五年一月には、我々のラボにあった最高級HMD——高級車よりも値段の張る装置——は、オキュラス・リフトやViveのような消費者向けモデルに取って代わられていた。小さく軽くなったが、性能は決して劣っておらず、それまで我々が使っていた装置の一〇〇分の一の値段で買うことができた。そして数百もの業者が、こうしたVR装置向けにコンテンツを作り始めた。私がかつての教え子デレク・ベルチと再会したのはちょうどその頃だった。彼もまた、シリコンバレーを席巻するVR起業熱と自分の持つスポーツへの情熱を結びつける、千載一遇のチャンスが到来したと感じていた。

試合中の「微妙なディテール」をどう再現するか？

私がデレク・ベルチと初めて会ったのは二〇〇五年のことだった。太極拳の研究の数年前で、彼は私の講義〝バーチャル・ピープル〟の受講生だった。そしてスタンフォード大学アメフトチームのキッカーでもあった（彼はスタンフォード大学のアメフト伝説に名を残している。大学アメフトのナンバーワンチームだったUSCを相手に四一点差をひっくり返して逆転勝利した二〇〇七年の試合で、勝利をもたらす追加点のキックを決めたからだ）。デレクはスポーツ選手として、試合で活躍するためにVRを利用できないかと自然な興味を抱いていた。私はこのテーマになると誰に対しても言い続けてきたことをデレクにも言った。すなわち、そのような技術はまだ存在していないと。そうは言いつつも、授業の後で我々は自由に夢を語り合った。いつか技術的に可能になったら、VRトレーニングはどのような形になるだろうか――。

二〇一三年、デレクはコミュニケーション専攻の修士課程の学生としてラボに戻ってきた。ちょうど世間のVRブームが始まった頃で、彼の専門もVRだった。VR機器の性能は急速な向上を遂げ、シリコンバレーでは再びＶＲに関心が集まっていた。今こそＶＲを使ったスポーツ訓練の研究に着手すべきだ――デレクと私はこの点で意見が一致した。とうとう技術的に可能になったと思えたからだ。

二〇一四年度が始まると、私とデレクは週に二回は会ってこのテーマについて話し合い、最高レベルのスポーツ選手のためにＶＲ技術を役立てるにはどうすべきかを議論した。我々の頭にあったのはアメフトの練習シミュレーターだ。選手がその目でフォーメーションを見て、プレイをやってみることで個々のオフェンス戦略を学び、ディフェンス側の狙いと傾向を読み取る能力を高めることができる、そんなシミュレーターだ。トップレベルのスポーツ選手にとってこの種の繰り返し練習は決定的に重要だ。とはいえ、ＱＢ一人のために多くのチームメイトを巻き込んで時間のかかる練習を行うわけにはいかないし、そこにはケガのリスクも生まれる。だが、もしＶＲ練習シミュレーターがあれば、自分がおさらいしたいプレイを選び出し、好きなだけ練習を繰り返すことができるだろう。

一つの点で私とデレクは即座に同意した。それは、没入型のＶＲ環境には写真レベルのリアルさが不可欠だという点だ。ラボで行われる実験用のＶＲ環境はコンピュータで作り出すＣＧ（コンピュータ・グラフィックス）だが、スポーツの練習にはそれでは役に立たないだろう。スポーツ選手というのは試合中の細かいディテールにとりわけ敏感である。敵選手のほんのわずかな動作や特定方向へのちょっとした身体の傾きが、その選手の狙いを物語る重要な手がかりとなり、ひいてはプレイ全体の流れを読むことにつながる。熟練のスポーツ選手はこうした微妙な動きに敏感であり、ＶＲ環境でもそうした動きが見えるかどうかが決定的に重要になる。

「いいね。まさにこれだよ」

ＣＧでそのような微妙なディテールを再現するのも理論的には可能だが、現実的ではない。ハリウッド映画のデジタル・エフェクト専門スタジオ並の巨大な予算と人員と時間が必要になってしまうからだ。もちろん我々にそんな余裕はない。結局、我々の作ろうとする学習環境には絶対に欠かせない〝その場にいる〟というＶＲの臨場感は、実写映像の助けを借りて構築しようということになった。

三六〇度ビデオは今では身近な技術である。ほとんどの大企業はなんらかの形でこれを利用しており、ニューヨーク・タイムズでさえかなりの頻度で三六〇度ビデオのコンテンツを作っているほどだ。しかし二〇一四年当時、これは難題だった。六台のＧｏＰｒｏカメラを位置とタイミングを調整して同時に撮影するのは手のかかる作業であり、競技場に合わせた高さの三脚に装着するのも障害だらけの一大事業になった。

しかし三六〇度映像を適切に撮影さえできれば、ＨＭＤを身に着けただけで「現場」に立って切れ目なく周囲を見回すことができる。しかもその眺めは、ＨＭＤを装着した頭部のほんのわずかな動きに応じて高画質で再描画される。結果的に、極めて現実味のあるＶＲ環境を素早く作り出せる素晴らしいツールとなった。

その年の春、スタンフォード大学アメフトチームの監督デイビッド・ショウは、我々が練習場に機材を持ち込むことを認めてくれた。彼らにとって練習時間がどれほど大切かを考えれば、そして機材を練習場に持ち込む我々の作業は控えめに言っても選手の注意力を乱し、はっきり言えば練習の邪魔であることを考えれば、この許可を得られただけでも大成功と言えた。我々は練習場に足を踏み入れ、いくつかのプレイを撮影し、コンテンツ作成作業を進め、ついに「運命の瞬間」を迎えることができた。すなわちショウ監督の前でVRを披露する瞬間である。

私はその日のことを決して忘れないだろう。四月のある暑い日、ショウ監督の事務所まで足を運び、VRトレーニング・システムの運命を決めるデモを見せた日のことを。その場でコンピュータがクラッシュし、処理能力に劣る調子の悪いノートパソコンを使わざるを得なかったが、最後にはなんとかシステムを動かすことができた。監督はHMDを装着し、私がいくつかのプレイを走らせる間、頭部を動かして周囲を見回した。四五秒ほどでデモプレイが終わると、監督はHMDをはずして言った。「いいね。まさにこれだよ」。次にHMDを装着したオフェンスコーディネイターのマイク・ブルームグレンは、監督のように静かにデモを観ていられなかった。HMDをかぶったまま感嘆のうなり声をあげ、大声でどなり、腰を落として選手への指示を叫んだ。

この日、我々はなにかを成し遂げたことをはっきりと知った。

得点成功率が五〇%から一〇〇%に急上昇

二〇一四年のシーズンに向けて、このシステムが導入されることが決まった。当然のように技術面のトラブルも繰り返し起きたが、秋が終わる頃までにはしっかりとしたトレーニング方法が定着した。コーチ陣が次回の対戦相手のディフェンスの傾向を探り、デレクがそのシナリオに沿った実際の練習風景を撮影する。それを切り貼りして三六〇度映像にまとめた後には、ケビン・ホーガンは好きなだけ練習を繰り返せる。ビデオを観たりプレイブックを読み返すよりはるかに密度の濃い学習で、次の試合に備えることができるのだ。

ケビン・ホーガンがこのVRトレーニング方法（試合前に一二分ほどHMDを使う）を続けるようになって間もなく、注目すべき変化が起きた。とはいえ、シーズン終盤にカーディナルスのオフェンスに起きたことを一つの要因だけで説明するのは無理な話だし、そもそもパフォーマンスの変化は、どんなものであろうといつ起きようとも、その要因を一つに絞ることなど不可能だ。チームの成功に影響する要因はあまりにもたくさんある——スケジュール、メンバーの入れ替え、さらにはすべてのスポーツ選手に好不調の波があるのも避けられないことだ。したがって、私もデレクもVRトレーニングの効果を過大評価しないよう注意し、まるで夢の機械であるかのような表現は避けるという態度を貫いてきた。

それでもなお、VRトレーニングを初めて導入したシーズンの統計データには注目しないわけにいかなかった。VRトレーニング導入後、ホーガンのパス成功率は六四％から七六％に上がり、同時期にチームの攻撃力は一試合当たりの得点で二四点から三八点へと向上した。そして最も驚くべき数字は、〝レッドゾーン（ゴールラインから二〇ヤードまでの得点圏）〟での得点成功率だ。VRトレーニング導入前、カーディナルスがレッドゾーンにいるときの得点率は五〇％と冴えない数字だった。ところが二〇一四年シーズン最後の二七回のレッドゾーンで、得点率は一〇〇％へと向上した。[11] これは平均値への回帰という数字上の現象なのだろうか、それともVRトレーニング装置「ＳＴＲＩＶＲ」のおかげで、ホーガンが試合の流れを読んでとっさに判断する能力の切れ味が増したということなのだろうか——。

ショウ監督はホーガンの変化にすぐに気づいた。「判断が早くなった。それだけでなく、すべてがスピードアップした」とショウ。「彼はその場で起きていることを理解し、判断し、自分の手を離れたボールがどうなるか予測できている。すべてがVRのおかげだけとは言わないが、VRに後押しされた結果だ。我々はホーガンの思考スピードを少し速めることができた。仮想世界に没入してプレイを繰り返したことが役に立ったと思う[12]」

VRトレーニングの会社を立ち上げ、NFL六チームと契約

二〇一四年シーズン終了後、デレクは今後チームとどう関わっていくか、ショウ監督と話し合った。ショウはデレクに、VRトレーニングの開発をさらに進め、会社を興すよう勧めた。「ショウ監督は『ここにとどまっていないで外に出ていくべきだ』と言いました。『他の人々より一年は先を行っている。会社を作るべきだよ』と」（デレク）。ショウは結局、後に「STRIVR社」となる新興企業の最初の出資者の一人となる（私も初期出資者の一人であり、同社の共同創業者でもある）。

会社を興したデレクは、カーディナルスのシーズン中の統計データと、自分が修士課程で研究したVRラーニングに関するいくつかの科学的データを頼りに、初期投資資金として五万ドルを集め、顧客を求めてアメリカ中をまわった。初年度の目標は、顧客となるアメフトチームを最低一チーム見つけることだった。ところが二〇一四～一五年アメフトシーズンの開幕までに、デレ

クは大学アメフトリーグで一〇チーム、NFLで六チーム（アリゾナ・カーディナルスも含む）と複数年の契約を交わすことができた。驚くほど順調な滑り出しであると同時に、それは大きな挑戦でもあった。

生まれたばかりの新興企業とデレクがいきなり直面したのは、極めて将来性が高いとは言え、まだ実験段階にある技術を使って、アメリカで最高レベルの試合を行うアメフトチームのために個別にカスタマイズされたVRトレーニングを実現するという課題だった。このため急いで会社を拡大する必要が生じた。顧客となったチームに現場でのサポートをそれぞれ提供し、三六〇度映像の撮り方や、VRトレーニングを練習メニューに組み込む方法も教えなければならない。複数カメラで撮影した映像を一本の三六〇度映像に編集するという時間のかかる作業のために、スタッフの増員も必要だった。さらにデータ分析に精通した社員も数名増やし、VRトレーニングの導入がどれほど選手の能力を向上させるか、会社として計測させた。

新シーズンが始まってすぐに明らかになったのは、一部のチームが他のチームよりも数多くVRトレーニングを行っているということだった。数チームはまったく利用しなかったようだが、HMDの装着時間を記録するという約束を多くの選手が守らなかったため、実態を把握するのは難しかった。そしてシーズンが進むと早々に、一人の選手が際立ったヘビーユーザーであることがわかった。毎週の試合に備えてSTRIVRを習慣的に使い続けたその選手は、アリゾナ・カーディナルスのQBカーソン・パーマーだ。彼は膝のケガで昨シーズンを棒に振っていたが、復帰直後の今シーズンは選手人生で最高となる大活躍の最中であった。

パーマーは三六歳。経験豊富なベテラン選手だ。チームはいつもなにか新しい技術を試しているが、彼はこれまで特に関心を持ってこなかった。「私は常に新技術には懐疑的だよ。昔風なんだ。『こんなもので自分のＱＢとしてのプレイが変わるものか』といつも思ってね。ところが今や全面的にこれ（ＳＴＲＩＶＲ）の信者だよ」――二〇一四年一一月にパーマーはそう語っている[13]。

このシーズンが終わる頃、パーマーの活躍でアリゾナ・カーディナルスはチーム史上最高となる一三勝三敗の成績を残し、パーマー自身もパスのヤード数、パス・タッチダウン数、そしてＱＢランキングで自己最高記録を達成した。そしてカーディナルスはＮＦＣチャンピオンシップゲーム［リーグの優勝決定戦］への出場資格を獲得できたのである。

素人にとってプロのプレイはカオスにしか見えない

ボールがＱＢの手に渡されプレイが始まると、敵味方の全選手がいっせいに動き始める。この熱狂の数秒間、ＱＢの頭にはどんな思考がかけめぐっているのだろうか――。その片鱗を知りたくて、私はＳＴＲＩＶＲのＨＭＤを装着したことがある。数シーズン前のスタンフォード大学の練習プレイをＱＢの視点で見てみたのだ。これを見ることが許されるのは、最高レベルの試合に選手または監督として関わった人だけである。

プログラムが動き始めると、私は輝く太陽と青空の下、芝生の練習場に立っていた。遠くに白い雲が見える。左右を見回すと、私の前に五人のオフェンス側ラインマンがプレイ開始に備えて一列に並んでいる。その向こうにはディフェンス側の選手が一一人いて、スクリメージライン

（攻守の境界線）ぎりぎりで構える選手もいれば、ＱＢの私を混乱させ、読みを狂わすために走り回っている選手もいる。どの選手も巨大に見え、極めて近くにいるように感じられる。

いよいよかけ声に合わせてボールがスナップされ、プレイ開始となった。即座に気づくのは、わずか数フィート（一〜二メートル）の距離から私に突進してくる五人のゴツいラインマンの姿だ。視界の隅のほうではなにか別の慌ただしい動きが見えた。練習プレイなので選手同士の危険な接触はほとんどない。それでも私は周りのすべての選手のスピードとパワーに圧倒された。味方レシーバーが一人、私の視界の左側でフィールドを走って行く姿が見えたような気がする。そして突然プレイが終わり、視界が真っ暗になった。私にはすべてが一瞬にしか感じられなかった。

数千時間に及ぶアメフトの経験がない者の目には、一連のプレイはカオスにしか見えない。どの選手も動きが速すぎるため、その動作の意味がわからないのだ。訓練を積んでいない私の目では、大事なディテールとそうでないディテールを見分けることができない。白い雲、赤いユニフォーム、ラインマンたちとその動き、視界の隅にいた一人の味方レシーバー――私の目は確かにこれらを見た。だが一つとして、そこからどんな意味を読み取るべきかわからなかった。しかし、本物のＱＢは同じものをまったく違った視点から見ている。

膨大な情報は「心的表象」によって効率的に処理できる

後日、私はパーマーに聞いてみた。あれほど多くのことがあれほどのスピードで起きるのに、どうやって反応しているのかと。「小さなことは目に入らない。全体に関わることだけが目に入るんだ。大きな全体像だよ。小さいことには気を取られないようにする。全体をつかむために周辺（視野）を使うんだ」――知覚学習の専門家はこの作業を〝チャンキング〟［複数の情報をかたまりで把握すること］と呼ぶ。まったくバラバラで関連性のない多数のパーツを一度に認知するという、複雑な作業ができるのはこのためだ。

例えば、自転車の乗り方を初めて習ったときを思い出してほしい。最初あなたはすべてのパーツを意識していたはずだ。腕を意識し、足を意識していた。だが、試行錯誤を繰り返して経験を積むに従い、わずかなことだけに意識を集中すればよくなる。さらにスムーズに乗れるようになると、自転車に乗るという作業を一つの大きな〝チャンク（かたまり）〟として意識するようになる。脳が効率的にその作業をこなせるようになるのだ。最後には、まったく意識せずに自転車に乗れるようになる。そのぶん、他の自転車や自動車、道のくぼみなど、注意すべき別の多くのことに自分の意識を向けられるようになる。

カーソン・パーマーのような達人レベルの選手がすべての情報をあれほど効率的に処理できるのは、練習・学習・試合を通じて大量の経験を蓄積し、ついには試合中に自分の周囲で起きることとの極めて精密な「心的表象」を作り出して、いつでも呼び出すことができるようになったからだ。

この「心的表象」という考え方の一部は、Ｋ・アンダース・エリクソンの研究による。彼は長い間、さまざまな分野の達人たちを研究し続けている。長い桁数の数字を暗記する達人やチェスの達人、さらには登山からサッカーまでいろいろなプロ・スポーツの選手などである。例えばチェスの達人は、数多くの試合を経験した結果、今の盤上で注意を向けるべき場所とそうでない場所が自然にわかるようになる。試合中のチェス盤を数秒間見るだけで、次に打つべき正しい手がわかってしまうのだ。次の一手は数多くある。素人だとその一つ一つを苦労して頭に描いてから判断するため、無駄なエネルギーを使うが、達人ならダメな手を一瞬で却下できる。

エリクソンの研究によれば、この「心的表象」は計画的な練習によって研ぎ澄まされていくという。とりわけ、学び手がはっきりとした目標を持って意欲に満ちている状態で、自分の良い点・悪い点に関するフィードバックが即座に得られ、何度でも繰り返して練習できるような学習形態が有効だという。VRプレイを通して自分をテストするようなパーマーの練習方法は、この条件をすべて満たしている。そしておそらく最も重要な点は、VRのおかげで無限に練習を繰り返せるようになったことだ。

パーマーは私にこう証言している。「練習を繰り返して経験を積む以外に上達する道はない。（VRトレーニングは）練習を繰り返すのに限りなく近い」。したがって、かつて（STRIVRのような没入型システムが登場する前に）エリクソンが次のように指摘していたのも驚くにはあたらない。すなわち、最高レベルのQBとは概して「映写室に誰よりも長くこもり、味方チームと敵チームのプレイを最も多く見て分析した人たちだ――」。今起きているのは、この映写室が没入型VR環境に変わりつつあるという動きである。VRなら狭い画面の枠内に切り取られた二次元映像よりも実際の練習場に近い経験ができるからだ。[14]

VR経験は現実と同じような生理学的反応を脳にもたらす

ＶＲのもう一つの利点は、ＶＲ内での経験が心理的には現実だととらえられるため、現実の経験と同じような生理学的反応を利用者の脳に引き起こす点だ。練習場と同じ視界と音、そして自分に向かってくる巨大なラインマンたちの姿によって利用者の感情は高まり、それが学習効果を高める。試合後に氷水で身体を冷やしながらｉＰａｄの映像で試合を振り返るのとはわけが違う。まさに試合の真っ只中にいるのだ。

ＶＲが「視覚化のツール」としても非常に役立つ理由もおそらくそこにあるのだろう。特定の動作を頭の中で思い描く〝視覚化〟という行為がその動作を上達させるのに役立つことは、今では多くの文献が指摘している。例えば、ある動作についてただ考えるだけでも、脳は実際にその動作をしているときと似たような働きをする。ただし、脳がそのように働くのは視覚化を上手に行えたときだけである。当然ここで問題となるのは、そのような状態になるための視覚化をどれほど巧みにできるか、個人の能力差が大きい点だ。そこでＶＲを使えば、監督やコーチが選手のために視覚化の作業を代行できる。

学習効果を大幅に高める「身体化認知」とは？

さらにもう一つ、ＶＲが学習に極めて向いている理由がある。それは身体の動きを伴うという点だ。ＶＲシミュレーションを行っているとき、人は現実世界で実際にそれを行っているときと同じように身体を動かす。コンピュータとＶＲの違いはここにある。コンピュータを使うときにはマウスとキーボードしか動かさないが、ＶＲを使うと自然に身体全体が動くのだ。このため、心理学者のいう「身体化（された）認知（embodied cognition）」を活用できる。

「身体化認知」とは次のような考え方だ。認知を行う知性はもちろん脳にあるのだが、実は身体の別の器官も認知に影響を与えている。筋肉の動きやその他の感覚も、自分の周囲の世界を理解するのに一役買っているのだ。実際、我々がなにかを考えるとき、脳の中でも身体の動きを司る部位が活発になっている。

ここで二〇〇五年に行われたダンサーの研究を紹介しよう。[15] 科学者チームが二種類のプロ・ダンサーを調査した。一つはバレエ、一つはカポエイラ（格闘技に近いダンス）である。すべてのダンサーに二種類のダンスの映像を見せながら、彼らの脳の活動をｆＭＲＩ（機能的ＭＲＩ）で記録した。すると、ダンサーたちは自分の専門分野のダンス映像を見ているときは、脳の〝ミラー・システム〟が活発になるが、専門でないほうのダンスを見ているときはそれほど活発にならなかった。言い換えると、それまでの人生で何千回となく繰り返し演じてきた動きを見ているときは、実際にそれを演じているときと同じように脳が活性化されたということだ。つまり、ただダンスの映像を見てダンスのことを考えるだけで、あたかも実際にその動作をしているかのように脳が活性化したのである。脳は、目で見ている出来事を、筋肉の動きを視覚化することで理解するのだ。

このように、脳のうち身体の動きを司る部位が活性化することは、学びが生まれる予兆にもなる。学術誌『アメリカ科学アカデミー紀要（ＰＮＡＳ）』に二〇〇八年に掲載された研究を紹介しよう。カーネギーメロン大学の研究者が、ホッケー選手とホッケー・ファン、そしてホッケー初心者を調べた研究だ。それによれば、ホッケー選手の動きを見ているとき、ホッケーのプロは初心者よりもその動きをよく理解しており、その差は脳の活性化の違いで説明できた。換言すると、ホッケー選手の動きをよく理解できた人は、自分の専門性に関わる脳の高次運動野がより強く活性化されていたのだ。

このデータは（身体と認知の）相関関係を示したに過ぎないが、それでも「身体化認知」の肯定派は、ある動作を脳内でシミュレーションするだけで学習効果が高まると考えている。ホッケーの調査をした研究者たちは次のように結論した。「運動経験が他人の動作の理解力にも大きな影響を与える理由は、ホッケーのプレイ経験や観戦経験が豊富な人の場合、高レベルの行動選択に関わる脳の部位が理解にも大きく関与するせいである[16]」

脳の感覚中枢と運動中枢の両方に訴えるシミュレーションは、科学の基礎的学習にも役に立つ。二〇一五年に物理学を学ぶ大学生を対象とした研究では、回転モーメントと角運動量について学習するとき、一部の学生だけには実際に自転車のタイヤを回転させ、身体を使って学ばせた。他の学生はそれを見ているだけだった。その後で小テストを行ったところ、角運動量に関する力を自分で体験した学生は、ただタイヤが回るのを見ていた学生よりも高い点を取った。

この高得点の理由もホッケーの研究結果と同様、脳の感覚中枢と運動中枢を司る部位が活性化したためだと考えられる。この学生たちの脳が活性化していることは、後日似たような物理学の実験をしている最中に計測して裏付けられている。この研究により、人は見るよりも行うことでより高い学習効果が得られると示されたが、さらに最も学習効果が高いのは、脳内で身体を動かすシミュレーションをした場合だということも示された[17]。

このように、ＶＲ活用事例の初期データは、それが驚くほど効果があることを示した。だが、どのようにＶＲを使えば最高の結果を引き出せるのか、まだ我々はそれを理解するための第一歩を踏み出したに過ぎない。今後、ＳＴＲＩＶＲや同種のシステムによって大量のデータが集められ、分析できるようになるだろう。しかもそれはパーマーのようにＶＲを極めて巧みに使いこなすプロのスポーツ選手のデータである。そうなれば、ＶＲトレーニングの最も効率的な方法も解明できるはずだ。

ウォルマートの従業員向けＶＲアプリを制作

ＳＴＲＩＶＲ社がスポーツの練習で大きな成果をあげたことは、やがて実業界の注目も集めるようになった。実は、ＶＲがアメフトのＱＢの訓練に役立つ点——シナリオの可否を素早く評価し、混乱した状況下での判断力を高め、本物ではなくニセモノを使って練習できること——はすべて、企業の従業員の訓練にも驚くほど役に立つのである。

我々は、世界最大の小売業者ウォルマートと契約を結び、同社の従業員向け研修アプリを制作することになった。ＳＴＲＩＶＲの幹部が大変な苦労をしてウォルマートの社員向けマニュアルを読破し、ＶＲ研修に最も適した場面を選び出した。

最初に制作したのはスーパーマーケットの店内の場面だ。食品売り場のマネジャーなら、何人もの顧客を同時にさばく訓練をする。長い列ができた場合、目の前の顧客に対応しつつも、並んで待っている客を無視しないことが大事だ。フロア・マネジャーなら、陳列棚の間を素早く歩き回りながら、壁に掛かっている紙袋が十分に補充されているかチェックしたり、一カ所に不自然に長くいる顧客が万引き犯でないか目を配ったりする。このとき私は、スーパーでトウモロコシを高く積み上げ過ぎると換気口をふさいでしまうため、内規違反になることを初めて知った。

このようなスーパーの仕事は、たやすくＶＲで再現できる。トウモロコシの積み上げすぎといったミスを見つけるのは、ＱＢ奇襲作戦に気づいて敵の裏をかき、優勝を決めるタッチダウン・パスを投げるほどの派手さはない。だが、こうしたささやかな効率アップが大きな違いを生み出すのである。従業員が本当にこのＶＲシステムを楽しんで使ってくれるか確認するため、我々は三〇カ所の研修所で予備実験を行った（彼らは実際に楽しんでくれた）。そして通常の研修より効果が高かったことがウォルマート側の勤務評価で判明したため、同社は二〇〇カ所のすべての研修施設にこのＶＲシステムを導入すると決めた。[18]

ウォルマートは〝研修ライブラリー〟を作り上げ、紙のマニュアルを読んだら同じ内容をＶＲでも体験できる仕組みにするつもりだ。同社がＶＲにメリットを感じたのは、実際に商品と顧客がいる訓練用店舗を用意するのに比べて、コストが桁違いに安くすむからだ。また、コストを別にしても、ＶＲのほうが一貫性のある研修ができる。いつでも誰でもまったく同じ経験ができるのだから。

すべての若者が平等に、潜在能力を開花させるチャンスを得る

このように没入型のＶＲ環境には、双方向的で分析的な要素を、さまざまなやり方で効果的に埋め込むことができる。そう考えるとＶＲ訓練の可能性は無限であるといえよう。兵士、パイロ

ット、運転手、外科医、警察官といった危険な仕事だけでなく、それ以外にも何百というVR訓練の活用例がすでにある。さらに、日常的に使う認知能力を高めるためのVR活用法は、考え出せば数え切れないほどある。交渉、スピーチ、大工、機械の修理、ダンス、スポーツ、楽器の演奏――。ほぼどんなスキルでも、VR訓練で向上させることができるのではないだろうか。今後、消費者市場が拡大し、関連技術が発展し、VRの効果的な使い方への理解が深まるにつれて、こうした利用法や、今は夢にも思わないような利用法が実現されることだろう。

教育に関して、今はまさにわくわくするような大変革の時期である。すでにインターネットとビデオの技術が新しい教育のチャンスを切り開いているが、VRがその動きをさらに前へ進めようとしている。世界にはまだ、教育を受けることなく眠っている手つかずの才能が山ほどある。我々は、素晴らしい能力を発揮している人は生まれつき才能を持っていて、それはどんなことがあっても必ず花開いて大成するはずだと考えるよう教えられてきた。だが、初めからずば抜けた能力を持って生まれてくる人も一部には確かにいるものの、その潜在能力が花開くのはあくまで大変な努力と適切な指導が伴ったときだけなのだ。優れた指導者や教育ツールに出会わなかったばかりに、自分の潜在能力を開花させずにいる人々がいったいどれほどいるだろうか?

私はたまに考える。特別なスキルの達人というものは、かなりの確率で同じ家族や一族に集中するのではないだろうかと。その一例がアメフトのマニング家だ。わずか二世代の間にNFLのトップレベルのQBを三人も輩出しており、うちペイトン・マニングはアメリカ史上最高のQBの一人と評されている。マニング家の人々が、プロ・アメリカンフットボールの優れたQBになるのに必要な天性の素質に恵まれていることは明らかだ。だが、それですべてが説明できるのだろうか――。

QBというポジションで成功するには経験に基づく判断が極めて重要であることを考え合わせると、ペイトンとその弟のイーライが才能を開花させたのは、やはりプロのQBであった父親のもとで育ったことも理由の一つではなかろうか。そのような父親を持ち、幼いころから試合の微妙な勘所について解説を受け、基本的なスキルを手取り足取り指導してもらったことも関係するのではないだろうか。だとすれば、マニング兄弟と同レベルの肉体的・知的才能を持って生まれつつ、優れた指導者に出会っていないばかりにその才能を眠らせている世界中の子供たちは、どうすればいいのか？

ＶＲ訓練について最も胸が高鳴るのは、それが学びとトレーニングを平等にみんなのものにできる可能性を秘めているところだ。もちろん、映画『マトリックス』のネオのように、カンフーのプログラムをダウンロードして一瞬で習得できるような仕組みにはならないだろう。達人級のスキルを身に付けるには全力で集中して、数限りない練習を繰り返す必要がある。それでもいずれＶＲトレーニングが普及すれば、やる気さえあればすべての人が達人へと至る道の入り口に立てることになる。

今はすべての分野において、できる子には少しでも早いうちから専門性を伸ばし、その分野に集中するよう、かつてないほどの圧力がかかる。そして、専門的な指導を受けられる子はそうでない子に比べて圧倒的に有利なのは変わらない。だが、たんにネットにアクセスできてビデオ映像や指導講座を見られるだけでも、学びのチャンスは広がる。ＶＲも同じだろう。もちろん、専門的指導を受ける経済的余裕のない人々が手軽に利用できる価格帯まで、ＨＭＤやソフトが安くなるにはまだ時間がかかる。だが、スマートフォンとそのアプリがどれほど短期間に世界中に広がったかを考えれば、ＶＲが十分に安くなるのも想像以上に早いだろう。

ときに我々は経験することの価値をあなどってしまう。しかし、こんな世界を想像してほしい。そこでは、あらゆる分野で最高のＶＲ教師がそろい、いつでも本物の人間のように目の前に呼び出せる。そして将来有望な若者は、ＶＲ教師から一対一の指導を受けて成功に必要な知識やスキルを身に付けられる――。ＶＲ訓練は、今は才能を眠らせたままにしている何百万人もの人々に、本当のチャンスをもたらす可能性を秘めている。

第2章　その没入感は脳を変える

ＶＲでは一人称視点の暴力ゲームを作らない――ゲーム開発者は早々にこの結論に至った。ゲームであってもＶＲ内の殺人はあまりに生々しく、罪悪感を残すからだ。ＶＲは脳へ強烈な影響を与える。仮想世界で二五時間過ごした男にもある変化が起きた。

映画を学んだ人ならば一八九五年の短編映画『ラ・シオタ駅への列車の到着』の有名なエピソードを知っているだろう。生まれて初めて映画に接したパリの人々は、スクリーンに映る列車が自分に向かって迫ってくるのを見て、恐怖の叫び声を上げたという。この話が面白いのは、映画を見慣れていない当時の人々の〝うぶ〟さがおかしいからだ。現代人はそんなふうに映画にだまされはしない。本物とニセモノの見分けはつく。我々は新しいメディアに慣れて斬新さが薄れるにつれ、なにを見せられたって大丈夫だと思うようになるものだ。

それは確かにそうなのだが、一方で壁に投影された二次元の映像（３Ｄ映画も含め）と比べると、ＶＲが創り出す臨場感と生々しさはまったく異次元である。私はラボで何千人という人々――その多くはすでに何度もＶＲに接している――がＶＲを体験する様子を見てきた。その私が断言するが、ＶＲ経験は他のメディアとは違う。地震シミュレーターを何回となく経験した人でも、山積みの木箱が頭上から落ちてくるのを見てぎょっとしないためには相当の意志力が必要だ。それなりのVRなら、身に着けた煩わしい装備（ゴーグルやコントローラー、ケーブル類）はすべて視界から消え失せる。利用者は仮想世界に飲み込まれ、そこでは複数の感覚器官に同時に刺激がもたらされる。ちょうど、我々が日常生活で経験しているのと同じように――。

これこそ、VR経験が他のメディア経験とはっきり一線を画する点だ。他のメディアは、我々の感覚器官が感じられる全体像の、ほんの一部分だけを切り取っているに過ぎない。例えば優れたVRなら、そこで聞こえてくる音は一カ所に固定されたスピーカーが鳴らす音とは違う。音は空間的広がりを持ち、体の向きを変えると大きくなったり小さくなったりする。トラッキング機能があれば、音源との距離に応じて音の大小が変化する。

VR世界で見るモノは、テレビやPCモニターや銀幕の上に平面的に描かれたモノとは違い、現実と同じ三次元の立体である。そして上下左右のどちらを向いても、常にVR世界はそこにある。

VRを支える技術はユーザーからは見えないように作られている。一方、スクリーンに映る映像を見る場合、それがニセモノだとユーザーに知らせるヒントは常にある。映像メディアの特徴は、それが二次元の平面上に映し出されるという点だけではない。四角く切り取られた映像の枠、不自然なカメラの動き、カットやその他の編集手法、そしておそらく一番大きいのは、カメラ位置を視点にすることで生じる独特の遠近感だろう。これらの特徴すべてが、我々の感覚器官を通して接する日常生活の常識と矛盾している。

ＶＲ経験には我々の態度や行動を変えうる力がある

私はラボの訪問客にとりわけ怖かったり強烈なデモを体験させるとき、ＶＲのベテランしか知らない秘訣を教えることがある。ＶＲがあまりに強烈だったら、ただ目を閉じればいい。そうすれば問題は解決するよ――と。教えられなければまず誰もこのテクニックを思いつかない。それはそうだろう。現実世界では目を閉じてもなんの役にも立たないからだ（目を開けていても閉じていても穴には落ちる）。

なにが言いたいのかというと、ＶＲが生み出す「その場にいる」という幻想はあまりにも強力だということだ。冒頭のエピソードで紹介した〝うぶ〟なパリジャンたちでさえ、一九世紀が終わる頃には壁に映し出された列車が本物かニセモノか見分けられるようになった。だがもし私がスティーヴン・スピルバーグにＨＭＤを装着させ、仮想空間で海に浮かぶボートに立たせ、映画『ジョーズ』のような巨大なサメが襲い来るＶＲデモを見せれば、彼でも恐怖を感じる可能性はかなり高いだろう。

ＶＲが生み出す臨場感の力が役立つのは、安っぽいスリルだけではない。本書を通じていくつもの実例を示すように、ＶＲを上手に使えば人間心理に長期にわたる根深い影響を与えることもできる。人がＶＲ内での経験によって影響を受けるという事実は、相次ぐ研究結果からも明らかだ。

ＶＲ経験は人のふるまい方を変えることもある。しかもその影響はすぐには消えない。このことから、VRというメディアが持つ大きな可能性と危険性を同時に示す結論が導ける。すなわち、VR経験は現実のように感じられ、人はそこから実際の経験に近い影響を受ける。従ってVR経験は、たんなるメディア経験ではなく実際の経験だと理解したほうがいい場合が多い。実際の経験と同じく我々の態度や行動を変えうるのだと。

VRは一種の経験製造器といえる。デジタル・メディアゆえに、視覚や聴覚でとらえられるものは、想像しうる限りなんであれ簡単に作り出せる（他の感覚器官に訴えるものは少し難しい）。このため、我々にとって望ましい経験、個人や世界を今よりも良くするような経験を作り出せるという明るい可能性が見えてくる。だがその一方で、我々が不健全なVR経験を望めば、不健全な影響を受けるリスクを覚悟しなければならなくなる。私の研究者仲間の表現を借りれば、メディア経験は日々の食生活と同じだ。人は自分が食べたものでできているのだ。

「ミルグラム実験」で浮かび上がった服従の心理

心理学の初歩を学んだことがある人なら、おそらくスタンレー・ミルグラムによる有名な「ミルグラム実験」を知っているだろう。一九六〇年代に行われた「服従」についての実験だが、今でも人間心理にまつわる最も有名かつ最も不愉快な実験の一つとして名高い。当時の心理学者は、わずか一世代前に起きた人類の恐るべき過ち、すなわちナチスドイツの残虐な行為がなぜ起きたのか、しかもなぜあれほど多くの人々がおとなしく従い、ときには喜んで協力したのかを解き明かそうと努めていた。

ご存じのように「ミルグラム実験」は被験者にテストの受験生を監督させる実験だ。テストの受験生は、実は実験の協力者として主催者が雇った役者なのだが、被験者はそれを知らない。受験生（実は役者）がテストの答えを間違えると、監督官である被験者は彼らに電気ショックを与えることになっている。答えを間違えるたびに、罰として与えられる電気ショックは一五ボルトずつ強くなっていく。

受験生は実際には電気ショックを受けていないのだが、演技によって被験者は受験生が本当に電気ショックを受けていると思い込まされる。何問か間違えると、受験生は電気ショックにのけぞって壁にぶつかり、心臓が苦しいと訴える。それでも被験者がより強い電気ショックを与え続けた場合、最後には受験生は電気ショックに無反応になり、気絶やそれより酷い状態になったかのように演技する。

実験場にはこの間ずっと、白衣を着て権威のありそうな人物が一人立ち会っている。彼は被験者に対して「あなたが続けなければ実験は成立しません」とか「続ける以外の選択肢はありません」などと言い続け、実験を続けるよう命令する。この実験でミルグラムは二つの結果に注目した。一つは、明らかな苦痛を見せる受験生に対して、被験者がどれほど強い電気ショックを与えようとするか。もう一つは、命令に服従することで被験者はどのような影響を受けるのかだ[1]。

何度も同じ実験を繰り返して得られた結果によれば、半数を超える被験者が「白衣を着た権威のありそうな人物」の命令に従い、最後まで電気ショックを与え続けた。ダイアルの最大値である四五〇ボルトのショックを与えた被験者もいた（被験者の手元の装置には、四五〇ボルトのところに「危険：極度のショック」と書いてあった）。

この実験の様子を撮影した映像はネット上でいくつも簡単に見つかる。強烈で心が痛むような映像を見れば明らかだが、命令に従った被験者も無傷ではいられない。被験者の多くは汗をかき、唇をかみしめ、神経質な笑いの発作やうめき声をあげて震える様子を見せている。ミルグラム実験について話すとき、なにも考えずに命令に従うことで人はいかに残酷になれるかという点ばかりが注目されるが、実はそうした残酷な命令に従いながら被験者がどれほどの苦痛を味わっているかという点にも注目すべきである。

電気ショックを与える相手を「仮想人間」に変えてみると……

二〇〇六年、VR研究の先駆者の一人であるメル・スレーターはこのミルグラム実験をVRで再現しようと考えた[2]。被験者には本来のミルグラム実験と同じような役割が与えられる。ただしスレーターの実験の面白いところは、テスト受験者（役者）を実際の人間ではなくVRで作り上げた仮想人間に演じさせた点にある。しかも被験者には、テスト受験者が〝エージェント〟、すなわちコンピュータが操作する仮想人間だと事前に教えたのである（同じ仮想人間でも人間が操作するものは〝アバター〟と呼ぶ）。

本来のミルグラム実験の場合、被験者は実在する人間に電気ショックを与えていると信じ込まされていた。だがスレーターの実験では被験者になんら隠し事をせず、彼らが電気ショックを与える相手はコンピュータ・プログラムに過ぎないと正直に教えたのである。そしてスレーター本人が「白衣を着た権威のありそうな人物」の役を担い、被験者が仮想エージェントにテストを出しては電気ショックを与える間、そばに一緒にいた。

ただし本来の実験とは異なり、スレーターは被験者に対し無理してまでも実験を続けるようには一切命じなかった。被験者はいつでも実験を中止していいし、中止してもなんのペナルティもないとはっきりと何度も告げられていた。この実験でスレーターが調べたかったのは、完全に作り物の仮想人間に対して危害を加えることが果たして被験者に苦痛をもたらすかどうか、という点だった。

実験の結果、ショックを与える相手がコンピュータの作り上げたニセモノだと知っていても、被験者の心理はあたかも相手が実際の人間であるかのような反応を示すことが明らかになった。被験者の行動からも、生理反応（心拍数と皮膚伝導反応）からもそれが確認できた。実験場も電気ショックも受験生も、すべてが作り物だとはっきり知りながら、それでも被験者の脳はかなりの程度までそれらを現実として扱ったのである。

「一部の被験者の声から、（受験生が）答えを間違えるたびにイライラしていく様子がうかがえた」とスレーターおよび共同研究者は記録している。「（電気ショックについて）受験生から強く抗議されたとき、多くの被験者はそばにいる実験主導者を振り返って、どうすべきかを聞いた。そのたびに実験主導者は次のような返事をした。『いつでも中止してかまわないですが、あなたが続けてくれるのが実験のためには一番いいです。とはいえ、中止したければいつやめてもいいです』」

スレーターの記録によれば、与える電気ショックが強くなるにつれ、被験者はさまざまな反応を見せた。実験を中止する人もいたし、受験生の抗議に対し神経質な笑いを浮かべる人もいた

（同じ反応は本来のミルグラム実験でも見られた）。また、心から心配そうな様子を見せる人もいた。「受験生が二八問目と二九問目を間違えると、ある被験者は受験生にむかって不安そうに何度も『もしもし？』とよびかけた。そして実験主導者のほうを見て『彼女から反応がありません』と心配そうに言った」[3]

ＶＲで暴力的なシーンを見たときの心理的影響

被験者たちのこうした不可解な反応をどう考えるべきだろうか。確かに、足元に口をあけたＶＲの落とし穴を見て、反射的に反応してしまうのは理解できる。だが、仮想人間に対する仮想の行為に良心の呵責を感じるとは――。

ニセモノの電気ショックを与えたと考えただけで被験者が落ち着かない気持ちになったとすれば、人々が仮想現実の中でありとあらゆる類いの空想上の暴力や破壊的行為をするときには、いったいどんな精神状態になるのだろうか？　このような疑問を含め、私のラボを訪れてＶＲを体験した人は例外なくさまざまな不安を抱くようになる。

スタンフォード大学心理学部の同僚であるベノワ・モナンは、倫理に関する心理学の専門家だ。私のラボは彼と協力し、社会的倫理に反する出来事を仮想世界で見ることが、目撃者の心理にどのような影響を及ぼすかを共同で調べた。[4]この実験には六〇人超の被験者が参加し、そのうち約半数は次のような倫理的に正しい出来事を目撃する。彼らはＶＲの世界で、自分と同じ性別のキャラクターを見る。そのキャラクターに向かって人々が歩いてくると、キャラクターは相手に救急箱を渡す。救急箱を受け取ると相手は歩み去っていく。この様子を見ている被験者の倫理観が次第に強く刺激されるよう、最初にキャラクターに近づいてくる二〇人は兵士で、次の二〇人は女性と子供、最後の二〇人は子供と老人という設定になっている。時間にして五分ほどの出来事だ。

一方、被験者の残り半数は非倫理的な出来事をＶＲの世界で見る。自分と同じ性別のキャラクターが登場し、先ほどと同じ設定の六〇人がそのキャラクターに向かって歩いてくるのだが、今回は救急箱を渡すのではなく、近づいてきた相手を殴りつける。殴られた（ＶＲの）人は近くに倒れて積み重なり、ときとともに倒れた仮想肉体が高い山となっていく。映画やビデオゲームの暴力シーンと同じように、音声や殴られた様子も生々しく描かれる。

心理学の世界では「道徳的潔癖症」についての研究がある。学術誌『サイエンス』に掲載された論文によれば、倫理に反する実例について考えるよう促された被験者は、倫理的に正しい実例について考えるよう促された被験者よりも消毒用ウェットティッシュを多く使う傾向が見られた。(5)論文執筆者たちはこの傾向を「マクベス効果」〔殺人を犯した罪悪感から自分の手を執拗に洗い流そうとしたマクベス夫人に由来する〕だと考えている。これは、自分の倫理的な正しさが危機に瀕すると、人は自分を洗い清めたくなるという心理的効果を指す。我々の実験では、被験者がＨＭＤをはずした後でポンプ式液体石けんを使うように勧め、彼らが何回ポンプするかを数えた。すると、ＶＲで非倫理的な出来事を見た被験者は、倫理的に正しい出来事を見た被験者と比べて平均的に多くの石けんを使った。

この実験結果は、女性や子供が殴られる様子を目撃するという恐ろしい経験の後では自らを洗い清める必要がある、という考え方を暫定的に証明したことになる。もちろんこれは小規模な予備的実験であり、得られた結果もそこそこ（統計的に有意ではあるが効果は小さかった）であることは十分に留意しなければならない。とはいえ、スレーターの実験から得られた結果と方向性は一致する。すなわち、ＶＲ世界での強烈な出来事は人間心理に影響を及ぼすと見られる。

人は現実世界を捨ててＶＲの世界に埋没するのか？

歴史を振り返ると、新しいコミュニケーション・メディアが登場するたびに、それを不埒な目的のために悪用できるのではないかとか、人々に有害な影響を及ぼすのではないかといった懸念が必ず生じた。技術に関心のある読者なら、そうした過去の有名な実例をいくつかご存じだろう。例えばソクラテスは文字を恐れた。読み書きができるようになると、人々の記憶力が低下すると考えたのだ。一九世紀には、小説を読むと現実と作り話を見分ける能力が劣化すると考えられた。

過去にこうした実例があるため、メディアの悪影響を心配する声を考えすぎだと否定する人は、しばしばこれらを引き合いに出す。例えば「ビデオゲーム内の暴力が現実の行動に悪影響を及ぼす」とか「デジタル文化によって思考力が劣化する」といった懸念がいかに大げさで馬鹿げたものなのか、というわけだ。しかし、私はこう思う。たしかに一部の懸念は大げさすぎると認めざるをえないが、それでもメディアの影響を軽く考えないほうがいい。文字と書物は間違いなく我々の思考方法を変えた。そしてメディアの作るイメージも、私たちの心に強い影響を与える可能性を持つ。

私はスタンフォード大学で「マスメディアの影響力」という講座を持っている。マスメディアが我々に与える影響力の大きさは私の研究テーマでもある。そして私は伝統的メディアの影響力の大きさについておおむね懸念は持っていない。だがＶＲの没入感は別物だ。本やビデオゲームやテレビに夢中でのめり込むことはあるが、没入感という点ではＶＲと比べてはるかに見劣りする。ＶＲ以外の電子メディアは、我々が現実を味わうときに頼っている「全感覚」のほんの一部を再現しているに過ぎない。例えば映画やテレビ、またはタブレット端末で観るビデオは、現実世界から切り取ってきた音と映像を伝える。しかしそうしたメディアを観ているとき、我々はそれらが人工物であるとほぼ休みなく意識させられる。なぜなら、音や映像は四角い画面やスピーカー、手の中のデバイスからやってくるからだ。

ところがＶＲというメディアは我々をその中に包み込んでしまう。最低限のＶＲでさえ、外界をさえぎるゴーグルとヘッドフォンを目と耳に装着したとたん、人間の最も主要な二つの感覚器官をデジタル信号で上書きするのだ。より高度なＶＲになると、仮想世界で経験することとユーザーの身体に関連性を持たせ、仮想世界の物体がユーザーに物理的な反応を返すようデジタル信号を創り出す。

こうした作業がきちんと行われると、我々の脳はデジタル信号を現実だと錯覚し始める。「メディアは人の言動に影響を与えるか」という議論について、私は断言できる。ＶＲなら影響を与える、と。私のラボと世界中の研究所でこれまで何十年にもわたって行われた多くの研究実験がそれを裏付けている。

このためＶＲは、これまでに我々が抱いたメディアに対する恐怖と期待のすべてを体現する究極の実例となる。私はＶＲの実力を知った人々から、ありとあらゆるタイプの〝起こりうる最悪のシナリオ〟について聞かれる。列挙するだけで一章分になるだろう。「現実世界で他人と交流しなくなるのでは？」（ある程度は）、「拷問に使えるのでは？」（私の答え：ノー）、「マインドコントロールに使えるのでは？」（おそらく）、「民間企業も検閲するのでは？」（ある程度は）、「政府に検閲されるのでは？」（ほぼ確実に）、「ＶＲのせいで人はさらに暴力的になるのでは？」（ある程度は）、「ポルノに使えるのでは？」（なにか問題でも？）

ＶＲは厄災をもたらす――そんな予感を多くの人が感じている。他人との付き合いを大事にする自然な人間生活はこれまでも少しずつ失われてきたが、ＶＲはその傾向を決定づけるとどめの一撃になるのではないか。ＶＲの世界に埋没すれば夢のような生活が送れるのに、誰がわざわざ現実世界に存在することを望むのか、というのだ。私に言わせれば、こうした懸念は現実世界の生活をはなはだしく過小評価している。

ジャロン・ラニアー（「ＶＲの父」とも呼ばれるコンピュータ科学者）は「一番素晴らしいＶＲ体験はＨＭＤをはずした瞬間に訪れる」と繰り返し述べている。私もその意見に賛成だ。ＶＲでは再現できなかったあらゆる種類の微妙な感覚が、すべての器官を通して洪水のように一気になだれ込む。わずかな光の濃淡、匂い、肌に感じる空気の動き、手に持つＨＭＤの重さやトルク――これらの感覚を仮想空間できちんと再現するのは、不可能でないとしても途方もなく難しい。ＶＲは一風変わったやり方で現実世界の素晴らしさを再認識させてくれるのだ。確かに多くの人がＶＲでポルノを楽しむだろう。だがそれは現実の行為の足元にも及ばないのである。

ＶＲは私たちの脳にどんな影響を与えるのか？

私はいろいろな人からＶＲについて聞かれる。政治家や官僚、記者や子育て中の親からラボの気軽な訪問者まで――。最も多い質問の一つは「ＶＲはどのように脳を変えるのか」というものだ。

神経科学や心理学の知見が急速に進歩していることを考えれば、人々がこうした疑問を抱くのも当然だろう。ましてや今は脳内の物理的な動きまで把握できる強力な装置類を簡単に利用できる時代だ。なかでも重要なのが機能的磁気共鳴画像装置、すなわちｆＭＲＩ（機能ＭＲＩ）である。科学者はこの装置を使って脳内のあらゆる精神活動――強い偏見を抱く仕組みから暗記のプロセスまで――を計測する。であれば、ｆＭＲＩを使ってＶＲが脳に与える影響がわかるのではないだろうか。

残念なことに、これは思うほど簡単ではない。ｆＭＲＩの検査経験があれば誰でも知っているように、正しく計測するには身動き一つしてはならない。被験者が動きすぎると、技師は作業を最初からやり直す。すると、耳障りな騒音に満ちた閉暗所で、さらに二〇分間耐えねばならなくなる。

私はこれまで、「被験者が自由に動けるｆＭＲＩの新しい検査手法を研究する」としたグラント・プロポーザル（研究予算を獲得するための申請書）を何通も見ている。つまり、そのような検査手法が実用化されるのはまだ何年も先になるということだ。脳内を調べる他の方法、例えば細いコードのついた小さな電極をいくつも頭部に貼り付けて計測する脳波図（ＥＥＧ）なら、被験者は多少の動きが許される。とはいえいずれの方法でも、被験者が動けば動くほど計測結果にノイズが増えるというトレードオフ関係は生じる。

さて、ここでＶＲの特長を考えてみよう。３Ｄテレビを観るのと違い、ＶＲならではの特長はその動きにある。優れたＶＲを使うとき、ユーザーは歩き、つかみ、頭を動かして後ろを振り返る。ＶＲは人が活発にはしゃぎ回るためのものなのだ。そして多くのＶＲ体験は、切り立った崖や蜘蛛、のしかかる巨大な物体などを見せ、ギョッとしたり怖がったりしたときの自然な反応を引き出すような作りになっている。このためユーザーの突発的な動きは、ＶＲでは当たり前の前提だ。ところが、自由空間でのこうした突発的な激しい動きこそ、脳内を計測する際の最大の天敵となる。

もちろんｆＭＲＩを使ってＶＲ使用者の脳の活性化パターンを測ろうとする実験も一部で行われている。だが、そのいずれにも前述のトレードオフ関係が存在することを忘れないでほしい。ＶＲ使用者がろくに動けないような実験ではそもそも〝ＶＲ経験〟とは呼べないし、一方でＶＲ使用者があちこち歩き回れば脳の計測データは精度が落ちる。大手メディアは「ＶＲ中の脳の活動を計測した」と称する少数の研究報告に飛びつき大々的に報じるが、そうした報道に登場する〝ＶＲ〟とはたいがいの場合、立体的に再生されたビデオ映像とか、自分の手でコントロールするビデオゲームとかに過ぎない。どちらもＶＲの真髄である「その場にいる」という臨場感はない。

fMRIに横たわったまま「バーチャル迷路」を歩いてもらう

一例を挙げよう。二〇一六年、私はスタンフォード大学の神経科学者アンソニー・ワグナーと博士研究員サッカリー・ブラウンとの共著で、『サイエンス』誌に研究論文を発表した。[6] この研究では、目前の問題を解決しようとして脳が過去の経験から心的表象を作り出すとき、脳内になにが起きているのか、とりわけその過程で海馬がどんな役割を果たしているのかを解明しようとした。

例えば車の運転席に座り、かつて行ったことのある場所までドライブしようとするとき、人は目的地までの道順をはっきりと頭の中に描き出し、それを運転中の「脳内ナビ係」として利用しようとするはずだ（少なくともグーグルマップやナビアプリが普及するまではそうだった）。ところがそのための実験にfMRIを使おうとすると、被験者は磁気チューブの中でじっと固まっていなければならず、被験者にやってもらえる行為は極めて限られる。したがって、この種の実験で被験者にインタラクティブで複雑な知覚経験をしてもらえるケースは、今まではとんどなかった。

だが、VRを使えばそれが可能になるかもしれない。被験者はfMRI内部に横たわったまま、手にしたコントローラーを操作するだけで仮想世界を自由に動き回れる。であれば、もしかすると被験者の脳は現実世界を動き回っているときと同じような反応を見せるのではないか――私は海馬の役割そっちのけでこのアイデアに夢中になった。

我々はさっそく次のような実験をしてみた。初日は被験者にバーチャル迷路を歩き回り、迷路内の五つの場所に行ってもらう。バーチャル迷路といっても没入型のVRではなく、平面のモニターに映し出された映像だ。被験者は手にしたコントローラーを操作してその迷路を動き回る。そして翌日、被験者はｆＭＲＩの磁気チューブに横たわったまま頭の中で昨日の迷路を思い出して道順のプランを練り、その後コントローラーを操作して昨日と同じ迷路内の五つの場所まで行ってもらう。この間ずっと、高解像度ｆＭＲＩで被験者の脳全体の動きを記録した。

そのデータを分析したところ、目的地までの道順プランを練る作業には海馬が関わっていることが明らかになった。眼窩前頭皮質という脳の部位は記憶を頼りに道を進むときに海馬と協力することがわかっているが、この眼窩前頭皮質が目的地までの道のりを分類する作業で中心的役割を果たしていることが判明したのだ。

このデータは、人が過去の記憶を頼りに未来の行動計画を考える際の神経基盤がわかったという点で心理学者にとっても重要だが、別の観点からも意味がある。それは、この実験のインタラクティブな部分（バーチャル迷路）にはＶＲほどの没入感がなかったにもかかわらず、被験者がしっかり道順を記憶できるほどの「表現の豊かさ」を提供できたという点だ。

実験に参加した共同研究者たちは、被験者がバーチャル迷路内での自分の位置情報および次に行こうとしている場所の情報を脳のどの領域に格納しているのか、極めて狭い範囲まで絞り込んで予測することができた。人が現実の空間内を自由に動き回っているとき、脳内でどのように道順を考えているのか、その神経基盤を細かく調べることは技術的に不可能だ。だが、ｆＭＲＩ装置内でじっと横たわっている被験者に没入タイプではない仮想空間を見せることで、こうした調査を実現する道が開けた。前述の予測はおそらく正しいだろう。なぜなら仮想現実で経験した出来事を思い出すときの海馬の動きは、現実世界での経験を思い出すときにそうなるであろうと予測される海馬の動きと同じだったからだ。

シミュレーター酔いに苦しんだラット

ここから、ＶＲを利用して脳の活動を調べる一つの手として、「没入型でないＶＲ」を使うことができるといえる。そしてもう一つの手としては、動物の脳を切開して調べる方法もある（当然ながら人間には使えない）。二〇一四年、ＵＣＬＡの科学者たちはラットを使って運動中の脳の活動を調べた。全方位トレッドミル（その場であらゆる方向に動けるルームランナーのような装置）に拘束帯をつけたラットを乗せ、数台の大きなモニターで取り囲み、実験室を暗くする。モニターには仮想の部屋が映し出される仕組みだ。そして仮想の部屋を歩き回っている（つもりの）ラットの海馬にある数百のニューロンの活動を記録した。さらに科学者たちは注意深く対照実験を行い、こちらではラットが現実の同じ部屋を動き回った。

両者を比べたところ、ラットが部屋の中を巧みに動き回る様子は両者とも同じようになめらかだったのに、脳の活性化のパターンは仮想部屋と現実の部屋で大きく異なった。仮想の場合、ラットの海馬にあるニューロンは無秩序に活性化していたのである。あたかもニューロンにはラットのいる場所がまったく見当もつかないかのようだった。この実験の立案者でありＷ・Ｍ・ケック財団神経物理学研究所の理事長マヤンク・メータは、ＵＣＬＡの記者発表資料で次のように明言している。「（ラットの脳内で）地図は完全に消え去っていた。これは誰一人として予想していなかった。ニューロンの活性化パターンは仮想世界におけるラットの位置のランダム関数だった[7]」

でたらめな活性化パターンに加え、仮想部屋では現実の部屋に比べて脳の活動自体が少なめだった。続けてメータは、かなり踏み込んだ主張をしている。「ＶＲの中にいるとき、ニューロンの活性化パターンは現実世界にいるときと相当に違っている。ＶＲが我々の脳に与える影響はしっかりと解明する必要がある[8]」

この研究には批判もある。大半の学者はラットの脳から人間へと話を一般化した点を批判するが、ＶＲの専門家はこの実験に使われたＶＲ自体に問題があるとする。ラットからすれば拘束帯をつけられトレッドミルの上で走らされるというのは非道な仕打ちである。ラットは「ＶＲ酔い」ならぬ「シミュレーター酔い」に苦しんだと思われる。それゆえおそらく脳の計測結果は正確さを欠くだろう。私自身、何度もＶＲトレッドミルを使っているが、私のニューロンはそのときずいぶん混乱したと感じた。知覚系にとってこれはかなりつらい経験なのだ。

脳の活性化とＶＲ経験についてより慎重な報告をする研究もある。例えば二〇一三年に『ジャーナル・オブ・ニューロサイエンス』誌に掲載された研究では、ＶＲ迷路の「大きさ」と「複雑さ（分岐点の数）」の両者がどのように脳の活性化に関係するかを調べている。実験では一八人の大人の被験者がさまざまなＶＲ迷路でゴールを探すタスクをこなし、その後でｆＭＲＩ装置に入る。そして被験者にさまざまな迷路のスクリーンショットを見せながら、海馬の活性化の状態を記録した。すると、海馬の前部の活動は迷路の大きさに応じて活発化するが複雑さとは関係せず、一方で海馬の後部の活動は迷路の複雑さに応じて活発化するが大きさとは関係しなかった。これは「二重乖離法」と呼ばれ、脳科学者がよく使う研究手法である。この研究により、脳は周囲の環境の「大きさ」と「複雑さ」とをそれぞれ異なる部位で把握しているという予備的証拠が示された[9]。

ここで忘れてはならないのは、原っぱを走ろうがピザを食べようが、我々が行うほぼすべての行為は脳活動に活性化と変化をもたらすという点だ（脳活動の変化というのは必ずしも脳へのダメージとは限らない）。社会的見地から私が最も重要だと考える問題は、長時間のＶＲ使用が脳に与える影響である。その影響がどのようなものか、まだ我々は知らない。だがこれは決して軽く扱うべき問題ではない。

「八人の参加者が三〇日間、人間社会から隔離され仮想世界に浸りきる」

私は先日、ＨＢＯに売り込むためのテレビ番組の企画に協力してもらえないかと頼まれた。次のような企画内容だ。

「〝バーチャルリアリティ・ショウ（仮）〟は、これまでにない実験的ドキュメンタリー番組である。八人の参加者が三〇日間、人間社会から隔離され仮想世界に浸りきる」

実験の参加者募集の文言は、控え目に言ってもかなり強烈だ。

「〈ＶＲ参加者募集〉　募集人数は八人。一八歳から三五歳の間なら年齢不問。肉体と精神の限界まで追い込まれる実験を恐れない方。それぞれの参加者は三〇日間、たった一人で社会から隔絶され、最低限の食物だけを与えられる。参加者同士や外界とのコミュニケーションはすべてVRの世界を通して行われる」

目を疑うかもしれないが、読み間違いではない。参加者は食べる楽しみや生の人間との社会的交流を奪われ、参加者同士のやりとりはネットワークで繋がったVR内のアバターを通して行われるというのだ。この番組のプロデューサーは実験手法に関して私の助言を求め、参加者の脳機能の計測を手伝ってほしいと依頼してきた。

恥ずかしながら、引き受けるかどうか丸一日悩んだ。確かに興味深い実験に思えた。この種のおぞましい荒療治によって明らかに脳に変化が起きると確認できれば、来たるべきディストピアを未然に防げるかもしれない。もしかすると五年後には、この番組企画のような生活が一部の人々にとっては当たり前になっているかもしれない——。だが結局私は丁寧にお断りした。誰かから社会的交流を奪うという行為に協力するのは寝覚めが良くないだろうと思ったからだ。

とはいえ、私はこの種の実験に協力してほしいという依頼をひんぱんに受ける。長期にわたり社会との接触をVRだけに限ったらどのような影響が現れるか、という実験だ。私が思うに、これは医者がよくぶつかるジレンマと似ている。被験者の半数に一日二箱の煙草を吸うよう強制し、残りの半数には煙草を吸わせずに喫煙とガンの因果関係を調べる対照実験など誰もやりたくはない。代わりに我々は相関関係を示す統計データがそろうのを気長に待つ。この種の実験に良心の呵責を感じない人などまずいないからだ（念のために申し添えておくと、私は研究のためにラットの脳をいじくることにも良心の呵責を覚える）。

ＶＲが脳に与えうる四つのリスク

二〇〇三年から私が教えている〝バーチャル・ピープル〟の講義では、必ずＶＲのマイナス面についても数回にわたって取り上げることにしている。ＶＲは信じられないほど素晴らしい経験を与えてくれるし、教育の失敗がもたらす問題や差別と偏見の問題、気候変動の放置といった問題などに対処する真に有効な手段になりうる。それを本書で私は伝えたいと願っている。だが、もしＶＲ経験が地球や人種に対する我々の根本的見方を一変させてしまうほど強力ならば、当然マイナスの方向にもその力は働きうる。以下ではそうしたマイナスの影響として「暴力の行動モデリング」、「現実逃避」、「過度の利用」、「注意力の低下」の四つを取り上げて解説する。

ＶＲという極めて没入感の強いメディアを誰もが日常的に使う時代になると、我々はとても重要な問題に直面する。ＶＲのマイナス面に悪影響を受けずに素晴らしい面だけを利用するという綱渡りのために、私たちにはどのようなバランスが求められるのか――。

①暴力の行動モデリング

モデリング理論は一九六〇年代初頭、スタンフォード大学の心理学者アルバート・バンデューラが生み出した。バンデューラは現代心理学で最も人気がある研究テーマの一つ「社会的学習」という理論を切り開き、そこから派生してモデリング理論が生まれた。社会的学習とは、「一定の条件が満たされていれば、人は他人の態度や行動を模倣して身に付ける」とする理論だ。行動モデリングは社会的学習の一側面であり、他の人々が一つの態度・行動を取る様子をただ見ているだけでも人はその態度・行動を身に付けるというものだ。

当時、この主張は論議を呼んだ。なぜなら概して心理学の世界では、人がなにかを学んで身に付けるのは自分の行為を通してだと思われていたからだ。具体的な褒美や罰がなければ学びは生まれないと信じられていたのである。バンデューラはこの常識をひっくり返した。我々は、ご褒美のチーズをもらうために迷路を走り回って道順を学ぶラットではない。他者を見るだけでしょっちゅう学んでいるのだ、と。ここで重要な役割を果たすのが「代理学習」だ。この現象について研究が始まるのは、一九六〇年代にパロアルト保育園で行われた有名な「ボボ人形」実験がきっかけだった。[10] こんな実験である。

・「ボボ人形」実験——暴力的な大人から「学んだ」子供たち

子供たちに人気のある「ボボ人形」を大人が乱暴に扱う様子を二四人の幼児（実験群）に見せる。ボボは空気で膨らませるピエロの人形で、重しとして下部に砂が詰まっているため、殴られても元の位置に戻ってくる。大人は役者で、決められたシナリオに従ってボボにひどいことをする。げんこつで殴り、壁までふっとぶほどの勢いで蹴り、放り投げ、どなりつけ、しまいにはハンマーで殴る。これとは別に、対照群として一グループ二四人の幼児を二グループ用意する。第一のグループには、同じ大人がボボ人形を無視して他のおもちゃでおとなしく遊ぶ様子を見せる。第二のグループには大人の役者をいっさい見せない。

その後、それぞれの幼児は自らボボ人形と遊ぶ時間を与えられる。すると、暴力的な大人を見ていた幼児は自分がボボと遊ぶときも、他のグループに比べてはるかに暴力的にふるまった。ボボを殴り、どなりつけ、さらには自分で新しい暴力の方法を考え出すまでに至った。例えばピストルとハンマーをそれぞれの手に持ち、両者で一度にボボを叩いたりしたのだ。

この実験が最初に行われたときのビデオ映像がある。私は一〇年以上続けている「マスメディアの影響」という講義で、毎年学生たちにそのビデオを見せている。見続けるのがつらい映像であり、幼児がたんなる遊びとは思えない勢いで本気でボボ人形を攻撃する様子に、学生の間からしばしばうめき声があがるほどだ。

当然ながら、最初のボボ人形実験の後で何百という実験と研究がなされ、「代理学習」の理論は発展してきた。今ではどのような条件が満たされれば他人の行動を模倣する可能性が高まるか、といった細かい点まで明らかにされている。なかでも本書に関係するのは、果たして人はメディアで見た他人の行動も模倣するのか、という点だ。

実はバンデューラもこの点に興味を持っており、最初のボボ人形実験から二年後、今度は映像を使って同じ実験をしている。幼児の目の前で生身の役者が演じるのではなく、代わりにビデオ映像を見せたのだ。役者がボボ人形に暴力的なことをしないビデオを見せた対照群の幼児に比べ、ボボ人形に暴力をふるうビデオを見せた幼児は暴力的にふるまう傾向が二倍多くみられた。

行動モデリングという考え方は脳科学からも裏付けられている。二〇〇七年に心理学者のグループが行った実験では、ｆＭＲＩ装置に入ったままの被験者にビデオを見せた[11]。ビデオを見せる目的は、これから行う実験のやり方を説明するためだと被験者には伝えてあった。ビデオでは役者が演じる被験者役が学習タスクを行い、答えを間違えるたびに電気ショックを受けて痛がる様子が映っていた。被験者がビデオを見終わるといよいよ実験スタートとなり、同じような学習タスクが課される。被験者は、もし答えを間違えると自分にも電気ショックが与えられると信じ込んでいる。

この実験の狙いは、被験者が説明ビデオを観ているときの脳の状態と、実際に学習タスクを行い、まさに電気ショックが与えられると思っているときの脳の状態とを比べ、脳の活性化に違いがあるかを比較することにあった。この実験がよくできているのは、被験者が実際には電気ショックを受けない点にある。ただ、自分は電気ショックを受けると信じ込んでさえいればいいのだ。

実験の結果、ビデオを観ているときも自ら学習タスクを行っているときも、小脳扁桃の活性化から読み取れる恐怖反応が起きていた。どちらの状況でも脳の活性化パターンは似通っていた。実験主催者は研究報告で次のように述べている。「実験の結果から、間接的に感じる恐怖であっても、直接的な経験から生じる恐怖と同じだけの強さを持つのではないかと考えられる」

・一人称視点の暴力ゲーム――なぜゲームデザイナーたちは開発を諦めたのか？

驚くべきことに、昔ながらのゲーム市場では極めて暴力的な一人称視点《ファースト・パーソン》シューティングゲーム（FPS）が大きなシェアを占めているのに比べ、VRゲーム市場でその種のゲームはあまり発売されていない（本書執筆時の話であり、先のことはもちろんわからない）。そして面白いことに、発売一ヶ月で一〇〇万ドルを超える売り上げを記録し、VRゲーム界で初めてのヒット作の一つとなった「ロー・データ（Raw Data）」はFPSながら、敵をロボットにして伝統的なFPSにつきものの過剰な血と内臓の描写を避けている。

なぜか——。ゲームデザイナーの多くはＶＲゲームを作り始めてすぐに気づいたのだ。二次元のＴＶモニターの中で人を撃ち殺すのと、ＶＲの世界で人を撃ち殺すのでは、まったく感じ方が違うことに。モーション・トラッキング技術が加わればその違いはさらに大きくなる。実際に銃（のようなデバイス）を手に持ち、立体的に描かれた人間に銃口を向けて狙いを定め、その手で引き金を引く——もしくは自らの手を動かして相手を打ちのめしたり刺したりする——のは、これまでのゲームのようにコントローラーのボタンを押すことで暴力をふるうのとは完全に異なる経験である。実験的にＶＲ向けのＦＰＳを作ってみたゲームデザイナーの多くは、暴力的本能を刺激する残虐なゲームを体験し、大市場である一般消費者向けには強烈すぎると気づいたのである。

「私たちは早い段階から、人間を殺すゲームは作らないという基本方針を決めました」。ゲーム開発者のピアース・ジャクソンは開発中のＦＰＳについてそう話す。「（ゲーム内で）死を見なくていいようにする。あえてそのようにしたのです。生々しすぎるので。ＶＲでは死を含めすべての物事がはるかに強烈に感じられるのです[12]」

おそらくはＶＲにこの種の暴力的ゲームがないためだろう、消費者向けハイエンドＶＲシステムが発売されて間もなく、筋金入りのゲーマーたちがお気に入りのゲームをＶＲで動くよう改造し始めた。そうした改造ゲームの草分けの一つは、あの悪名高き「グランド・セフト・オート（ＧＴＡ）シリーズ」（漫画的でダークな世界観と虚無的な暴力で有名だ）の最新作の改造版である。

ユーザーはＭＯＤ（改造データ）を使って、このゲームをＶＲの世界でプレイできる。例えば

ＶＲ用のモーション・コントローラーを使い、マウスボタンやキーボードではなく自分の手の自然な動きで武器を構え、照準を合わせることができるのだ。その様子を紹介する短いプレイ動画がネット上に公開されている。一人称視点のプレーヤーがＣＧキャラクターたちを殴りつけ（漫画のように空高くに飛んでいく）、警官を銃撃し、車で道路を走りながら逃げ惑う通行人を撃ったりひき殺したりしている。

ゲームの中身はおそらくオリジナルと変わりないだろう。だが、この動画で人を殴ったり銃で撃ったりという行為がすべてプレーヤー自身の動きで操作されていることを考えると空恐ろしくなる。実はそのＭＯＤの制作者が後にブログで懸念を表明している。

その人物はブログにゲームプレイのＧＩＦ動画を貼り、その下に「自分でもわからなくなってきた」と書き込んでいる。動画ではタクシー運転手が後頭部を撃ち抜かれ、逃げる通行人が背後から撃たれている。「恐ろしいものを作ってしまった。実際プレイすると罪悪感さえ感じるよ。僕が『ＧＴＡ：Ｖ』用に作ったＶＲシステムで最初にプレイしたときは、開いた口がふさがらなかった」[13]（と、ためらいの気持ちを表明しながらも、この制作者は引き続きＧＴＡ用ＭＯＤの開発を続けている）。

・異星人を〝解剖〟する――尾を引く罪悪感の正体

私としては、極めて暴力的なＶＲの娯楽作品が多くの人を惹きつけるとは思わない。確かに一部のゲームマニアは、一人称視点で没入できるＶＲ世界での暴力を楽しむだろう。だがそうしたゲーマーの数は、非ＶＲの暴力的ゲームを楽しむ人ほど多くはならないだろうと考える。私自身が初めて暴力的なVRを体験してみて、この考えは確信に変わった。それはHTC「Vive」の〝解剖シミュレーター〟というデモで、優れたグラフィックスと双方向性を通してViveシステムの能力を見事に伝える、よく考えられたデモだった。

このデモでは、ユーザーは宇宙ステーションで検死のために異星人の死体を解剖する。医療器具と電動器具、さらには武器まで使って解剖を進めていくと、異星人は明らかに死んでいるのに、反射的反応のせいで手足がビクビクと動く。手術室は無重力で、解剖道具がユーザーの周りにふわふわと漂っている。無重力の物理的環境は驚くほど精巧で、空中を漂うノコギリや電動ドリルや手裏剣がなにかにぶつかると、その衝突の強さや移動方向の変化が正確に再現される。

私たちはこの〝解剖シミュレーター〟を今まで数百人に体験させてきた。そして私の見る限り、人々の反応はおおむね二つのパターンに分かれる。第一のパターンは、電動ドリルを異星人の眼球に突き刺せばリアルに血が飛び散ると気づいたところで、これは拷問と変わりないのでそれ以上はやらないと決める、というもの。まったく楽しいと思えないからだ。VRを使ったスレーターの服従実験の被験者と同じで、このタイプの人々はたとえ相手が見るからに作り物の存在であったとしても、苦痛を与えることが苦痛なのだ。

一方、第二のパターンの人はこの作業に抵抗を感じないように思える。彼らは〝元気よく〟解剖を進める。異星人を切り刻み、この血まみれのデモがどれほど凶悪で淫靡《いんび》で漫画的な展開を見せるのか探っていくのだ（切断した異星人の腕でその異星人の顔を殴った人さえいた）。

私の場合、初めてこの異星人をバラバラに切り刻んだときは――そのときの私はVRデモの迫真の出来映えに感銘するあまり人格が変わっていたのだ――、その後何時間も後味の悪さが残った。学生の見ている前でそのような愚かなふるまいをしたことも恥ずかしく思ったが、それだけでなく、より情緒的な影響が残った。この手で暴力的な行為をしてしまったことに対し、純粋に申し訳なく思ったのだ。罪の意識と言っていい。リアルな存在感のある対象を解剖して切り刻んだ経験は、私の中に長いこと残った。数時間後まで後悔の気持ちをしみじみと感じたのである。

・暴力スキルの向上――〝ヘッドショット〟を意識するプレーヤーたち

ＶＲで空想上の暴力に浸ることがユーザーにどんな影響を与えるのか、今後は本格的な議論と研究のテーマとなろう。このテーマはすでに極めて政治的な色を帯びている。一握りの学者はメディアなどを通して大声で反論しているが、暴力的なビデオゲームがプレーヤーの興奮と攻撃的姿勢を増強し、さらには反社会的姿勢さえ強化させる可能性もあることは、多くの心理学の研究によって示されている。[14] さらに踏み込んだ研究によって、暴力的なゲーム内容が怒りの感情を高めるだけでなく、その種のゲームを３Ｄテレビでプレイすると怒りのレベルが著しく増強されることも明らかになっている。[15] その研究の共同主催者の一人ブラッド・ブッシュマンは、暴力的なビデオゲームの影響について何十年も研究を続けている。ブッシュマンいわく「３Ｄゲームで怒りの感情が増強される理由は、（通常の２Ｄゲームと比べて）プレーヤーの没入感が強いためです。開発技術の進歩につれ、ゲームはより強い影響力をプレーヤーに及ぼすようになってきています」[16] とのことだ。

その３Ｄテレビの没入感をＶＲは大きく上回る。そして数々の研究で明らかなように、ＶＲが利用者の感情面・行動面に及ぼす強い影響力を考えると、暴力的なメディア体験はやはり憂慮すべき問題といえる。ただし、暴力的なゲームは憲法で保障された「表現の自由」に含まれると最高裁は判断している。

二〇一一年の「ブラウン対エンタテイメント商業協会」の最高裁判決では、親の監督なしに暴力的ゲームを子供に販売することを禁じたカリフォルニア州法が違憲とされた。判決理由では、暴力的ゲームによる潜在的な心理面への悪影響が「表現の自由」の制限を十分に正当化できるほどは大きくないとしている。ただし、サミュエル・アリート判事は補足意見の中で伝統的メディアと新しい仮想世界をはっきりと区別し、次のように述べた。

「ビデオゲームのプレイ経験（そして暴力的ゲームにより未成年が受ける影響）は、もしかするとこれまでに我々が知っているあらゆるものと大いに異なるかもしれない。その可能性はないと裁判所が決めつけるのはまだまだ時期尚早である。ビデオゲームのプレイ経験についてなんらかの判断をするのであれば、すでに販売中のビデオゲームと近い将来に販売されそうなビデオゲームの持つ一定の特徴を必ず考慮に入れなければならない[17]」

もう一つ別の懸念もある。ＶＲと行動モデリングを結びつけると、第1章のテーマである「ＶＲトレーニング」が問題になるのだ。熱心に議論されている精神面への悪影響や暴力への感覚麻痺といった問題とはまったく別のものとして、ＶＲは暴力のスキルを磨くために間違いなく効果的なトレーニングになるからだ。

二〇一一年七月二二日にノルウェーのウトヤ島で銃を乱射し大量殺人事件を起こしたアンネシュ・ベーリング・ブレイビクが後に裁判で語ったところによれば、彼は人気ＦＰＳゲーム「コールオブデューティ：モダン・ウォーフェア」を長時間プレイし、そこでホログラム・サイト（銃につけて標的を見やすくする光学照準器）の使い方を〝トレーニング〟したという。[18] 学者による研究でも、ピストル型コントローラーで暴力的ゲームをプレイすると（ブレイビクもそうしたらしい）実際に精度などの射撃スキルが上達し、さらには〝ヘッドショット〟を意識するようになるケースもあることが裏付けられている。[19] すでに述べた理由により、こうしたトレーニングをＶＲで行えばいっそう効果的なのは明らかだ。

いまさらショックを受けるような話ではない。そうした効果があるからこそ軍はフライト・シミュレーターを導入し、兵士の戦闘訓練にＶＲを利用している。実際に役立つのである。

②現実逃避

スタートレックの有名な「ホロデッキ」だけは例外としなければならないが、フィクションで描かれるＶＲはたいがいディストピア的世界である。映画『マトリックス』で描かれた仮想世界は、奴隷と化した人類にそうと気づかせないため機械が作り上げたものだった。人気小説で映画化もされた『レディ・プレイヤー１』は環境破壊と極端な貧富の差で荒廃した世界が舞台だ。人々の唯一の逃げ場は巨大な仮想世界で、みな時間さえあれば入り浸っている。私がスタンフォード大学の〝バーチャル・ピープル〟で教科書として使っているウィリアム・ギブスンの小説『ニューロマンサー』では、ＶＲが主に犯罪と売春の道具として使われている。主人公のケイスは仮想世界を愛するあまり、現実の自分の体を蔑んで〝肉〟と呼ぶ。彼にとって自分の体は「肉体の存在しないサイバースペースの歓喜」から彼を隔てる牢獄なのだ。[20]

このように多くのフィクションでＶＲは、うっとうしい現実世界のもろもろを忘れるための究極の現実逃避先として描かれる。今日の人々の言動から考えると、自分がキュレーターとして選りすぐったファンタジーの世界に閉じこもるという行為はもはやＳＦの話に思えない。我々はすでにどれほどの時間を、脳の一部を携帯デバイスやＰＣモニターに繋げたまま過ごしてきただろう。ツイッターやスナップチャット、フェイスブック（そしてなんであれ次にくるもの）だけの話ではなく、ビデオゲームやネット掲示板、その他のあらゆる娯楽を含めての話である。

こんな世界を想像してみてほしい。そこではソーシャルメディアに参加すれば学生時代の最高の飲み会と同じほどに楽しく、オンライン賭博をすればラスベガスの最高級カジノのＶＩＰルームにいる気分になれるし、ポルノでは現実のセックスに近い感触を味わえる――。そんなお手軽な満足感を捨ててまで、あえて現実生活の不便さに向き合おうと思える人がどれほどいるだろうか。

もちろん、非現実世界への逃避が社会から白い目で見られることはデジタル時代より前にもあった。テレビが大衆のアヘンだと馬鹿にされるよりはるか以前、小説を読むことに社会がヒステリックな不安を抱いた時代もあったし、プラトンは古代アテネにおける詩の流行を不安視していた。この事例は最先端メディアに対する社会の発作的恐怖心が間違っていることを示すためメディア史の学生によく引用される。

だが、私はＶＲだけは別格ではないかという不安を感じる。とりわけその心理面に与える影響の大きさから見て、他のメディアとの違いは程度の差ではなく別の種類のものと考えるべきではないかと思う。

数々の根拠から、そう遠くない将来、インターネット上で我々が行う活動の大半はＶＲかＡＲ

（拡張現実）を通して行うようになるだろうと考えられる。そうなれば我々はますます現実から切り離される。シェリー・タークルなど一部の識者が指摘する〝新しい孤独〟への懸念[21]は、そうした仮想空間への引力が強まるにつれていっそう現実味を帯びてくる。

もし本当に人々がインターネットにアクセスするときの手段や、そこで他人と交流するときの手段としてVRが使われるようになれば、果たして数千年の歴史を持つ我々人類の社会規範をインターネットがどのように変えてしまうのか、という不安はいっそう深刻化するだろう。

③過度の利用

人は一度にどれくらいの時間、連続してVRを使えるだろうか――。私のラボでは〝二〇分ルール〟を導入している。二〇分を超えてVRを使うときは必ず一回休憩をはさむこと、というルールだ。休憩後はまたVRの世界に戻ってもいい。ただし、短時間でもいいからきちんと休み、疲れた目をマッサージして周囲を見回し、そして壁に触る。仮想世界に長く居過ぎると感覚器官への負担が過大になる恐れがある。私の経験からいっても、休憩をはさむべき理由は以下のようにいくつもある。

・シミュレーター酔い――フレームレートは必ず最高値にする

コンピュータとHMDの性能アップのおかげで、シミュレーター酔いを起こす原因の一部は改善された。それでもまだ、VRの使用によって疲労や気持ち悪さを感じることはある。この問題の根本原因の一つはラグだ。部屋を見回しているところを想像してほしい。ある位置で世界が止まったりスローモーションになったらどうだろう。回線が悪くて常に相手と時間差が生じる携帯電話の会話や、音声と映像が微妙にずれている動画のように、自分の五感が予期していたものと実際に五感が知覚したものとの間にズレがあると、脳に混乱が生じ、多くの人はそのせいで身体に影響を受ける。

　低いフレームレートは確実にシミュレーター酔いを引き起こす。ＨＴＣ「Ｖｉｖｅ」の第一世代はリフレッシュレート九〇ヘルツ（モニタの更新回数が一秒で九〇回）という素晴らしい速さを誇るが、描写する世界が精密すぎたり、コンピュータが古いせいで適切なレンダリングができなかった場合、ユーザーが目にする世界の書き換え速度《フレームレート》は半減して一秒で四五回（四五ｆｐｓ）になってしまう。そこまでフレームレートが低いと世界は飛び飛びになり、ユーザーの知覚システムに大きな負担となる。

　昔はもっと酷かった。三〇ｆｐｓという昔のフレームレートだと、一フレーム（一コマ分の静止画像）は三三ミリ秒も続く。これは視覚システムにとって永遠に近いほどの長時間であり、その間ずっと世界は凍りついたままになる。そして三三ミリ秒後にいきなり次の場所までワープする。

　しかもここに一〇分の一秒ほどのレイテンシーまで加わる。レイテンシーとはトラッキングの物理的処理過程やコンピュータの計算過程による待ち時間だ。コンピュータは瞬時に処理を終えているように思えるが、我々の知覚システムは極めて敏感であり、もっさりしたコンピュータ・システムが物理変化を把握し、次のシーンの計算処理をし、ディスプレイに多数のピクセルを描き出すのにかかる時間を感じ取ってしまう。このレイテンシーがラグを引き起こす二つ目の原因となる。ユーザーの物理的動作に応じて仮想世界が動くのに、両者のシンクロが完璧でないためだ。

たとえ話として、一秒ごとに時刻表示をアップデートするデジタル時計で説明しよう。一分間に行われるアップデートの〝回数〟がまさにフレームレート（ｆｐｓ）だ。だが、ｆｐｓとは無関係に、そもそもこの時計が一〇分遅れていたとしよう。すると、一秒ごとに表示される時刻はそれぞれ一〇分ずつ遅れたままだ。この〝遅れ〟がレイテンシーである。最近のデバイスなら一秒に九〇回、表示をアップデートするし（九〇ｆｐｓ）、レイテンシーは無視できるほど小さいため、シミュレーター酔いの原因にはならないはずだ。

ところが最新鋭のデバイスでもいくつかの理由でレイテンシーが起きる。最も多いのは、ＶＲの制作者が仮想世界の環境をあまりにも精密に作り上げたために、計算処理の負荷が過大になったコンピュータがフレームレートを引き下げるというパターンだ。私のラボには「必ずフレームレートを最高値にすべし」というルールがある。ラボのプログラマーは仮想世界の環境を単純化しなければならなくなると大変がっかりする。具体的には、一カ所に集まれるアバターの数を一二人から六人に減らすとか、周辺環境のなめらかさをわずかに落とすといった単純化だ。だが、最高のフレームレートを維持するために見た目のディテールを犠牲にするという戦略は例外なく常に正しい。そこを間違える企業は後を絶たないが、脳と知覚システムを詳しく知る者としてはそうしたミスを見ると胸が痛むのである。

・眼精疲労――ＨＭＤの中ではあらゆるものの焦点距離が一定

ＶＲの連続使用を短時間にすべき二つ目の理由は眼精疲労だ。次の実験をしてほしい。目の近くに自分の指を持ってきて、そのまま遠くを見る。指は視界に入っているが、ぼやけて見えるはずだ。次に、顔は動かさずに指に焦点を合わせる。すると、それまで見ていた遠くのものは視界に入ってはいるがぼやけて見え、逆に指がくっきりと見えるはずだ。

現実世界でなにかを見るとき、私たちの目は二つのことをしている。一つは「視線の収束」、すなわち二つの目がセットになって対象物に向くように動く。対象物が近くなら両目はそれぞれ内側を向き、遠くなら両目はまっすぐに近くなる。もう一つは「焦点距離の調節」で、眼球の形状を変化させ、カメラのレンズのように対象にピントを合わせる。この動きはそれぞれの目が独立して行うため、カメラのレンズが二個あることになる。

さて、ＨＭＤを着けてＶＲを楽しむとき、「視線の収束」は簡単にできる。画面に映る対象物の動きを追って、両目が左右に動くからだ。しかし「焦点距離の調節」はそう簡単にはできない。二つの眼の焦点距離を決めるのはユーザーではなくＨＭＤメーカーである。ユーザーは好きなように眼球の形を変えられるものの、ＨＭＤの中ではあらゆるものの焦点距離が一定である。

経験上、ＶＲの中ではユーザーがどこに焦点を合わせても、目に映る映像にピントが合ったりボケたりという変化は生じない。焦点距離が一定だからである。この問題に関する科学的研究はまだ数えるほどしかなされておらず、結論を出すにはまだまだ実験データも不十分だ。それでも学者やＶＲ業界の先導者たちは、この問題を解決しない限りＨＭＤの連続使用は不可能だと考えている。

・現実とVRの混同――仮想世界で二五時間過ごした男

VRの連続使用には以上のような肉体的限界があるにもかかわらず、一部の強気な研究者や熱狂的なユーザーは気にせず長時間の使用を続けている。こうした長時間利用による肉体面への影響についてはまだ調査研究が不十分な段階ではあるが、それでも興味深いデータがすでにある。「現実とVRの混同」という潜在的危険に関するエピソードだ。

二〇一四年、徹底的な監視体制のもと、ハンブルク大学のドイツ人心理学者が二四時間をVRルームで過ごし、その結果わかったことを学術誌に発表した。結論部分ではVR研究者に向けて次のように述べられている。「実験中、被験者は数回にわたり、自分がVE（仮想環境）にいるのか現実世界にいるのか混乱をきたし、一部のモノや出来事についてもそれが仮想世界に属するのか現実世界に属するのかを取り違えた(22)」

学術論文ゆえに表現が堅苦しいのはやむをえないだろう。一方、仮想世界で過ごした最長時間の世界記録を持つデレク・ウェスターマンというユーチューバーは、自分が仮想世界で過ごした二五時間について、もっと生々しい言葉で表現している。ギネスブックの厳格な規則に従い、ウェスターマンは最長記録に挑む間一つのアプリケーションの使用しか許されなかった。彼が選んだのは『ティルト・ブラシ（Tilt Brush）』という3Dお絵かきソフトだった。ユーザーは真っ暗な空間に放り込まれ、コントローラーを使って三次元の物体を創り出せるというソフトだ。記録更新後にウェスターマンはこう述べている。

「VR世界で一日強を過ごした後、僕の人生は明らかにそれまでとは違ったものになった。この経験が人生の転換点になったんだ。今の僕にはわずかながら、すべての物事が上っ面だけのように、または非現実的に感じられて、それが面白くてたまらない」

ドイツ人心理学者の発言ほど学術的ではないかもしれないが、言わんとする内容は同じである。

④注意力の低下

スタンフォードの学生は手の親指を動かしていないと足が動かないらしい――私は大学の講義でこんな冗談をよく言う。学生の多くはチャットしないで歩くなんて考えられないのだ。大学を訪れた人々は、学生たちが自転車に乗りながらスマホで文字を打つ姿を見てびっくり仰天する。これは珍しい光景ではないのだ。

だが、いずれコミュニケーションに手を使う必要がなくなったらどうなるだろう。誤字の混じった一四〇文字のツイートを読む代わりに、仮想世界で本当の交流をするようになるとしたら。しかも現実世界で別の作業をしながら――。これは決して素晴らしい光景ではないだろう。

マルチタスク支持者がどんな主張をしようとも、集中力はゼロサムである[23]。複数の作業に集中力を振り分けても、その合計値は一定なのだ。そしてＶＲは人の集中力をすべて奪い取る（ＡＲとＭＲ――複合現実――はまた話が別で、ＶＲとは違った危険性がある）。ＨＭＤを装着して仮想世界にいると思い込んでいる人物は、本人にとっても周囲の他人にとっても危険な場合がある。最初にＶＲ機器が発売されてから数ヶ月の間、壁や天井扇に激突したり、コーヒーテーブルにつまずいたりといった事故の報道が相次いだ。近くにいた他人を気づかずに殴ってしまう事故まであった。こうした事故はユーチューブにも続々とアップされ、コメディの一ジャンルにまでなったものだ。

子供の脳への影響には特に注意が必要

ＶＲに対する投資資金は二〇一六年中ごろまでに六〇億ドルを超えた。今後はゲームや教育ソフトを含め、子供向けにＶＲ体験を提供するコンテンツが爆発的に増加するだろう。そう考えると、没入感の強いＶＲ体験が子供に与える影響について、理解も研究もほとんど進んでいない事実に愕然とする。子供に対するメディアの影響が特に重要視されるのは、脳の中でも感情と行動の規律に関わる部位である前頭前皮質が、子供ではまだ発達途上にあるからだ。

長時間ＶＲを連続使用した猛者たちに見られたような「現実とＶＲの混同」は、とりわけ子供に起きそうな危険である。短時間の集中使用でも起きる可能性がある。よく知られるように、幼い子供はニセモノの記憶を作りやすい。おとぎ話から頭の中の空想、加工写真など、なんであれ接したものからニセの記憶を生み出しがちだ。我々のラボでは二〇〇八年、幼稚園から小学校低学年までの子供を対象とした実験を行い、仮想世界と現実世界での経験をどの程度きちんと分けて認識できるかを調べた。それぞれの経験について、経験の直後と一週間後に聞いてみたのだ。その結果、例えばクジラと一緒に泳ぐＶＲを経験させた子供の多くは、（ＶＲで見たのではなく）自分が実際にシーワールドに遊びに行ってシャチを見たのだというニセモノの記憶を作っていた。[24]

ＶＲコンテンツの洪水が猛スピードで近づいている現状を見て、我々は没入型ＶＲが子供の言動や認知反応に与える影響について調査することにした。その手法として、架空のキャラクターとやりとりする経験をテレビモニターとＶＲの両方で行い、その違いを比較することにした。調査では『ザ・マペッツ』や『セサミストリート』の制作で知られるセサミ・ワークショップの協力を得て、架空のキャラクター（青いフワフワの毛が生えた愛嬌たっぷりのモンスター「グローバー」）といろいろなやりとりができるシミュレーション・ソフトを用意した。そして四歳から六歳の子供五五人にこのシミュレーションを経験させた。

実験の結果、没入型ＶＲではない（テレビに映るグローバーとやりとりするだけの）環境と比べると、ＶＲ環境でグローバーと接した子供は衝動的行動を自分で抑える「抑制機能」が相当低下することが判明した。これはジェスチャー遊びの「サイモンが言った[※注]（Simon Says）」で子供たちがどれだけ勝てたかによって判定した。その一方で、ＶＲ環境のほうが子供たちはより多くグローバーと会話し、密度の濃い交流をすることも明らかになった[25]。

この研究から次のことが示唆される。すなわち、ＶＲが子供から引き出す行動反応は、これまで我々が知っていたテレビによる行動反応とは異なるという点。そして子供は没入型ＶＲコンテンツを他のメディアとは違うやり方で処理して受け止めるのではないか、という点だ。現実世界で子供はなかなか自分の衝動を抑えられない。とりわけ魅力的な対象に対してはそうだ。だからこそ「サイモンが言った」は子供にとってすごく楽しいのである。

この遊びで子供はひたすら大人の行動を真似したいという衝動にかられるため、大人が〝魔法の言葉〟を言ってなくても真似しそうになる。テレビモニターで観ているぶんには、真似したい

※注：大人の言葉に子供たちが反応するゲーム。大人が「サイモンが言った」と先に言ってから、「手をあげて」などと動作を指示した場合は、子供たちはこれに従わなければならない。一方、大人が前置きなく「手をあげて」と言った場合に手をあげてしまったら、その子供は負けとなる。

という誘惑はそこまで強くないため、子供たちは正しく行動できる。グローバーが「サイモンが言った」という〝魔法の言葉〟を最初に言わなければ、その後のグローバーのジェスチャーを真似せずにゲームに勝てる確率は非常に高いのだ。

ところがVRでこの遊びをすると、現実と同じように誘惑の力が強くなる。VRが特別であるすべての理由――没入感、自然な体の動きに反応する点、現実世界をシャットアウトすることで幻想をよりリアルに感じさせる点――によって、仮想世界での誘惑は抗いがたいものになる。

HMDメーカーはVRが子供に害をなす可能性について用心深い姿勢を貫いており、多くの製品には年齢制限が設けられ、使用上の注意も記されている。例えばソニーのプレイステーションVRの場合、一二歳未満は使うべきではないとしている。ゲーム業界のユーザー属性を考えると、これはかなり無理な注文だ。プレイステーションの遊び心あふれる漫画的アバターや、子供向けのキャラクターとゲームの膨大なライブラリーを見る限り、この注意書きはかなり現実とかけ離れた〝学術的表現〟と言わざるを得ない。

VRの没入感は諸刃の剣である

私はよくジャーナリストに言うのだが、ウランは部屋の暖房にも使えるし都市の破壊にも使える。結局のところ、VRは他のすべての技術と同じで、毒にも薬にもなるただの道具である。私自身はVRについて、多人数で共有できる驚くべき経験や新しい社交の可能性、創造性の解放などに魅了され、前向きにとらえているが、その一方でVRの暗黒面を無視してはならないとも考えている。責任あるVRの使い方をするためには、VRでどんなことが可能になるのか情報と知見を集め、開発者側も利用者側も間違いのない利用方法を知るのが一番の近道だろう。

というのも、かつてないほど多くの時間をオンライン・コミュニケーションやネットメディアの利用に充て、携帯電話やタブレット端末を長時間見つめ続ける我々は、日常生活に占める仮想世界のウェイトが日々増え続けていることに対して多かれ少なかれ恐怖を抱いている。そして、私たちの暮らしがテクノロジーに包み込まれつつあることへの漠然とした不安を最もわかりやすく示すのがVRだ。

この抵抗しがたいほど蠱惑《こわく》的なメディアは、各自が思い描く夢のような世界へとユーザーをあっという間に連れて行く。このため、現実世界の課題やいざこざに取り組もうという気力を失い、一人きりでファンタジーの世界に閉じこもりたくなってしまう――。

ベストセラー『精神修養としての工作教室（Shop Class as Soulcraft）』（二〇〇九年、日本未訳）で知られる哲学者のマシュー・クロフォードは、別の著書『頭脳を超えた世界（The World Beyond Your Head）』（二〇一五年、日本未訳）でこの不安について述べている。デジタル・テクノロジーが物質的世界と我々との関係に入り込み、大事な物事を選び出してそれに注意を払うという我々の能力に影響を与えつつある様を掘り下げた、思慮深い一節だ。

「私たちの経験がかつてないほど表現物を通して間接的に行われるようになるにつれ、私たちは自分の肉体で直接働きかける環境から切り離され、物事の選択基準がなんなのかわからなくなってくる。今では北京の紫禁城だろうが深海の洞窟だろうが、簡単に仮想の旅行ができる。部屋の反対側の壁を見るのと同じくらいの手軽さだ。世界中の驚くべき風景や建物、普通ではたどり着けない秘密の場所、謎に包まれたサブカルチャーなど、なんであれ私の怠惰な好奇心を満たすために一瞬で呼び出せる。それらはみな距離感を失い、一緒くたになって私を中心にぐるぐる回転しているようだ。だが、その私はいったいどこにいるのだろうか？[26]」

見事な指摘である。とりわけＶＲのように誇張されがちな技術については、その限界をよく心に留める必要がある。クロフォードは、ＶＲが対象をデジタルで表現するときに、現実世界の本物にはある細かな欠点を消してしまう能力について懸念している。このため仮想世界への逃避は現実を正しく認識する力を失わせ、モノそのものの真価を味わう能力やリアルな物質を相手に作業する能力を弱めてしまいかねないと心配しているのだ。

この懸念はいかにも的中しそうである。だが逆に、ＶＲを使って我々と現実世界の関係、そして自分と他人の関係を強化する道はないのだろうか？　他人の視点に共感する能力や、他人の経験を正確に理解する能力、自分の行動が他の人々やみなの地球環境に及ぼす影響をよりよく知る能力をＶＲによって拡張し、現実をより深く認識できるようにはならないものだろうか？

第3章　人類は初めて新たな身体を手に入れる

特殊な〝鏡〟を使えば、人間の脳はいとも簡単に仮想の身体を自分自身だと思いこむ。これをVRと組み合わせれば、年齢や人種の異なる人間はもちろん、別の動物の身体に移転することも可能だ。人類史上初めての事態に、我々の脳は対応しきれるのか？

何日も砂漠を歩いてヨルダンに着きました。あの週、私たちは庭の木にひっかかったままの凧を置き去りに家を出ました。凧はまだあそこにあるのでしょうか。私の凧を返してほしいです――。私の名前はシドラ、一二歳の五年生です。シリアのダルアー地方の町インヒルから来ました。ここ、ザータリ難民キャンプに一年半住んでいます。(1)

このセリフは、VRドキュメンタリー映画『シドラの上にかかる雲（Clouds over Sidra）』の冒頭、胸の張り裂けるようなシーンに挿入されている。八分三〇秒にわたり三六〇度視界を提供するこの映画は、観客をヨルダン北部のザータリ難民キャンプへ連れて行く。内戦で国を追われた八万人のシリア人が暮らす場所だ。

周囲を見回すと、行き当たりばったりに広がり続けているさまざまなキャンプの施設が目に入る。そこに重なるナレーションでは、シドラという少女の声で難民キャンプでの生活が語られる。輸送用コンテナを転用した小さな家に寝泊まりするシドラとその家族、そして仮設のジムでウェイトリフティングをして時間をつぶす男たちを見た後、観客は大きなかまどのそばで談笑しながら平たいパンを焼く少年たちと一緒にいる。その次はサッカー場のど真ん中に立ち、周りでは少女たちがサッカーボールを蹴っている。この間ずっと、通訳者を通してシドラが淡々と説明する。今も続く人道的悲劇の真っ只中にある、ごく普通の日常生活を(2)。

観客の感情を激しく揺さぶるVRドキュメンタリー

私は二〇一五年四月、トライベッカ映画祭で初めて『シドラの上にかかる雲』を観た。そして映画の登場人物と私との間に生まれた親密感に強く打たれた。例えば映画のワンシーンでは、キャンプ内の泥だらけの道を子供たちが一列に並んで登校していく。そこでは仮設住宅が見渡す限りすべての方向に続いている。私は周囲を見回し、茫漠たる空間の広がりをまざまざと感じる。視界が限定される写真や映画では決して伝えられない感覚だ。ただ〝八万人〟と言われても、心になにも訴えないただの統計数字であり抽象的概念に過ぎない。だが、砂漠に作られた巨大な仮設都市の真ん中に自分で立ったとき、私は初めてこの難民キャンプの人口を表す数字の意味が実感できた。

このシーンでは、登校中の子供たちの中に、興味津々な様子でこちらに近寄ってくる子もいる。路上に放置された大きい変な機械、つまりカメラ機材に興味を引かれたのだろう。笑いながらわざと変な顔をする子、黙ってじっと観察する子――それはまるで、私に向けた表情のように感じられる。この子たちの多くはシドラと同様、死と破壊から逃れるために歩いて砂漠を渡り、ヨルダンにやって来たのだ。その事実が持つ重さと、彼らの楽しそうな日常生活の様子とが重なり、私は激しく感情を揺さぶられた。

ＶＲ映画が終わり周囲を見ると、サムソン・ギアのヘッドセットを頭から外して涙をぬぐう人が何人もいた。この映画は間違いなく人々に強い感情を抱かせる。だが、それをもたらしたのはドラマチックな音楽でもなければ考え抜かれた巧みなエンディングでもなく、胸の痛むような表情をとらえたクローズアップでもない。視聴者の感情を揺さぶるための、そうした伝統的な映画テクニックは、このＶＲドキュメンタリー映画にはほぼ使われていない。『シドラの上にかかる雲』の視聴者は、ただ日常のなにげない瞬間に立ち会うだけである。人々がパンを焼き、家族が笑いながら集い、子供たちが遊び、学校で勉強する――。伝統的映画との大きな違いは、没入型の映像によって、自分も彼らと一緒にその場にいるかのような気にさせられる点だ。

このＶＲ映画を作ったのは芸術家で映画監督のクリス・ミルク。サムソンおよび国際連合の協力のもとに作製されたこの映画は、たんなるＶＲドキュメンタリーの初期実験ではなく、意識的に「ＶＲアドボカシー（主義主張の提言）」の先駆的事例となることを目指した取り組みだ。ミルクは二〇一五年にこう述べている。「私たちはこうした映画を作製して国連で上映し、国連職員や国連を訪れる人々に観てもらっています。映画に登場する人々の人生を変えることができる人たちに観せているのです(3)」

このセリフは「究極の共感マシーン」と題したミルクのＴＥＤトークから引用した。この講演でミルクは、ＶＲの特徴である強力な没入感こそ、他者の経験を共有し、自分と違う人々の生活を理解するのにうってつけだと断言している。「（ＶＲは）人々を極めて深く他人と結びつけます。そのような深い結びつきは他のどんな形式のメディアでも見たことがありません。これは人々の相互理解のあり方を変えうる力です。ＶＲは世界を本当に変える可能性があると私は信じています」[4]。実際にミルクの言うとおりのことが起きた。国連の内部データによれば、ＶＲドキュメンタリーを体験した人は、そうでない人の二倍の率で寄付をするという[5]。

ミルクの作品にはこの信念が色濃く反映されている。ＶＲという新メディアを使った映画監督の第一人者として、ミルクは短編ドキュメンタリーを数本撮っている。その一つはニューヨーク・タイムズ（のウェブサイト）のために撮影した『国を追われて（The Displaced）』だ。戦争のせいで難民となったシリア、ウクライナ、スーダン出身の三人の子供たちが新しい人生を切り開こうとする姿を追っている。ニューヨーク・タイムズはこのＶＲジャーナリズムの特集作品を鑑賞できるよう、一〇〇万人を超える購読者にグーグル・カードボード（段ボール製のＶＲ用ゴーグル）を配布した。初期のＶＲ短編作品を生み出したミルクら制作者たちは、〝自分の得意とするメディアを使って共感と理解の輪を広げる〟という由緒ある芸術の歴史に一ページを加えたと言えよう。

他者への共感を訴えてきたメディアは我々の世界観を変えたか？

政治的意図を持つ芸術は数え切れないほどある。例えば社会派小説『アンクル・トムの小屋』

は、文字とイラストで表現された物語を通して、アメリカ北部の読者に南北戦争前の奴隷の苦しみを強く印象づけた。他にもフランシスコ・ゴヤの『戦争の惨禍』シリーズは、一九世紀初期のショッキングな暴力と内戦の様子を版画でとらえた（広く世間に知られるまで数十年かかったが）。ジェイコブ・リースの写真集『残された半数の暮らしぶり（How the Other Half Lives）』は、ニューヨーク市のスラム街の暮らしを写真で伝える。人間は芸術を作り続けてきたのと同じだけの時間、他者の経験、とりわけ苦しむ人々の経験を理解し、伝えようと必死で取り組んできたのである。絵画、彫刻、写真、映画、最近ではビデオゲームにさえもそれを見て取ることができる。

こうした共感と理解を訴える芸術が実際に人々の行動を変えたのかどうか、今でも議論が続いている。一部には、世界中で戦争と暴力が大きく減っているという統計データを示し、その一因として「コミュニケーションの進歩」があったとする意見もある。コミュニケーションの進歩が、当初は部族間でさえ異なっていた狭い世界観を拡大し、倫理的関心事の〝仲間の輪〟を広げるのに貢献したというのだ[6]。その結果として、本能的に自分の家族や部族だけを優先しようという意識から、かつての外集団も内輪に含めて考えられるようになった。

この見方を大まかに裏付けるデータは驚くほどたくさんあるが、その一方で、「メディアを通した共感体験をもとにした我々の論理的思考力が、人類全体を確実に進歩させている」という見方を真っ向から否定する事例はいくつも存在する。例えば近現代ならナチスドイツや一九九四年のルワンダの民族虐殺などに見られる社会的分断とおぞましい暴力を指摘する人もいる。いずれの事例も、他者を悪魔のように思わせるプロパガンダの手段として最新のコミュニケーション・

メディアが使われた。

私たちは日常的に共感のスイッチのオン／オフを切り替えている

近年、心理学では「共感」についての研究や議論が盛んだ。そして多くの心理学者は、我々が他者に共感するとき、そこには心理学的にはっきりと区別できる二つのシステムが関わっているらしいと考えている。一つは感情系のシステムで、他人の苦しみを見ると反射的に発動するものだ。例えばスポーツ選手がケガをするのを見て身がすくんだり、ホラー映画のおぞましい場面で顔を背けるとき、このシステムが働いている。もう一つは認知系のシステムで、これは脳が他人の気持ちを推し量る理論と、その原因を推測する理論を構築することで働く。

「共感」の基本モデルをこれでよしとする心理学者もいるが、私はこれだけではまったく不十分だと思う。例えばサイコパスや詐欺師、拷問愛好者といった類いの人々は、感情面でも認知面でも極めて高い共感力を持っているだろうが、普通なら共感力の高い人物に期待されるような向社会的な性質を欠いている。

このため私は、スタンフォード大学の心理学者仲間であるジャミール・ザキが提唱する共感モデルに軍配を上げる。彼は〝成熟した共感〟には感情と認知だけでなく三番目の要因、すなわち「意志」が必要だとしている。ここでいう「意志」とは、ある人物が他者の苦しみを感情系と認知系でとらえたとき、相手の苦しみを和らげたいという意志を持つかどうか、そもそも共感によるつらい感情をあえて自分でも味わおうという意志を持つかどうか、ということである。[7]

ザキの提唱する共感モデルは、共感というものが自動的に起きる無意識の働きではなく、あえてそれを経験しようと自分で主体的に選び取るものだと教えてくれる。ザキの考えによれば、我々は共感のスイッチをオンにしたりオフにしたりして切り替えているという。なぜなら共感は自分の感情に負荷を与えかねないからだ。精神的なゆとりを消耗させるのである。

その一例としてザキは次のような場面を想像してほしいという。自分がテレビを観ていて、今から白血病の募金番組が始まるとわかったとしよう。小児白血病の子供たちが登場して自分のことを語る番組だ。これを観れば共感を覚えるであろうことはまず間違いない。しかし、観たいという「意志」をもつかどうかは人それぞれだ。ぜひ詳細を知りたいと思う人もいるだろう。一方、後ろめたい気持ちを感じたくないとか、子供の話を聞いて悲しい気持ちになりたくないという人もいるだろう。

もう一つ例をあげよう。ほとんどの人は、道でホームレスを見かけるたびに「外で寝るのはどんな感じだろう」などと想像することに思考のエネルギーを費やしたりはしない。いちいちそんなことをしていたら、まともな日常生活は送れない。なぜなら本当にそのつらさを理解すれば多くの人は心が傷ついてしまうからだ。そうならないため、普通はホームレスを見ても見なかったことにする。もしくはホームレスがいるという気の滅入る現実を自分の意識から押し出すため、その悲惨な状況は本人の選択が積み重なった結果なのだという話を勝手に創作し、無視しても心が痛まないようにする。この人がホームレスになったのは確かに悲しむべきことだけど、ドラッグに手を出したのがいけなかったんだ。もしくは、失業した本人のせいだからしょうがない――と。大病による破産や心の病など、本人のせいでなくてもホームレスになる理由はいくらでもあるのだが、そうした可能性は考えない。

あえて相手に共感しようと決めると、コストなしではすまされない。極端な場合、生々しい痛みが尾を引き、精神的ダメージを受ける可能性もある。医者や看護師、心理療法医、救急医療関係者など特定の専門職はこうした精神的ダメージを受けるときもある。人間の苦痛の極限と日常的に向き合うからだ。心理学者はこれを〝共感疲労〟と呼ぶ。共感する力を限界まで使い切ったことで生じる「心の筋肉痛」のようなものだ。下手をすると不安や悪夢、解離、怒り、バーンアウト（燃え尽き）といった症状につながりかねない(8)。

さらに上記以外にも、とりわけ激しい競争にさらされる仕事の中には、部分的に共感を一時停止しなければ務まらない仕事もある。政治家、兵士、スポーツ選手といった仕事はいずれも状況に応じて共感のスイッチをオン／オフすべき理由が十分にある。さらに言えば、そのスイッチをオンからオフへと切り替える必要がない人など一人もいない。私たちの暮らすこの世界は唖然とするほどの不平等に満ち、共感を必要とすることは山ほどある。周囲の苦しみと不平等を見てもあえて目をつむる、という経験をせずに一日を過ごせる幸運な人などめったにいない。

共感力を高める「視点交換」の限界

私たちの共感力は一定ではない。それは文化と、その文化の価値観を伝えるメディア技術によって変わりうる——良くも悪くも。ある種の訓練によって他人の感情に対する感度を鈍くさせることもできるし、別種の訓練で共感力を高めることもできる。数々の研究により、共感力を高める最も優れた方法の一つは「視点交換《パースペクティヴ・テイキング》」であることが明らかになっている。

これは世界を他人の視点から見る行為だ。おそらくこのテーマに最も深く関わっている研究者は、フロリダ州セントピーターズバーグにあるエッカード大学のマーク・デイビスだろう。デイビスは視点交換の計測にもっともよく使われるツール「対人反応性指標」を考案した。これは例えば「誰かを批判する前に、自分が相手の立場ならどう感じるか想像しようとする」とか「良い映画を観ていると、いとも簡単に主人公になったつもりになる」といった項目にどれほど同意するかを聞くアンケート調査である。(9)

また、彼が一九九六年に書いた論文は、実際の視点交換の仕組みを明らかにし、この分野の研究者の間で基礎文献とみなされている。「視点交換が人の認知的表象に与える効果：自己と他者の同化」(10)というタイトルが内容をすべて物語っている。人は他人の視点から世界を見ることで相手と自分の差異を小さくできる。数十年におよぶデイビスの研究はそれを明らかにした。相手と同じように考えることが認知構造に実際の変化を引き起こし、相手についてまるで〝自分のことのように〟考えるようになるのである。

ここで二〇〇〇年に行われた有名な実験を紹介しよう。現在はコロンビア・ビジネススクール教授のアダム・ガリンスキーが行った実験で、視点交換が共感を引き起こすことを証明したものだ。実験では被験者となる大学生たちに一人の年老いた男性の写真を見せ、その老人の一日を想像して短い文章を書くよう伝える。第一のグループ（対照群）にはなんら具体的な指示を与えず、ただその老人の一日を書くようにとだけ言う。第二グループにはまず「視点交換」について説明し、写真の中の老人の視点に立って文章を書くよう具体的に指示する。

この結果、視点交換を行った第二グループは対照群よりも強い共感を示した。彼らは心理的な反応時間課題において、ネガティブな固定観念に結びついた偏った表現を選ぶ際により長い時間をかけてじっくりと判断し、また文章においても写真の老人についてより前向きな書き方をしたという。この実験の方法に文句はない。だが、果たして普段の日常生活において、この実験の被験者のようにわざわざ想像力を働かせて視点交換を行う余裕のある人がいったいどれだけいるだろうか。[11]

難民キャンプで生活する人々の〝感覚〟まで伝えられる

実はここにＶＲの出番があるのだ。まるで現実のように思える経験を作り出し、多種多様な視点から仮想の世界を見せることができるＶＲの能力は、まさに視点交換にうってつけではないだろうか。第一の利点として、他人の視点に立つためのシナリオをゼロから頭の中で考え出すという頭脳労働が不要になる。これはおそらく、視点交換する気になるためのハードルを下げる効果があるだろう。

さらにこれが二番目の利点ももたらす。すなわち、ＶＲなら共感対象の視点に立つためのシナリオを詳細に描けるため、ありがちなステレオタイプ像や心地よい作り話をでっちあげるのを避けられるのだ。例えば、老人にネガティブな固定観念を抱いている高校生に「老人の視点に立ってごらん」と勧めたところで、その固定観念をいっそう強化する効果しかないだろう。その高校生が視点交換で頭に描くイメージは、動作が遅く、ケチで、退屈な昔話ばかりする老人かもしれないのだ。しかし、正式なロールプレイ用モデルを作り、視点交換で老人の立場を実感できるようなシーンを再現すれば、こうした固定観念を打ち砕くこともできよう。人は他人の視点に立つための正確な情報を持っていないのかもしれない。しかし、だからこそＶＲがより正確な視点交換のガイド役を担えるのだ。

もちろん、どのようなメディアであれ他人の主観的経験を完全に再現することなどできない。だが、実物さながらの一人称視点を豊かに描けるＶＲなら、共感を増強するメディアとしてこれまでにない品質を提供できるのではないだろうか。我々は難民に関するニュースの解説を読んだりドキュメンタリーを観ることはできるが、これらのメディアは受け手側に多くの想像力を求める。こうしたストーリーは難民キャンプでの生活について多くの情報を伝えてくれるが、そこでの生活が実際にはどんな感じなのか、感覚的な部分はあまり伝えられない。我々の頭の中には、難民としての暮らしを想像するための適切な音や映像、エピソードのストックがあるわけではないからだ。

だが、ＶＲなら難民キャンプの周辺環境や居住区の狭さ、キャンプの敷地の広大さといった感覚を伝えられる。ドキュメンタリー映像には不可能な形で、シドラや彼女の周りにいる難民キャンプの人々を生き生きと再現できる。

そう考えると、ＶＲがかつてないやり方で人々の間に共感を育てることができるのは当然のように思えてくる。だが、本当にそれほどうまくいくのだろうか——。それを検証するために我々が行った実験を次に紹介しよう。

私たちは仮想の身体を「自分のもの」だと簡単に思い込む

スタンフォード大学の私のラボでは二〇〇三年から「VRと共感」について実験を行い、研究結果を公表している。そこでは高齢者差別、人種差別、障害者支援などのテーマを扱ってきた。研究の結果、「VRは本当に究極の共感マシーンなのか」という設問に対して我々がたどり着いた答えは、イエスともノーとも言い切れない微妙なものだ。確かにほとんどの実験において、VRは共感増強効果で対照群を上回る傾向を見せた。とはいえVRは百発百中の〝魔法の弾丸〟ではない。例外なく効果を発揮するわけではないし、効果があっても効果量（結果の強弱を表す統計用語）はさまざまだった。以下で詳細を説明しよう。

最初に行った研究のテーマは「高齢者差別」で、若者が高齢者に抱きがちな偏見について調べた。研究結果を公表したのは二〇〇六年だが、計画や実験は二〇〇三年から行っていた。このテーマを選ぶきっかけとなったのは前述のガリンスキーの研究（老人の一日を被験者に想像させるもの）だが、我々の実験では「被験者の想像力」という要素を排除することにした。

このためにまず我々が作ったのが〝バーチャル・ミラー〟だ。これはラボの壁に仮想的に作られた鏡で、被験者はそこに自分のアバター（分身）が映っているのを見る。被験者にはそのバーチャル・ミラーの前に立ち、九〇秒間さまざまな動きをして鏡に映る自分の姿をよく見てもらう。被験者が頭を左右に振ったり、耳が肩につくよう頭を傾けたりすると、バーチャル・ミラーに映る自分も同じ動きをする。続いて一歩前に出てみると、鏡の中の自分の像も少し大きくなる。しばらくすると、被験者に鏡に映らないようしゃがんでもらい、それから再び立ち上がって自分の像も一緒に鏡の中で立ち上がるのを確認してもらう。

VRを使った〝鏡〟は、私がこの世界に入るずっと前から存在した。そもそも一九九〇年代末に私をVRの世界に誘い込んだデモの一つが〝鏡〟だった。当時、初めてUCSB（カリフォルニア大学サンタバーバラ校）を訪れた私はジャック・ルーミスのラボでそれを体験した。ジャックはVR利用のパイオニアの一人で、距離判断や視野など知覚心理学のさまざまな分野の研究にVRを活用していた。とはいえジャックの知的好奇心は人間の視覚認知の仕組みだけに収まりきらず、彼の作った一連のVRデモにも反映されていた。

一九九九年当時の技術だけに、その〝鏡〟のデモはかなりローテクだった。鏡に映る自分の分身はいかにもロボット然としたアバターで、動きももっさりと遅く、しかも反映されるのは頭部の回転と前後移動の動きだけ。手足はまったく動かない。それでも効果はてきめんだった。しばらく使っていると、鏡の中のロボット然とした姿が本当に自分の体だと思えてくるのだ。私は未来を垣間見たと思った。そしてスタンフォード大学に戻ってから最初に作製したデモの一つが〝鏡〟だった。

バーチャル・ミラーの原理は、今や古典となった有名な実験「ゴム製の手の幻想」に基づいている。これはプリンストン大学の二人の学者が一九九〇年代に初めて行った実験で、被験者をテーブルの前に座らせて、片手（例えば右手）はテーブルの上に見えるように置き、もう一方の手（左手）は被験者本人から見えないようテーブルの下側に置いてもらう。そして見えない左手の代わりに、本物そっくりのゴム製の義手をテーブルの上、本来なら左手があるはずの場所に置く。

次に、左手の代理を務める義手と本物の左手の両方を同時に絵筆でそっとなでる。両者を同じタイミングで同じ向きになでているうちに、被験者は次第にゴム製の義手が自分の左手であると思い始めるようになるのだ[12]。

なぜそうだとわかるのかというと、例えば被験者に「自分の左手を（右手で）指さすように」と指示すると、ほとんどの被験者はテーブルの下の本物の左手ではなく、ゴム製の義手を指さすのである。面白いことに、絵筆で両者をなでるタイミングがずれていると、この幻想はうまく働かない。だがタイミングがぴったり合っていれば、ゴムの義手は被験者の身体図式《ボディ・スキーマ》に組み込まれる。そうなると、例えばｆＭＲＩで被験者の脳を観察しながらゴムの義手を針で刺そうとすると、痛みを予期したときに活性化する部位が反応し、さらに手を動かしたいという衝動を感じたときに活性化する部位も同時に反応する。

この画期的な実験は、身体意識をアバターへと上手に乗り移らせるコツを教えてくれる。例えば鏡の中の自分のアバターが棒で胸を軽くつつかれるのを見るのと同時に、自分の胸にも実際につつかれた感触が発生すれば、アバターを自分自身だと感じるようになる。人はこうすることで自分の意識をアバターに〝移転〟させることが、数十もの研究により証明されている。この鏡のテクニックは今では広く知られており、神経科学者はこれを〝身体移転〟と呼ぶ[13]。

人は仮想世界の分身を見ているときに（一人称視点で自分の下半身を見下ろしている場合でも、バーチャル・ミラーに映る姿を見ている場合でも）、自分とその分身に同時に同じイベントが起きれば、仮想の身体を「自分のもの」だと簡単に思い込む。人間の脳は進化の過程で完璧なニセの鏡像を見た経験などほとんどないからだ。したがって、どんな鏡像だろうがデジタル技術で思いのままに作り出せるＶＲは、我々に本当の自分と違う身体を所有させてくれるのだ。

こんな奇妙な体験ができる手段は他にはない。バーチャル・ミラーは自分と違う誰かに変身し、少しだけ他人の立場を味わうための究極のツールなのだ。鏡像は本人とまったく同じ姿でもいいし、サイズを大きめにしてもいい。違う性別にもなれるし、第三の腕を生やすことだってできる。別の生物種になることさえ可能だ。

大学生を高齢者の身体に「身体移転」させる

さて、高齢者差別に関する我々の実験では、バーチャル・ミラーに映る被験者の鏡像を本人より高齢に設定してみた[14]。まずは被験者となる大学生を二つのグループに分け、いろいろな動きをさせながら鏡に映る自分のアバターへと身体移転させる。アバターは本物の鏡であるかのように自分と同じ動きをする。第一グループのアバターは年齢も性別も本人と同じに見える。一方、第二グループのアバターは性別こそ本人と同じだが、年齢は明らかに六〇代から七〇代になっている。

大学生たちに新しい身体を「自分のもの」だと思い込ませたら、次はＶＲ内で他人のアバターに会ってもらう。この〝他人〟というのは実は実験協力者で、そのアバターは被験者と同じ大学生くらいに見える。被験者と実験協力者はＶＲ内で同じ部屋にいて、一緒に会話したり室内を動きまわったりできる。私たちは実験前に被験者に対し、「ＶＲ内で他人と会うときには、バーチャル・ミラーで見た通りの姿が相手にも見えますよ」とはっきり伝えてある。つまり第二グループの被験者は、相手が自分のことを本物の高齢者だと思うだろうと思い込んでいる。まさかアバターの本体が若い大学生だとは夢にも思わないはずだ、と。

このVR内の部屋において、実験協力者は被験者に対し少し打ち解けようという態度を見せ、距離を縮めるための質問をしてくる。「あなたについて少し教えてください」とか「どんなときに幸せを感じますか」といった内容だ。この実験では被験者に（高齢者としての）社会的役割を意識させることが大事なので、被験者と他人との間に個人的なやりとりが生じることが極めて重要になる。

最後に被験者には簡単な記憶テスト（一五個の単語を暗記して復唱する）を受けてもらう。記憶テストの目的は、自分が高齢者のアバターを身に付けていることを改めて被験者に意識させるためだ。高齢者は記憶力が悪い、というのは広く普及している固定観念の一つである。高齢者のアバターを身に付けた大学生が、若い姿の別のアバターに記憶力をテストされるというのは非常に効果的だった。ネガティブな固定観念をさりげなく思い出させることで、被験者はより身にしみて〝他人の身になる〟ことができたからだ。

こうして仮想世界の体験を終えた後で被験者の意識を調べたところ、高齢者のアバターを使った被験者は若いアバターを使った被験者と比べ、概して高齢者について肯定的な表現をした。例えば高齢者について最初に心に浮かんだ言葉を挙げてもらったところ、〝しわしわ〟よりも〝賢明〟のほうが多かった。

我々は偏見の程度を測るのによく使われる三種類の方法を用いて被験者の意識を調べたが、そのうちの一つ「言語連想法」でのみ、高齢者への差別意識にはっきりとした差が見てとれた。言語連想法とは心理学の古典的な調査法で、調査対象者は一つの言葉について自由回答形式の質問を受ける。「高齢者のことを考えて、最初に浮かんだ五つの言葉を挙げてください」といった内容だ。その回答を、調査に加わっていない二人の解読担当者に読ませ、調査対象者がその言葉に対してどの程度のプラスなりマイナスの先入観を抱いているか数値化してもらう。

この言語連想法の調査結果では、我々の二グループの被験者が「高齢者」に抱く差別意識におよそ二〇％の差が出た。地味ではあるが注目に値する変化といえよう。三種類の別々の調査すべてで効果が示されたわけではないが、二〇分にも満たない短時間のＶＲ体験でさえ個人のネガティブな固定観念を変えられるとわかったのは勇気づけられる結果であった(15)。

未熟なＶＲを使うと人種差別はむしろ悪化する

その数年後となる二〇〇九年、今度は人種差別に関する実験をバーチャル・ミラーで行った(16)。共同実験者はビクトリア・グルームという博士課程の学生で、彼女は白人が黒人のアバターを身に付ければ他人種への共感が生まれるのではないか、もし黒人にネガティブな固定観念を抱く白人がいても、黒人の立場に立つことでその固定観念が取り除かれるのではないかと考えた。グループは一〇〇人ほどの被験者にこの実験を行い、半数には白人のアバター、残り半数には黒人のアバターを与えた。そして被験者にはＶＲの中で就職のための面接試験を受けてもらい、面接官は実験協力者が務めた。この面接で、被験者は自分の才能や過去の職歴についての質問を受けた。

被験者のＶＲ体験の後、我々は高齢者差別の実験と同じく、古典的で信頼できる三種類の調査法で先入観を計測した。するとやはり一種類の調査法でのみ大きな違いが見られた。それは「潜在的連合テスト（ＩＡＴ）」という調査法で、ポジティブな概念やネガティブな概念に対する反応時間で、対象への先入観を測る手法である。

ところが今回の実験では、黒人のアバターは高齢者のアバターと正反対の効果を被験者に与えた。なんと黒人のアバターを身に付けた被験者は、白人のアバターを身に付けた被験者に比べ、無意識の、潜在的な人種的偏見が強くなるという結果になったのだ。別の言い方をすれば、黒人のアバターは共感を生み出すどころか人種的先入観を強化したのである。驚くべきことに、その効果は白人の被験者だけでなく黒人の被験者にも見られた[17]。どうやらＶＲと人種差別との関係にはかなり込み入った背景がありそうだ。

二〇一六年の秋、私はハーバード大学の高名な心理学者マーザリン・バナージと話す機会を得た。我々の研究報告を読んだバナージから、共同で研究ができないか検討しようと連絡があったのだ。彼女は潜在的連合テストの開発に関わった人物で、潜在的な人種差別についてはおそらく世界有数の専門家だ。そして彼女は我々の人種差別の実験で意外な結果が出たことについて、「その実験手法ではこのような結果が当然予測できる」と指摘した。

社会心理学の研究により、固定観念で見られがちな特定の社会集団（例えば「女性」や「黒人」）を指し示す見た目などの特徴は、その社会集団と結びついた概念を活性化させることが明らかになっている。そうした概念は多くの場合、広く社会に浸透した主にネガティブな固定観念であり、人々の認識や態度、接し方に直接的な影響を与える。例えば、一部のアメリカ人が「黒人は暴力をふるいがちだ」という根強い固定観念を持っていることは数多くの調査で証明されており、繰り返し研究テーマになっている。この無意識の潜在的偏見は、本人が意図したり意識したりしなくても、知らないうちに自動的に起きている。

それを前提にすると、我々の人種差別の実験が意外な結果となった理由は、「視点交換」がきちんとできていなかったことに原因があるのかもしれない。VRという歴史の浅い新技術の限界により、我々が実験で使った機材はごく初歩的なものだった。それは被験者の腕の動きさえトラッキングできない設備だったので、身体移転が不十分だった可能性がある。それどころか、そもそも身体移転が起きたのかどうかすらあやしい。もしかすると我々の実験では被験者からアバターへの身体移転は起きず、VRは被験者がもともと抱いていた人種的偏見を強化しただけの効果しか生まなかったのかもしれない。であれば、予想外の望ましくない結果になった説明がつく。

逆にうまくいった実験例もある。

バルセロナ大学のメル・スレーターとその同僚は、我々の数年後に同じような人種差別の実験を行った。スレーターのVR機材は世界最高レベルだし、スレーター自身も身体移転のテクニックに関しては世界最高のプロである。彼の実験では、我々の二〇〇九年の実験よりはるかに正確で包括的なトラッキングを被験者の身体に対して行った。このためアバターへの身体移転がしっかりできた可能性はかなり高い。そして黒人のアバターを身に付けた白人の被験者は、そうでない対照群に比べ、潜在的連合テストで測った人種的偏見が減るという結果になった。スレーターら研究者は次のように結論した。「エンボディメント（他人の身体を使うこと）は個人間のネガティブな受け止め方を変える場合もあり、だからこそこれほど根深い心理的・社会的現象（ここでは固定観念のこと）について探求する強力な道具になりうるのだ[18]」

色覚異常の体験には効果があるが、盲目の体験には効果がない

おそらくこの強力な効果を最もよく示す事例は、かつて私のもとで大学院生として学び、今はジョージア大学教授となったスンヨー・アンの研究だろう。スンヨーはＶＲで色盲になる体験をすると色覚異常者への共感が高まるかどうか三つの実験を行い、二〇一三年にそれを論文にまとめた。[19] 被験者はまず赤緑色盲について簡単な説明を受け、次にＶＲ内で仕分け作業を体験する。この作業は赤と緑が見分けられないと難しい作業だ。被験者の半数は、特殊なフィルターをつけたＨＭＤを装着し、赤緑色覚異常者とまったく同じように世界を見る。残り半数の被験者は普通のＨＭＤを装着し、自分が色覚異常者になったと想像しながら同じ作業をする。

このＶＲ体験の後、色盲を実際に体験した被験者は、想像しただけの被験者に比べてほぼ二倍の時間を色覚異常者の支援に充てた。具体的には、色覚異常者に優しいウェブサイトを作ろうとしている（ふりをしている）学生グループの作業を手伝う、という支援である。被験者は、このウェブサイトのスクリーンショットを見て、なぜそれが色覚異常者にとって見づらいのか、どのように改善すべきかといった点について、提案レポートを書くことでこの作業を支援するよう頼まれる。被験者にはこの支援作業が実験とは無関係であり、あくまでボランティアであることがはっきりと伝えられていた。そして被験者がボランティアに充てた時間を測ったところ、ＶＲ体験が色覚異常者への支援時間を増やす効果を持つことがはっきりと示されたのだ。[20]

正式な研究結果ではないが、被験者の述べた感想からも多くのことがわかる。

「色覚異常者になった感じがよくわかりました。世界がまったく違って見えたんです。運転といった、一部の日常的な作業が彼らにとってどれだけ大変かしみじみ理解できました」。この言葉はＶＲの長所をよく表している。身体的ハンディキャップを負う人々が直面する困難の一部を深く理解できるのだ。被差別集団のアバターを使いＶＲ内で実際に差別を受けてみるのは確かに強烈な体験だが、実際の被差別者がそれまでの人生で受けてきた差別の微妙な要素まですべてＶＲシナリオで再現するのは不可能だ。一方、知覚や身体にハンディキャップを負う人々が直面するであろう困難をＶＲで再現するのは比較的容易である。

もちろん、実験の再現性が十分に証明されていない段階で、この結果を過大評価しないよう留意する必要はある。数々の実験から、こうしたハンディキャップ体験の実施方法にはまだ注意が必要だとわかっている。例えばアリエル・ミカル・シルバーマンが行った盲人への共感実験では、目の見える被験者を盲目状態にすると、最初に感じるショックのせいで、盲人への共感を覚えるどころか差別意識を植え付けかねないことが判明している。というのも、被験者は突然視力を奪われて方向感覚を失うという経験の衝撃が大きすぎて、長い時間を盲目で過ごすことで生じる現実的問題やそれに対処するために身に付けるさまざまなスキルを知ることがないからだ。このような体験をしても、盲人を「新たなスキルを身に付けた有能な人たち」と理解する余裕はなく、突然視界をなくして右往左往した記憶しか残らないのだろう(21)。

我々は被験者が色盲体験をした二四時間後にも、彼らの色覚異常者に対する見方がどう変化したかをアンケートで調べた。その結果、概して他人の身になるのが苦手な人（前述の「対人反応性指標」の数値が低かった人）でも、ＶＲで色盲体験をした場合、ただ想像しただけの場合と比べて色覚異常者に対しより好意的な態度になることが判明した。これは、他人に共感を覚えるのが苦手な傾向のある人にとってVRは素晴らしいツールになることを示す予備的証拠だ。一方、生まれつき共感する力が強い傾向のある人については、色盲体験の二四時間後でも色覚異常者への態度に変化は見られなかった。だが、共感が苦手な人にとってVRは視点交換の能力を高める有力な道具となる[22]。

人の共感力には限界がある

二〇一四年のある日、ロバート・ウッド・ジョンソン財団の企画担当者が我々のラボを訪れ、共感のVRデモを体験した。私は彼女に身体移転など実験の方法論の概略を説明し、実際に身体移転も体験してもらった。彼女は強い興味を示したもののまだ半信半疑だった。我々はVR体験の効果がどれほど強固で持続するものなのか、といった点について議論を交わした。本章の内容からも明らかなように、ラボの中だと共感VRの体験はおおむね効果を発揮する。しかしその効果はどの程度の強さなのか。効果は何日くらいで消え失せてしまうのか――。

活発な議論の結果、我々は「共感の広がり」と名付けた三年間のプロジェクトを発足させることになった。共感VRの効果を検証し、ラボの外の実世界でVR体験がどれほどの効果を発揮するかを調べる実験プロジェクトである。

最初の一連の実験では、共感VRの「境界条件」を明らかにすることを目標とした（研究結果は二〇一六年に発表）。境界条件の明確化は、実験で得られた結果の有効性を確かめるためによく使われるやり方だ。基本的には条件を変えて同じ実験を繰り返し、どの時点で同じ結果が再現できなくなるかを調べて〝境目〟を見つけるのである。現実のあらゆる条件下で例外なく再現できる実験結果などまずない。そのツールがどのようなときに役立たなくなるのか、というのは重要な情報である。

我々はとりわけ「脅威」について調べたいと考えていた。というのも、視点交換と共感が一番役に立つのはおそらく対立や緊張のある状況下であると考えられるからだ。戦闘下にある国々で人々の対立を解決するためにＶＲを使えないか、という打診を私は毎月数件は受けている。そうした状況下では、深い対立関係が相当前から存在している。心理学者はそれを「脅威」と呼ぶのだ。

プロジェクトでは、第一の実験として高齢者差別の実験をもう一度行うことにした。被験者を二グループに分け、片方は前述のガリンスキーの実験と同様に想像力を使って高齢者に身体移転し、もう一つのグループはバーチャル・ミラーで身体移転を行った。さらに脅威についても「脅威大」と「脅威小」の二つの状況を用意した。「脅威大」では被験者がＶＲ世界に入る前に、「高齢者は若いアメリカ人にとって直接的な脅威となる」という趣旨の記事を読ませる。一方で「脅威小」の場合は被験者に「アメリカは人口動態の変化に対応する準備を進めている」という趣旨の記事を読ませた。いずれも寿命が延びて人口動態が変化することの影響に関する記事だが、前者はそれを脅威ととらえ、後者はアメリカ社会がそれに対応する準備をしっかり整えているとしている。

さらに、脅威について被験者がなるべく強い印象を持つよう、彼らに人口動態の変化とそれが自分の人生に及ぼす影響についてのエッセイを書いてもらった。まとめると、この実験では四つの状況を作り出した。被験者の半数は想像力のみで高齢者になり、残り半数はVRのバーチャル・ミラーで高齢者に身体移転した。そしてこの二種類のそれぞれ半数は高齢者に脅威を感じ、半数は感じていない。

実験の結果、VRは見事に脅威を緩和した。想像力のみで高齢者になった被験者グループでは、脅威を感じることで高齢者への共感は減っていた。自分に危害を加えかねない相手に共感を示すのは難しいので、これは予想通りの結果だ。ところが、VRで高齢者に身体移転した被験者グループでは正反対の結果になった。なんと高齢者に脅威を感じていた人たちのほうが、感じていなかった人たちよりも多くの共感を高齢者に示したのである。この結果を説明できる一つの仮説として、被験者は想像力だけに頼るよりも、VRを使ったほうが簡単に高齢者の視点に立てるという可能性が考えられる。色盲の実験と同様、異なる社会集団の関係が複雑で視点交換が簡単に行えないケースでは、とりわけVRが役に立つのかもしれない。

ともあれ、今回の実験の目的は境界条件を明らかにすることだ。我々は第二の実験として、「脅威を与える人物」を登場させることにした。高齢者に関する記事を被験者に読ませる代わりに、二人の高齢者のアバターを作製し、VRの中で被験者と交流させたのだ。ここで我々は社会的に排除される状況を生み出すため、心理学者のキップリング・ウィリアムズが開発した有名な手法「サイバーボール課題」を使った。これは三人にキャッチボールをさせ、次第に一人だけ排除する——すなわち残り二人からまったくボールを投げてもらえなくなる状況にする手法だ。[23]つまらないことに思えるかもしれないが、このサイバーボール課題を利用した実験は何十回となく行われ、無視されたという被験者の感情は極めて強烈なことが判明している。この体験は痛みさえもたらすのだ。ｆＭＲＩを使った実験で、痛みに関連する脳の部位が活性化する様子が何度も確認されている。実験によっては、痛みはなくただ悲しくなるという結果も出ている。

さて、我々の第二の実験では、第一の実験と同じ四つの状況を作り出した。「想像のみ」と「ＶＲ」の対比に加え、「脅威大」と「脅威小」である。いずれの状況でも、被験者は視点交換の行為を終えた後でＨＭＤを装着し、仮想世界において三人でキャッチボールをする。被験者以外の二人は明らかに高齢者とわかる外見だ。「脅威大」の状況では、被験者は三〇回のキャッチボールのうち三回しかボールを投げてもらえない。「脅威小」の状況では平等だと思えるよう三〇回のうち一〇回ボールを投げてもらう[24]。

この結果、記事を読んだだけの第一の実験と比べ、被験者が高齢者に感じる脅威は二倍の強さになった。三回しかボールを投げてもらえなかった「脅威大」の被験者は（後の自己申告レポートによれば）怒りを覚え、ひどい扱いを受けたと感じた。また、「脅威大」の被験者がキャッチボールの後で高齢者に示した共感は、共感を測るほぼすべての計測手段において「脅威小」の被験者を下回った。

だが、最も重要なデータはＶＲの効果に疑問を投ずるものだった。第一の実験はＶＲの効果に期待が持てる結果となったが、被験者がより強烈で意図的な脅威を自らの体験として感じた第二の実験においては、「想像のみ」と「ＶＲ」の二つの条件で結果に差が生じなかったのである。換言すれば、没入感を高めても共感忌避（共感したくないという姿勢）を変えるほどの効果は生まれなかったのだ。大きな脅威を感じた被験者は、どんな条件でも一貫して高齢者にネガティブな態度をとった。第一と第二の実験を比較して得られたこの予備的証拠は次のことを示している。VRによる視点交換は、集団間の脅威が間接的な場合は、外部集団に対するポジティブな姿勢を促すのに有効なこともあるが、脅威がより具体的で経験に基づくものである場合はそれほど有効ではない——。

心理学の実験はどこまで一般化できるのか？

本章で私が説明したすべての実験は、心理学の実験のほぼすべてがそうであるように、一つの大きな限界がある。私たち心理学者の知見は、限られたほんの一部のサンプル集団から得られたものなのに、あたかもそれがすべての人々に当てはまるかのように結論を述べている。しかし統計データがはっきり証明するように、心理学者の推論はあくまで観察対象となったサンプル集団についてのみしか当てはまらない。このため、ほとんどの心理学の実験が我々に教えてくれるのは、裕福な家庭で育ち大学まで進学した二二歳未満で、なおかつ「心理学初級講義」を履行した人々についてのみ当てはまる真実なのだ。

スタンフォード大学の心理学者ヘーゼル・マーカス（彼は心理的処理過程に文化の違いが現れることを示して名を上げた）が行った画期的研究が明らかにしたように、間違いないと思えた研究結果でも世間一般の人々に当てはめてみると実は正しくなかったと判明することは実際にある。一つの例を挙げよう。私は大学院時代、心理学者や人類学者と協力して、心理学の〝基本〟とされる知見を実際の世界に持ち出して検証したことがある。世界中の認知心理学の教科書には、人が推論する際の具体的方法として次のように書かれている。

「人は無意識になにかを分類して典型や中心的傾向を決めるとき、過度に類似点に頼って判断する」

例えば以下の二つの主張を比べてほしい。
（1）スズメには種子骨がある。ゆえにすべての鳥には種子骨がある。
（2）ペンギンには種子骨がある。ゆえにすべての鳥には種子骨がある。
どちらの主張のほうが、説得力があるだろうか。学部生なら（1）と答えるだろうし、大半の読者もそう思うのではないだろうか。スズメのほうが鳥として典型的なので、その特徴は鳥全体により一般化できそうに思える。だが我々の調査の結果、当該分野について豊富な知識をもつ人々については、「過度に類似点に頼る」という知見は再現できなかった。具体的には、シカゴ周辺のバードウォッチャーやマヤ・イッツァ部族の人々など、学部生より日常的に鳥と深く関わっている人たちだ。

大学生ではなく、二〇〇〇人の一般人で共感VRを実験

要するに、共感の強弱は職業や年齢などその人の所属する〝層〟に応じて大きく異なるのではないだろうか——そう推測できる根拠はある。スタンフォード大学の心理学者ジャミール・ザキ

は最近、個人間の違いに着目して共感の動機を理解するための枠組みを考え出した。それによれば「共感しない動機」は少なくとも三つある。精神的苦痛から逃れようとするため、支援金など物的コストを負担したくないため、職場や人目のある環境で軟弱な行為をすると競争上不利になるのではないかという懸念があるため、の三つの理由により人は共感を避けようとするのだ。

同じように「共感する動機」も少なくとも三つある。良い結果につながる善行をしたい、友達や家族など仲間内の人々との親密度を高めたい、他人に善人と見られたい（専門用語で「社会的望ましさ」と呼ばれる）という気持ちの三つだ。共感ＶＲの生み出す効果を正確に知るためには、これらすべての動機が母集団に含まれるよう多様で大規模なサンプルを探し求めることが重要になる。(25)

これが「共感の広がり」プロジェクトを立ち上げた理由だ。最終目的は共感ＶＲの実験対象者を一〇〇〇人にまで広げ、記事やエピソードや統計データといった典型的なメディア手法と比較してＶＲがどれほど効果的に共感を増強できるかを調べる点にある。この一〇〇〇人のサンプルは、たんに母集団の量として突出しているだけでなく、その多様性においても他に例を見ないものにしなければならない。我々はＶＲシステムを〝巡回営業〟できるようにモバイル化し、美術館内や図書館の近く、お祭りやフェアの会場などで人々に試してもらった。〝典型的な大学生〟ではない人々に。

二〇一七年九月の時点で、二つの実験を通して二〇〇〇人を超える被験者のデータを集めた。胸躍る冒険のような取り組みだった。そしてついに一つの報告書としてまとめることができた。報告書には、長時間立っていられない人にどうやってＶＲを体験させるかといったテクニックから、実験用テントへの行列はどんな向きにすべきか、公共の場で実験中だということをどのように人々に知らせるかといったノウハウまで、VRのフィールドスタディから得られたさまざまな知見をまとめてある。

大学生とそうでない人々との違いで面白かったことの一つは、質問票を書き終えるまでの時間だ。大学生はささっと仕上げるが、大学生でない人々は質問を読むのにも答えを書くのにもゆっくり時間をかける。大学生を相手にラボで実験の予行練習をした結果から、質問票は二五分程度で書き終わると思っていたのだが、〝実際の人々〟がいるフィールドでは四五分かかった。

我々が実験で使ったのは「ホームレスになる」というシミュレーションで、これは二〇一七年四月のトライベッカ映画祭でもVR映画として特別上映されている。このVRでユーザーは、仕事も自宅もある状態から、両方を失いホームレスになるまでの過程を体験する。そこでは多くのホームレスが経験したドミノ倒しのような一連の出来事がユーザーに襲いかかる。まずは仕事を失い、所有物を売らざるを得なくなる。家賃が払えなくなり、アパートを追い出される。そしてしかたなく自分の車に寝泊まりしながら職探しを続ける。するとある晩、車で寝ているところを警察官にたたき起こされ、地域の条例違反で罰金をくらう。車を売るしかなく、そのうちバスで寝るようになり、いつの間にか見知らぬ他人に嫌がらせを受けるようになっている――。

このVRシミュレーションは、感情に強く訴え、なおかつ説得力のあるように作られているが、それだけでなくインタラクティブな作りにもなっている。例えば所有物を売る段階では、なにを売るかをユーザーが決める。ソファかテレビか携帯電話か？　車で暮らす段階では、狭い車内のどこで歯磨きをするかユーザーに尋ねる。バスで寝ようとするときは自分のバッグに注意し、話しかけようと近づいてくる他人をかわさなければ眠れない。

我々は九〇〇人の被験者からデータを得た段階で結論を出す作業に着手した。大まかに言えば、ホームレスになった人のエピソードを読んだりホームレスの状況を示す統計データを見たりした対照群と比べ、VRのほうが優れた効果を発揮した。VRでホームレス体験をした人のほうが質問票への回答でより強い共感を示し、手ごろな価格の住居を行政が用意すべきだという請願書に署名する率も高かった。

その一方で、他の実験でも同じだが、従属変数（被説明変数）ごとに効果はバラバラだった。我々が使った評価基準のおよそ半数では一貫した効果が見られたが、決定的な効果とはとても言えない結果であった。実験で使った四つのメディア（記事、エピソード、統計データ、VR）の中ではVRが最も効果的と言えそうだが、効果量はそれなりといったところだ。もちろん、現在も引き続きデータ分析を続けている。

NBA幹部の心を摑んだ利用法

私がスタンフォード大学に来たのは二〇〇三年、助教授としてだった。一つの大きな目的は新しいラボの運営費用を工面することにあった。そして私は、せっかくシリコンバレーに来たのだから、アメリカ国立科学財団などの政府助成金を当てにするだけでなく、民間の産業界にも目を向けることにした。こうしてスタンフォード大学で私が最初に得た研究助成金は、VR内での社会的交流を研究するためにシスコから寄付された少額の援助金だった。

シスコの担当役員はマルシア・シトスキーという女性で、豊かな発想をする人だった。私のラボを見学して自らバーチャル・ミラーを体験し、共感に関する我々の研究を知ったことで、彼女の頭にあるアイデアがひらめいた。ダイバーシティ研修にＶＲを活用できないか検討してはどうか、と。企業や各種組織ではダイバーシティ研修に多大な経営資源を投資しているが、ろくな成果が生まれていない。だが、ＶＲ体験がうってつけの解決策になるのでは――というのだ。

その頃の私は学術的な研究論文を発表することばかりを考え、極めて視野が狭くなっていた。つまりＶＲの新しい利用法を考え出す素晴らしいチャンスをたくさん逃していたに違いない。二〇〇三年から終身在職権を得る二〇一〇年までの間、私はバーチャル・ミラーを使った実験で何十もの論文を書いた。その大半は〝プロテウス効果（アバターを使うと人は意識せずともそのアバターの外見に合わせてふるまうようになる効果）〟に関する内容だった。背の高いアバターを使うと交渉で強気になり、魅力的なアバターを使うと社交的な会話上手になり、高齢のアバターを使うと先々の心配をするようになる。この効果を理論的に説明することで、アバターがユーザーをどのように変えるのか心理的メカニズムを明らかにしたかったのだ。

だが、マルシアの提案に私の心の奥底で共鳴するものがあった。彼女はラボにいる間、企業のダイバーシティ研修がいかに不十分かを大いに語った。職場でのハラスメントについて学ぶことでそれを防ぐ、という研修の目的自体は本来効果が期待できるはずなのに、いざ実施してみると効果はいまいちなのだ。

マルシアの指摘を裏付ける調査もある。ハーバード大学の社会学者フランク・ドビンスはダイバーシティ研修に関する既存データを精査し、二〇一三年の論文で次のように結論している。

「ダイバーシティ研修とダイバーシティ・パフォーマンス評価、そして官僚的規則によって職場の偏見をなくそうという新しい取り組みは、全般的に効果を生んでいない」[26]

私も個人的経験からこの結論に賛成する。スタンフォード大学で私は一年半ごとに二種類の研修方法のいずれかを選んで受けるようにいわれる。ダイバーシティをテーマにした劇団一座の上演を大勢の人々と一緒に観るか、もしくはオンライン査定を受けるかだ。査定の場合、まずケーススタディをいくつか読み、その後のテストでさまざまな行為について合法かどうか答える。どちらの研修も〝やらないよりかはまし〟ではあるが、私の考え方を変えるほどの効果はなかった。意味があったとすれば、職場のハラスメント問題に実効性のある研修とはどうあるべきか、大きなヒントを与えてくれたことだろうか。

二〇〇三年当時、私が一番やりたくない仕事はなにかと聞かれたら、企業向け研修ソフトの作成だと答えただろう。論文発表のため週に八〇時間働かねばならず、他に気の散るような内職など許されなかったのだ。だが二〇一〇年に終身在職権を得たことで、ラボの研究テーマを劇的に広げることができるようになった。スタンフォードという大学は、我々研究者に外の世界と向き合い、研究成果を世の中のために役立てるよう背中を押す大学なのだ。

ダイバーシティ研修の話はその後も続く。

二〇一五年、ＮＢＡ（全米バスケットボール協会）コミッショナーのアダム・シルバーが我々のラボを訪れた。ＮＢＡの幹部一同とシリコンバレー技術見学ツアーの一環として立ち寄ったのだ。シルバーの当初の目的は、ＶＲを使ってＮＢＡのファンが自宅にいながらコートサイド、または選手の目線で試合を楽しめないか可能性を探ることにあった。

私は、それが素晴らしいアイデアとは思えない理由を失礼にならないよう彼に説明した。二時間もＨＭＤを装着するのは無理ですよと（スポーツだけでなく、ストーリーや情報をＶＲで伝える際の課題と困難については後の章で詳しく触れる）。ところが、なんとダイバーシティ研修の話がＮＢＡ幹部たち、とりわけ人事部門トップのエリック・ハッチャーソンの心をつかんだのである。我々は会議室に移動し、濃密な議論を一時間交わした。ＮＢＡの幹部たちはぜひ話を進めたいと興奮気味だった。

ＮＦＬとともに「ＶＲ面接シミュレーション」を作製

数ヶ月後、今度はＮＦＬ（ナショナル・フットボール・リーグ）のコミッショナーであるロジャー・グッデルが「ダイバーシティ研修について話したい」とラボにやってきた。ＮＢＡのときと同じように、幹部のほとんどを従えて。この巨大組織は、ファンの体験向上とリーグの改善に役立てようとシリコンバレーの技術を物色していた。

今回は幹部のうちラボ訪問で最大の成果を得たのはＣＩＯのミシェル・マッケナ＝ドイルだった。彼女はＶＲトレーニング・シミュレーターを使ってＮＦＬのクオーターバックになり、一〇を超えるプレイを体験した。この体験からマッケナ＝ドイルが受けた影響はとても興味深いものだった。彼女はこう主張した。自分は知識としてフットボールの試合がどんなものか、男性の同僚より詳しいとは言わないまでも同等には知っているとずっと思ってきた。だが男性の同僚はときに彼女の思いつきや洞察を「一度も試合に出たことがないから」という理由で退けることもあった。ところがVRのおかげでついに自分はその「試合に出る」という経験ができた――。彼女はフットボールの試合について新しい境地の理解ができたと心から思ってラボを後にした。

元NFLクオーターバックでSTRIVRの共同創業者でもあるトレント・エドワーズは、マッケナ＝ドイルのケースとも関連する面白い指摘を以前にしていた。いわく、もしフットボール・ファンがクオーターバックの視点を体験できれば、試合の現場で本当はどんなことが起きているのかもっとよく理解できるだろう。そうすればおそらく、クオーターバックという仕事の大変さをもっとわかってくれるだろう。スポーツ選手もファンと同じ人間であり、巨額の報酬をもらっているとはいえ、送られてくる攻撃的なメールや脅迫状の量はたいへんなものだ。だが、視点交換によってこの種のメールを減らせるかもしれない――。

これまで数年間、我々はNFLで使うためのダイバーシティ研修システムを開発・テストしてきた。NFL側の最大の支援者はトロイ・ビンセントだ。かつてはNFLでコーナーバックとしてプレイし、現在はNFLの試合運営担当エグゼクティブ・バイスプレジデントを務める。

我々は二〇一六年、このプロジェクトの企画を練るためNFL本社を訪問した。その際に最も印象的だったことの一つは、ダイバーシティ問題に取り組むトロイの姿勢だ。彼はダイバーシティ研修を選手から受けさせるのではなく、NFL幹部やチーム・オーナー、ヘッドコーチといった組織の上層部から受けさせようと提案したのだ。一つの組織のカルチャーを変えようと思えば（NFLは巨大な組織である）トップ層から変えねばならない。我々はそこから手を着けようと決めた。

人種差別および性差別をしないためのスキルが身に付く「VR面接シミュレーション」を、

我々はＮＦＬの社員と一緒に作製してテストした。研修対象者はこの面接シミュレーションを何度も繰り返し、誰もが最初から持っている偏見を上手にコントロールする術を練習する。根底にあるのは、経営トップ層が〝反復練習〟することで、偏見をゼロにはできなくとも、少なくともコントロールするスキルは身に付けられるだろう、という考え方だ。

この面接シミュレーションは二〇一七年の二月にデビューを飾った。ちょうど「ＮＦＬスカウティングコンバイン（大勢のドラフト候補生を集めて能力テストをする年に一度の大会）」の直前で、スカウトたちがドラフト候補生の面接をひんぱんに行う時期だ。そして近い将来、この面接シミュレーションはＮＦＬでさらに大きな役割を担うことになりそうだ。ＵＳＡトゥデイのインタビューで、ビンセントは次のように語っている。「今年後半にはこれ（面接シミュレーション）をもう一つ別の研修ツールとしても使うつもりです。私たちは（ＮＦＬを）最高の職場として知られるようになりたいのです」

うつ病患者に「自分への思いやり」を取り戻させる

この先ＶＲの利用が広まり、その独特のアフォーダンスをうまく使うコツが理解されるにつれ、非日常的で新奇なＶＲ利用法はさらに多く生まれるだろう。それは我々の理性と感情をさらに広げ、他人だけでなく自分自身についてもより深く理解できるようにしてくれる。その点はすでに証明済みだ。ＵＣＬ（ユニヴァーシティ・カレッジ・ロンドン）のキャロライン・ファルコナーとカタルーニャ先端技術研究協会のメル・スレーターの非凡な実験のおかげである。以下にその内容を説明しよう。

うつ病の患者は自分自身に極めて厳しく、他人に対してなら発揮できる忍耐と理解を自分に対して適用できないケースが多い。ファルコナーとスレーターは、VRを使ってうつ病患者の「自分への思いやり（セルフ・コンパッション）」を高められないか実験を行い、一部期待の持てる結果が得られた(27)。

彼らの実験は次のようなものだ。まず、うつ病患者をVRの世界に連れて行き、そこで一人の〝仮想の子供〟と交流させる。患者はその子供に優しく思いやりのある言葉をかける。その発言は録音されている。次に、その患者にもう一度同じVR世界を体験させるのだが、今度は患者は〝仮想の子供〟としてその世界を体験する。前に自分が発した優しい言葉を、あたかも他人から話しかけられるように聞くのである。ただし一部の患者（対照群）はこのVR世界を二度目に訪れるとき、〝仮想の子供〟としてではなく、肉体を持たない第三者の立場で自分の優しい言葉を聞く。

実験の結果、どちらの条件でも患者の自己批判は和らいだが（自分への思いやり、自己批判、そして同情への恐怖心を測るために設計された評価指標で計測）、特に〝仮想の子供〟として自分の言葉を聞く条件では「自分への思いやりが極めて大幅に増大した」という(28)。

セラピストはたいがい、自分への思いやりを育てるために想像力を使う方法を勧める。例えば、つらい経験を乗り越えた友人にどう接するか想像したり、友達の立場になって自分に手紙を書いてみたり、批判する人とされる人の両方をロールプレイするといった方法だ。こうした回りくどいやり方が、ファルコナーとスレーターの実験では具体的で直接的な体験として見事に再現され、はるかに強い効果をあげているように見える。

この効果の実際については、セラピー現場におけるVRの利用例を通して後の章でさらに詳しく解説する。とりあえずここでは、視点を変えるという経験が、自分を取り巻く世界との精神的な関係にいかに大きな変化をもたらしうるかを指摘するにとどめたい。

第４章　消費活動の中心は仮想世界へ

宇宙から海底まで、誰でも簡単に旅ができるＶＲが普及することで、世界の消費活動は一変する。既に仮想世界で遊ぶための衣服・不動産・船などにあらゆる階層の人々が多額を投じ、巨大な経済圏が生まれている。これを軽視すると未来を見誤るだろう。

月から地球へ向かうアポロ一四号の司令室で、窓から外を眺めつつ、エドガー・ミッチェルは誰にも邪魔されずにじっくりと物思いにふける貴重な時間を楽しんでいた。九日間の月へのミッションは間もなく終わる。常に作業に追われる慌ただしい日々だった。数々の科学実験、設備のチェック、月着陸船の操縦、月面の岩石の採取、そして、月面への下降中に不調を起こした設備の修理という緊張に満ちた作業も忘れてはならない。月面着陸後にミッチェルは、アポロ一一号の経験もあるベテラン宇宙飛行士アラン・シェパードと二人で二回の月面踏査をこなした。うち一回は、シェパードが岩石採取用ツールと六番アイアンのヘッドを組み合わせて作った即席ゴルフクラブでゴルフボールを打ったことでも有名である。

アポロ一四号におけるミッチェルの主要な任務は、月へ向かう宇宙船内や月面で科学実験を行うことと、月着陸船の操縦だった。すなわち今、地球へと帰る宇宙船内で彼の仕事はほとんどなく、リラックスして外を眺める貴重な時間が持てたのである。

司令船のパイロットであるスチュアート・ルーサは船を〝ＢＢＱモード〟にしていた。宇宙船をゆっくりと自転させ、船の表面が太陽熱に均等にさらされるようにする飛行モードだ。このためミッチェルは極めて珍しい風景を窓から見ることができた。

「二分ごとに地球と月、そして太陽が三六〇度の天体パノラマとして窓から見えたんです」と彼は後に述べている。二〇一六年初頭に故人となったミッチェルは、この途方もない光景を目にする特権を得た一握りの人間の一人だった。地球、月、太陽が次々と窓に現れては去っていく様を繰り返し眺めているうちに、ミッチェルは〝宇宙と繋がっている〟という強い感覚に打たれたという。この体験について彼は、その後も長い時間考え続けることになる。あるインタビューではそのときの感覚を説明しようとして、こんなふうに述べている。

「私は天文学と宇宙論を学んでいます。だから私の体を作る分子も、同僚の体を作る分子も、宇宙船を作る分子も、みな太古の星々の祖先が原型になっていることを十分に理解しています。別の言い方をすれば、そうした事実がはっきりと示すのは、我々がみな星のかけらだということです[1]」

宇宙飛行士の多くが経験する「オーバービュー効果」

数年後、ミッチェルはＮＡＳＡと米海軍を退職し、人間の意識を研究するため「純粋知性科学研究所」を設立した。彼はよく、アポロ一四号での経験とそこで目にした希有の眺望が研究所設立のきっかけになったと話していた。「(その眺望を見れば）一瞬にして〝地球規模の意識〟が芽生えます。人間を大切に思い、世界の現状に強い不満を感じ、問題解決のためになにかしたいという強い衝動を覚えるのです。遠く月から地球を見れば、国際政治など本当に小さく感じます。政治家の襟首をつかんで月まで二五万マイル引きずっていき、こう言ってやりたくなりますよ。〝この眺めをよく見ろ、くそったれめ！〟ってね」

宇宙空間から地球を眺めるという経験の後で意識変革が起きたと報告する宇宙飛行士は、ミッチェルの前にも後にも大勢いる。あまりにも多いため、この現象を指す「地球一望効果《オーバービュー》」という名前があるほどだ。

宇宙飛行士のクリス・ハドフィールド、ロン・ガラン、ニコール・ストットらはみな似たような一つの強烈な感情を報告している。地球の大気がいかに薄いかをその目で見たときや、人間による森林破壊や土壌浸食の痕跡が衛星軌道からもはっきり見えると初めて知ったときに、突如として地球の脆弱さを心から理解し、それを強烈に意識するようになったという。

それ以外にも、衛星軌道上から国境線のない地球の姿を見て衝撃を受けたと報告する宇宙飛行士もいる。地球はそれ全体が一つの有機体であり、地図や地球儀だけ見て勝手に思い込んでいた姿、すなわち国境で切り分けられた国々の集合体ではないのだ、と気づくのである。ハドフィールドによれば、国際宇宙ステーション（ＩＳＳ）では宇宙飛行士たちが貴重な自由時間の大半を観測用モジュール「キューポラ」の窓にへばりつき、地球をじっと見つめて過ごすことが珍しくないという。この行為は〝地球凝視〟として知られている(2)。

このように、適切な視点というものは私たちの世界の見方を一八〇度反転させる力を持つ。地図、鳥瞰図、人体解剖図、コペルニクス的宇宙――これらはみな、この世界における自分自身や自分のいる場所の見方を根本的に変えた。最近の例でいえば、最後のアポロ計画で撮影された有名な〝青白いビー玉《ペイルブルー・マーブル》〟、すなわち宇宙から見た地球の写真が、地球環境の脆弱さについて世間一般の意識を高めたとされる。

だが、実際に自ら宇宙に行き、自分自身の目で「宇宙に浮かぶ地球」を見た人は、どれほど強烈で象徴的な写真であろうとも、実際の経験とは比べようもないと知っている。四角い枠に切り取られた写真では宇宙空間の無限の広がりを伝えられず、まるで大海に浮かぶ一粒の砂のように取るに足らない地球の小ささを見たときの衝撃も感じられない。やはり実際に〝その場にいる〟ことで特別なパワーが生まれるのだ。グランドキャニオンの壮大な眺めやジンバブエのビクトリアの滝を写した素晴らしい写真はいくらでもあるのに、毎年何百万という人々が不便をものともせずに現地に行くのはなぜか。名だたる奇観を一つでも自分の目で見たことのある人なら、その意味がわかるであろう。

VRで気候変動問題に取り組む

もし一部の劇的な眺望がこのように人間心理に大きなインパクトを与えられるとすれば、そしてもしVRがそのような劇的な眺望を既存メディアより強烈な経験として伝えられるとしたら、VRを利用して地球への意識を高める方法があるのではないだろうか――。

そんなふうに考え始めたのは、私がテニュア（終身在職権）の候補者となった二〇〇九年頃からだ。私は研究者として最初の二〇年間、ほぼ社会的相互作用についてのみ研究してきた。キャリアの面から考えればそれが合理的だったのだ。私は心理学の研究者からスタートして途中でコミュニケーション分野に専門を移したため、ＶＲにおける社会的相互作用を研究テーマにするのはしごくまっとうに思えた。なぜなら学会誌や研究助成金をくれる政府機関の理解も得やすいテーマだったし、実務的な利用法がたくさんあるテーマというのも大きかったからだ。当時の研究結果の多くは、前著『無限の現実（Infinite Reality）』（二〇一一年、日本未訳）で紹介し、その後それらの研究成果は政治やマーケティング、教育、医療などの分野に影響を与えている。

このように、ＶＲ内の社会的環境で人がどのように他人と関わるのか、協力、説得、学習、個性といったさまざまな側面から実験を続けながらも、私は常に「ＶＲ内での自然環境との関わり」が人にもたらす影響についても研究テーマを広げたいと考えていた。というのも、私は地球が直面する最大の危機は気候変動だと信じており、人がＶＲ内の自然とどのように関わるかを知れば、気候変動のもたらす影響について人々の理解を深めるのに役立つのではないかと思ったからだ。

他の多くの人たちと同じで、私も気候変動に関する専門知識が増えるに従い、人類が環境に与えているダメージについて大きな不安を抱くようになった。そして二〇一〇年には完全に危機感を感じるまでになった。ＶＲ研究者というと、日がなコンピュータと格闘してＣＧをいじくり回しているイメージがあるかもしれないが、私は昔からアウトドア派だ。子供時代はニューヨーク北部で育ち、友達と森をさまよってはカエルやトカゲ、ヘビを探すのが私の「ソーシャルネットワーキング」だった。

だがそれだけが理由ではない。スタンフォード大学は気候変動の研究でも世界有数の研究機関であり、その大学の教授である私が史上最高の環境研究者たちと過ごす機会を得られたのも一因だ。例えば、気候変動に関する科学と政策を生み出した中心人物であるスティーブ・シュナイダーやクリス・フィールド、そして人口増加による環境コストに関する一連の著書で賛否両論を巻き起こし、世論と人々の行動を変えたポール・エーリックなどだ。

二一世紀の最初の一〇年間、地球温暖化の証拠が次々と積み上がり、世間一般の関心も高まってきた時期、大学の同僚たちが気候変動に関する議論や研究を主導し、ＩＰＣＣ（気候変動に関する政府間パネル）に報告書を提出するのを、私はただ傍観していた。他の多くの人と同様、私は呆然と見守るしかなかった。地球温暖化は人類のせいではないとしたり、もしくは温暖化などそもそも起きていないと信じる政策立案者たちが、環境科学者による提言を繰り返し無視する様子を――。

二〇一〇年まで、私はこの問題になんら関わっていないことで、文字通り夜も眠れないほど悩んだ。地球温暖化に関して専門家の間でほぼ意見の相違はなく、証拠も山のように積み上げられていたにもかかわらず、多くの人々は問題の存在すら認めようとせず、ましてや温暖化を緩和するために気が滅入るほど大変な政策変更に取り組んだり、自分たちの日々の行動を改めようなどとは思いもしていなかった。

私はこの問題にＶＲが役立つのではと考えていた。しかし、その時点まで私のラボはほとんど社会的なＶＲの研究だけに特化しており、しかもその分野なら研究助成金が当てにできるとあっては、そこから離れる方向へと進路変更するのは難しく思えた。

幸いなことに、ちょうどその頃に私はテニュアを得られた。このため、一般的な知名度が低く研究資金を集めにくいが大きな利用価値がありそうな研究分野へ突き進む自由を手に入れた。これにより私のラボの方針——申請する研究助成金の種類、実験の内容、論文の中身——を変更し、人類が環境へ与えるダメージを軽減するためにVRがどんな役割を果たせるかを探る方向へと舵を切れたのである。

リサイクル紙のトイレットペーパーを使ってもらうには？

新生ラボの最初の実験の一つは、ニューヨーク・タイムズのレズリー・カウフマンが二〇〇九年に書いた記事がきっかけとなった。記事には、使い心地が良く便利な高級トイレットペーパーによって、世界中の原生林やそこに住む生物、そして地球の大気まで含めた環境に巨大な負荷が生じていると書かれていた。[3] カウフマンによれば、ふわふわで柔らかいトイレットペーパーの消費量がアメリカで爆発的に増え、その生産のため「北米および南米諸国で……何百万本もの木が伐採され、そのうち数％は希少なカナダの原生林から」切り出されているという。

伐採は、気候変動の主因とされる温室効果ガス、二酸化炭素の吸収量を減らす。さらにアメリカで使われるパルプの一〇％超は原生林から来ていると示唆する試算もある。原生林は、それ自体がかけがえのない存在であるだけでなく、絶滅危惧種の生き残りに不可欠な隠れ家となっていることも多い。また、柔らかいトイレットペーパーによる環境へのダメージは森林減少だけではない。製造過程では通常より多くの水を使って汚染源となる塩素漂白を行うし、流される廃棄物の量も増えるため下水管やごみ処分場のスペースもさらに必要となるのだ。

この問題は簡単に解決できる。リサイクル紙のトイレットペーパーを使えばいいのだ。ところがカウフマンが記事を書いた時点で、リサイクル紙を使っているアメリカ人はわずか二％。ヨーロッパに比べてはるかに少なかった。記事はよく調べてあり、説得力のある内容だったが、二〇〇九年に記事が世に出た後も、現在まで事態はほとんど変わっていない。残念ながら、私たちの消費行動を変えるのは極めて難しいという事実は動かない。とりわけ、柔らかいトイレットペーパーといった肉体的快適さと引き替えに起きている環境負荷が私たちの日常経験と切り離されて見えにくいとあってはなおさらだ。

では、「リサイクル紙でないトイレットペーパーを買う」といった、一見重要とは思えない小さな選択が負の副産物を生み出しているという事実に、どうやって人々の目を向けさせればよいのか――。環境に優しい行動をとらせる決定的要因について心理学の面から調べた研究によると、一部の人々は自分の行動が外界に直接的な影響を与えるという強い意識を持っている。心理学用語ではこれを「環境に関する〝統制の所在〟が内的」という。[4] こうした人々は環境に配慮した行動をとることが多い。どうにかして我々のラボで人々の環境意識を強化することはできないものだろうか？

バーチャル・チェーンソーで木を切り倒す

大学院で長年〝経験の肉体化〟を研究したスンヨー・アンは、ラボの実験で証明されたＶＲの強力な学習・説得効果を環境問題にも適用できないか調べたいと考えた。そこで彼女は学位論文のプロジェクトでスタンフォードの学生を木こりに変身させることにした。最初に仮想空間で森を作り出し、葉振りの豊かな樹木と鳥のさえずりで森を満たした。その森は、これまで我々のラボで生まれた仮想世界の中でも最も心地よく本物らしい世界の一つだと誰もが認めたものだ。まるでさわやかな春の日に森の中の魅力的な空き地に迷い込んだかのように、その森を体験した人はみな気持ちが落ち着いたと言うのであった。

だがスンヨーの目的はバーチャル空間での癒やしではない。彼女はこの仮想世界にバーチャル・チェーンソーを生み出すため、振動する触覚用デバイスを産業用チェーンソーの取っ手部分にガムテープで固定し、これを被験者に持たせた。被験者は仮想空間の森に入ると周囲を見回すよう促される。下を向いて仮想の腕を見ると、自分が木こりの服と軍手を身に着け、手にはチェーンソーを持っていることに気づく。

そして被験者はそばの木に近づくように言われる。木のそばに来ると、チェーンソーがうなりを上げて震え始める。そして被験者は、目の前の大木に刃をあてて前後に動かし、切り倒すように言われる。バーチャル・チェーンソーはゆっくりと木の幹に食い込み、二分ほどで切断を終える。木が傾き始めると実験室にはバリバリと大きな音が響き渡る。大木が地響きを立てて地面に倒れる場面がこの仮想体験のクライマックスだ。木を切り倒した後、被験者には自由に森を見回す時間が与えられる。すべての鳥が逃げだした森は静まりかえり、左手には切り倒した木が見える。

このシミュレーションは、大半の人の日常生活とかけ離れた場所で起きている出来事を、視覚と聴覚、さらには物理的な触覚まで駆使して味わえる強烈なVR体験だ。もし、トイレットペーパーの消費が環境にどのような悪影響を与えるかという情報を、このようなVR体験と結びつけて伝えられたら、その情報を文字で伝えるより大きな効果をあげられるのではないだろうか。

そう考えたスンヨーは、最初の実験を次のように行った。彼女はまず、アメリカ人が年間二四ロールのトイレットペーパーを消費するという統計データをもとに、リサイクル紙を使わないアメリカ人は一生の間に標準的サイズの立木を二本切り倒して消費する計算になるとはじき出し、その情報を被験者五〇人に伝えた。次に、被験者の半数には「立木を切り倒す」という作業について細かく説明した文章を読ませ、残る半数にはVRで木を切り倒す経験をさせた。その後で被験者には質問票に記入してもらい、書き終えると「これで実験は終わりです」と感謝の言葉を伝えた。

だが実はスンヨーは、ラボを後にした被験者と三〇分後に偶然再会するように仕組み、その後の被験者の行動、とりわけ紙の使い方をじっくりと観察したのだ。スンヨーはカフェテラスのテーブルに座り、〝元〟被験者がそばを通りかかるタイミングで、テーブルに置かれた水のコップをひっくり返す。当時の彼女は一目でそれとわかる妊婦だったので、通りかかった〝元〟被験者に自分のお腹を指し示し、こぼれた水の始末をお願いする。ついでに紙ナプキンがある場所も教える。

五〇人の被験者は全員、水の後始末をしてくれた（どうやら騎士道精神はまだ死んでいないようだ）。そして水を拭くのに使った紙ナプキンの量は、伐採についての文章を読んだだけの被験者より、VRで伐採を体験した被験者のほうが二〇％も少なかった。VR体験が環境保護的な行動を増強することがはっきりと示されたわけで、これは環境問題を伝える手段として「体験」が他の伝達手段より強力だという証拠になる[5]。

次の問題は、その効果がどれくらい持続するかである。スンヨーはそれを探るための追加実験も行った。追加実験ではより説得力のある対照条件を設定した。すなわち、対照群には立木の伐採作業を説明した文章を読ませるのではなく、一人称視点で撮影された伐採のビデオ映像を見せたのである。実験の一週間後、被験者全員にリサイクル行動についてアンケート調査を行ったところ、伐採のビデオを観ただけの被験者よりもＶＲ体験した被験者のほうがひんぱんにリサイクル行動をしていることがわかった。すなわち、ＶＲは他のメディアより大きな変化をもたらすだけでなく、その変化の持続期間も長いことが証明されたのである[6]。

シャワーで使った石炭を〝食べる〟

ＶＲで立木を切り倒すのは現実の作業を模倣したものだが、ＶＲはそれだけでなく〝実際には不可能な〟経験や超現実的な経験も可能にする。例えばあなたは石炭を消費したことがあるだろうか。暖房に使うという意味ではなく、石炭を食べた経験――口でかみ砕き、飲み込み、そしてゲホゲホと咳き込んだ経験をお持ちだろうか？

スタンフォード大学の私の同僚は、米エネルギー省から助成金をもらい、エネルギー消費を減らすためのバーチャル・シミュレーションを企画制作する仕事を請け負った。彼らは私に助言を求め、人々の消費行動を変えるほどの威力を持つＶＲ経験をラボで作製しようと一緒にアイデアを練ることになった。数週間かけてスタンフォードの学生たちに聞き取りを行い、エネルギー消費のパターンを調べた。そしてシャワーに着目することにした。ティーンエイジャーと暮らしたことがある人や、かつてティーンエイジャーだった人ならご存じの通り、若者とは長い時間シャワーを浴びるものだ。

だが、水を熱してシャワー室まで送るには相当のエネルギーを使う。我々はスタンフォード大学の環境エンジニアの協力を得て、熱いシャワーを浴びるためにどれほどの石炭を使うか計算してみた。その結果、一〇分間シャワーを浴びると四ポンド弱（約一・八キロ）の石炭を消費するという結果になった。一日一回シャワーを浴びると仮定すると、ちょっとした節約――石けんの泡を体につけている間だけシャワーを止めるとか、シャワー時間自体を短くするとか――でも、一年間のエネルギー節約量は相当なものになる。

では、シャワーがどれほどのエネルギーを消費しているか人々に警告するにはどうすればいいだろう。たとえば〝Shower'n'Save〟などの「シャワーメーター」と呼ばれる商品がある。シャワー室にぶら下げておけば、シャワー中に現在のお湯代はいくらになったかリアルタイムで表示するものだ。つまりエネルギー消費量を数字で教えてくれるわけだ。有益ではあるが、おそらく人の行動を変えるほどの生々しさや説得力はないだろう。そこで我々は、ちょっと奇抜で非現実的なやり方で情報伝達できるVRの力を利用して、エネルギー消費量を人々の印象に残るように示せないだろうかと考え、〝バーチャル・シャワー〟の実験に着手した。

被験者はHMDを装着するとタイル張りのシャワー室に送り込まれ、目の前にはシャワーヘッドとレバーが見える。シャワーからお湯を出すと湯気が立ちこめ床が振動する。被験者が本物のシャワーのように自分の本当の腕、胴体、足をゴシゴシとこすっている間、ＶＲ画面ではリアルタイムでエネルギー消費量が通知される。実験では通知方法を二種類に分けた。一つはＶＲ画面内に表示される数字（生々しさの低い実験条件）だが、もう一つはもっと鮮烈で、消費した石炭が次々と積み上がる様子で消費量を知らせるというものだ（生々しさの高い実験条件）。

加えて、エネルギー消費を自分がしているという自覚の高低を示す「自己責任度」でも実験条件を分けた。「生々しさも自己責任度も高い」実験条件では、消費した石炭を被験者がムシャムシャと食べる姿がＶＲ画面に描かれ、それによってエネルギー消費量が知らされる。「生々しさは高く、自己責任度は低い」条件では、消費した石炭が目の前に積み上がる形で消費量が知らされる。「生々しさが低く、自己責任度は高い」条件では、ＶＲ内に描かれた普通のシャワーメーターに「あなたはすでに石炭を四つ消費しました」と表示される。「生々しさも自己責任度も低い」条件では「すでに石炭が四つ消費されました」と表示される。

このＶＲではシャワー室に窓があり、シャワー中の被験者には外が見える。「生々しさの高い」条件では、この窓の外に消費した石炭が積み上がる。そして「自己責任度の高い」条件だと、被験者そっくりに描かれた３Ｄのアバターが窓の外に現れる。アバターは積み上がった石炭を口に放り込み、かみ砕き、そして激しく咳き込む。アバターが咳き込むと、被験者の足元で床が本当にグラグラと揺れるようになっている。

実験が終わると、被験者は特別設計の流しで手を洗うよう指示される。この流しは使用した水（または温水）の量と温度が記録される仕組みになっている。被験者は「ＶＲ装置を使った人は必ず手を洗うことになっている」というウソのルールを信じ込まされており、誰もこれが実験の一部だとは思っていない。それでも「生々しさの高い」条件を経験した被験者は、そうでない被験者と比べて温水の使用量が少なかった。木こりの実験と同じく、文字や数字でなく骨身にしみて感じる生々しい情報のほうが効果は大きいのだ。(7)

こうした実験は、個々人の行動がどのように環境破壊に結びついているのかをVR体験で伝えるための貴重な知見を与えてくれた。また、文章やビデオといったメディアよりもVRのほうが、人々の行動を変えるのに効果的な場合があることも示された。とはいえ、すべきことはまだたくさんある。当初の私の目的は、気候変動に関する教育の質を高め、人々の意識を変えることにあった。だが気候変動というのは一筋縄ではいかない問題だ。極めて複雑であり、最悪の結果が見え始めるのに何十年もかかる。しかも世間には間違った情報があふれており、その一部は故意に拡散されたものだ。

一方で、気候変動をもたらす要因は簡単に取り除けないほど現代社会に深く根を下ろしているように見える。問題解決のために求められる変化はあまりにも実行困難なので、多くの人はなにか手を打つよりもそんな問題など存在しないかのようにふるまおうとする。多額の借金を抱えた人と同じで、問題を見ないふりするほうが心理的に楽なのだ。もしくは、事態を好転させるための苦しい変化を受け入れるより、理性と理論を超越した呪術的思考《マジカルシンキング》に傾くのである。

率直に言おう。人類にとって致命的かもしれない気候変動を否定する人々の無知（人によっては無知よりも悪質だ）を強く非難する側の人々でさえ、やるべきことを十分にしているとはとても言えないのである。

「人はなにかを直接自分で体験すると、それに対する見方が変わる」

二〇一三年、私はスタンフォード大学ウッズ環境研究所が主催したイベントに出席し、アメリカ海洋大気庁（ＮＯＡＡ）の元長官ジェーン・ルブチェンコ（当時はスタンフォード大学の客員研究員）の基調講演を聴く機会に恵まれた。ＮＯＡＡは米政府機関であり、地球の海洋と大気を監視・研究するさまざまな機関を配下に持つ。

ルブチェンコはそのＮＯＡＡのトップを務めた経験から学んだことを講演で話した。ＮＯＡＡには多くの使命があるが、その一つは「自然災害から生命と財産を守る」ことだ。[8] 彼女が長官を務めた四年間は観測史上最も激しい気象に見舞われた時期で、記録的な積雪と干ばつだけでなく、大洪水が六回、トルネードは七七〇回、津波が三回、大西洋のハリケーンは七〇回も発生し、ルブチェンコはその対応に追われた。彼女はこうした痛ましい災害の話を詳細に語った。感動的で、同時に気持ちが落ち込むような講演だった。

私が彼女の話に引き込まれた理由の一つは、彼女も私がラボで取り組んでいるのと同じ問題と戦っているからだ。それは、こうした異常気象の一因が地球温暖化にあることを一般の人々、そしてより重要な相手としてワシントンの政策立案者に納得させるのがいかに困難であるか、という問題である。[9] ＩＰＣＣが最初の報告書を公開して二五年以上になるが、当時も今もこの問題はまったく変わっていない。

それを指摘した後でルブチェンコが述べた内容に、私は釘付けになった。彼女が自然災害でめちゃくちゃになった土地を訪れ、生き残った地元の人々と話をしたところ、異常気象の被害者のほうが科学的な気候変動の話を信じる率が高いことがわかったというのだ。「人はなにかを直接自分で体験すると、それに対する見方が変わるのです」と彼女は言った。[10] ある問題の影響を間近で感じ、自分自身に関わるものとして捉えるようになると、もはやその問題を無視することはできなくなるのだ。

それから数年後、私はルブチェンコと直接話す機会を得た。私は彼女の講演内容に感銘を受け、研究内容にも影響を受けたと伝えた。さらに〝直接体験がもたらす効果〟に関して彼女に聞きたいと思っていたことも聞けた。自然災害の被災者になったことで気候変動についての意見を変えた人の具体例を教えてほしい、と。これに対してルブチェンコはこんな話をしてくれた。

二〇一一年四月後半、アラバマ州やオクラホマ州を中心に三六二回も竜巻が起き、発生回数も被害総額も史上最悪を記録した。この時期は後に「竜巻大発生《スーパー・アウトブレイク》」として知られるようになる。

「竜巻街道から南部にかけ、強烈な竜巻が次から次へと発生しました。本当に恐ろしいほどで、被害は甚大でした。ＮＯＡＡは一部的確な予想をし、危険なエリアから逃げるよう、みんなに警告しました」とルブチェンコ。それでもスーパー・アウトブレイクだけで三二四人の死者が出た。

ルブチェンコは竜巻の被害でめちゃくちゃになった直後の町を視察に訪れた。発生した竜巻の強さを調べる科学者や被害者救済を担うＦＥＭＡ（連邦緊急事態管理庁）の担当者も同行した。

「私は知らなかったのですが、竜巻の強さは計測する手段がないのです」と彼女は話を続けた。普通の暴風雨と違い竜巻は一点集中型で進路の予想もできず、威力も強すぎるため、通常の計測機器が役に立たないのだ。竜巻の威力を調べる唯一の方法は「竜巻に襲われた土地におもむき、建物が受けた被害から測るしかありません。どんな種類の建物か、何階建てか、レンガの建物かそれとも木造か、土台はあるか、壁面は土台に釘付けされているか、などを調べます。もし釘付けされていれば、上部構造が土台から引きはがされたときにその釘がどれほどゆがんだかを調べます」。

この視察には地元の政治家も同行していた。彼は気候変動を強く否定する考えの持ち主だった。ところが一行が竜巻の残した傷跡を詳しく調べ、被害者の話を聞いているうちに、この政治家は気候変動についてルブチェンコと話し合いたいと突然言い出した。「彼は取り憑かれたようにこう話しました。『私は今になってやっと現実が見えた。事態が飲み込めた。今後は私たちの安全を守るためにあなたたちがしてくれることに全面的に協力する。目から鱗が落ちましたよ』と言うのです」

最後のセリフはもう一度繰り返すだけの価値がある。気候変動を強く否定していた一人の政治家が「目から鱗が落ちた」と言ったのだ。(※注)

ルブチェンコのエピソードを聞いて、環境破壊に対する並外れた想像力や思い入れを持つか、もしくは自分が直接被害者にならない限り、人々は気候変動に対処するための困難な道を選ぼうとはしないだろうという私の懸念はさらに強まった。百聞は一見にしかず、ということわざがある。気候変動は間違いのない事実であり、人類にとって差し迫った脅威であるという点で世界中

※注：皮肉なことに、ルブチェンコは竜巻と気候変動に関連があるとは一言も言わなかったそうだ。まともな学者なら両者を結びつけたりはしない、と彼女は言う。それにもかかわらず、竜巻の激しい破壊力を目の当たりにするという強烈な経験が、それまで気候変動を強く否定していた人物の考え方を変えたのである。

の科学者はほぼ意見が一致しているにもかかわらず、なぜこれほど多くの人が信じようとしないのか。

その謎の一因は、間違いなく次の点にある。そう、多くの人は不愉快な現実を直視したくないのだ。問題解決のために払わねばならない多大な犠牲について知りたくないのである。大小の差はあれ、この点に関して我々はみな同罪である。もちろん、気候変動を否定する勢力が意識的に流布した偽情報にだまされている人も大勢いる。だが、それよりも「目に見えないから信じない」というつまらない理由のほうが大きい。一方、珊瑚礁や氷冠などがある現場に足を運ぶ科学者には問題が「見えて」いる。顕微鏡や標本やｐＨメーターを通して破壊的損害の証拠がはっきりと示されるからだ。

ルブチェンコの話は、一般大衆に気候変動の真実を教え、本来ならずっと前に行われているべき政治的行動につなげることの重要性をあらためて浮き彫りにした。同時に、そうした変化を引き起こすために、理屈でなく感覚に訴えるＶＲが大きな役割を果たせるはずだという私の信念はますます強くなったのである。

自然が作り出したイスキア島という完璧な実験室

ラボで環境ＶＲの研究を始めた当初、私はこの新テーマの研究費を集めるのに大変苦労した。私は三つの大きな政府系助成機関に助成金を申請した。遺伝学や物理学といった分野で新技術が知識の普及に一役買ったのと同じように、ＶＲという新技術を活用すれば気候変動の問題をビジュアル化でき、人々の問題理解の一助となるはずだ。その最適な方法を研究したい――。

それまで私は政府機関に研究助成金を申請したときは素晴らしい打率を残していた。五割を超える成功率を誇っていたのだ。ところが気候変動に関する研究だと例外なく却下される。ある助成金審査の担当者はそれとなく私に教えてくれた。気候変動はまだ立証されていないのだから学生に教えるべきテーマではない。代わりに「気候変動がウソか本当か学生たちが自ら判断できるような科学リテラシーを教えるべきだ」と。

そこで私は単独での助成金獲得をあきらめ、他の研究者との共同研究にする作戦に変えた。そして二〇一二年に相手を見つけた。スタンフォード大学の同僚であり、教育工学（educational technology）のパイオニアであるロイ・ピーだ。私は一九九五年からロイを知っている。彼はノースウェスタン大学科学教育研究所（教育工学に特化した初めての高等教育機関）で私の担当教授の一人だった。ロイほど教育工学の知識が豊富な人はいない。しかも彼はVRを利用した気候変動の啓発に強い関心を持っていた。彼と私が組むのは当然の成り行きだった。

私たち二人は科学財団に次々と研究助成金の申請を行った。ロイの教育工学の専門知識と私のラボのVR作製能力を組み合わせるプロジェクトに援助を求めたのだ。私たちは当初、特定の海域にプラスティックなど人間の廃棄したごみが集中して漂う「太平洋ゴミベルト」の問題を人々に啓発するVRを作るつもりだった。この問題は、人が簡単には行けない場所で起きている点と規模の巨大さからVRにうってつけだと考えたのだ。だが助成金の申請は却下された。ある財団は「海洋学者をメンバーに加えたほうがいい」と助言し、候補者のリストを送ってくれた。

こうして我々は海洋生物学者のフィオレンツァ・ミシェリとクリスティー・クレーカーと知り

合った。そしてこの二人を加えたことで晴れて研究助成金をもらえることになった。二人はイタリアのナポリ湾の西、イスキア島の浅瀬にある岩礁の酸性化を研究していた。我々四人は海洋酸性化の危険性を伝えるため、イスキア島の岩礁のVRを作製することになった。

イスキア島は地中海のリゾート・アイランドだ。研究のためとはいえ、そんな場所に自分で視察にいくのはいかにも研究費の無駄遣いと見られそうなので、結局教え子の院生たちにおいしい思いをさせることにした。彼らの報告によれば、イスキア島は本当に素晴らしい土地で、標高二五〇〇フィート（約七六〇メートル）のエポメオ山を中心とする緑豊かな景観にスパやバー、レストランといった施設が散らばっているという。温暖な地中海性気候とティレニア海の絶景からは、海面下にうごめく巨大な力を想像すらできない。だがエポメオ山はカンパーニア火山帯に属する活火山で、この地域はアフリカとユーラシアの大陸プレートがぶつかるため、活発な地震と火山活動で知られる。周辺にはナポリを中心に三〇〇万人が暮らしているが、地質学的には地球上で最も不安定な地域の一つである。

晴れた日にエポメオ山の頂上に立つと、わずか数マイル東にはカンパーニア火山帯で最も有名なヴェスヴィオ山のカマボコ型の姿が見える。紀元七九年の大噴火では何百万トンもの火山灰を周辺地域にまき散らし、ローマ人の都市ヘルクラネウムとポンペイは火砕流で壊滅した。大都市ポンペイはわずか数時間で巨大な墓地になってしまった。母なる自然の怒りは予測不可能であり、決して軽く見てはならないという人類最大の教訓の一つである。

こうした火山活動のせいで、イスキア島周辺の海底には数多くの温水噴出孔がある。地球の深部からのぼってきたガスの出口となる地面の裂け目だ。この噴出孔から温水が湧き出るため、イスキア島はスパ愛好者に人気の観光地となっているのだが、同時に地球の海洋の未来に懸念を持つ科学者にとっても、イスキア島北部と南部の海中は滅多にない貴重な研究スポットである。

というのも、この種の噴出孔があるだけでも極めて珍しいうえ、イスキア島のように海岸からすぐの浅瀬にそれがあるのはさらに珍しいからだ。そしてイスキア島の噴出孔から温水とともに吹き出すガスはほぼ純粋なCO_2（二酸化炭素）であり、この種の火山性噴出孔だと通常は混じるはずの硫化水素がまったく含まれていない。

この純度の高さゆえ、噴出孔周辺でどのような化学反応が観察されようとも、それは間違いなく海水に溶け込んだCO_2の影響だと考えられる。CO_2という主要な温室効果ガスが海洋に及ぼす影響を調べる海洋学者にとっては、完璧な実験室を自然が用意してくれたようなものだ。加えてイスキア島周辺の噴出孔は普通の火山性噴出孔と違って吹き出る水の温度が低く、周辺の海水温とほぼ同じなのだ。このため周囲の動植物になんらかの変化が見られても、それが水温上昇のせいではないかと考える必要はないのである。

さらにイスキア島の場合、海水に溶け込んだCO_2の濃度に自然に濃淡がついているため、比較研究もしやすい。そして噴出孔は数百年前からあると見られるため、近くの海中にいる動植物を調査すればCO_2濃度の高い極端な環境にどのように順応したかがわかる。要するに、海中のCO_2濃度が増すと生物にどのような影響があるかを研究する二人の海洋生物学者にとって、イスキア島は未来を垣間見られる一つのモデル環境なのだ。

イスキア島の岩礁では、異なる酸性度の海水（CO_2濃度が高いほど海水の酸性化が進む）で暮らすさまざまな有機体が長期間でどのような変化を遂げるのかを観察できる。二人の海洋生物学者はセンサーと海水標本のテストによって慎重に近隣海域を調べ、三種類の酸性度（通常／やや酸性度が高い／極めて酸性度が高い）でエリア分けをした。さらに、二人の研究は単一種の生物だけを観察するのではなく、環境負荷に対応する際にどれだけ多くの生物種が相互に影響し合っていくかを分析している点でも優れている。

一日二五〇〇万トンもの二酸化炭素が海に溶け込んでいる

二人の海洋生物学者クリスティーとフィオの研究内容を詳しく知るようになってわかったのは、人類が産業革命以降大気中に放出し続けている莫大な量のCO_2が、海中の動植物に深刻な影響を与えているという事実だ。CO_2が溶け込むと海水のpH値が下がり酸性化が進む。そうなるとカキや二枚貝、ロブスター、珊瑚といった多くの生物の成長に支障をきたす。多くの魚にとって大切な食物源となる四足動物類も影響を受ける。やがて藻類など、海水の激しい化学変化への耐性が強い植物がはびこり、他種を絶滅させる。海水の酸性化がさらに進めば、我々の知っている今の珊瑚礁は完全に姿を消し、珊瑚礁のおかげで存在できた多種多様な生物種も共に消え去るとの指摘もある。

科学者の試算によれば、過去二〇〇年の間、人間によって生み出された余分なCO_2の三分の一から半分が海洋に吸収されたという。現在最も信頼できる試算によれば、今日の海洋はこれまで経験したことがないほど多くのCO_2を吸収しており、その量は一日二五〇〇万トンになる。その結果、過去二〇〇年間で海洋の酸性度は二五%という驚異的な上昇率を示し、しかも上昇率はさらに加速している。世界銀行でチーフ・バイオダイバーシティ・アドバイザーを務めたこともある生物学者のトーマス・ラブジョイはこう述べている。「海洋酸性度は今後四〇年で倍以上に上昇するだろう。この上昇率は過去二〇〇〇年間に起きたどのような海洋酸性度の変化よりも急激である」[11]

ＮＯＡＡのリチャード・フィーリーも事態を悲観的に見ており、海洋が自然回復すると期待するにはおそらく手遅れだろうと述べている。「五五〇〇万年前にも同じような事態が起きた（ただし、そうなるのに一万年以上かかった）が、海洋が自然回復するのには一二万五〇〇〇年以上かかった。海水の化学的性質がただ正常に戻るだけでもそれだけかかったのだ。……その正常な状態に適応するよう海中生物が進化するのに二〇〇万年から一〇〇〇万年かかった。……したがって今後一〇〇年から二〇〇年の間に我々がなにをするかによって、海洋生態系は数万年から数百万年に及ぶ影響を受けることになる。今、我々が海洋に対して行っている行為はそのような意味を持っている」[12]

ほとんど目に見えない「海洋酸性化」を伝えるためには

海洋酸性化は問題の深刻さにふさわしい注目を集めていない。私はイスキア島ＶＲについて講演する際には決まって「海洋酸性化について聞いたことがある人は挙手してほしい」と聴衆に尋ねるのだが、一〇人に一人も手は挙がらない。理由はよくわかる。海面下の自然環境はイメージを描くのも難しいし、実際に訪れるのも簡単ではない。しかも今のところ酸性化の影響はほとんど目に見えない。たいていの人は健全な海洋ですら水面下がどんな様子なのかよく知らないのだから、ましてや透明な気体を吸収することでゆっくりと死にゆく海洋の姿を見てもピンとくるわけがないのだ。

気候変動に関する研究の多くは、海洋ではなく地上に住む生物への影響をテーマにしている。このためニュースで取り上げられるのも地上の気温の劇的な変化や異常気象などである。溶け出した流氷に乗って大海を漂うシロクマの写真、四年連続して冬・春・夏の最高気温が記録更新されたというニュース、地球の全陸地が赤とオレンジに塗りつぶされたヒートマップ――こうした話題のほうが海洋よりもはるかにショッキングなニュースになり、我々を震え上がらせる。だが科学的証拠から見れば、温室効果ガスが海洋にダメージを与えているという事実は地上のダメージと同じだけ確かだし、その深刻さも決して劣らないのである。

二人の海洋生物学者クリスティーとフィオの研究により、海洋が酸性化する過程、酸性化が海中の動植物に及ぼす影響、そしてその変化が海洋の浅瀬でなければ生きられない生物種すべてに与える深刻な結果に関する仮説が裏付けられた。フィオの言葉を借りれば「イスキア島の浅瀬は水晶玉のようなもの。よく観察すれば将来どんな影響を人間が海に及ぼすかがわかる」のである。

二〇一三年四月、フィオ、クリスティー、ロイと私の四人はイスキア島VRの中身を設計する仕事にとりかかった。このVRの目的は、楽しくインタラクティブで、かつ科学的にも正確なイスキア岩礁のVRシミュレーションを通して、利用者に海洋酸性化の危険性を知らしめることにある。我々はこのVR体験をできるだけ現実的で説得力のあるものにしたかった。CGで岩礁を再現するだけでなく、三六〇度カメラで撮影した実写映像もシミュレーションに盛り込んだ。岩礁や噴出孔の真実の姿、生物学的多様性が失われているという事実をしっかりと伝えるためだ。ユーザーの気持ちを動かすＶＲ体験にするには、そこに描かれているものが真実だと知ってもらう必要がある。

クリスティーはこの考えに賛成し、気候変動を否定していた自分の父親がイスキア島を訪れたときの話をしてくれた。彼女は太平洋に面した海岸で育ち、小さな頃から父とスキューバダイビングを楽しんだ。海洋生物学者になったのはそれが一因でもある。父は海を愛する男だったが、気候変動は信じなかった。人間の行為がこれほど巨大な地球に影響を与えられるわけがないというのだ。

だが、研究中の娘を訪ねてイスキア島に来た父は、娘と一緒に島の岩礁でスキューバダイビングをして考えを変えた。高濃度のCO_2がもたらした海中の被害がいやでも目に入り、ついに娘の行っている研究の意味と地球が失いつつあるものを理解したのである。それまでも娘の研究論文を読んではいたが、自分で直接体験したことにより見方が変わったのである。

数千時間と一〇〇万ドル近くをかけてデモを作製

我々はイスキア島から持ち帰った三六〇度カメラの映像を使い、噴出孔から円柱のように吹き出す気泡など、岩礁の環境をコンピュータで再現した。海中の様子がなるべくリアルに見えるよう、動植物のテクスチャーのモデリングには細心の注意を払った。実物さながらの動きをする種々の動物と植物を、現実と同じように仮想空間内に延々と配置した。

この段階でフィオとクリスティーが仮想空間の正確さをチェックするためラボを訪れた。ビジュアル等の修正中に今度はロイが新しいインタラクティブ要素を提案した。ユーザーに岩礁をあちこち動き回らせるための仕掛けとして〝生き物探し〟をさせるというアイデアだ。ユーザーは、例えば特定の貝を見つけるよう指示される。貝を探して岩礁をあちこち移動するうちに、その貝がまとまって見つかるのは噴出孔から離れた場所ばかりだと気づく。こうして、酸性度の高いエリアには身体にカルシウム分の多い生物がいなくなるとわかる仕組みだ。

さらに、我々の日常生活がイスキア島という遠隔地で起きている目に見えないCO_2汚染と海洋酸性化に結びついているのだというストーリーを用意し、その一部としてこのVRを体験してもらうことにした。自分の行為がイスキア島の問題の一因となっているとユーザーに気づいてもらうためだ。また、VRの心理的効果を高めるため、省エネVRで石炭を食べさせたような非現実的な要素も取り入れようと決めた。

できあがったストーリーはこんな具合だ。仮想世界に入ったユーザーはまず、自分が車の後部座席に座っていることに気づく。車は特徴のない街中を走っている。自分の住んでいる町かもしれない。しばらくしてVR世界に慣れてくると、ユーザーは車の排気管から飛び出すCO_2分子が見えるようになる。ユーザーはそのCO_2分子の一つを追いかけて海まで飛んでいく。そしてユーザー自身の手を使ってCO_2分子を海水に溶け込ませ、CO_2がH_2Oと結びついて海洋酸性化の原因である酸性化合物HCO_3に変化する様子を目撃する。続いてユーザーはイスキア島に現地調査に飛ぶ。スキューバダイビングの装備を身に着けた科学者として浅い岩礁を調査し、健全な岩礁と酸性化で深刻なダメージを受けた岩礁との違いを観察する。

　この〝イスキア島ＶＲ〟では、気候変動に関する情報をＶＲで伝えるためにさまざまな工夫を凝らしている。インタラクティブな手法、時間軸や実寸サイズの変更、目に見えない分子の〝見える化〟――。こうした工夫はそれぞれがＶＲ体験を強化してくれた。簡単な作業ではなかった。作製には数千時間かかったし、ゴードン・アンド・ベティ・ムーア財団が九一万三〇〇〇ドルの研究助成金をくれなければ実現できないプロジェクトだった。ＶＲで描かれる珊瑚は本物そっくりで、ユーザーは生き生きとした健全な珊瑚礁の生態系が荒廃していく様を間近で見る。このため、気候変動についてのメッセージを理屈でなく感覚で受け取り、身近な問題として深く納得できる。グラフや解説図で伝えるよりはるかに強いメッセージになる。

　このように説得力があり科学的にも正確な環境破壊体験デモを作製すれば、科学者が人々に伝えようとしている警告を、おそらくより効果的に伝えられる。有り難いことにＶＲ内なら災害はなんの損害ももたらさない。ボタン一つで発生し、誰一人傷つかない。それでも〝板〟のデモと同じく、体験した人の脳はそれを現実と受け止める。

　現在までに数千人がこのイスキア島ＶＲを体験している。アメリカ上院議員、英国の王子、ハリウッドの大物俳優や監督、プロデューサー、プロ・スポーツ選手、そして何千人もの学生――。さらに我々は〝ＶＲのｉＴｕｎｅｓ〟ともいわれるＳＴＥＡＭ（大手ゲーム販売サイト）でもこのＶＲを公開した。世界中のＶＲ愛好者がそれを毎日ダウンロードしている。こうして、ＶＲがなければ興味や知識を持たなかったであろう人々の間で、少しずつ海洋酸性化への注目が高まっている。

エコツーリズムはやがてバーチャルへと移行する

ＶＲは環境問題の啓発に役立つだけでなく、自然の美しさと壮大さを〝その環境に負荷をかけずに〟観賞することも可能にする。おそらくエコツーリズムや動物園・水族館の訪問より豊かな体験を提供できるのではないだろうか――。

そんな可能性を実感できたのは、二〇一三年の休暇に家族とアラスカ州ジュノーを訪れ、ブレイクという名のホエールウォッチング・ガイドに出会ったおかげだ。ブレイクは二五フィート（約七・五メートル）のボートに乗って観光客に鯨を指し示すガイドとして働きながら、ジュノーの海洋科学の学校に通っていた。ホエールウォッチングはアラスカで最も人気のある観光事業の一つで、私もボートを遊園地だと思い込んでいる二歳の娘の世話を焼きながら、家族と一緒に必死に鯨を探したものだ。そして三〇〇フィート（約九〇メートル）先についにそれを見つけた。鯨の背中らしきものと、尾を反転させて消えていく姿をこの目で見た。この荘厳な生物の自然な姿を見るのは素晴らしい経験であり、ブレイクに言わせれば目撃できた我々は幸運だという。はるばるアラスカまで鯨を見に来て一度も見られない人もいるそうだ。だが正直なところ、想像していたほどの興奮はなかった。

ＶＲなら必ずたくさんの鯨に出会えるし（実際、ＶＲコンテンツにはお飾りとしてもよく鯨が登場する）、ユーザーは好きなだけ鯨に近寄れる。水中からも水面からも観察できるし、単体の鯨でも群れでもお好みのままだ。それどころか、大魚の腹の中で三日三晩過ごしたという聖書のヨナのように、鯨の内部を歩き回ることすらできる。

ＶＲツアーなら天気は必ず晴天で、素晴らしい見晴らしが保証されている。登場する鯨はユーザーにとって学びの多い行動をなんでもしてくれる。「食事、ケンカ、逃走、交尾」のいずれもが観察し放題だ。ホエールウォッチングの究極の目標といわれる姿――海中から空中へジャンプし、巨体を水面に叩きつける姿――でさえ、ＶＲプログラマーの手にかかればいとも簡単に再現できる。

そしてＶＲツアーの最も素晴らしい点は、鯨が観光客の被害を受けないことだ。ブレイクによるとジュノーの海路は年を追うごとにホエールウォッチングのボートで混雑してきているという。エコツーリズムが鯨たちに負担をかけているのだ。

私はホエールウォッチング・ガイドというジュノーで一番人気のある仕事に就いているブレイクに、〝バーチャル・ホエールウォッチング〟をどう思うか聞いてみた。すると彼は「迷わずバーチャル・ホエールウォッチング・ガイドに転職しますよ」と即答した。政府の規制や観光客の細心の注意にもかかわらず、やはりホエールウォッチングは鯨にダメージを与えているとブレイクは断言する。加えてツアーの現場まで我々を運んでくるクルーズ船は、一フィート進むのに約一ガロンのガソリンを消費することもブレイクは指摘した。

ここまで聞いても、やはり仮想世界で鯨と一緒に泳ぐよりも本物を見たいと思われる読者もいよう。だが規模の問題を考えてほしいのだ。数百万人の人々が飛行機でアラスカに飛び、ガソリンを消費するクルーズ船に乗っている。そのこと自体が地域の環境と周辺の生物種に大きな負担をかけている。アフリカのサファリにはアラスカより多くの観光客が訪れ、自然の棲息環境に大きな負担をかけていることだろう。どこかで妥協が必要なのだ。

サメの中に入り、海を泳いだ少年

我々のラボでは地域支援活動の一環として、市街地の小中学生を定期的にVRツアーに招待している。ほとんどの子供はビデオゲームが大好きなので、最先端のVRラボ訪問は彼らにとってお祭りのようなものだ。この訪問ツアーを見ていると、バーチャル・エコツーリズムが大きな効果をあげる可能性を秘めていることがわかる。

二〇一三年五月、ブリッジウェイ・アイランド小学校の六年生と七年生［日本では中学一年生に相当する］合わせて二五人前後のグループがラボに来た。小学校のあるサクラメントは世界最高水準といわれるモントレー湾水族館まで車で三時間と比較的近いにもかかわらず、ラボを訪問した生徒の多くは一度も水族館に行った経験がないという。サメを見たことがない、という生徒も少なからずいた。

グループの一人、七年生の生徒がサメと一緒に泳ぐVRに挑戦した。彼はHMDを装着したとたん、海面から一〇メートル下、海藻の森の底にいた。周囲を見回し、生い茂る海藻の中を明るい黄色の魚の群れが突き進む様子を見た後、彼は両手を頭より高く上げるように言われた。おそるおそる両手を上げると、自分が急浮上するのがわかる。こうして自分の腕を動かすことで、仮想の海の中を好きな速度で行きたい方向に泳ぐ方法を学ぶのだ。

すぐに彼は歓喜の叫び声をあげた。この少年はシュノーケリングもスキューバダイビングもしたことがなかった。海中で海藻の森をさまようのは本当に素晴らしい体験なのだ。少年が数分間自由に泳ぎを楽しんだ後、私は彼にサメを探すように指示した。

このＶＲ世界には体長三・六メートルのサメが一匹いて、ランダムなコースを泳いでいる。一点本物と違うのは、このサメの皮膚が抵抗なく自由に通り抜けられる点だ。つまりユーザーが上手にサメと同じコースを同じ速度で泳げば、サメの内側に入って文字通り〝サメになって〟海中を泳ぐことができる。少年はついにサメを見つけ、恐怖の叫び声をあげた。私は、このサメはおとなしいので安全だと保証し、サメの中に入って一緒に泳ぐよう少年を説得した。周囲の友達からも励まされ、彼はとうとうサメの中に入った。そしてその後はものすごく楽しそうに一緒に泳いでいた。

こうしてほんの短い時間で、この少年は自然の素晴らしさを理解した。ラボから帰るとき、少年は次の日に海に泳ぎに行くと宣言した。

仮想世界でのバーチャル消費は拡大していく

最後に、仮想世界の経験が我々の消費行動およびその結果である廃棄物産出量にどのような好影響を与えうるか検討してみよう。現代人、とりわけアメリカ人はつまらない小物や不必要な商品を買うことに取り憑かれているように思える。仮にこうしたモノの量を減らすことができれば、地球環境のために大きなプラスになる。なぜならそれらの製造工場は大量の自然資源を使い、生産過程で環境を汚染することも多く、しかも人類滅亡後まで残るであろうプラスティックを大量生産するケースも珍しくないからだ。確かにVRのピクセルを描くのにも幾ばくかのエネルギーは使うが、コンピュータの電源を切れば廃棄物は残さない。ビニール袋のように何年もかかって最終的に「太平洋ゴミベルト」に行き着くのとは違う。

〝現実のモノでなく仮想世界のモノを消費する〟——この新しい経済の考え方が腑に落ちるまでにはしばらく時間がかかるだろう。ここで思い出すのは、私が主催したあるセミナーのことだ。「VRはアパレル業界をどう変えるか」というテーマで、アパレル企業の幹部約四〇人が出席していた。セミナーで私が「今の小学生が大人になると、実際のウールのセーターよりも仮想世界のセーターに費やす金額のほうが大きくなるかもしれない」と話すと、出席者の一人はとても信じられないと言った。そこで私は彼にベロニカ・ブラウンの話を教えた。二〇〇六年のワシントン・ポストの記事によれば、「ブラウンは大人気のファッションデザイナーで、オンラインの仮想世界『セカンドライフ』内で下着やフォーマルウェアをデザインして販売している」という。ブラウンがバーチャル衣服の販売で稼ぐ金額は二〇〇六年の一年間で六万ドルになりそうだ、と記事は結んでいる。[13] このエピソードを聞いたセミナーの出席者たちは微笑んだり皮肉な笑い声をあげたりした。それはそうだろう。彼らは何桁も違う金額を日々扱っているのだ。実はブラウンの話は〝撒き餌〟に過ぎない。私はさっそく次のデータに話を進めた。

「この中で『ファームヴィル』というゲームを知っている人は挙手をお願いします」——出席者の大半が手を挙げた。さすがシリコンバレーだ。「では実際にプレイしたことがある人は?」——一人がおずおずと手を挙げた。そこで私は、このファームヴィルや同種のゲームを販売しているジンガ(Zynga)という企業の二〇一〇年の売り上げを示すグラフを取り出した。同社の売り上げは一年間で五億ドルを超えている。この程度の金額ではセミナー出席者は誰も驚かない。だが次に、その売り上げがなにからもたらされているかを伝えると、出席者はみな呆然とした。ごくわずかの広告収入を除き、ほぼ全額がバーチャル食料などバーチャル・アイテムの売り上げだったからである。

当時、ジンガは一秒ごとに三万八〇〇〇個のバーチャル・アイテムを売っていた。同社は二〇一〇年度、バーチャル・アイテムの販売で五億七五〇〇万ドルの売上げを得た。一方で広告の売上げは二三〇〇万ドルに過ぎなかった。仮想世界の農場でバーチャル動物の赤ちゃんに飲ませるバーチャル・ミルクを売るのはずいぶんと儲かるようだ。

「みなさんはファームヴィルで人々がなにをしているか知っていますか。そう、バーチャル作物を育てています。もちろん食べられないですよ。どうしてジャケットやスニーカーで同じことが起きないと言えるのでしょうか――」。確かにこれらは極端な例だし、今となっては古い話でもある。もはやファームヴィルやセカンドライフは広く文化的関心を集める対象ではなくなっている。

とはいえ、これらの仮想空間で人々が見せた行動は今でも変わっておらず、ただ別のプラットフォームに移動しただけだ。セカンドライフや大繁盛した仮想ゲーム界の経済活動は、人々が喜んで時間とお金を仮想世界に投入することを教えてくれた。今この瞬間も、あらゆる年代、あらゆる階層の人々が本物のお金を投じて、仮想世界で遊ぶための不動産や船や飛行機を買っている。自分のアバターに着せる服や装飾品、タトゥーのためにお金を払っている。

人々は現実世界よりも少ない金額でリッチな無駄遣いを楽しめる仮想世界で巨大な経済圏を形

成し、現実世界の富がそこで大量に生まれている。もしアバターの装飾品や、象徴に過ぎないステータスのために人々が大金を投じるのが奇妙に感じられるなら、ちょっと立ち止まって周囲を見回してみることをおすすめする。現実世界でも人々はなんと意味のない消費行動をしていることか。それは現代経済の特色とさえ言える。問題は、現実世界で派手な消費をすると現実のコストが伴う点にある。化石燃料の無駄遣い、山積みのプラスティックごみ、大海原を漂うゴミベルト——実例はいくらでもある。

このように考えると、実は仮想世界での交流に人々がのめり込むことは、映画や小説で描かれる終末的世界のように恐ろしいものではなく、むしろ現代社会にとって大きなメリットであるのかもしれない。

第5章　二〇〇〇人のＰＴＳＤ患者を救ったＶＲソフト

同時多発テロ後、多くの人がＰＴＳＤに苦しんだ。治療にはトラウマの再現が有効だが、本人の記憶に頼る従来の手法ではあまり効果はなかった。そこである専門医は、テロ当日を緻密に再現したＶＲを作製。患者を再度、九月一一日のＮＹに送り出した。

その患者は二六歳だった。同時多発テロが起きた二〇〇一年九月一一日の朝、彼女はワールドトレードセンター（ＷＴＣ）近くの職場に向かう途中、会社の向かいにあるドラッグストアに立ち寄った。最初の飛行機がツインタワー北棟に衝突したところは見ていない。実際、その瞬間を目撃した人はごくわずかだ。出勤途中の時間帯である午前八時四五分に、空を見上げる人はそれほどいない。だが、ニューヨークで一番高いビルのてっぺん近くで火事が起きていれば話は別だ。彼女も店を出ると大勢の野次馬と一緒に、不運な火災事故に見舞われたとおぼしき北棟からもくもくと吹き出す煙を見上げていた。二機目の飛行機が南棟に突っ込んだのはちょうどそのときだった。

午前九時過ぎに飛行機が南棟の七七階から八五階までを切り裂き、それから二時間以内に両棟が相次いで崩壊したその光景は、それから数ヶ月もの間彼女に取り憑いて離れなくなった。傷を負った都市と市民は復興に向けて歩み出したが、彼女はなにを見てもその朝の恐怖を思い出した。テレビや新聞の連日の報道、町じゅうで見かける「尋ね人」の張り紙、マンハッタン最南端でいまだくすぶり続ける廃墟、そして火が消えてからも数ヶ月辺りに漂っていた独特の臭い——。加えて、次なるテロがいつ起きるかという恐怖が常につきまとう。高層ビル街の谷間に立って上を見上げるだけで、彼女は不安に襲われた。夜も十分に眠れなくなり、友達や家族に対して発作的な怒りを爆発させることが増えた。

それまで住んでいた恋人のアパートは高層ビルの上層階だったため、そこで暮らすこともできなくなった。心配した家族はついに専門家に助けを求めた。ワイルコーネル医科大学の不安障害の専門医ジョアン・ディフェーデに対し、患者の母親は「娘は別人のようです」と訴えた。患者本人と会ったディフェーデは、すぐに典型的なPTSD（心的外傷後ストレス障害）の症状だと診断した。

同時多発テロ後に激増したPTSD患者

ディフェーデを含めPTSD専門医の多くは、九月一一日から数ヶ月で患者が急増するのを目の当たりにした。ニューヨークへのテロ攻撃で亡くなった人は三〇〇〇人近い——呆然とするほどの数字だが、この攻撃をじかに体験した生存者の数は、それよりもはるかに多い。何万人もの人々が、WTCのビル内で、その周辺の街中で、もしくはWTCの巨大な地下ターミナルの動かなくなった地下鉄車両内で、このテロを直接体験したのだ。

さらに数千人から数万人の人々は、北棟と南棟が火を噴き、崩れ落ちる姿を、近くの建物から自分の目で見ている。もちろん、救助のために北棟と南棟に飛び込んでいった消防士と警察官も忘れてはならない。テロから一〇年後の二〇一一年時点でも、消防士と警察官と一般市民を合わせて少なくとも一万人のＰＴＳＤ患者がいたとの推定もある[1]。

ディフェーデはテロ攻撃の規模の大きさを知った瞬間から、数千人単位で心に傷を負った患者が発生すると悟り、患者急増に備えるためにすぐに手を打った。ＰＴＳＤの症状を示す人を検診するためのガイドラインを作製し、結果的にテロから数週間後には三九〇〇人のＰＴＳＤ患者を発見できた。だが、診断を下した後はどのように患者を治療すればいいのか――。

当時は〝ＰＴＳＤ〟という概念自体が完全には固まっていなかった。多くの研究者によって議論や研究はされていたものの、業界のスタンダードである『ＤＳＭ――精神疾患の分類と診断の手引』にはまだ心理現象として正式に掲載されていなかったのだ[2]。このため治療といってもできることは限られており、患者の多くには精神安定剤を処方するくらいしかできなかった。これでは一時的に症状を抑えることはできても、問題の根本解決にはならない。当時のＰＴＳＤは「完全なる〝未開の荒野〟ではなかったものの、まだ生まれたばかりの分野でした」とディフェーデは振り返る。

九・一一の当日を緻密に再現した治療用ＶＲを作製

当時も今も、ＰＴＳＤの最も効果的な治療法は、想像力を用いた「暴露療法（トラウマ体験を再現して直面させる治療法）」と同時に行う「認知行動療法（ＣＢＴ：トラウマ体験の受け止め方を修正する治療法）」である。この治療法では、セラピストが数回のセッションを通じてトラウマ体験へと患者を導く。例えば、患者は目をつむったままトラウマを受けた出来事を思い出すように言われ、そこで起きたことを一人称の視点で書き出したり、口頭で説明したりするよう言われる。当時の記憶を筋の通るように再構築することで、心に負った傷の痛みを和らげるのが狙いだ。「人生の一部をなす記憶となるよう、新たに作り直すのです」とディフェーデは言う。「そうすれば、自ら望まないときにその記憶が心に侵入してくることはなくなります[3]」

この治療がうまくいくためには、トラウマ体験を語る患者に「機械的な記憶の反復」をさせないことが重要になる。患者はその体験を語りながら、当時の感情もよみがえらせる必要がある。つまり、トラウマ体験を再び経験する必要があるのだ。極論すれば、そこにある種の「臨場感」を生み出さねばならない。うまく想像力を働かせれば、暴露療法によって患者は診察室を離れ、トラウマ体験の現場に立ち帰ることになる。心理学用語で「現実脱感作」と呼ばれるプロセスだ。

ここで難しいのは、患者がトラウマ体験を再現するためにはＰＴＳＤの主要な症状である「回避」を克服しなければならない点にある。「人は、トラウマだろうがもっとありふれた痛みだろうが、本能的に痛みを回避するようにできています」とディフェーデは二〇一六年のＶＲカンファレンスで私に説明してくれた。「痛みを無意識に回避しようとするのが自然な対処法なのに、あえて痛みに向き合おうとするのですから相当難しい話です。暴露療法ではこの問題が避けられません[4]」。ディフェーデによれば、患者の多くはトラウマ体験の記憶を呼び戻すのに苦労するという。理由としては想像力不足の場合もあれば、傷ついた心が痛みをともなう記憶を拒否する場合もある。

ディフェーデは以前にもVRを試験的に使ったことがある。すでに一九九〇年代末には暴露療法にVRを持ち込めないかと研究していた。「VRの利用は魅力的に思えました。人の記憶というのは言葉で説明できる筋書き以外の要素も含まれると知っていたからです。一般に記憶は五感をフル活用しています」とディフェーデ。筋書きだけを頼りにする通常の暴露療法は、三五～四〇％の患者には効果がないと推計される。ディフェーデを含めた数人の先駆者は、治療の一環としてトラウマ体験に直結する映像や音、さらには匂いまでも使った仮想世界に患者を連れて行けば、暴露療法の効果が高まるはずだと考えていた。

九月一一日の同時多発テロの後、ディフェーデは多数の深刻なPTSD患者を相手にこの考えを試す機会が訪れたと気づいた。さっそく国立衛生研究所から一部資金援助を受けると、彼女はワシントン大学の心理学者ハンター・ホフマンに連絡を取り協力を要請した。ホフマンは恐怖症の暴露療法にVRを利用してきた実績を持つ人物だ。

同時多発テロから数ヶ月続いたひどい混乱期に、二人はほぼ毎日のように話し合いながら暴露療法に使うマンハッタン最南端のモデル作りを進めた。ディフェーデのチームがテロ生存者にヒアリングして現場の詳細な情報を集め、シアトルにいるホフマンのチームがその情報を元にコンピュータで仮想空間を構築する。ニュース映像からの音声もデータとして取り込んだ。

こうしてできあがった治療用VRでは、決められたキーを押すと同時多発テロ当日の出来事が仮想空間内で再現される。例えば一つのキーを押すと、攻撃を受ける前のWTCの二つのビルが出現する。別のキーを押すと、飛行機が衝突する直前の無傷の南棟と黒煙をあげる北棟が出現する。また別のキーを押せば、両棟が崩壊した後のＷＴＣの敷地が出現するといった仕組みだ。さらに他のキーを使えば、サイレン音や叫び声、その他生存者が当日耳にしたさまざまな音もＶＲ内で再現でき、患者の仮想体験をいっそう細かくコントロールできる。治療に当たるセラピストはいわばオーケストラの指揮者のようなものだ。ただし指揮者と違うのは、治療に最も効果的になるよう、仮想空間内での出来事の起きる順番や長さを自由に変えられる点だ。

抑うつ症の症状は八三％消え、ＰＴＳＤの症状は九〇％治まった

この章の冒頭で紹介した若い女性の患者が、ディフェーデとホフマンの開発した治療用ＶＲの最初の利用者となった。ディフェーデはこの患者に対して想像力を用いた暴露療法をすでに四回試していたが、効果はなかった。患者の口調は淡々として無感情なままで、テロ当日の感情的な記憶を呼び起こせないでいるのは明らかだった。そこで、実験的治療法への同意を患者本人から得たうえで、五回目のセッションが治療用ＶＲを試すのにふさわしい時期だと判断した。ディフェーデは患者にＨＭＤを装着させ、仮想空間に再現されたニューヨークへと患者を送り込んだ。彼女はディフェーデにリードされながら自分の記憶を探るため、今やテロ当日と同じ場所に立ち、そびえ立つビルに周囲を囲まれていた。

彼女はあの日立ち寄ったドラッグストアの前に再び立ち、ＶＲで再現された見慣れた街の風景を見ていた。グラフィックは粗削りだったが、自分がどこにいるかわかる程度にはビルや街角の特徴がきちんと再現されている。見上げると北棟と南棟がそびえ立っている。毎日の通勤で見慣

れた日常風景だ。一気に涙があふれ出す。まさかもう一度このビルの前に立つことがあろうとは――。

こうして数回の治療セッションが行われた。ディフェーデはテロ当日の彼女の記憶を一緒に探り、それについて話し合った。出来事の筋書きを繰り返し話しているうちに、彼女に詳細な記憶がよみがえってきた。彼女は、南棟に二機目の飛行機が衝突するのを見たときの気持ちを思い出した。これは事故ではないと悟った瞬間の恐怖を――。さらに、はるか頭上でビルが燃えるのを呆然としてなす術もなく眺めていたことを思い出した。そして、最初に北棟が崩れ始めたとき、彼女や周囲の人々がどんなふうにパニックになったかを思い出した。

ディフェーデはこの治療について報告した論文で、VRの助けを借りて鮮やかによみがえった女性患者の記憶を紹介している。逃げだそうとする人々の〝将棋倒し〟に巻き込まれたこと。倒れて重なり合った人々の間からなんとか抜け出したとき、叫び声が聞こえて振り返ると、助けを求める女性と目が合ったこと。「患者が視線を下に移すと、その女性の両足がちぎれているのが見えた。激しく出血し、助からないのは明らかであった」。記憶の描写はさらに続く。「患者はこの女性の目を見て〝ここで立ち止まることはできない〟と伝えたことを思い出した。周囲にはビルの残骸が降り注いでいて、一つでも当たれば致命傷になりかねないからだ。患者はもうもうと立ちこめる真っ暗な煙の中をただひたすら走って走って逃げ続けたことを思い出したのである」(5)

患者の記憶によれば、かなり北上したところでようやく一軒の店に逃げ込んで一息ついたという。逃げる途中で靴は脱げ、両足から血が流れていた。お金は一銭も持っていなかった。周囲を見回すと、人々は普段と変わらず日常業務をこなしていた。「みんな！　なにが起きているか知らないの？」と彼女は叫んだ――。

彼女がこうした恐ろしい記憶を詳細に思い出せたのは、視覚と聴覚に訴える表現力豊かなＶＲに助けられ、記憶の中に埋もれていた感情とうまく向き合えたからだとディフェーデは確信している。「我々はみな、自分の想像と記憶を組み合わせて〝ドラマのような経験〟としてまとめ上げます。そしてＶＲも使い方次第では一つの〝ドラマのような経験〟になります。人はそのような経験から意味を読み取ろうとします。（治療では）それがうまくできました」というのが彼女の解説だ。

治療の効果は劇的だった。六回のＶＲ治療の後、この若い女性患者に見られた抑うつ症の症状は八三％消え、ＰＴＳＤの症状は九〇％治まったという。

忘れていた記憶を取り戻し、トラウマを克服した消防司令長

二〇〇一年一一月、ディフェーデは二人目の患者のＶＲ治療に着手した。今回の患者はニューヨーク市消防局の消防司令長である。南棟が崩壊したとき、彼は北棟ロビーに設置された臨時司令部にいた。それでも彼は生き残った。ガラスと粉塵にまみれながら、北棟が崩壊する前になんとかその場から逃げ出すことができたのだ[6]。

危険な状況に向き合う前、例えば戦場に向かう前の兵士などが順化トレーニングを受けると、ＰＴＳＤにある程度の耐性ができることが研究で明らかになっている。とはいえ、どれだけ準備しようとも必ず発症を防げるわけではない。この患者も消防士になる前は軍人だったが、それだ

けの経歴と訓練にもかかわらずＰＴＳＤを抑えることはできなかった。

テロ攻撃から数ヶ月間、彼は悪夢と不眠に悩まされるようになる。閉ざされた空間に恐怖を感じ、ディフェーデの最初の患者と同じく、高いビルに囲まれると不安を覚えるようになった。マンハッタンに足が向かなくなり、睡眠導入剤を常用するようになった。結局、彼のかかりつけの医師はこれ以上の睡眠導入剤は出せないと宣言し、精神科医に相談するよう勧めた。こうして彼はディフェーデにたどり着き、新しいＶＲ療法に出会った。

ディフェーデは週一回の治療セッションのたびにこの患者を仮想空間へと導き、当日の出来事を彼の視点で順番に再現させた。そして彼が見ているもの、覚えているものについて質問した。他の患者と同様、彼もＶＲで描かれた世界にすぐさま本能的な反応を示した。テロ当日と同じ景色と音に囲まれたとたん、大量の汗が噴き出し、心臓の鼓動が早まったのだ。そしてやはり最初の女性患者と同じように、ＶＲでテロ当日を再体験して感情が強く刺激された結果、それまで思い出せずにいた記憶を取り戻した。その記憶こそが彼のＰＴＳＤを治す決定的要因になったのである。

患者である消防司令長はそれまでの数ヶ月間、マスコミや捜査機関から何度となく取材を受け、自分の体験を語ることに慣れていた。だがディフェーデは、仮想空間の力が「自分の体験をどのように語るか」という患者の意識的な行為を出し抜いたと考えている。ＶＲの臨場感が、ただ話すだけでは思い出せなかった恐怖につながる感覚的要素と手がかりを彼に与えたのだと――。

四回目の治療セッションで、患者はそれまで完全に忘れていたエピソードを詳細に思い出した。北棟と南棟が崩壊した後、別のビルの入り口付近に立っていた男を見たことを思い出したのだ。

ディフェーデの説明によれば、「（患者は）自分が走っている姿を見ました。二番目の北棟が崩壊した直後で、みんな文字通り命がけで逃げていました。そしてある建物の入り口の前を通り過ぎたとき、〝ＦＢＩ〟と書かれた青いジャケットを着た男が無線機に向かってしゃべっているのを目にしました。まさにそのとき、患者は聞いたのです。ＦＢＩ捜査官が〝三機目の飛行機がこちらに向かって飛んできている〟と話しているのを」（実際に捜査官が話していたのはワシントンＤＣに向かっている飛行機についてだった）

その言葉を聞いた瞬間、患者はパニック発作に襲われた。自分は死ぬのだと確信したのである。[7]「このたった一つの情報で彼の状況認識は一変しました。ＰＴＳＤを起こす恐れが最も強い原因の一つは、自分の死を心から確信することなのです」とディフェーデは話す。こうして日常的不安の原因となっていた深刻なトラウマの決定的瞬間が判明したことで、ディフェーデと患者はついに記憶の修正に取りかかることができた。

こうして治療から数年後、彼は「自分の人生を取り戻した」と言えるほど回復した。高いビルの近くや橋の上では今でも多少の不安を感じるが、再びぐっすり眠れるようになり、悪夢も見なくなった。医者にもかかっていない。

消防司令長は二〇〇五年、マスコミの取材でこう語っている。「この治療を受ける前はまったく不可能だった普通の日常を送れるようになりました。（テロのことは）今後もずっと私の人生の一部として残るでしょうし、テロ以前の自分には決して戻れないでしょう。それでも、今では普通に社会復帰しています」

心に傷を負った退役軍人たちの治療プログラム

同時多発テロの後、ディフェーデはこの治療用ＶＲを使ってテロ被害によるＰＴＳＤ患者五〇人以上を治療してきた。また、想像力だけに頼った暴露療法とＶＲを使った暴露療法との比較実験も行っている。その結果、ＶＲを使うと数値面でも臨床面でも治療結果が大幅に向上することが示され、前述した二人の患者のエピソードを裏付けることになった。[8]

ディフェーデのＶＲ治療が成功を収めた後、イスラエルのバス爆破テロや自動車事故などさまざまなＰＴＳＤ患者のための治療用ＶＲが他の研究者によって制作されている。なかでも最も広く利用されているのは退役軍人の治療用ＶＲである。退役軍人はＰＴＳＤを発症する率が他の集団よりはるかに高いのだ。ディフェーデ自身も戦闘経験によるＰＴＳＤの治療プログラムに乗り出し、一人の研究者とチームを組むことになった。その研究者こそ、今や「戦闘経験によるＰＴＳＤ治療」の第一人者として有名な南カリフォルニア大学（ＵＳＣ）クリエイティブテクノロジー研究所のアルバート・〝スキップ〟・リッツォである。

「それはなに？」「ゲームボーイです」

私が昔からスキップ・リッツォを羨ましく思っている理由は、その素晴らしい頭脳のせいではなく、彼が一九七四年にオンタリオ・スピードウェイで開催されたカリフォルニア・ジャムに参加してブラック・サバスの生演奏を見ているからだ。私たちが初めて会ったのは二〇〇〇年、リッツォがUCSB（カリフォルニア大学サンタバーバラ校）のVRグループを相手に研究内容のプレゼンをしたときだ。私たちはすぐさま意気投合した。それは二人とも長髪でヘビーメタルのファンだったから、というだけではない。私はスキップの仕事に対する情熱を評価しつつも、彼のお気楽なところがいいと思ったのだ。

彼はよくある臨床研究者タイプではなく、オートバイを愛し、ラグビーにも本気で取り組んでいる。USCの彼のデスクは頭蓋骨の飾り物でいっぱいだ。脳の損傷を一生のテーマとして研究する男にふさわしいセンスだと思う。スキップは臨床心理学と神経心理学を学んだ後、キャリアの初期にPTSDおよび認知リハビリテーションを研究し、自動車事故や脳卒中などで脳に障害を負った人のリハビリ・プログラムを企画開発した。

彼は、治療の効果を高めるためにどのようにテクノロジーを利用するかという点に常に興味を抱いてきた。そう考えるようになったきっかけは、一九八九年に担当した当時二二歳の男性患者だったという。その患者は自動車事故で前頭葉に障害を負った結果、やる気と集中力が数分しか維持できなかった。実行機能を担う前頭葉に障害を受けた人には、こうした症状がよく見られる。ある日、スキップは治療を始めようとして、この患者が前屈みになってなにか小さな画面を熱心にのぞき込んでいるのに気づいた。

「それはなに？」

「ゲームボーイです」

患者は、中毒性の高いことで有名なロシアのゲーム「テトリス」で遊んでいた。スキップが見守る中、ふだんならすぐに気が散ってしまうはずの患者が、根の生えたように座って一〇分間もゲームに集中していた。「ああ、まさにこんなふうに人々がのめり込む認知療法を開発できたらなあ」とスキップは思った。そして彼は、すぐにシムシティなどのゲームを臨床治療に利用し始めた。

ちょうどその頃、スキップはラジオでジャロン・ラニアーのインタビューを耳にした。ラニアーはバーチャルリアリティが世界を変えると訴え、自分の興したVR会社であるVPLリサーチの活動を宣伝していた。それを聞いた瞬間にスキップは、認知機能障害や不安症の治療にVRを利用できるのでは、と考えた。「適切な機能をもったVR環境に患者を置き、そこでリハビリできるようにしたらどうだろうか。そこにゲーム的な要素も加え、患者がリハビリに熱中できるようにしてもいい」――スキップにはVRが究極の〝スキナー箱〟［レバーを押すとエサが出てくる動物実験用の箱］になるように思えたのだ。すなわち、自由に管理できる環境下で条件付けや訓練といった治療方法を実行し、試すための装置になりうると。

その考えに大いに興奮したスキップは、医療用VRで今でも強い影響力を持つウォルター・グリーンリーフの企画した一九九三年のVR会議に参加する。初期のVRに触れたスキップは二つの印象を抱いた。一つ目は、VRはものすごいカネがかかるということ。そして二つ目は、「認知とVR」という研究分野はほとんど手つかずであることだ。VR会議では、ダウン症の人にバーチャル・スーパーマーケットで買い物の仕方を練習させる実験のデモを見た。VRの可能性は無限大に思えた。

この会議の直後、スキップは生まれて初めて自分でVRを体験する。それまでVRに関する雑誌記事や研究論文を読み漁り、ＶＲ治療の可能性について論文まで書いていたのに、自らＶＲを試したことは一度もなかったのだ。実際に体験してみて、彼は興奮を感じると同時に激しく失望した。「最初はね、『なんだこれ……最低だ！』って思ったよ。目に映るのはカクカクのレゴみたいな世界だし、操作感もすごく悪い。当たり判定がおかしいから壁に衝突するしね。想像とまったく違っていた」とスキップは話す。それでも可能性は確かに感じられた。そして二〇〇〇年になる頃、コンピュータの急激な性能アップから判断して、そろそろＶＲが実用的になってきただろうと考えた。

二〇〇〇人を超える元兵士の治療に使われたＶＲソフト

ところが、そこからスキップの言う、ＶＲの〝核の冬〟の時代に入っていくのだ。一九九〇年代後半にＶＲの素晴らしさが過剰に騒ぎ立てられた反動で、世間の人々の頭からＶＲは完全に消え去ってしまう。俗世間から離れた大学や民間の研究所ではＶＲの研究が着々と進んではいたが、一般の人々はもはやＶＲになんの期待も可能性も感じない時代になった。その当時、スキップはアルツハイマー治療にＶＲを使うため、仮想空間の物体を操作する画期的研究を手がけたり、ＡＤＨＤ（注意欠如多動性障害）の子供の訓練に使うＶＲシナリオを開発したりしていた。

また、治療用ではなく一般の人々が面白いと思うようなＶＲの使い方もいろいろと試していた。最新のＶＲソフトで目新しさを売りにしているものの中には、当時のスキップが実験したのと同じ内容のものもある。彼は二〇〇〇年代初頭にはすでに、ロサンゼルスのハウス・オブ・ブルースで行われたデュランデュランのコンサートや、スキッド・ロウ（ロサンゼルスの下町）のホームレスのドキュメンタリーなどを三六〇度視界の没入型ビデオで撮影する実験も行っている。

とはいえ、スキップの関心は常に出発点である認知リハビリテーションとPTSD治療にあった。そしてジョアン・ディフェーデと同じく、元軍人のPTSD患者の暴露療法にVRを使いたいと考えるようになった。

実はPTSDの治療に初めてVRが使われたのは一九九〇年代半ばで、エモリー大学のバーバラ・ロスバウムが考案した治療法をベトナム帰還兵に試した例などがある。スキップはロスバウムの実績やディフェーデの成功例などを参考にVR治療システムを開発したが、これがアフガニスタンとイラクにおける戦争で大量に生まれたPTSD患者の治療に大いに役立った。

彼は「フルスペクトラム・ウォリアー」という一人称視点の人気戦争ゲームのグラフィック・エンジンを使い、VRで〝バーチャル・イラク〟を作り上げた。青空市場、アパート、モスク――どんな場所であれ、元兵士が銃撃戦や自爆攻撃、IED（即席爆発装置）などでトラウマ体験を受けた場面を再現でき、音や匂いまで加えることが可能だ。患者が元歩兵であれば、巡回警備の際に携帯するアサルト・ライフルと同じ重さのモデルガンを持たせ、そのハンドガード（被筒）の部分に動作センサーを取り付けて臨場感を高めることもできる。患者一人ひとりに合わせ、いかようにもカスタマイズは可能だ。シナリオや場面効果の豊富なメニューが用意されており、治療する側は再現場面の時間帯から周囲の声を英語にするかアラビア語にするかといった点まで細かく選べる。

この治療用VRソフトは、今では『ブレイブマインド』という名で知られ、二〇〇四年以降はアメリカ各地の七五カ所を超える医療機関で利用されてきた。推定で二〇〇〇人を超える元兵士のPTSD患者の治療に役立ったとされる。特に、医師との会話を通して想像力を駆使する暴露療法が苦手な若い世代は、デジタル世界に没入するほうが気楽でいいだろう。テクノロジーを利用して自分の経験を思い出すのは彼らにとって自然なことだし、戦場を舞台にしたビデオゲームのおかげで戦場の仮想世界には慣れている。とはいえ、スキップは『ブレイブマインド』のような治療用VRとゲームの違いをこう強調する。

「我々は患者を『コールオブデューティ』(人気戦争ゲーム)の世界に放り込んでいるわけじゃない。まあ、どうせ彼らはするなと言っても戦争ゲームで遊ぶだろうが、あれは復讐してスカッとするためだけの空想の世界だ。一方で治療用VRは、臨床医の立ち会いのもとで患者の不安を引き出すためのものだ。コンピュータで(トラウマ体験と同じになるよう)時間帯を選び、天候を選び、光の当たり具合や周囲の音、爆発音までも調節する。こうして患者がそれまでずっと避けてきたトラウマ体験のすべてと向き合う手助けをする。だからゲームとは違う。ゲーム技術を使ってはいるが、別物なんだ」

バーチャル・セラピストとバーチャル患者が医療を変える

何十年もVRに関わり、それについて考えてきた人はみなそうだが、やはりスキップもVR治療に関する実用的なアイデアの宝庫である。例えば性的暴力によるPTSDの治療や、ADHDの子供に役立つバーチャル教室といったアイデアがあるし、また臨床セラピスト不足を補うために、ＰＴＳＤとはなにかを元兵士に教えてくれるバーチャル・セラピストの試作品も作っている。逆に、心の病を持つ人々との付き合い方を精神科医やソーシャルワーカーが学べるよう、バーチャル患者も作製した。また、彼は病院の医療過誤で年間三万八〇〇〇人が死亡している事実に注目し、医師や看護師用のバーチャル訓練ソフトがあればその数を減らせると指摘する。

ディフェーデとスキップはＶＲを使った暴露療法の成功例を示し、アフガニスタンとイラクでの戦争で生まれた多数のＰＴＳＤ患者への対策に乗り出した米軍から多額の支援を受けた。それにもかかわらず、心理学界の権威の一部には未だにＶＲ治療への反感が残っている。ＶＲの刺激の強さに懸念を抱き、心の弱っている患者を痛ましい記憶の洪水にさらすのは危険だとする精神科医は多い。だがディフェーデは、日常生活で避けて通れないものが不安の引き金となっている場合は対策を取らねばならないと指摘し、『ニューヨーカー』誌で次のように語っている。「もし突然階段が怖くなったらどうしますか。ＷＴＣから脱出するため二五階分の階段を駆け下りたせいでそうなった人もいます。それまでなにも感じなかった階段が、負の存在に変わるのです」

ただし、多くの人々がＶＲ治療を受け入れるには時間がかかるとディフェーデも認めている。「私や私より上の世代（の医師）はこうした治療を受け入れるような教育を受けていません。考え方の変革が求められるのです」

変化への抵抗は医療のイノベーションにつきものとも言える。考え足らずで実績のない治療法から患者を守るためには当然であろう。だが、ＶＲ治療に効果があるという証拠は今では確固たるものだ。それでもＶＲ治療が広く利用されるまでにはもう少し時間が必要なのだ。ディフェーデは新しい医療技術の利用について二〇一四年に分析している。「実験室で生まれた新しい研究内容が日常的な医療行為として患者のベッドに到達するまで平均で一七年かかっています。そう考えれば（ＶＲ治療の普及が進まないのは）驚くほどのことはありません。少しは前進しているかと聞かれれば、そうだと思います。あるべき状態になっているかと聞かれれば、まだまだ先は長いと答えます」

ＶＲはＰＴＳＤ患者に対し、現実のような環境を作り出して感情を高め、記憶を取り戻しやすい状況に置くことができる。だが、医療に役立つＶＲの利用法はこれだけではない。次章で紹介する利用法は、ＶＲというメディアの最も危惧すべき特徴だと多くの人が思っている部分――つまり、あまりにもユーザーを没頭させ集中力を独占するために現実をすっかり忘れさせてしまうという特徴を生かした利用法である。

第６章　医療の現場が注目する〝痛みからの解放〟

重度のやけど患者は治療で想像を絶する激痛を味わう。それはどんな鎮痛剤も効かないほどだ。だが治療中の患者にあるＶＲソフトをプレイさせると、劇的に痛みが和らぎ、脳の活動にも明確な変化が見て取れた。このＶＲ療法の登場に衝撃が走っている。

二〇一四年、スタンフォード大学の仲間たちとのパーティーの最中、私は数百万人のアメリカ人とも「仲間」になった。腰痛に見舞われたのである。

三歳になる娘がよちよち歩きでプールに近づくのを見て、落ちると思った私は突進して彼女を抱え上げた。そのときにかすかな痛みを腰に感じたが、特に気にしなかった。しかし一時間後、私はパーティー主催者の自宅の裏庭へとつづくベランダに横たわり、心配そうな教授たちに周りをとり囲まれていた。私は天井を眺めながら、二度と立てないのではと考えていた。人生でこれほどの痛みを経験したことはなかった。

それから数ヶ月間の日常生活がどれほど痛みに満ちていたか、私はしばらく忘れられないだろう。なんとも言えない不快感が常につきまとい、それに加えて椅子から立ち上がるとか、今回の原因ともなった命知らずの娘を抱き上げるといった日常の基本動作によって、ときに焼かれるような激しい痛みを感じるのだ。

読者の大半は、私のこの痛みを理解してくれることと思う。なにしろ今やアメリカ人の成人の八〇％は人生のどこかで深刻な腰痛を経験している。また、いつを基準にしたとしても、アメリカ人の二五％は過去三ヶ月以内に腰痛を経験している。腰痛になる人は非常に多く、一度なると身体への支障が極めて大きいことから、虚血性心疾患と慢性閉塞性肺疾患（ＣＯＰＤ）に次いで、アメリカで三番目にやっかいな病気だと結論した研究もあるほどだ(1)。

幸運なことに私は半年の理学療法でほぼ正常に回復した。だが多くの腰痛患者は簡単には痛みが消えない。何百万人といる腰痛患者のうち約一〇％は、理学療法でも外科手術でも痛みが消えないのである。

こうした痛みが半年以上続くと、医学的には〝慢性痛〟に分類される。そう診断された人にとっては、無害に見えるわずかな腰のひねりでさえ、休みなく続く激しい肉体的・精神的苦痛のきっかけとなる。アメリカ人の二〇～三〇％、推計によっては一億人もの人々が慢性痛に苦しんでいると見られている。

慢性痛の原因は、腰痛の場合などは簡単に判明するケースも多いが、一方で複雑すぎて原因不明なこともあり、その場合は治療の方向性もはっきりしない。いずれの場合でも、絶え間ない痛みと付き合うという消耗戦が日常生活のあらゆる側面に持ち込まれ、睡眠から仕事の生産性、人間関係、果ては患者本人の心の健康にまで影響を与える。悪循環におちいり、深刻なうつ病になるケースさえある(2)。

深刻な中毒者を大量に生んでいる鎮痛薬〝オピオイド〟

こうした慢性痛に対する医者の処置としては、オキシコドンやヒドロコドンといったオピオイド系の強力な鎮痛薬を処方するのが一つのやり方だ。実際に私のケースでも、ひとまず理学療法の結果を見ましょうという結論に達する前にはオピオイドの処方も検討した。だが私の担当医は明らかにオピオイドの使用に警戒感を抱いていた。というのも、オピオイドは非常に効果が強く、ときには不可欠なこともある一方、この数十年は過剰に処方され、意図せざる深刻な結果をもたらしているとの認識が近年医療業界で高まっているからだ。

オピオイドの消費量が激増したのは一九九〇年代半ば。原因は価格低下と製薬会社の積極的なマーケティングにより医師の処方が急増したことだ。その結果はまさに大惨事以外のなにものでもない。今ではオピオイドの〝エピデミック（伝染病の大流行）〟として知られるように、世界中の国々でオピオイドの消費急増が破壊的な悪影響を生み、とりわけアメリカではヘロインおよび処方鎮痛薬の中毒で年間二万七〇〇〇人が死亡している。二〇一四年にはオピオイドを原因とする死者だけで一万九〇〇〇人近くになり、一九九九年と比べて三六九％も増えている。同じ一九九九年から二〇一四年の期間、ヘロインの過剰摂取による死者数は四三九％増加した。二〇一四年のある調査では、アメリカの一二の州で人口よりも多くのオピオイド処方箋が発行されたという驚くべき事実が明らかになった[3]。

医療制度へのオピオイドの大量流入とオピオイド中毒者数の急増があまりにも深刻になったた

め、二〇一〇年までには当局も対策に乗り出し、〝ドクター・ショッピング（処方箋を得るため医師や病院を次々と変える中毒者の行動）〟と〝ピルミル（内密に大量の処方箋を発行する医師や病院）〟を規制して、処方鎮痛薬の乱用に歯止めをかけようとした。ところがこうした動きが予期せぬ結果を生む。処方鎮痛薬を入手するため中毒者が闇市場に殺到して需要が激増、二〇一四年には鎮痛薬一つの闇価格が八〇ドルもの高値となった。すると、代替手段として路上で売買されている一〇ドル程度の安価なヘロインに手を出す鎮痛薬中毒者が増え、新たなヘロイン中毒者を生み出すことになったのである(4)。

さらに最近は新しい薬物中毒のパターンも現れている。ある人物が腰痛やケガなどをきっかけに、手術が必要な慢性痛の患者になったとしよう。手術後、激しい痛みを和らげるために鎮痛薬が処方される。ところが退院後、鎮痛薬の処方箋を使い切った後でも激痛が治まらない人もいるし、その時点までに鎮痛薬への依存傾向が生まれてしまう人もいる。段階的な疼痛治療を経ずに突然鎮痛薬が使えなくなったり、依存物質が入手できなくなったその元患者は、しようがなく自分で薬局の市販薬を買ってきてそれまでの鎮痛薬の代わりにする。だが市販薬では大した効果はない。そうなるとおそらく、同じような手術をして処方鎮痛薬が余っている友人から入手しようとするだろう。そうしてその人物は、最後には非合法のドラッグ・ディーラーに行き着くのだ。最初のうちは鼻から吸入するだけだが、いずれ注射するようになる。

慢性痛とオピオイド消費量の深刻な統計数値の背後には、もう一つの不吉な統計データが控えている。医療の専門家たちは、今後数十年で慢性的な激痛に苦しめられる患者の数が増加すると予測しているのだ。これはベビーブーマー世代の高齢化が進み、彼らが歴史上でもっとも長生きする世代になると考えられるからだ。今後増加するであろう慢性痛患者への安全な対応策を見つけることは、我々が社会として取り組むべき喫緊の課題なのである。

医療界が注目する「VRディストラクション」

この課題に取り組む一人がスタンフォード大学医療センターの疼痛管理センター長、ショーン・マッケイだ。自らを〝元患者の麻酔専門医〟と呼ぶマッケイは、疼痛を理解し対処する取り組みの第一人者である。二〇一六年に彼が同僚と発表した研究論文では、オピオイドの慢性的使用につながりがちな一一の手術を指摘している。膝の手術や胆嚢《たんのう》手術に加え、施術の多さから最も警戒すべき手術として帝王切開をあげている。(5)

論文によれば、患者が激痛を感じ、初めて鎮痛剤が使われることが多い手術直後のタイミングで、なんらかの対策をとって痛みを抑えることが極めて重要だという。薬に頼らずに患者の痛みを和らげる新しい手段を見つけ、オピオイドの使用を削減または根絶する必要がある、との声はマッケイを始めとする専門家たちの間で日々高まっている。

医療の世界ではマッサージや瞑想、鍼《はり》、ペット・セラピーなど、すでにさまざまな手段でそうした対策が導入されている。加えて〝ディストラクション（気をそらすこと）〟も重要な手段の一つだ。医師は痛みに苦しむ患者に対し、読書やテレビ鑑賞、ビデオゲームから絵を描くことまで、ありとあらゆるディストラクションを勧める。ディストラクションが痛みを和らげるのは、人の注意力が有限であるためだ。私たちは限られた数の刺激にしか一度に注意を向けられない。

そして、ユーザーの五感を囲い込んでカスタムメイドの体験をさせるメディアほど、激しく注意力を奪い取るものはまずないだろう。すなわち、ユーザーの心を仮想世界へと連れ去り、そちらの世界にいると思い込ませるVRには、ユーザーを〝うわの空〟にするという、医療に役立つ副作用があるのだ。仮想世界にいる間、ユーザーは自分の肉体を忘れる。

痛みから気をそらすVRディストラクションのメリットが知られるにつれて、世界各地でさまざまな疼痛の対策としてVRが利用される事例が増えてきた。注射針や歯科用ドリルを怖がる人々の不安を和らげたり、退屈で不快なリハビリ作業を延々とこなさなければならない人々の役にも立っている。こうしたVRを使った疼痛管理につながる最初の研究は、他のVR研究と同じく一九九〇年代初期のVRブームの時期になされている。その研究にはすでに本書に登場済みの研究者も関わっている。テロ被害者のPTSD治療でジョアン・ディフェーデに協力したハンター・ホフマンである。

猛烈な痛みに苦しむやけど患者を救えるか？

すべてはホフマンと同僚が大学内で交わした気楽な会話から始まった。やはり学際的なコラボレーションとイノベーションを活性化するうえで、大学の果たす役割は重要である。それは一九九六年のことで、ハンター・ホフマンはワシントン大学が設立したばかりの「ヒューマンインタフェース技術研究所（HITラボ）」で恐怖症の治療にVRを活かす道を探っていた。

研究者としては記憶と認識の研究からキャリアを始めたホフマンだったが、一九九〇年代初めにＶＲデモを体験して臨場感のマジックに魅了されて以来、次第に研究の軸足をＶＲへと移しつつあった。彼は大学のＶＲ装置と既存のＶＲ環境を使って一連の実験を行い、蜘蛛恐怖症の患者が仮想世界で蜘蛛に接することが恐怖心の克服に役立つか調べてみた。結果は大いに期待の持てるものだった。

ある日、ホフマンは大学の心理学部の友人から催眠療法の話を聞く。やけどの患者の疼痛管理に催眠術が役立つというのだ。「どのような仕組みで催眠術が痛みを和らげるのかと聞いたんです」とホフマンは振り返る。「すると友人は『いや、実はなぜだかよくわからないんだよ。たぶんディストラクションに関係していると思う』と答えました。私は思わず言いました。『なんてこった。私はひっくり返るほどすごいディストラクションを知ってるぞ』と」

そこで友人はホフマンをデイビッド・パターソンに引き合わせた。ワシントン大学心理学部の教授でリハビリテーション心理学と疼痛管理の専門家だ。二人は一緒に研究を始める。重度のやけどの治療にはどうしても猛烈な痛みが避けられないが、ＶＲにその痛みを和らげる効果がどれほどあるか実験したのだ。実験の舞台となったワシントン州シアトルの「ハーバービューやけどセンター」は、近接する五つの州から重度のやけど患者を受け入れている。熱傷は体表のかなりの部分に広がっているケースも多く、その深刻さと複雑さで知られる。そして治療には他に例を見ないほどの痛みがともなう。

治療はまず、やけどした部分に移植するための正常な皮膚を、患者の体から切り取る作業から始まる。これが患者に新しい傷と痛みをもたらす。もとの熱傷と新しい傷との二重の痛みが絶え間なく続くうえ、回復促進のための定期的な処置がさらに痛みを増幅する。

熱傷をおおうガーゼは毎日はがして新しく貼りかえる必要があり、この作業でかさぶたが引きはがされる。次に、熱傷を負った皮膚を石けんでゴシゴシと洗う。細菌の感染を防ぎ、移植した皮膚の定着を促すために必要な処置なのだ。さらに、移植した皮膚が元々のやけどの皮膚と繋がり始めると、生まれつつある瘢痕《はんこん》組織（傷の回復時に形成される機能の劣る皮膚組織）を壊すため、患者は痛みをともなうエクササイズをしなければならない。

このように、やけどの治療は猛烈な痛みの連続である。医者は患者の感じる痛みを一〜一〇の「ペインスケール（痛みの指標）」で表すが、やけどの治療はオピオイド系の鎮痛薬を使ってもなお、ペインスケールで最高値の痛みを何度も繰り返し味わうことになる。

テレビゲームよりも九〇％以上痛みを和らげた

ホフマンが前述の実験を始めた頃、やけど治療の耐えがたい痛みに対処する主な手段はオピオイドだった。休息中はオピオイドだけで十分に痛みに対処できる。だが、日々の治療行為の際には概してオピオイドも役に立たない。鎮痛薬を使っていても、患者の九〇％近くが治療の最中に「激しい痛み」か「耐えがたい痛み」を感じると訴えている。[6] 患者の負担を軽減したいと願う医師と看護師にとって、鎮痛薬さえ効かないほどの痛みをともなう熱傷の治療プロセスは大きな悩みの種なのだ。さらに、鎮痛薬は痛みの感覚を麻痺させるという点では役に立つものの、患者の回復にマイナスの影響を与える場合もある。中毒となる危険性があるうえ、よく眠れなくなったり、吐き気をともなったり、使い方を間違えれば死に至ることさえある。

一方で、患者の気をそらす〝ディストラクション〟のメリットは研究者の間では以前からよく知られていた。疼痛管理の研究者は昔から、映画や音楽やビデオゲームなどのメディアがどれほど治療中の患者の気をそらす効果を持つかを調べている。ホフマンにすればVRのディストラクション効果を調べるのはごく当然の流れなのだ。VRが効果的なのは間違いないだろうが、問題は他のディストラクション手段と比べてその効果がどれほど強いかである。ホフマンとパタ一ソンの二人はこの点を実験で調べることにした。

予備実験の一つとして、ホフマンらは二人のやけど患者の治療中に二種類のディストラクション手段を試してみた。一つは、ホフマンが蜘蛛恐怖症の患者用に作った既存のVR『スパイダー・ワールド』だ。これはユーザーを仮想世界の台所に連れて行く。そこにはキッチンカウンターがあり、窓が一つあり、扉を開閉できる収納棚がある。このVRの主役は、柔毛の生えた南米ギアナの鳥だ。この鳥は、警戒心あらわにキッチンカウンターに居座るタランチュラを食べてしまう。蜘蛛恐怖症の患者は、勇気があればこのタランチュラに触ることもできる。毛が生えたおもちゃのクモが、患者の手の届く距離に置かれているからだ(7)。

『スパイダー・ワールド』は二〇〇〇年の作品としては極めて凝った作りになっている。手袋を装着したユーザーは仮想世界で自分の手を動かすことができ、食器やトースター、観葉植物、フライパンなどに触れられる。自分の首を回せば、仮想世界の胴体がそれに応じて異なる方向に動く。もちろんリアルさやコストでは劣るが、現在の消費者向けVRシステムといくつも共通点のある優れたVRなのだ。

二つ目のディストラクション手段として利用したのは、ニンテンドー64の人気レーシング・ゲームだ。患者はジョイスティックを使ってレーシングカーやジェットスキーを操縦し、コース内で速さを競う。実験主催者がこのビデオゲームを選んだ理由は、没入感では明らかにVRに負けるとはいえ、趣向を凝らした面白い内容で患者が熱中すること請け合いだからである。『スパイダー・ワールド』にはない「得点」が画面に表示されるので、患者は自分のプレイ内容の評価がわかるし、一人称視点で展開するストーリーとタスクによってプレーヤーを巻き込む仕掛けはVRより上だ。要するに、この実験におけるVRの対照条件は決してつまらないガラクタではなく、極めて熱中しやすく〝気をそらす〟効果が抜群のディストラクションなのだ。

さて、実験の一人目の患者は一六歳の少年で、片足に重度のやけどを負い、外科手術と医療用ホッチキスの使用が必要だった。実験の効果は劇的だった。医者が痛みの強さを定量化するのに用いる基準の一つに、治療時間のうち何%を患者が痛みについて考えていたかで測る方法がある。この一六歳の患者は、ニンテンドー64で遊んでいるときは治療時間の九六%で痛みについて考えたが、VR体験中はわずか二%だった。他にも不快感と痛み、不安に対する数値評価でも似たように大きな違いが示された。VRには大きなメリットがあり、ビデオゲームと比べても劇的に痛みを減らしたのである。

二人目は全身に重度のやけどを負った男性患者だった。顔、胸、背中、腹、両足、そして右腕にやけどがあり、それが全身の表面積の三分の一に達していた。実験の結果は一人目の患者と同様だった。ビデオゲームと比べてVRは圧倒的な割合で痛みを減らした。ホフマンとパターソンがまとめた実験結果の論文は二〇〇〇年に学術誌『ペイン』の巻頭を飾り、表紙にはHMDを装着した患者の写真が使われた。これは驚くべきことだ。というのも同誌に掲載される論文は、動物実験における細胞レベルの研究が一般的だからだ。「いつも表紙はカラフルに色づけされたラットの脊椎なんです。人間の写真が使われるのは初めてかも」とホフマンは笑う。

苦痛をともなう理学療法を「楽しかった」と報告する子供

言うまでもないが、ホフマンら実験主催者は大きく勇気づけられた。ＶＲは劇的に患者の気をそらす効果を発揮したわけだが、なにしろその効果は手近にあった既存の『スパイダー・ワールド』でもたらされたからである。このＶＲにはオーブンやトースターなど、やけど患者が不快な連想をしてもおかしくないものも登場する。では、やけど患者がもっと快適に感じるＶＲ体験に変えたら効果はどれほどになるのだろう、とホフマンは考えた。しかもそこにゲーム的な要素を加えたら、患者の気をそらす効果はどれだけ高まることだろうか――。

こうしてホフマンが修正を加え、新しいＶＲ『スノー・ワールド』が誕生した。冷たい白と青の世界に展開するシンプルでもの静かなＶＲゲームだ。このＶＲゲームをプレイする患者は、雪と氷に囲まれた北極の谷底をゆっくりと移動し、雪だるまやペンギン、毛むくじゃらのマンモスとすれ違う。患者はマウスを操作して仮想世界のオブジェクトを狙って雪玉を投げ、また自分に向かって飛んでくる雪玉から身を守る。この間、ＢＧＭとして心地よいポップミュージックが流れる。

ホフマンは、ゲーム内容がシンプルであまり刺激的でないことが重要だと考えた。「ＶＲ酔いが心配なので、プレーヤーが仮想世界をゆっくりと移動するようなゲーム・デザインにしました。

やけどの患者はただでさえ熱傷と治療薬のせいで吐き気を感じていますから」とホフマン。「とにかくVR酔いを防ぐことを最優先しました。それはつまり、患者があらかじめ決められた道に沿って仮想世界を移動するということです。そうすると、とても落ち着いてプレイできます」

二人の患者を対象としたこの画期的な実験――「VRと痛み」に関する研究では今でも最もよく引用される論文の一つだ――から四年後、ホフマンらは痛みの軽減効果を測る新しい指標をテストするため、再び『スノー・ワールド』の実験を行った。[8] 痛みの評価手法は患者の自己申告に基づく「痛みのレーティング」が主流だが、脳の活性化パターンを調べて測ることもできる。新しい実験では、前回の二人からサンプル数を増やす狙いもあり、既往症のない健康な人を被験者とすることにした。また、変数をなるべく管理しやすくするため、健康な被験者に実験場に来てもらい、研究者がその場で痛みを発生させる方法にした。

実験では八人の男性が被験者となった。一人ずつfMRI装置に入り、サーモードと呼ばれる特殊な装置を握りしめる。この装置は次第に熱くなり、最終的には手のひらに燃えるような痛みを感じさせる。私のラボでも「VRと痛み」をテーマにした学位論文でサーモードを使ったことがあり、この装置が不快な痛みをもたらすことは自信を持って保証できる。なにしろ数秒間しかサーモードを握っていられず、ラボの中で痛みに対する耐性が一番低いという記録を残したのは私なのだ。

実験ではそれぞれの被験者が二通りの条件で痛みを経験した。一回はVR（名高い『スノー・ワールド』）を体験しながら。もう一回はVRなしで。被験者の半数はVRありの実験条件を最初に行い、残り半数はVRなしの対照条件を最初に行った。それぞれ三分ほどで実験は終わる。

実験主催者たちは、痛みが強いほど活性化すると思われる脳の部位（例えば視床など）を五カ所選び出してｆＭＲＩで調べた。その結果、被験者がＶＲを使用中のときは対照条件と比べて五カ所すべての部位で活性化が少なかった。この実験は、痛みをともなう処置の最中に、ＶＲが実際に脳の活動を変えることを示した初めての証拠となった[9]。

だが、ＶＲによる疼痛治療を広く普及させるためには、病院と保険会社を説得してＶＲの効果を認めさせる必要がある――この点をホフマンは理解していた。そこでホフマンらは二〇一一年、現場の医療関係者の信頼を得るための重要な一歩を踏み出した。ランダム化比較試験を実施したのだ[10]。これはサンプル数を増やし、治療と対照条件の妥当性に細心の注意を払う実験方法であるため、実験結果に高い信頼性が得られる。この実験では、やけどで入院中の子供五四人に被験者となってもらい、彼らが理学療法のエクササイズをしている最中に実験を行った。このエクササイズは四肢を動かせる範囲を広げるためのもので、恐ろしいほどの痛みをともなう。

被験者は理学療法のセッション中、半分の時間はＶＲ世界で過ごしながらエクササイズを行い、残る半分は対照条件のもとでエクササイズを行った。この際、順序効果を避けるためにランダム化が適正に行われるよう細心の注意が払われた。すべての被験者がＶＲ条件と対照条件とで等しい長さの時間を過ごし、順序効果を相殺するために治療の順序はランダム化された。

実験の結果、被験者の子供たちがＶＲ世界にいるときに感じた痛みは、対照条件と比べて二七％から四四％の範囲で減ったことがわかった。しかも、彼らはＶＲのほうがより楽しかったと報告した[11]。〝楽しかった〟という言葉を強調したのは、理学療法が公園の散歩とはワケが違うからだ。苦痛をともなうエクササイズを予定通りにこなそうという気持ちが少しでも高まるなら、どんなことでも大歓迎されるのだ。

やけど患者ほど激しい痛みに耐えねばならない人はまずいない。ホフマンの疼痛研究の成果は人間の味わう究極の苦痛を和らげつつある。とはいえ、鎮痛目的のVR利用は他にもいくらでも考えられる。実際、もっとありふれた医療行為へのVR利用もすでに始まっている。静脈カテーテル挿入や歯のクリーニングといった日常的な処置の際に患者がのめり込めるようなビデオを流す医者は多いし、ベッドから動けない患者の不安感を紛らわすためにビデオ映像で別の場所に「旅行」させるケースもよくある。[12] 患者に化学療法を施す際にVRを利用する医者も複数おり、彼らは患者が治療時間を短く感じるメリットがあると報告している。[13]

幻肢痛を和らげる「ミラーセラピー」の限界

疼痛管理へのVR利用はディストラクションを中心に研究されているが、別の新しい利用法を探る動きもある。その足がかりとなるのが、精神と肉体の複雑な相互作用についての最近の素晴らしい研究成果だ。例えば、幻肢痛（失った四肢に痛みを感じる症状）や手足に麻痺のある患者に対し、問題の四肢を本当に動かすのではなく、動かすように思える〝幻想〟を見せるだけで、混線していた脳の神経回路の再配線が行われ、麻痺していた手足が本当に動いたり、幻肢痛が軽減したりする可能性があることがわかっている。

この種の治療の基本はミラーセラピーである。これは一九九〇年代、カリフォルニア大学サンディエゴ校のV・S・ラマチャンドランが幻肢痛患者のために考え出した治療法だ。幻肢痛患者は失ったはずの四肢に、むずがゆさから焼けるような痛みまでさまざまな種類の不快感を覚える。手足を失った人の実に七〇％もが幻肢痛を経験するという。[14] 幻肢痛の原因については今でも議論があるものの、一つの見解として、失われた四肢からの神経入力がなくなると脳の体性感覚皮質で神経回路の再配線が起き、それが痛みの感覚を生み出すという考え方がある。神経回路が痛みをともなう配線になったまま動きが取れなくなってしまった——例えば、存在しないはずの手をグーの形に強く握りしめている——とすれば、脳をだまして「幻の握りこぶしをひらいた」と思わせれば痛みは和らぐ。

ミラーセラピーではこの作業を鏡で行う。問題のある手足の対となる健康な手足（例えば右手を失った人なら左手、左足が麻痺した人なら右足）を鏡に映し、あたかも問題の手足であるかのように患者に見せる。こうして健康な四肢の〝幻〟を作り出し、それを幻肢痛が減るように動かしたりエクササイズさせるのだ。患者からは、鏡に映った自分の左手が、切断したはずの右手の位置にあるように見える。適切なエクササイズを行えば「幻の右手」は強く握りしめていた手を緩め、脳の神経回路はもう一度（痛くないように）つなぎ替えられる。

ミラーセラピーが一部の患者に劇的な効果をもたらすことは数多くの研究で裏付けられている。それでも、このセラピーを試した患者のおよそ四〇％には効果がない。その理由として、ミラーセラピーの成否は鏡に映る自分の手足を本物であると想像する能力が患者にあるかどうかにかかっているからだ、という意見もある。[15] 一部の患者はそうした想像をするのに大変な苦労をしているようなのだ。

そこで、ＶＲが役に立つ。想像力を必要とする作業のほとんどをＶＲが代行すれば、一歩進んだミラーセラピーになるだろうと考える関係者は多い。ＶＲが身体移転で示した力を考慮すればそれもうなずける。以下でその一例を紹介しよう。

仮想世界を通じて「幻の右腕」を動かす

心理学者にして生理学者、そして私の研究仲間でもあるキム・ブロックは最近、知覚障害や運動障害、認知障害に苦しむ人の臨床治療にＶＲセラピーを組み込んでいる。キムと私はかつて、ＶＲのアバターで四肢を動かして痛みをコントロールするプロジェクトに二年間取り組んだことがある。その際にスタンフォード大学から少額の助成金を得て、別種の治療にＶＲを使えないか試す機会があった。その結果、ブロックの患者だったキャロル・Ｐという女性がＶＲセラピーによって驚くべき回復を見せたのである。

キャロル・Ｐは脳性まひと筋失調症《ジストニー》の患者だった。意志とは無関係に右半身の筋肉が収縮するため、彼女はほとんどの時間を車いすで過ごさざるを得なかった。そのうち、筋肉の収縮のせいでときに右腕が肩から脱臼するようになり、そうなると彼女は右腕を胸に抱えていなければならなくなった。キャロルはその痛みについて「骨と骨をこすり合わせるような」ズキズキする感覚が常にあり、その合間にピンで刺されたような鋭い痛みが定期的に発生する、と私に説明した。このため彼女はできる限り右腕を動かさないようにしていた。それが彼女の感じる一番激しい痛みだが、それ以外にも全身の関節・軟骨・靭帯に慢性的な不快感があった。

キャロルは人生のすべてを痛みと共に過ごしてきたとはいえ、肩の脱臼が始まってからは日常生活をこなすのさえ困難になった。二〇一一年、耐えきれなくなった彼女は医者に助けを求め、投薬やマッサージや脳深部刺激療法などの治療を受けたが、たいした効果はなかった。そしてさらなる治療法を探し求め、キャロルはついにキム・ブロックを紹介された。

キムによる治療は次のように行われた。まずキャロルはＨＭＤを装着し、仮想世界で自分の分身であるアバターの身体を一人称視点で見る。一方、現実世界では問題のないほうの左腕でモーションコントラッカーつきのコントローラーを持つ。ところがそのコントローラーをキャロルが動かすと、仮想世界では左腕ではなく右腕が動く仕掛けになっている。現実の右腕は脱臼したまま胸にそっと置かれているのに、ＶＲ世界ではその右腕を動かしているかのような幻を見るわけだ。

キャロルは現実世界の健康な左腕を使い、仮想世界の右腕を動かす。だが彼女の脳は仮想世界の右腕を自分の身体の一部だと思い込んでいるので、自らが（本当は脱臼している）右腕を動かしていると思い込む。

数回の治療でキャロルの痛みは驚くほど小さくなった。私は彼女と電話で話したが、治療の成果にこれ以上ないほど興奮していた。「セッションのたびに（右腕を）どんどん動かせるようになるんです。上にも、下にも、横にも！　手首も好きな角度にできました。そして、実際に痛みが減るのがどんな気持ちか、初めて知ったんです。最初は痛みが一時的に和らいだだけかと思いました。それから、本当にあの痛みが減ったのだと知って、ただひたすら感激しました。これ以上の喜びはありません。右腕を動かして多少のエクササイズもできるんです」

キャロルの成功例は我々にとって大きな刺激となった。彼女の人生がＶＲで好転する様子を見るのは嬉しかった。痛みの話だけではない。現実世界で自由に動けなかったキャロルは、仮想世界でまったく新しい体験をして解放感を味わった。

私は彼女に、治療とは関係のないVRデモを試す機会はあったかと聞いてみた。すると彼女は「海の底に行ったのよ！　すばらしかったわ！」と、電話でもはっきりわかるほど興奮していた。ブロックは「ＶｉｖｅＨＭＤ」用に作製された試作品デモをキャロルに体験させたのだ。魚が泳ぎ回る沈没船の甲板を歩くデモで、甲板の端まで行けば深海の底知れぬ深みものぞき込める。そして不意に鯨がすぐそばを泳ぎ去って行く――。「車いすなしで自由に動けるのはすてきな気分でした。独り立ちできた気がして」とキャロル。「スキューバダイビングなんてしたことなかったので、本当に感激しました。海で魚と一緒に泳いで、自由を味わって……」

ほかにどんな体験をしてみたいかキャロルに聞いてみた。「スキーですね。あと空を飛んでみたい。どんな感じなのかよくわからないけど。なにしろ初体験のスキューバダイビングは素晴らしかったわ」

人間の脳はロブスターの身体に適応できるか？

キャロル・Ｐの治療で行ったように、人間の脳を仮想の身体に〝配線〟すると、病気の治療にも役立つ興味深い結果が得られることがある。ここから推論を進めると、興味深い疑問が生まれてくる。例えば、人間は二本足で歩く自分の身体をとても上手に操っているが、まったく違う形のアバターに脳を〝配線〟して操縦させるとどうなるだろう？

人間の脳は人間独自の身体を苦もなく操縦できるように適応してきた。我々は首を回し、手足を動かすのになんの苦労もしない。脳の運動皮質のどの部位が身体のどの部分を担当しているのかを示した図を見たことがあるだろうか。大昔は、脳の中に〝ホムンクルス〟という小人がいて、飛行機の操縦士のように我々の身体を操作しているという考え方があり、そこから由来して〝ホムンクルス〟とも呼ばれるこの図を見ると、運動皮質のかなりの部分が手と顔に割かれていることがわかる。

だが、これが突然まったく異なる身体図式に入れ替わったらどうなるか。例えば二本足の身体ではなく、いきなりロブスターや蛸のアバターを動かすことになったとしたら、脳は新たに増えた手足にうまく適応して操れるのだろうか――。この疑問を詳細に検討したのが「ホムンクルスの柔軟性」と呼ばれる理論だ。ＶＲの先駆者、ジャロン・ラニアーが考え出した。

一九八〇年代にＶＰＬリサーチでジャロンと一緒に働いていたアン・ラスコーは、絵はがきで面白い写真を見た。お祭り会場で人々がロブスターのコスチュームを着ている写真だ。これがヒントとなり、ラスコーはＶＲでロブスターのアバターを作製し、そのアバターを操るためのボディ・マッピングのプログラミングに着手した。

ロブスターは人間より手足が六本も多いため、ＶＰＬにある通常のボディ・トラッキング・スーツでこれを操るには一対一のマッピングではパラメータが足りなくなる。操る部分を増やすような独創的なマッピング方法を考え出さねば、このスーツで人間より自由度が高いロブスターは操れない。例えば、ユーザーの左腕の動きをトラッキングしてその動きでロブスターの手を一本操ると同時に、その操作にとってはあまり意味のない左腕上腕二頭筋の動きを使ってロブスターの別の手を操作するといった具合だ。

当初のボディ・マッピングは使い勝手が悪かったが、アルゴリズムの改善につれて次第に使いやすくなり、まともなマッピングができた。ジャロンによれば、時間をかけて練習すれば人はロブスターのアバターを操縦できるようになるという。この時期にジャロンのラボを訪ねた生物学者のジム・バウアーは、人間が操作できる他の生物種は進化の系統樹に関係しているのかもしれない、とコメントしたそうだ。ヒトへと進化する過程で使ったことのある身体図式のほうが、ヒトの脳にとって使いやすいのかもしれない。もちろん、その場合ロブスターは含まれない。なぜ他の生物種のアバターでも使いやすいものとそうでないものがあるのか、これは依然として興味をそそる謎のままだ。[16]

手と足の動きを逆転させても、人は短時間で適応できる

院生時代に私の教え子だったアンドレア・スティーブンソン・ウォンは、現在はコーネル大学でVRラボを持っている。彼女は研究者として初めて「ホムンクルスの柔軟性」理論に基づく研究と実験を行い、論文を書いた勇気ある人物だ。彼女と私とジャロンの三人は、二つの実験を通して人が人間とは異なる身体にどのように適応していくのかを調べ、そのための方法論と評価基準を開発した。

第一の実験では、二本足で歩くという人間の特徴は残しながらも四肢を制御する方法を一新した。被験者のトラッキング・データに手を加え、現実の手が仮想世界の足を、現実の足が仮想世界の手を動かすようにしたのだ。この実験では三つの実験条件を設定した。「通常」条件では、

被験者が手や足を動かすと仮想世界でも同じ手や足が同じ程度に動く。「逆転」条件では、被験者が手を動かすと仮想世界では足が動き、被験者が足を動かすと仮想世界では手が動く。ただし動く範囲は同程度だ。三つ目の「拡張」条件では、手足の動きは現実世界と仮想世界で一致しているものの、動く範囲が手足で逆転する。すなわち、仮想世界の足は現実世界の手のように動かせる範囲が広くなり、仮想世界の手は現実世界の足のように可動範囲が狭くなり、肩より上には上がらない。要するに、「拡張」条件のアバターは人間より足の可動範囲が広く、手の可動範囲が狭い。

この実験で被験者は、ランダムに出現する風船を一〇分間でいくつ割れるかに挑戦する。風船は仮想世界の手か足が届く範囲内に現れる。我々は被験者の四つの手足それぞれでいくつの風船を割れたか数え、同時にそれぞれの手足の動きも記録した。被験者は風船を割り始めて四分ほどするとまごつかなくなり、新しい身体の使い方を学び始める。うまく割れた風船の数からそう判断できるのだ。被験者は通常条件だとあまり足を動かさなかったが、逆転条件と拡張条件では盛んに足を動かした。通常と違う仮想の身体にもかなり短時間で適応できたわけだ[17]。

NECが出資した「三本目の腕」実験

脳のマッピングの仕組みを推測するために行った第一の実験の後、この研究に資金提供したいという企業が現れた。ＮＥＣという日本企業で、労働者の生産性を高める方法を探りたいという。つまり、仮に三本目の腕があったとしたら、工場のライン作業や大量のデータ処理、その他さまざまな局面における生産性が向上しないだろうか、というわけだ。もちろん、三本目の腕があっても気が散るだけで、マルチタスクは結果的に生産性を低下させるという反論はあるだろう。だが一方で、もし三本目の腕を使いこなせるならこれはゲーム・チェンジャーとなる可能性も秘めている。

そこで、続く第二の実験ではアバターに三本目の腕を生やしてみた。胸から正面方向へ伸びるこの腕は長さ三メートルと非常に長い。被験者は自分の左腕の付け根部分をどれほど回転させるかによって、第三の腕をX軸方向に動かす。Y軸方向へは右腕の付け根部分の回転でコントロールする。三番目の腕の動きは右腕や左腕の位置に影響を受けないので、この操作方法なら右手や左手の作業が邪魔されることはない。

実験で、被験者は宙にフワフワと浮かぶ立方体に触るというタスクを課される。立方体は近くに二つ、遠くに一つの計三つが同時に出現し、触ると色が変わる。三つとも触ればタスク完了だ。腕が二本の（通常の）アバターを使う対照条件では、近くの立方体には腕が届くが、遠くの立方体は三メートルほど前方に現れるので何歩か歩かないと触れない。一方で腕が三本の実験条件だと、近くの立方体は普通の両腕で触れるし、遠くの立方体も第三の腕を使って歩かずに触れる。

実験を始めてみると、被験者は平均して五分以内に第三の腕を使いこなせるようになった。五分を過ぎるとそれ以降ずっと、腕が三本あるアバターを使う被験者のほうが常に短時間でタスクを完了できた。第三の腕を生やすと生産性が向上したのである。研究資金を援助してくれたスポンサー企業はこの結果に大いに満足した。

〝奇妙な身体〟を巧みに使いこなす人々

ジャロンと「ホムンクルスの柔軟性」の出会いに関しては、ちょっとした面白いエピソードがある。重要な科学の発見ではよくあるように、それは偶然の産物だったのだ。一九八〇年代、ジャロンはＶＰＬリサーチの仲間と一緒に世界初の「ネットワーク化されたＶＲ」の作製に挑んだ。ネットワークＶＲのユーザーは、みなで共有するＶＲ空間に出現し、お互いの〝分身〟を目にすることになる。このため、ユーザーごとに異なる３Ｄのアバターが必要となる。

その開発途上のシステムで優れていたのは、アバターの試作品を修正すると、それがＶＲ世界で即座に反映されることだった。だが、全身サイズのアバターのサイズ合わせは大変な作業だった。センサー付きのスーツをユーザーに着せるのだが、ユーザーが動くとセンサーの位置が微妙にずれてしまうのだ。

さまざまな実験や経験を重ねる中で当然のようにバグも生まれた。通常はバグがあればアバターの操作性はめちゃくちゃになる。例えば、アバターの頭部がバグのせいで腰から生えてしまったら、ユーザーには世界が半回転した状態で見えるので方向感覚が狂い、まともな動作は一つもできないだろう。ところがさまざまなアバターのデザインを試すうちに、バグのせいで非現実的で奇妙な姿になったにもかかわらず、操作性は良好なままのアバターがまれに出現した。

そうした例が最初に生まれたのは、ジャロンやトム・ファーネスらがワシントン大学のＨＩＴラボで共同プロジェクトをしているときだった。仮想世界で都市と港湾を設計するツールの開発プロジェクトで、研究者の一人がシアトルの造船所の作業員としてこの仮想世界に現れた。ところが彼のアバターは一本の腕だけが極端に長く、巨大なクレーン車のアームほどもあった。おそらくプログラマーがソフトウェアに倍率の数値を入力する際、間違えてゼロを一つ多く入力したのだろう。

しかし、驚くべきことにこの研究者は、巨大に引き伸ばされて歪んだ腕を巧みに使いこなし、遠くの作業車両や資材などを自由に持ち上げてみせたのである。動きは正確で、操作性は良好な様子だった。こうした例をいくつか目撃したことで、〝奇妙な姿ながら操作性の良いアバター〟を非公式に研究してみようという機運が生まれた。

通常の治療では痛みに耐えられない子供が、九六％のタスクをやり遂げた

ここで話は二〇一四年に飛ぶ。もう一つの幸運な偶然により科学的ブレイクスルーが生まれたのだ。前述の「第一の実験」を思い出してほしい。三つの実験条件のうち「拡張」条件では、被験者が現実の足をわずかに動かすと仮想世界では足が大きく動いた。この実験を主催したアンドレア・スティーブンソン・ウォンはスタンフォード大学に来る前にたまたま疼痛の研究をしていた。私のラボで数年間VRの研究をしていた頃、彼女はかつての疼痛研究とVRを結びつけようと考え、VRを利用した疼痛管理を専門にしていた。このため彼女は「拡張」条件の実験結果を見て、これを下肢の片方に複合性局所疼痛症候群（ＣＲＰＳ）を発症した子供の患者に利用できないかと考えたのだ。

その可能性を探るためにアンドレアが行った実験は、わずか四人の患者を精査しただけの予備研究に過ぎない。だが、その分野では権威ある学術誌『ペイン・メディスン』に掲載した論文には、初期段階ながら大いに期待の持てる結果が報告できた。

ＣＲＰＳはとても苛酷な病気だ。中枢神経系と末梢神経系との連携がうまく働かないために起きる神経の異常で、患者は手や足など特定の部位に激しい痛みを感じる場合もある。痛みを和らげるのに最も効果的なのは理学療法だが、その過程でとてつもない痛みをともなう。アンドレアの実験対象となった四人の患者はそれぞれ異なる治療を受けていた。理学療法、作業療法、心理ケア、通院である。実験期間中もこうした治療や投薬はいつも通り続けられ、四人の患者はそれに加える形でＶＲ治療を受けた。

ＶＲ治療は二種類行い、それぞれ患者の動きを仮想世界のアバターに反映させる際に異なる仕掛けをした。一つ目は、現実世界で患者がわずかに足を動かしただけで、仮想世界ではアバターが大きく足を動かすようにした。これは〝できる〟ことの視覚化によって患者に自信を与えるためだ。いつかこのアバターのような大きな動きを自分も実際にできるようになる――その姿をしっかりと患者に見せるのである。

心理学用語でこれを「自己効力感」という。ある目標を達成するには、自分にそれができると、いう思い込みが不可欠である。前向きな視覚化が治療の大きな助けになることは医学の文献からも明らかだ。だが、激痛に苦しんでいる患者に対し、もっと足が動かせるという視覚化を認知させるのは難しい。だからこそＶＲ治療で大きく足が動くアバターの姿を見せる意味がある。

もう一種類のＶＲ治療では、患者とアバターで手と足の動きを交換した。ＶＲ治療の目的は、足を動かそうという患者のモチベーションを高めることにある。一般に人は風船を割るとき、足よりも手を使いたがる。このため、アバターの手の動きを患者の足の動きと連動させれば、患者はアバターの手で風船を割ろうとして自分の足を動かすはずだ。基本的にはどちらのVR治療も、学術研究のために考案した仕掛けを臨床治療に応用したことになる。

患者は座った状態でHMDを装着してVR治療を受けた。仮想世界で患者の目の前に風船が現れる。風船は部屋の中心部で一二〇センチ四方の範囲にランダムに現れ、アバターの腕が届かないほど高い場所には現れない。見事に風船に触れると〝パン〟という効果音がして床がかすかに震える。五秒以内に割れないと風船は音もなく消える。四人の患者は数ヶ月かけてラボを六回訪れ、この治療セッションを六回受けた。

一回目の実験は実験条件を二つに分けた。通常条件では患者の足の動きをそのまま一対一にしてアバターの足の動きとした。一方の拡張条件では、患者の足の動きを一・五倍に拡張してアバターの足の動きにした。患者のかすかなキックが仮想世界では大きなキックになる。被験者Aは一七歳の少年で左足にCRPSがあった。被験者Bは一三歳の少女で右足にCRPSがあった。二人とも右利きだ。

二回目の実験では、三番目の実験条件として交換条件を加えた。被験者の足の動きが仮想世界ではアバターの手の動きになる。被験者が腰の近くまで足を高く蹴り上げると、アバターは手を頭上まで振り上げる。被験者Cは一四歳の少年で右足にCRPSがあり、左利き。被験者Dは一六歳の少女で右足にCRPSがあり、極端な右利きだった。

臨床的に見れば、四人の被験者はとても落ち着いて熱心にVR治療を受けた。これは通常の理学療法での彼らの様子とはまったく違う。通常治療だと、かすかな動きでも痛みにたじろいで「うっ！」「痛い！」などと声をあげ、四肢をすくませて身を固くする。ところがVR治療では痛みに文句を言うこともなく、治療を受けるのを楽しみにラボを訪れた。痛みのある足を積極的に動かし、わずか一度の例外を除き、後はみな五分間の治療セッションをやり抜いた。

これは大変な変化だと言っていいだろう。というのも、通常の理学療法だと治療セッションは三〇分から六〇分続くが、被験者たちは最初の二、三分しか積極的に取り組まず、後は痛みにひるんだり、すぐに休憩を求めたりしていたからだ。

四人の被験者はVR治療で与えられたタスクの九六％をやり遂げた。そのうえ、もっと現実的なゲームのアイデアを出したり、VR治療セッションの改善案を提案した被験者もいた。概して四人ともVR治療の内容には肯定的で、風船割りゲームについて「よかった」、「単純だけど面白い」、「前回より高得点にしたくて、やる気が出た」などとコメントした[18]。

この実験は被験者の数が四人と少なく、VR治療が痛みの軽減に役立つかどうか結論を下すには不十分だが、VRの柔軟性を活かしてどのように小児患者の痛みを軽減するかを考えるヒントにはなる。VR治療は安全で患者に受け入れられ、痛みや身体機能を悪化させることもないと確認できた。また、実際の身体の動きと仮想世界のアバターの動きが一対一に連動していなくても被験者に受け入れられることもわかった。

現在アンドレアはコーネル大学でこの路線に沿った研究をさらに発展させるため大半の時間を割いている。彼女はスタンフォード大学時代の研究をもとにポータブルVR装置を開発し、それをキム・ブロックの患者が利用している。いつの日か医者がこうしたVR装置を患者に処方し、患者は自宅でＶＲ治療ができるようになるかもしれない。

ＶＲが当たり前の医療機器になるまでの道筋

治療の現場では肉体および精神の苦痛に対してＶＲが有効なことが何十年も前から実証されているにもかかわらず、ＶＲ治療が医学的に承認された治療法となるにはまだ時間がかかりそうだ。ハンター・ホフマンやスキップ・リッツォなど数人の先駆的研究者が大学病院や研究所といった管理された環境下でＶＲ治療を行うことと、アメリカ全土のあらゆる病院や家庭でＶＲ治療の実施が処方されることとはまったく話の次元が異なる。

今やＶＲのハードウェア価格は急落し、消費者は簡単に入手できるようになった。しかし、慢性痛に苦しむ何億何千万もの人々がＶＲ治療のメリットを享受するには、ＦＤＡ（米国食品医薬品局）の承認と保険の適用が必要である。さらなる研究を重ねてＦＤＡから〝安全かつ有効〟と認められれば、ＶＲは医療機器としてＦＤＡの要求水準を満たしたことになる（ＦＤＡはｆＭＲＩ装置や除細動器から舌圧子やメガネに至るまで、あらゆるものを医療機器のカテゴリーに含めている）。

ＦＤＡは新技術を受け入れるのに長い時間をかけることもあり、承認の判断には似たような技術がすでに使われているかどうかを調べることも多い。ＶＲ治療はまったく新しい治療形態なので、ＦＤＡの承認基準を満たすにはもっと相当な量の臨床データが必要となろう。

ＦＤＡのハードルを越えたら次は保険の補償範囲として保険会社に認められる必要がある。このプロセスは通常、メディケア・メディケイド・サービスセンター（ＣＭＳ）が担う。ＣＭＳは一億人を越えるアメリカ人の保険について、その補償範囲に責任を負う巨大な政府機関だ。ＣＭＳは〝医学的に合理的かつ適切〟と認めた治療法しか保険の補償範囲に含めない。ＶＲ治療がそう認められるには、臨床現場での有効性を示す証拠をさらに積み上げねばならない。

病室の天井にあるテレビのように、ＶＲが病院で普通に見かける設備となるまでまだ道のりは長い。だが、勢いは日々増している。それに、数少ない使用事例は無視できないほど劇的な効果をあげている。ＶＲは痛みをゼロにはできないが、痛みを和らげる便利なツールの一つになるだろう。

第７章　アバターは人間関係をいかに変えるか？

ユーザーの細かな表情や動きを仮想世界のアバターに反映させる技術は急速に進化している。誰もが仮想空間で交流し、通勤や出張が不要になる日も来るはずだ。だがあらゆるアバターは心理学に基づく印象操作を駆使して、表情や行動を偽装するだろう。

本書ではここまで、現実を変えてしまうＶＲの特徴に焦点を当ててきた。現実では不可能なことが、物理法則に縛られない仮想世界ではどのように実現できるのかを論じてきた。そうしたありえない体験ができ、それを現実のように感じられるところが、ＶＲの心躍る特徴の一つだ。そして消費者向けＶＲ用に制作された第一世代の人気アプリケーションや人気ゲームは、すべてその特徴を備えていた。

だが、どれほど魅力的で華々しい内容であっても、ユーザーが一人で楽しむＶＲ経験に注目が集まり過ぎると、真に画期的だと私が信じるＶＲの利用法に目が行かなくなってしまう。その利用法は、ＶＲをテーマにした初めての文学作品、一九八四年のウィリアム・ギブスンのサイバーパンク・スリラー『ニューロマンサー』ですでに登場していた（ジャロン・ラニアーが〝バーチャルリアリティ〟という言葉を作ったのは一九七八年のことだ）。この小説でギブスンは、ＶＲ

を〝サイバースペース〟もしくは〝ザ・マトリックス〟と呼び、それを「全員の同意に基づく幻覚」と定義した（強調は著者）。この小説を読むと、仮想世界を本物のように感じさせるのは精密なグラフィックスや本物そっくりのアバターではなく、仮想世界に集う人々のコミュニティとそこでの交流であり、参加者全員が仮想世界を現実だと認識することで、そこが本当に現実のようになるのだとわかる。

私がよく聞かれる質問に、どのようなソフトがＶＲの〝キラーアプリ〟になるのか、というのがある。高価で間違いなく扱いにくいこの装置を一般家庭に普及させる推進役となるのはなにか、という質問だ。私はこう答える。それは宇宙旅行でもないし、特等席でのスポーツ観戦でもないでしょう。ＶＲ映画でもなければ、突出したゲームでもなく、水中ホエールウォッチング体験でもないでしょう。少なくとも一人で楽しむ限り、もしくは友達と一緒に楽しめるとしてもそのための制約が大きければ、それらがキラーアプリになることはありません。一方で、仮想空間でただ人々と会話し、交流することが極めて普通で当たり前に行えるようになったとき、ＶＲは必須の機器となります——。

フェイスブックがＶＲブームに火を付けたのは偶然ではない

もちろん、ＶＲのソーシャル利用が決定的に重要になると見抜いたのは、私が最初ではない。ＶＲにかなりの金額を投資して消費者向けＶＲブームのきっかけを作った企業が、ＳＮＳの巨人フェイスブックだったのは決して偶然ではない。同社が二〇一四年にオキュラスを買収して以降、

ＶＲ業界の究極の目標は、ユーザーに高品質で信頼できる「ソーシャル・プレゼンス（仮想空間で他者に自然な〝存在〟を示すこと）」を提供できるハードとソフトを生み出すことになっている。そして中小企業から大企業まで何十社もの企業が、この鬼のように難しい課題の一部分でも解決しようと努力を重ねている。

それでも質の高いソーシャル・プレゼンスはいまだに最大の難問の一つだ。どうすれば二人以上のユーザーを仮想空間に同時に存在させ、そこで他のユーザーや仮想環境と人間らしい触れ合いをさせることができるのか。人間同士が交流するときの微妙な部分、顔のわずかな動きやボディランゲージ、視線といったものをユーザーから読み取り、それを仮想空間で再現するにはどうすればいいのか。

ＶＲが突きつけるこの難題のおかげで、現実世界の経験というものがいかに豊かで複雑かをあらためて思い知らされる。というのも、本物のように感じられるアバターを作るには、我々人間の動きを知らねばならないからだ。意識的であれ無意識であれ、毎日誰かと出会うたびに我々はどんな動作によって、本物の人間らしさを感じているのだろうか――。哲学者や心理学者も同意すると思うが、これはまったく一筋縄ではいかない問題なのである。

通勤が不要になると世界はどう変わるか？

さてここで、優れたソーシャルＶＲを作るのが難しい理由を説明する前に、そもそも優れたソーシャルＶＲを生み出すことがなぜ極めて重要なのかを簡単に説明したい。第４章で私は、ＶＲ

が地球環境問題の教育と啓発に役立つことを示す研究を紹介した。それらの研究でVRが役に立った理由はすべて、我々の考え方を変えうるコンテンツを他のメディアより強烈に伝えられるからであった。だが、VRは別の形でも地球環境問題の解決に役立つ。優れたソーシャルVRは、我々の生活の仕組みやコミュニケーションの方法を根底から変える可能性を秘めているのだ。例えば地球の反対側にいる人たちと交流し、協力し、今までにないやり方で一緒にビジネスを行うこともできるようになる。

そうなれば我々の生活の質は大きく向上するだろう。毎日の遠距離通勤は不要になるし、仕事をするためにオフィスに来る必要性も減るので、より生産的な作業や遊びに充てられる時間が増える。これが地球環境にも大きな恩恵をもたらすと考えられるのだ。というのも、人間の活動のうち気候変動の要因として大きいものをリストアップすると、化石燃料の燃焼がトップに近いからだ。アメリカ全土で排出される全CO_2の三分の一近くは、輸送にともなう化石燃料の燃焼によって生まれている。持続可能な社会を望むなら、社会全体として自動車や飛行機の利用時間を減らすことが決定的に重要なのだ。

ここで四〇代前半のビジネスマン、ショーン・バガイを紹介しよう。私はサンノゼ・マーキュリー・ニュースの一面で彼の記事を読み、本人に連絡した。バガイは最先端の医療機器を世界中の顧客に売り歩き、一年間で三〇万マイルも航空会社のマイレージを貯める。ユナイテッド航空一社だけで通算二五〇万マイルを超えたという。ある年など、彼は一七カ国、一〇〇を超える都市を訪れ、一年のほぼ三分の二の夜をホテルで過ごした。ユナイテッド航空のマイルだけで計算しても、過去一〇年間で地球を八〇回近く周ったことになる。(1) 旅路ではVIPとして手厚い待遇を受けるバガイのようなビジネスマンであっても、これだけの出張をこなすのはさすがに苛酷だ。[2]
とりあえずここでは、彼の出張にともない燃やされるガソリンとジェット燃料が地球環境に与えるダメージは無視して、安全面の問題だけを考えるとしよう。全世界で年間一三〇万人が自動車事故で死亡し、さらに二〇〇〇万～五〇〇〇万人が怪我か障害を負う。アメリカの自動車事故による死者数は二〇一七年だけで四万人を超えた。[3] もしアメリカ人に「同時代にアメリカで起きた最悪の出来事はなにか」と聞けば、三〇〇〇人近くが死亡した九月一一日の同時多発テロを誰もが挙げるだろう。だが同じ二〇〇一年にアメリカの自動車はアルカイダの一〇倍の人間を殺しているのだ。
こうした出張に加え、日々の通勤の問題もある。増え続ける自動車に対し、道路のインフラは悲鳴を上げ、渋滞は悪化する一方だ。アメリカのほとんどの地域で高速道路の整備・拡張は人口増加に後れを取り、通勤ラッシュは激化を続けている。勤労者は不幸になり、生産性は悪化する。加えて渋滞によるイライラは、近年発生頻度も深刻度も増している〝ロード・レイジ（車の割込みなどを原因とするケンカや事件）〟の一因となっているだろう。[4]

「飛行機による大量移動」はいずれ不可能になる

旅行や出張による肉体の移動は「病気」を広げるという側面もある。私は二〇〇〇人の乗客と数百人のスタッフを乗せたクルーズ船でアラスカ沖を旅したことがある。美しい海岸線地帯を海から観賞できる幸運をかみしめたものだが、乗客の間にじわじわと広がった不安感は、無垢の自然による鎮静効果を打ち消しかねないほどだった。その原因は病原菌に対する注意喚起である。

クルーズ会社は乗客の恐怖をかき立てるよう法律で義務づけられているに違いない。まず乗船時、何百人もの列に並んでうんざりしている乗客に、スタッフが〝乗船は自己責任で〟と書かれたパンフレットを配る。そこには法律で義務づけられた告知事項として、乗船すると胃腸に恐ろしい症状を引き起こすウィルスに感染する可能性があるとの警告が書かれている。クルーズ船に乗り込むと、あらゆる場所に手の消毒装置がある。食堂の入り口には明るいオレンジ色の制服を着たスタッフが常駐し、礼儀正しいながらも有無を言わさぬ物腰で乗客の前に立ちはだかり、消毒用ポンプを見せては手洗いを求めてくる。実のところ、地球上のあらゆる場所に我々を運んでくれる鋼鉄製の乗り物は、病原菌の培養器でもあるのだ。くしゃみと鼻水でグジュグジュのインフルエンザ感染者に飛行機で隣に座られた経験があるなら、私の言いたいことがわかってもらえるだろう。

死や病気ほどではなくとも、旅をすることは心身に大きな負担をかける。窮屈な飛行機の座席、時差ぼけによる混乱、混雑した飛行場、予想外の遅延、寝心地の悪いホテルのベッド——世界中を旅する人ならこれらは日常茶飯事だ。

私はなにも、すべての旅行をVRで代用すべきだと言いたいのではない。国立公園や外国の都市を実際に訪れたり、愛する人々と直に会うことに勝る経験はない。ある種のビジネス交渉では間近に顔と顔をつきあわせて話す必要もあるだろう。だが、毎日何千何万もの出張者が飛行機に飛び乗っては出かけているのだ。なかにはほんの短時間のミーティングのためだけという人もいる。用事が終われば一直線に飛行場へと戻り、夕食を自宅で食べようとあわてて飛行機に飛び乗る人も多い。こうしたミーティングや面談のすべてが、生身の肉体で参加する必要のあるものなのだろうか？　飛行場までの移動時間と搭乗までの待ち時間、そして機内での時間すべてをかけるだけの意味がそこにあるのだろうか？

気候変動科学の見地から言えば答えは明らかだ。今後も地球上で持続的に暮らしていきたいと本気で望むなら、出張や旅行の目的地と頻度をもっと慎重に選ばなくてはならない。我々は出張や旅行をするたびに代償を払っているのだと意識しなければならない。ましてや今世紀末までにあと四〇億人も人口が増える予定なのだから、地球への負荷は大きくなる一方だ。[5]

一一〇億人もの人々が健全な地球上で共存できる持続的な方法を本気で見つけるつもりなら、出張と旅行を減らす手段を考え出さねばならない。今のところ無駄と非効率の総量はばかばかしいほど大きく、放置すれば地球の（そして人類の）息の根を止めることになるだろう。

リモートオフィスが実現する日は本当に来るのか？

技術進歩によって移動が不要になるとか、自宅で仕事ができるようになるとか、そんな話を自信たっぷりに聞かされたことのない読者はいないだろうと断言できる。少し年配の読者なら、一九九三年に始まったＡＴ＆ＴのＣＭシリーズを覚えているかもしれない。当時は未来っぽく感じられた種々の技術を見せて、もうすぐ世界が変わりますと訴えたＣＭだ（もちろん、そのすべてはＡＴ＆Ｔが実現することになっていた）。いくつかについては大いに先見の明があったと言えよう。次々と切り替わる短いシーンの中には、電子書籍やキャッシュレスの料金所、タブレットコンピュータ、オンラインでのチケット購入といったわくわくするようなイノベーションが盛り込まれていた。

だが、私にとってまさに理想郷だと最も強い印象を残したのは、真っ黒に日焼けしてリラックスした様子のビジネスマンが、砂浜の小屋でノートパソコンを広げてビデオ会議に参加しているシーンだった。「はだしで会議に参加したことはありますか？　いずれあなたもそうなります」とナレーションが流れる。確かに、今ではしようと思えばできる。技術的には実現可能になった。だが、職場のカルチャーは技術ほど素早く変わらなかった。白浜のリモートオフィスはまだ職場では受け入れてもらえない。

電話会議やビデオ会議がビジネスの現場で一般的になりつつあるのは確かだが、大半の上司が会議には生身での参加を望む。この事実は頑として変わらない。営業担当者は今でも都市から都市へと飛び回って顧客と面会することを期待される。コンサルタントは今でもクライアント企業の本社に顔を出し、顧客と直に会うよう求められる。学会で発表する学者は今でも出張しなければならない。特定の用途ではコンピュータを介したコミュニケーションで問題なしと考えられているが、大事な話をするときはやはり今でも相手と顔を合わせ、多くの場合は食事や酒を共にしながら直に話し合う必要がある。

「肉体的な接触が大事なんです」と前述の多忙なビジネスマン、ショーン・バガイは言う。なぜアジアの顧客と話すのに通信機器を使わず、あえて日帰り出張をするのか、という私の質問への答えだ。「電話やビデオ会議では、相手の肩に手を置いたり、相手の目を見つめながら商談をまとめることはできません」

バガイは日本に出張すると、握手の代わりにおじぎをするのが人々の習慣だと知っていながら、あえてお偉方と握手をするのだという。肉体的接触は彼のコミュニケーション手法の主要な部分を占めており、また彼の仕事の成否は信頼感と能力をしっかり相手に伝えられるかどうかにかかっている。バガイのような大物ビジネスパーソンに差し向かいでの会談をあきらめさせ、代わりにビデオ会議などのテレプレゼンスを使うよう説得するのは大変なことだろう。モニター越しでも彼の素晴らしい医学知識や的確な科学データを示す能力、鋭い先見性などを相手に伝えることはできるだろうが、彼のカリスマ性と信頼感を伝えるにはやはり相手と直に向かい合い、夕食やお酒を共にするのが一番いい。

もし実際の出張の代わりとしてＶＲによるテレプレゼンスを使ってもらおうと思うなら、そのＶＲシステムはショーン・バガイ本人と同じだけの親しみやすさとカリスマ性を兼ね備えた〝バーチャル・バガイ〟を再現できなければならない。そのようなＶＲシステムを作るためには、設計者側が複雑怪奇なコミュニケーションの作法を理解し、ある程度はアバターでそれを再現する必要がある。すなわちボディランゲージや目の動き、表情の変化、手のジェスチャー、そして肉体的接触などだ。我々はこうしたことを、多くの場合無意識に行っている。

「まだ解決できていない最重要課題は、個人ごとの個性まで含めて、人物をきちんと本人らしく見えるように仮想世界で再現する方法を見つけることだ」――フェイスブックのオキュラス事業部でチーフ・サイエンティストを務めるマイケル・アブラッシュはそう記している。「いつの日か、個々の仮想人間が現実の人間と同じように、それぞれ独自のクセやズレや違和感を感じさせるようになれば、ＶＲはこれまで人類が経験したことのない最もソーシャルな場を提供することになるだろう。地球上のどこにいようとも、想像しうるあらゆる経験を人々と共有できるからだ[6]」

会話中の無意識な〝ダンス〟を徹底分析

人間同士が交流する際のこうした微妙なニュアンスはソーシャルVRに不可欠である。だが、それを読み取るのがどれほど難しいか、ウィリアム・コンドンとアダム・ケンドンの研究からその一端が垣間見られる。コンドンは一九六〇年代にピッツバーグのウェスタン精神医療研究所病院に所属していた心理学者で、人間同士の交流の仕組みを体系的に分析した先駆者だ。彼は画期的な研究により言語と非言語行動の関係を明らかにし、それを〝相互同期性〟と名付けた。以下、簡単に紹介しよう。

コンドンは二人の人物が会話する様子を四八フレーム／秒という特殊なビデオで撮影した。当時の平均的なビデオ映像の二倍のコマ数だ。そして映像を時間ごとに区切って細分化し、そこで起きていることを徹底的に分析した。「アメリカンフットボールの監督が試合の映像を分析するのに似た手法[7]」だそうだ。後で分析するため、一フレームごとに二人のやりとり――なにを言っているか、どう動いたか――の最も細かい部分まで書き出した。左手の小指、右肩、下唇、眉毛、といった細部の動きに注目し、それらの動きがどのように会話のリズムと内容に連動しているのかを調べたのである。

この途方もない作業の狙いは、人間同士の交流がどのような仕組みになっているのかを体系的に解明する点にあった。そしてコンドンはこの研究を通して、発した言葉（言語）とジェスチャー（非言語行動）との間にある複雑な関係を明らかにし、〝相互同期性〟と名付けた。

　この発見は言語と非言語行動を通したコミュニケーションを分析する他の研究者のツールとしての役目も果たした。当時の研究者たちが思っていたよりも、言語と非言語行動を通したコミュニケーションは複雑だったのである。コンドンは次のように記している。「すなわち、話し手の身体は発する言葉に合わせて踊る。さらに、聞き手の身体も話し手のリズムに合わせて踊るのだ」

　それから数年後の一九七〇年、当時ブロンクス州立病院で働いていた英国人心理学者アダム・ケンドンは、コンドンの開発したツールを使って非言語行動の一つの原理を発見する。この原理は今に至るまで非言語行動に関わる数多くの研究や応用に役立っている。

　ケンドンが発見したのは、わずかな姿勢の変化や視線やジェスチャーといった身体の動きは、ただ話し手のリズムに合わせて踊っているだけでなく、他の聞き手の身体の動きにも反応しているという原理だった。それどころか、こうした身体の動きは、微妙なものも目立つものも含め、その場にいる全員の間で極めて複雑な影響を相互に与え合っているのだ。

　例えばケンドンは、ロンドンにあるホテルのラウンジで雑談する人々の様子をビデオに収めて分析した。ラウンジにパブのように椅子を円形に並べ、三〇歳から五〇歳までのホテルの宿泊客、男性八人と女性一人に着席してもらい、一九六〇年代後半に人々がパブでするようなこと——語り合い、飲み、煙草を吸う——を勧めた。司会進行役もいて折を見て介入することもあったが、ほとんどは九人の男女だけで打ち解け合い、ときには全員で、ときには数人のグループに分かれ

て談笑した。(8)

ケンドンはこのビデオを詳細に分析し、九人それぞれがしゃべっているときの頭部、胴体、腕、手の動きを記録した。コンドンの〝相互同期性〟を利用して一六分の一秒ごとに区切り、グループの動きとその同期をフローチャートにまとめた。

すべてのデータの相関関係を調べた結果、人々が交流する際の身体の動きは驚くほど正確に一致していることが判明した。彼らの動きは、練習を重ねて技巧を尽くしたバレエと同じ程度に巧みな振り付けがなされていたのだ。しかも誰一人意識しないまま――。

一人がわずかに姿勢を変えると、それに合わせて別の一人がかすかに頭部を動かす。肘を曲げる動作が、話し手の変わるタイミングを示す。こうした「振り付け(発話と身体動作の同期)」は、例えば発話とぴたりと同期した身体動作など、個人ごとにも起きていたが、より重要なのは人々の間に起きた同期である。一人が発した言葉とジェスチャーは、グループ内に波紋を広げ、他の人々のジェスチャーを引き出すのだ。すべては何分の一秒というレベルで起き、しかもほとんどが無意識下で起きている。

「相性の良さ」はどこから生まれるのか?

人々がグループとして交流する際には極めて複雑な連携をしていること、そして言語と非言語行動が極めて正確に同期していることを発見したのはケンドンの功績とされている。彼は〝相互同期性〟が人々の交流の隠れた源泉であると明らかにした。とはいえ、会話によっては流れるように相互同期が起きることもあれば、まったく起きない場合もある。相互同期性の高低は会話の質を反映している可能性があるのだ。

ケンドンの言葉を引用すると「相手に合わせて動くというのは、自分が相手と同じことに注意と予想を向けていますよ、と示すことである。したがって、会話における動きの連動は、話し手と聞き手がお互いを〝受け入れている〟と暗に伝え合う一つの手段という意味で極めて重要だと思われる」[9]。

相互同期性の高い会話は、非言語行動の連携がまったくない会話と比べて意思疎通がうまくいく。一方、技術的な問題で相互同期が邪魔されると意思疎通はうまくいかない。二〇年ほど前の一九九六年、ロンドンの心理学者のグループがビデオ会議に関する実験をしてレイテンシー（遅延）の影響を調べた。実験では二四組のペアを被験者とし、各ペアにはビデオ会議で話し合いながら地図を用いたタスクをこなしてもらった。

半分の一二組はレイテンシーがおよそ〇・五秒という「遅延大」の条件で、残る半分のペアはレイテンシーの低い「遅延小」の条件で実験をした。実験結果から二つのことが判明した。一つは、「遅延大」条件のペアのほうが、ミスが多いということ。会話のラグは実際に生産性を下げたのである。もう一つは、「遅延大」条件のほうが相手の話をさえぎる頻度が高かったこと。接続の悪い電話やスカイプで似たような経験をしている人は多いだろう。遅延は会話の〝流れ〟――ケンドンの言葉を使えば同期性――を害するのである[10]。

ケンドンのこの画期的な研究以降、相互同期性が会話に与える影響を調べるため何十もの研究がなされてきた。一九七〇年代後半の研究では、一〇を超える大学のクラスを長期にわたり調査し、教師と学生の間で非言語コミュニケーションの相互同期性が高いほうが両者の関係が良好であることを明らかにした。そのような教師と学生は自分たちの関係について、相性が良く、一体感があり、調和がとれていると評価した。[11]

同期性が高い集団ほど生産性も高い

現在の我々は、相互同期性を調べるのにわざわざビデオの静止画像を調べるといった骨の折れる作業をする必要はない。ＶＲを使えば身体動作をはるかに正確に計測できるからだ。マイクロソフトのキネクトのようなトラッキング・システムなら、かすかな身体の動きも検知して三次元データを記録・収集できる。それを後からコンピュータで分析すればよい。

我々もある研究でキネクトを使い、アイデア出しのタスクに取り組む多数のペアのかすかな身体動作を記録・収集したことがある。コンドンやケンドンのような大変な労力を要するやり方ではなく、コンピュータを介して作業を行えたため、彼らのような数組という少ないサンプル数ではなく、五〇のグループについてデータを収集できた。しかも、より長時間の交流について詳細なデータを取ることができた。

我々はこうして集めたかすかな身体動作のデータを被験者と関連付け、「同期性スコア」を作製した。これは、ボディランゲージに高い同期性が見られる被験者ほど高スコアになる。ペアの二人の同期性スコアとタスクの成果を付き合わせたところ、ここでも同期性が二人の関係の良し悪しを反映していた。同期性の高いペアほど、与えられたタスクで創造的なアイデアを出していたのである。非言語行動の同期性は生産的で優れた会話の目印となるのだ[12]。

しかも、同期性のメリットはただ結果として受動的に得られるだけではない。同期性は意図して能動的に生み出すことができるのだ。

兵士がみんなで一緒に行進させられるのはなぜか。教会で人々が声をそろえて歌い、一緒に手を叩くのはなぜか——。たんに、優れた連携の結果として非言語行動の同期が生じるだけではないのだ。逆に非言語行動を同期させることにより優れた連携を生み出すこともできるのである。

二〇〇九年にスタンフォード大学の研究者グループが行った実験がそれを証明している。実験では非言語行動の同期をコントロールするため、被験者を二グループに分けて異なる歩き方をさせた。一つのグループはみんなで歩調を合わせて歩き、もう一つのグループはそれぞれが普通に歩いた。その結果、歩調を合わせたグループのほうが協力し合い、お互いに寛容になった。非言語行動の同期は集団の結束力を高め、集団の生産性を高めるのである。この効果は何十もの研究によって証明されている[13]。

箱庭ゲーム「セカンドライフ」が失敗した理由

フィリップ・ローズデールは自分が仮想世界の構築にのめり込むようになったいきさつを語るのが好きだ。「まだほんの小さい頃から、なにかを解体して組み立てることに取り憑かれていました。木工品や電気製品や金属製のもの、とにかくどんなものでも[14]」。中学生になると、自分の寝室のドアをスタートレックで見たドアのように自動で開くようにしたいと思い付いた。両親は大いに不機嫌になったが、彼は天井を切り裂いて屋根裏の梁まで露出させ、そこにガレージドアの開閉装置を取り付けて、気まぐれな思春期の夢を実現させた。

二〇代になり世にインターネットが登場すると、これとコンピュータを使って自分はなにがしたいだろうかと考え、かつてモノを解体したり組み立てたりするのが大好きだったことを思い出す。そしてインターネット史上で最も独創的かつ破壊《ディスラプティブ》的なプラットフォームの一つを生み出すのである。

ローズデールは考えた。途方もないアイデアを持ち、ぶっ飛んだことがしたいと思いながらも、時間や資金や専門知識がなくて実現できずにいる人は大勢いるに違いない。であるならば、インターネットを、その夢をかなえる場にできないだろうか？　ネットなら、そうした夢をみんなと一緒に協力してかなえることができる——。

これまでの二〇年間、ローズデールは仮想世界の構築に人生を捧げてきた。最初は大ヒットしたオンライン箱庭ゲームの「セカンドライフ」だった。二〇〇三年にサービスを開始すると、この種のメタバース（オンライン仮想世界）としては最大の人気となり、最もメディアに取り上げられた存在となった。

セカンドライフではローズデールがメタバースに盛り込みたかった要素の多くを実現できた。多数のユーザーがオンラインで交流でき、仮想世界の中であらゆるモノ——土地や家、自由度の高いアバターを飾る装飾品や服まで——を作ったり、市場で売り買いすることができた。

だが、こうした自由度の高さには代償もあった。キーボードとマウスを使った複雑な操作と膨大なメニュー項目数は、サービス開始から一二年で四三〇〇万人を超えた登録ユーザーの大半にとってあまりにも高いハードルとなったのだ。[15] セカンドライフが成長を続けられなかった主因の一つはそこにあったとローズデールは信じている。今の日常的なユーザー数は一〇〇万人前後。かなりの人数には違いないが、彼の理想であるアメーバのように広がり続けてユーザーでごった返すメタバースの姿ではない。

新世代の仮想世界「ハイ・フィデリティ」の衝撃

今ローズデールが偏執的とさえ言えるほどの情熱を注いでいるのは、洗練された物腰で、社交に必要な各種の合図やジェスチャーを再現できるアバターの開発だ。私がそれを垣間見ることができたのは、ローズデールが新会社ハイ・フィデリティを立ち上げ、長いこと噂されていた新プロジェクトの発表イベントを開催したときのことだ。イベント会場となった同社は典型的なスタートアップ企業といった雰囲気で、ロビーには自転車が置かれ、天井は高く、そこらじゅうにホワイトボードとノートパソコンがあった。独特だったのはオキュラスの開発者用キットが異様なほどたくさんあったことと、すべての作業台に赤外線追跡カメラが置かれていた点だ。

私は仮設のバーで一杯飲んだ後（モヒートは絶品だった）、広々としたオープン・ルームをぶらぶら歩き始めた。仰々しく実験用白衣に身を包んだ同社スタッフが十数人、同じように室内を歩き回っては招待客に新しい仮想世界「ハイ・フィデリティ」を体験させていた。

ハイ・フィデリティは一見するとグラフィックスを改良したセカンドライフに思える。だが、すぐにいくつも大きな違いがあると気づく。第一に、ハイ・フィデリティは従来のゲームや仮想世界と同じようにモニターでプレイし、コントローラーまたはマウスとキーボードで操作することもできるが、明らかにVRでのプレイを念頭に設計されている。ユーザーはアバターに乗り移ってプレイできるし（セカンドライフのデフォルトではアバターの後方上空から見下ろして操作する）、セカンドライフと同じく生音声で他のユーザーとチャットしながら遊べるが、その音声は空間的広がりを持つ立体音響になっている。

だが、なんといってもハイ・フィデリティが画期的に異なる点は、その直感的なインターフェースだ。使いづらいマウスとキーボードによる操作が不要で、現実の手のジェスチャーと顔の表情をアバターに反映できるのだ。例えばアバターにはリアルな指があり、ユーザーはＨＭＤに埋め込まれたセンサーの前で自分の指を動かすことでコントロールできる。また、モニター上部に埋め込まれた深度計測カメラ（デプスカメラ）がユーザーの表情と身体の動きをとらえ、生々しい表情と動きをアバターに再現する。

私も四角い枠に切り取られたモニター越しに眺めているだけでは満足できず、ＨＭＤを装着してハイ・フィデリティの仮想世界に飛び込んでみた。そこは一般的な都市空間で、アバターたちが歩き、空を飛び、身振り手振りを加えて歓談していた。その世界に入った瞬間、現実世界で私の周囲にひしめき、カクテルを飲んでいた大勢の人々は完全に消え去った。私が見ている相手、ジェスチャーしている相手、話を聞いている相手は仮想世界の人々だった。一瞬でその世界に完璧に移転してしまった。

セカンドライフもそうだったが、ローズデールはハイ・フィデリティをほぼ無限に広がる仮想世界にしたいという野望を抱いている。彼は、ウィリアム・ギブスンやニール・スティーヴンスンがＳＦ小説で描いたメタバースそのものにしたいと明言している。

「バーチャルリアリティはインターネットとスマートフォンに続く社会の創造的破壊者《ディスラプター》なのです」と彼は語っている。「私たち人間の創造力はその大半が仮想世界に移るかもしれません。私はそうなるだろうと思っています。人々は今後、仕事やデザイン、教育、遊びのほとんどをメタバースに移すでしょう。それらをすでにインターネット上に移したのと同じように(16)」

「人間の経験の中核にあるのは、手です」

ローズデールが想い描く仮想世界はこの地球より大きくなる可能性を秘めている。そのような仮想世界では、アラスカの住人がバーチャル・ニューヨーク市を訪れて夜遊びする一方で、ニューヨーク市民がバーチャル・デナリ山（アラスカの有名な山）に登って都市生活の疲れを癒やすだろう。そこまで広大な仮想世界を実現するため、彼はオンライン仮想世界の構築に一般的に使われる集中管理型サーバーを使わずに、ユーザー個人のパソコンやモバイル機器のコンピューティング・パワーに分散してアウトソースしたいと考えている。

「今後利用可能な機械は一〇〇〇倍に増えます。うまく利用すればどれほど巨大なメタバースが作れることでしょう。しかも細部はビデオゲーム並みに詳細に描けます。細かいところまでリアルな世界をとてつもない大きさで構築できるのです。今この世にあるコンピュータをすべて利用して仮想世界を作れば、地球上の全大陸に匹敵する広さになるでしょう」と二〇一五年のインタビューでローズデールは語っている。このやり方なら彼の新会社は何億円もの経費を浮かすことができるし、省エネのモデルケースとしても影響は大きいだろう。[17]

初めてハイ・フィデリティを試したときに気づいたのだが、つい何度も自分の（アバターの）手を見てしまう。他のアバターと会話中に自分の指が動くというのはとても新鮮な驚きだった。もちろん私のラボにも手のトラッキング装置はあるが、こと手指の表現に関して言えば、スポーツイベントでよく配られる〝We're#1〟グローブ（人差し指を一本立てた手袋のような応援グッズ）をはめているのと大差ない。人間の指の豊かな表現力に比べれば、たとえ最先端のモーション・コントローラーを使っていたとしても、ほとんどのアバターは図体ばかり大きくて扱いにくい木偶人形のような表現手段と言わざるを得ないだろう。

ローズデールは手に取り憑かれている。仮想世界にみんなを引き寄せる原動力となるべき「自然な対話」のカギを握るのが〝手〟だと見ているからだ。「人間の経験の中核にあるのは、手で対象をいじくることです」と彼はよく言う。

しかも手の使い道は対象をいじくるだけではない。他人との肉体的接触を始めるきっかけとしても手は欠かせぬ手段となる。だからこそローズデールは「バーチャル握手とはなにか?」という質問を好んで問いかける。

その意図は、現実世界の〝引きずり込まれるような出会い〟と仮想世界での〝社交もどき〟との間に今も埋められずに残る大きな差について議論を深めることにある。〝バーチャル握手〟とは彼なりの比喩表現であり、要するに世界中のショーン・バガイに疲れる出張の回数を減らそうと思わせ、人々にソーシャルVRをしてみたいと思わせる優れたソーシャル・プレゼンスを意味しているのだ。

話し相手の心拍数が見えると親密度は増す

私は握手について、そして仮想空間での握手のあるべき姿についてよく考える。ソーシャルＶＲでは避けて通れない問題であり、私はもう何年もこの問題に関わってきた。

二〇一〇年六月、私はオランダ企業のフィリップスを訪れた。同社は世界最大級の電機メーカーで、数十カ国に一〇万人を超える従業員がいる。その技術は一世紀以上にわたり、世界中で電子機器や電子設備として使われてきた。そして同社は私のラボにも資金提供している。仮想空間での社交のインパクトを現実に匹敵するものに、そして現実以上のものにするための共同プロジェクトとして。

実際にカリフォルニアのスタンフォード大学からオランダのアイントホーフェンへと移動してみると、こうした出張の大変さが実感できる。乗り換えを含めたフライト時間は一日の四分の三にもおよび、時差は九時間。そして私は腰を痛めた（長時間のフライト中、「現実の出張に取って代わるシステムを開発するために何度もオランダまで出張する」という皮肉をかみしめる時間がたっぷりとあった）。

フィリップスとの共同プロジェクトの目的は、現実世界で誰かと向かい合って話したときに感じる親密さのようなものを、なんらかの手段で仮想空間でも相手に伝える方法がないか探ることにあった。数々の技術を調べては心理的な効果をテストした。

もちろん現在のＶＲ技術では、現実世界での会話で我々が相手に伝えるような、さまざまな微妙なサインをすべて再現することはできない。だが、その代わりとなるような興味深いサインがないわけでもない。

我々が会話中に気づくサインの多くは、思わず出てしまう肉体的反応だ。それは顔の赤らみや神経質なチックだったり、心からの純粋な笑顔のこともある。この種の肉体的反応は生理機能の変化をともなう場合が多い。では、そうした生理機能の変化を仮想世界で可視化したらどうなるだろう?

共同プロジェクトで作ったシステムの一つでは、仮想世界で相手のアバターを見ると同時に相手の心拍数もわかるようにした。例えば相手を初めてのデートに誘うとしよう。八〇%はイエスの返事をもらえる自信がある。だが断られる確率も二〇%と決して小さくはない。このシステムであなた(とあなたのアバター)が相手を誘うとき、相手の表情や姿勢、声色などスカイプやビデオ電話で得られるであろう情報はみな手に入る。だが、さらにもう一種類の特別な情報、すなわち相手の心拍数も表示される。すると、下準備しておいた誘い文句をしゃべりながら、相手の心拍数が速まるのがわかるかもしれない。

つまり仮想世界での対話は、現実世界のそれでは得られないであろうツールを提供してくれる。あなたは相手の生理反応に応じて誘い方を変えることもできるだろう。人は話し相手の心拍数がわかるとどのような影響を受けるのか、このシステムを使って実験してみたところ、親密度を高める効果があるとわかった。相手の生理反応が多少わかると、その相手を〝より身近に〟感じるのである。(18)

仮想空間でも〝接触〟の効果は変わらない

フィリップスとのもう一つの共同プロジェクトは、ソーシャルＶＲ用の仮想接触《バーチャル・タッチ》を作り出すことだった。フィリップスは私に加えてもう一人、インターネット経由で相手にタッチすることの心理的な効果を熱心に調べてきた数少ない学者の一人をこのプロジェクトに引き込んだ。アイントホーフェン工科大学の教授で、私の友人でもあるヴァイナン・アイゼルスタインだ。

彼の作る触覚型デバイスは優れものだ。一方の端末にタッチすると、センサーがタッチした人の手の動きを計測して別の端末に伝える。そちらの端末では電流と振動とモーター、さらに「シュッ」という空気の吹きつけを利用してタッチの感触を再現する。そのうえ彼は、そうしたデバイスがユーザー間の心理的親密度を高めたかどうか調べるテクニックにも優れている。

人付き合いにおいて身体へのタッチは重要な意味を持つことがある。ある研究によれば、顧客の肩にタッチすることの多いウェイトレスは、相手により多くの飲み物を注文するよう影響を与え、しかもより多くのチップをもらうことができる（もちろん色仕掛けだったり、相手の同伴者に嫉妬心を感じさせた場合はその限りではない）。

俗に〝ミダス・タッチ〟効果（触ったものをみな黄金に変えたミダス王に由来する）と言われるこの効果は、一九七〇年代から心理学の文献によく登場している。ヴァイナンと私は、バーチャル・タッチでも同じ効果が得られるかどうかに関心があった。とりわけヴァイナンはその問題を一〇年近く追究していた。彼はこの分野の研究にのめり込むあまり、ついに一番下の息子に

〝ミダス〟という名を付けたほどだ。

仮想空間でのミダス・タッチ効果について、ヴァイナンが最初に行った実験は次のようなものだ。チャットソフトを使って二人の人物にオンラインで会話をしてもらう。一人は被験者、もう一人は実験協力者なのだが、被験者には二人とも被験者であると思わせておく。二人は特殊な〝振動スリーブ〟を腕に装着しており、その六カ所が振動することで腕をトントンと叩かれているように感じる。

実験協力者はネットワーク・コンピュータを使って振動スリーブを振動させ、被験者にバーチャル・タッチできる。被験者は何人か入れ替わるが、一部の被験者は実験協力者からバーチャル・タッチされ、一部の被験者はまったくタッチされない。そしてチャット終了後、実験協力者は被験者のそばに来て一八枚の硬貨を床に落とす。ヴァイナンは、硬貨を拾う実験協力者を被験者がどれだけ手伝うか計測した。バーチャル・タッチをされた被験者のほうが、されなかった被験者よりも協力的になるはずだと考えたのだ。

実験の結果、タッチされた被験者のほとんどが手伝ったのに対し、タッチされなかった被験者が手伝った時間はその半分にも満たなかった。すなわちミダス・タッチは仮想空間でも効果を発揮したのである。[19]

政治家は一度に一〇〇〇人の有権者と握手できるようになる

このヴァイナンの実験は、世界中の学者が認める〝ミダス・タッチ効果〟を仮想世界でも実現したことにより、バーチャル・タッチが現実のタッチと同じメリットを持ちうると証明した点が重要だった。一方、私のラボで行った実験には違う狙いがあった。仮想世界でしか発生しないタッチのメリットを探ったのである。

我々は「模倣」に注目した。非言語行動の一つである「模倣」が相手に影響を及ぼすことは以前から知られている。ただ相手のしぐさをそれとなく真似るだけで、相手はあなたに好感を抱くのである。この〝カメレオン効果〟に関する正確な研究データをおそらく初めて集めたのは、当時ニューヨーク大学の教授だったターニャ・チャートランドだ。彼女は実験で、採用面接の応募者たちに面接官のしぐさ、例えば足を組むといった非言語行動を真似させた。すると、真似をした応募者のほうが真似しなかった応募者より高い評価を得る率が高かったのである。しかも面接官自身は、応募者が自分の真似をしたかどうかまったく意識していなかった。[20]

ところで、あなたは自分の手と握手したことがあるだろうか？　自分のタッチ（肉体的接触）を「模倣」した場合にも、カメレオン効果はあるのだろうか。それを検証するため、我々はハロウィーンの仮装に使うゴム製の義手を買ってきて「フォースフィードバック・ジョイスティック」［内蔵モーターで握り部分に振動や力を発生させるジョイスティック］の握り部分に取り付けた。このジョイスティックはもう一つの同種のジョイスティックに入力された動きを再現するようになっている。二人の人物がそれぞれのジョイスティックを握れば、実質的にローズデールのいう〝バーチャル握手〟ができたことになる。

我々は二人の被験者をラボで引き合わせた。二人は直に顔を合わせたが肉体的接触はいっさいない。その代わり、二人に前述のジョイスティックを握らせ、バーチャル握手をさせた。だが実は、被験者の一部がジョイスティックで感じたのは相手の握手の動きではなかった。彼らが感じたのは、我々が事前に記録していた彼ら自身の握手の動きだった。つまり、本人は相手の握手だと信じ込んでいたが、実際には自分自身と握手していたのである。

何人かの被験者にこの実験を行った結果、本当に相手とバーチャル握手した被験者よりも、自分自身と握手した被験者のほうが相手により強い好感を抱いた。相手との交渉ではより優しくなり、相手に対する好感度評価でもより高い点を与えたのである。これは〝デジタル・カメレオン効果〟と言うべきだろう。被験者はバーチャル握手で自分が「模倣」されたとは知らない。それでも覚えのある握手が生み出した微妙な効果が勝利を収めたのだ。

ここで、一〇〇〇人ほどの聴衆を前に講演するところを想像してほしい。そして、なにか突拍子もない意見を聴衆に納得してもらわなければならないとしよう。ここでは仮に「現実の出張をやめてバーチャル出張に切り替えるべきだ」と説得するとしよう。私は講演で本当にこの主張をすることがたまにある。

もし私が聴衆一人ひとりとミダス・タッチをできれば、おそらく聴衆は私の意見に説得されやすくなるだろう。だが、残念ながら一〇〇〇人の聴衆と一人ずつ握手しようとすれば何時間もかかってしまう。ところがフィリップスがいま開発中のデバイスは、最新のスマートフォンに使われている加速度センサーと振動モーターを利用して、まるでタッチしているかのような感触をユーザーに伝える。もし聴衆がこのデバイスを持っていれば、私は一度に全員と握手し、ヴァイナンが証明した「仮想世界のミダス・タッチ効果」を活用できるわけだ。しかも、たんに肩を叩くよりずっと効果的なやり方がある。私の握手と思わせて、聴衆に彼ら自身と握手させればいいのだ。「模倣」のカメレオン効果により彼らは私にさらに好感を抱く。これは政治家にとって夢のような話だろう。

アップルが買収した「フェイスシフト」の技術力

人の顔には四〇を超える筋肉があり、驚くほどさまざまな表情ができる。つい最近まではアバターの表情が示せる感情は極めて少なく、携帯電話のメッセージアプリで使う絵文字と大差なかった。ところが二〇一五年、数人のスイス人科学者が興したフェイスシフトという新興企業が表情のトラッキングとレンダリングの秘訣を見つけ、独創的な方法でこれを実現した。

彼らは赤外線カメラを使い、表情の変化を一秒間に六〇回という頻度でトラッキングする。カメラから発した赤外線が顔の各部に反射してカメラに戻ってくるまでの時間を利用し（いわゆるＴｏＦ技術）、顔の深度マップを作製するのだ。この部分は特に目新しいわけではない。マイクロソフトのキネクトは何年も前から同じことをしている。だが、フェイスシフトの新しさは、顔面の動きや表情を読み取るソフトウェアの能力にあった。

彼らは人の表情を〝モーフ・ステイト（変形状態）〟と呼ぶ五一の型に分類した。左目の開き具合や笑顔の大きさといった何種類かの決まった動きがセットになって一つの表情を作るなら、その変化の値を計測することで一つの感情を読み取ることができる。こうして赤外線カメラが表情を一回スキャンするごとに、五一種すべてのモーフ・ステイトの値を返す。もし本書を読んでいる読者の顔をスキャンすれば、ほとんどのモーフ・ステイトは低い値になるだろう。眉毛の動きだけは突出して高いかもしれない。読書に集中すると眉間にしわが寄るからだ。だが、友人としゃべって笑い合うときに比べれば、読書中の表情はそれほど動いていない。

　次の工程は、その読み取ったモーフ・ステイトをアバターの顔面に再現する作業だ。フェイスシフトのアバターは、モーフ・ステイトに合わせて表情を素早く的確に動かせるよう設計されている。これは、それまで何年も使われてきた同種の技術とは根本的に設計が異なる。既存技術は微細な動きを積み上げて表情を作っていくボトムアップのレンダリングだったのに対し、フェイスシフトはモーフ・ステイトの数値ごとに最初から表現する感情の種類が決まっているトップダウンのレンダリングなのだ。この違いが驚くべき効果を生み出した。

　実際に動いているフェイスシフト技術を初めて見たときの驚きを、私はずっと忘れないだろう。私の同僚がデスクに座り、コンピュータと向かい合った。ほんの数分でプログラムが彼の顔のスキャンを終えると、モニターには同僚の顔が写真のようにリアルな3Dモデルで描き出された。それはまさに彼だった。これまでに私が見たどんな写真やビデオよりもリアルだった。

　だが、さらにすごいのはその動きだ。リアルタイムで彼のように動くのである。同僚が片方の眉を上げるとアバターも眉を上げる。同僚が笑うとアバターも彼の笑い方で笑う。無個性で一般的な笑い方ではなく、どこで見かけても「彼だ」と識別できる笑い方なのだ。仮にアバターの顔が本人に似ていなかったとしても、その独自の笑い方だけで大勢の中から瞬時に彼だと見分けられたであろう。

　そのままの状態で同僚と私はフェイスシフト技術について話し合っていたのだが、そのときに奇妙なことが起きた。会話を続けるうちに私は同僚に向けていた身体の向きを次第に変え、モニターの中のアバターに向かって話すようになったのである。同僚の顔を見ずに背を向けて話しているのだから、会話のマナーを完全に無視したずいぶん失礼な態度である。逆に私はモニターに映る同僚のアバターに対してとても礼儀正しくふるまっていた。そのうちに我々はなにが起きているのか突然理解した。ついに本物に負けないアバターが誕生したのである。我々は記念写真を撮って仕事仲間に喜びのメールを送った。

それから数ヶ月のうちに、フェイスシフトの新技術はデスクトップＰＣだけでなくタブレットやスマートフォンでも使えるようになった。想像してほしい。スマホで友達とフェイスタイムかスカイプをしているのに、画面に映るのは本人ではなくその表情をリアルタイムで再現するアバターだとしたら――。最初はこの〝電話用アバター〟の意味がピンとこなかったが、それがいかにＳＮＳ向きかに気づいて心から衝撃を受けた。アップルも私と同じような衝撃を受けたのだろう。同社は二〇一五年にフェイスシフトを会社ごと買収した。

なぜ数分の一秒の遅れもなくユーザーの動きを再現できるのか？

チャットの際にビデオ映像よりもアバターのほうが好まれるであろう理由の一つはレイテンシーだ。ビデオ映像はあまり差別をしない。すなわち見たものすべてを生真面目に記録し、重要なことそうでないことを区別しないのだ。従来のテレビ会議では、ビデオが捉えた情報を一フレームごとに一ピクセルに至るまですべてネットワーク経由で伝えている。あなたの背後にあるデスクの上の電気スタンドの情報も、スクリーンが再描写されるたびにネットワークを介してアップデートされている。どれほど優れた圧縮アルゴリズムを使っていたとしても、恐ろしいほどのムダだ。我々が会話しているときに注目するのは相手の表情やしぐさである。視線はどこを見ているのか、笑っているのかいないのか、内心を物語るような口の歪みがあるかどうか——といった点だ。ところがテレビ会議システムは、本質的にカメラが捕らえた情報をすべてネットワークに送り出すよう設計されている。会話にとって重要かどうかは関係ない。

ＶＲチャットが素晴らしいのは、こうした無用なピクセルを繰り返しネットワークに送り出す必要がない点にある。かつてのセカンドライフや今のハイ・フィデリティ、今後登場するであろう新しいソーシャルＶＲもみな同じだが、３Ｄモデルはすべてユーザーごとのローカル端末に保存されており、ネットワークでデータ送信する必要がない。送信する必要があるのは動きを示すトラッキング・データだけだ。

ＶＲチャットは次のようなサイクルで機能する。まず、コンピュータがユーザーの動きをとらえ、その動きに従ってユーザーのアバターを再描写する。例えばロサンゼルスに住むユーザーが頭を振ってから笑い、なにかを指さしたとしよう。するとフェイスシフトのようなトラッキング技術がこの動作をとらえ、インターネットで送信する。一方、ＶＲチャットの相手はニューヨークに住んでいる。そのコンピュータにはすでに、ロサンゼルスのユーザーの写真のようにリアルなアバターが保存されており、インターネット経由で動作のデータだけを受信し、それに沿ってアバターが動く。

動きをとらえ、動作データを送信し、アバターに反映させる——このサイクルはなめらかに途切れなく続き、チャット参加者は全員が仮想空間で同じ部屋にいるかのように感じる。ソーシャルＶＲではトラッキング装置がユーザーの動きをとらえ、他の人々のコンピュータに指示を出す。それを受けた各コンピュータはアバターを再描画して同じ動きを再現する。参加者全員のコンピュータが他のコンピュータに向けてこうした情報を途切れなく送り続けるのだ。

高解像度の画像データを送るのに比べれば、トラッキング・データのデータ容量など無視できるほどに小さい。例えばフェイスシフトの場合、写真のようにリアルな３Ｄモデルの大容量データは、すでにローカルなコンピュータに格納されている。その３Ｄモデルを動かすために必要なモーフ・ステイトのデータは、五一種類の数値が連なるテキスト・データであり、データ容量としては３Ｄモデルの数千分の一しかない。このためデータ送信のレイテンシーは発生せず、チャット相手が動いてから数分の一秒という長い時間を待つことなく、動いた瞬間にそれを目にすることができるのだ。

スカイプなどのビデオチャットは衰退する

二〇一六年六月、当時ＦＣＣ（米連邦通信委員会）委員長だったトム・ウィーラーが我々のラボを訪れて九〇分を過ごした。ネット中立性をめぐる法廷闘争で彼が大きな勝利を収めた直後の話だ。我々はＶＲが引き起こすプライバシー問題を議論し、次にネットの回線容量の問題について話し合った。いずれ何億人もの人々が長時間ＶＲで仕事やチャットをするようになれば、どれほどデータ送信を効率的にしようとも、通信インフラに大きな問題を突き付けることになろう。

ウィーラーは、将来メタバースを支えるために政府がどんな手を打つ必要にせまられるかを知りたがった。私は一つのヒントとして、ネットワークの〝通勤ラッシュ〟というたとえ話をした。VRが普及した暁には、定期的にデータ送信のラッシュアワーが発生するだろう。人々が自宅や職場から自分のアバターの３Ｄモデル・データをネット送信する時間帯だ。だが、比較的短いこの〝ラッシュアワー〟が過ぎれば、その後のトラフィックは非常に軽くなるはずだ。ＶＲチャットは続いていても、トラッキング・データの送受信しか行われないからだ。

問題は、本物の通勤ラッシュなら平日の朝と夕方に起きるだろうと予測できるのに対し、人々のＶＲ利用時間はそれほどかっちりと予測できないだろう点にある。もちろん今はまだＶＲの使い方に関して世間になんの方針も規範も存在していない。それでもウィーラーは、短時間の定期的なラッシュアワーと、それに続く長時間の軽いトラフィックに対応できるインフラの仕組み作りについて今から検討しておくべきだと考えている。

アバターはビデオ映像よりデータ効率が良いので回線容量（とレイテンシー）の問題解決につながるだろう、という主張は何十年も前から耳にしていた。だがそれを本当に実感したのは、フェイスシフトが携帯電話の画面で動くのを初めて見たときだ。アバターのデータはローカル端末に保存され、ネットワークで送受信する必要がないため、その外見は細部まで極めて精緻にできる。マンガのような顔ではなく、影や反射など完全な照明効果を加えた超高精細３Ｄモデルにできるのだ。

これに比べれば、スカイプやフェイスタイムといったビデオチャットのリアルさなどかすんでしまう。映像を送受信するシステムではレイテンシーの発生を抑えるため、リアルさを犠牲にしてデータを圧縮しなければならないからだ。携帯電話のチャット画面で使われていたフェイスシフトのアバターを見て、私はその品質の素晴らしさに唖然としてしまった。これまでネットワークを介して見た顔の中で、間違いなく一番〝リアル〟な顔だった。

もう一つ、フェイスシフトのチャットを使い始めて数分でわかった予想外のメリットがある。私は遠くに住む母とよくスカイプをするのだが、母はいつもタブレット端末を手に持ったままチャットする。母にとっては自分の顔をカメラの真ん中に写るよう維持するのがとても難しいらしく、私の子供たちは顔の上半分しか見えない祖母《ノンナ》とよくチャットしている。ところがＶＲチャットだと、常にアバターの顔が画面のど真ん中にくる。これは相手にとって有り難いだけでなく、自分もカメラ写りのために苦労して端末を不自然な角度に保持する必要がなくなるので、双方にメリットがある。小さなことに思えるかもしれないが、実際に使ってみると使い勝手がまるで違う。一度慣れるともうビデオチャットには戻れないほど便利である。

さらに、アバターを使えばビデオチャットに付きもののアイ・コンタクトの問題も解決できる。スカイプなどのビデオチャットをするとき、我々の視線は無意識のうちに画面中央に映る相手の顔に向く。ところがカメラはふつうモニター上部にあるため、我々はカメラを見ていない。相手から見ると、チャット中のあなたは下を向いており、相手の目を見ていないのだ。この通称〝アイ・コンタクト問題〟は何十年もの間ビデオ会議につきまとう問題だった。カメラを画面の中央に内蔵するなど数々の解決策が試されてきたが、今に至るまで真の解決策は見つかっていない。この問題はアバターを使えば完全に解決できる。３Ｄモデルに過ぎないアバターは、簡単な三角法の計算だけで正しい方向に視線を修正できるからだ。

「自分の姿を人目にさらす負担」問題も解決

だが、VRチャットがビデオチャットより好まれる最大の理由はおそらく、我々の虚栄心だろう。ビデオ電話の技術自体は半世紀以上前からあるが、広く使われるようになったのは最近の話で、インターネットが実質コストをゼロに引き下げたおかげだ。

相手を見ながら会話できるというメリットがあるのだから、ビデオ電話はもっと早くから通信手段として普及してもよかったのではないか(今も、もっと使われていてもいいのでは)と思うかもしれない。だがどうやら我々は、自分の姿を人目にさらせるようにしなければならない不便さより、いつでも会話ができる便利さを優先したようだ。この点を作家のデヴィッド・フォスター・ウォレスは小説『果てしないおふざけ(Infinite Jest)』(一九九六年、日本未訳)で見事に茶化している。未来の世界でみんながビデオ電話を使うようになって初めて、会話中に自分の姿を見られることがどれだけ面倒くさいかに気づくのだ。小説から引用しよう。

(従来の電話は)向こう側にいる彼女が自分の話に全身で耳を傾けていると勝手に思い込むことができたし、しかも同時に自分は彼女の話をほとんど聞き流しながら、部屋を見回したり、落書きしたり、ヒゲを整えたり、肌の角質をつまんで剝がしたり、電話の横のメモ帳に俳句をしたためたり、コンロの鍋をかき回したりできた。電話しながら、部屋にいる別の人と身振り手振りや大げさな表情でまったく別の会話を同時進行させることだってできた。そんなことをしながらでも、電話の相手にはじっと耳を傾けているフリができた。

皮肉に満ちたウォレスの小説世界では、人々は自分をなるべく魅力的に見せようとして、ビデオ電話の際に仮面を着用するようになる。仮面はどんどん魅力的になり、本来の自分の姿からますます離れていく。しまいには「ビデオ電話の利用者の多くは、あるときから急に外出を望まなくなる。実物よりはるかに見た目を良くした自分を電話で見慣れている人々と、面と向かって会うのが怖いからだ[21]」。

この小説が出版されたのは一九九六年。まだインターネットは黎明期にあり、デジタル技術でいかようにも外見を細工できるアバターの登場は予期できなかったようだ。とはいえ、ウォレスが描いた人間の虚栄心、自分を飾ろうとする行動はまさに正鵠を射ている。入念に加工されたネット用の〝自画像〟はすでにソーシャルメディアや出会い系サイトにあふれている。ソーシャルＶＲが普及すればアバターの世界でも同じことが起きるだろう。自分に生き写しのアバターにほんのわずかな修正を加えるだけでも、周囲の見方が目に見えて変わってくるかもしれないからだ。

アバターの動きや表情が〝操作〟される覚悟は必要

この点を調べるため我々は二〇一六年、笑顔に関する実験をした。笑顔が人間関係にプラスの効果をもたらすことは数多くの研究で明らかになっている。では、ソーシャルＶＲで会話中にアバターに手を加えて笑顔を〝増強〟したらどんな効果が生まれるだろう？

実験では被験者にＶＲチャットをしてもらい、彼らの表情をトラッキングしてアバターで再現した。実験条件を二種類にわけ、一方では被験者たちの笑顔を実際よりも大げさに〝増強〟してアバター上に再現し、もう一方ではそのままの笑顔をアバターで再現した。後ほど被験者にチャットの感想を聞き、その内容をＬＩＷＣ（使われた語彙を分類して分析するツール）で分析したところ、お互いに大げさな笑顔を見せ合った〝増強〟条件の被験者たちのほうがチャット経験についてより肯定的な語彙で表現したことがわかった。それだけでなく、彼らのほうが実験後に自分への自信とソーシャル・プレゼンスを感じていた。しかも、お互いのアバターの笑顔が加工されていたと気づいた被験者は一〇人に一人もいなかったことを考え合わせると、この結果はさらに驚くべきだと言えるだろう。[22] アバターはただ人を会話上手に見せかけるだけでなく、実際に人を変えてしまう。アバターの笑顔を大きくすることで人はより幸せになるのだ。

人々の交流に、もっと気づきにくく密やかな〝細工〟を加えることもできる。私はその種の細工について以前にも別の場所で書いたことがある。率直に言えば、我々は外見やしゃべり方が自分に似た人により好感を抱く。そこで、実験で被験者の対話相手のアバターに手を加え、被験者自身に似た外見やしゃべり方に修正したところ、被験者は自分に似ていないアバターよりも魅力的で影響を受けやすいと感じた。

アバターを介したソーシャルＶＲの世界では、この種の操作が数多く行われると覚悟すべきであろう。これは人間社会で見慣れた習慣の理論的延長に過ぎない。我々は他人と出会ったとき、状況に応じて着ているものを交換したり、決まり文句を述べ合ったり、身振り手振りを交わし合ったり、要するに「自己表現」を交換しあうではないか。就職の面接に行くときと、友達と飲みに出かけるときではまったく異なる服装と行動をするではないか。それと同じことである。

仮想空間もネットと同じように荒れてしまうのか？

また、今後は仮想世界での人々のふるまい方にも目を光らせておく必要があろう。インターネットの黎明期、初期ユーザーたちは明るい未来像を描いていた。いずれネット上のソーシャル・スペースは高度な情報の集まるデジタル版「アゴラ（古代ギリシャの市民集会所）」へと発展し、活発で自由な意見交換と知的な議論が展開されるだろうと——。

そうした理想像は過去二〇～三〇年の間にゆっくりと崩れ去っていった。言論の自由と個人のプライバシーを守るはずの匿名性は、同時に〝インターネット・トロル〟と呼ばれる強烈なサブカルチャーも生み出した。トロルたちは他人をおとしめることに喜びを見いだす。意見の合わない相手を標的にすることもあれば、面白半分に足を引っ張ることもある。仮にマーク・ザッカーバーグやフィリップ・ローズデールといったイノベーターの読みが正しく、本当に人々が議論の場を仮想空間に移すことになったら、こうしたトロルたちはどんな行動に出るだろうか——。

アバターを通して他人の肉体を傷つけることはできない。だが、文章と違ってアバターには物理的存在感もあるし声を発する機能もあるため、ブログ記事の批判コメントやツイッターでの中傷発言よりはるかに大きなショックを相手に与えられる。

早くも一部の仮想空間では、セクシャルハラスメントやアバターによるトロル行為を受けたという申し立ても発生している。有り難いことにトロルはシステム的に追い払える。運営側が仮想空間への出入りを禁じたり、ユーザー自身が自分に接触できないようブロックすることも可能だ。とはいえ私自身もかつてトロルに傷つけられた経験があるので、この問題を完全に楽観する気にはなれない。

その一方で私は、優れたソーシャルVRが事態を好転させるだろうという点では楽観的希望を抱いている。なぜなら、ネット上で短い文章のやりとりを交わすだけの相手なら、相手の人間性や相手に払うべき敬意をいとも簡単に無視できるが、ネット上で相手の姿が目に見えるようになり、文字ではなく人間なのだと改めて認識できるようになれば、そして相手との絆を深める同期性をなんらかの方法によってネット上で実現できるようになれば、オンラインの対話はより実り多く、仮想空間はより生産的で成熟した市民の集まる公共の場となるだろうと信じているからだ。

第8章　映画とゲームを融合した新世代のエンタテイメント

ハリウッドではゲーム業界出身者が集まり、VRを用いた全く新たな物語作品を作り始めている。VRは没入感と引き換えに、一本道のストーリーには向かないという弱点がある。解決策として彼らが注目するのは、AIを用いた〝ストーリー磁石〟だ。

水位が上がってきた。激しい風が耳元でうなり、足元の屋根が揺れ始める。どの方向を見ても、あふれた水がゆっくりと忍び寄ってくる。土砂降りの雨を通して、隣人たちの姿が見える。自分と同じように自宅の屋根に立ち、悲痛な叫び声を上げながら必死に助けを求めている。すぐそばを死体が流れていく。彼らは屋根に登ることができなかったのだろう。

突然ヘリコプターの音が聞こえ、続いてその姿が目に入る。頭上を通過するヘリに向かって必死に手を振り続ける。だがヘリは通り過ぎて戻ってこない。水はいつになったら鎮まるのだろうか。もし誰も助けに来てくれなかったら――。

この恐ろしいVRはNPRのジャーナリスト、バーバラ・アレンと我々のラボによる共同制作だ。バーバラは二〇一二年、ジャーナリズムが出来事を伝える力をVRで強化できないかと私に相談にきた。ラボではそれまでも長年、VRの没入感をジャーナリズムに活かせるかもしれないと考えてはいたが、実際にシミュレーション制作に踏み出すだけの時間も動機もジャーナリズムのノウハウも持ち合わせていなかった。バーバラがそのきっかけを持ち込むまでは。

この新プロジェクトでは、テーマとしてふさわしい題材を見つけるのにしばらく時間がかかった。我々は複数の題材を検討し、最終的にバーバラが素晴らしいアイデアを思いついた。ハリケーン・カトリーナによる被害をVRで再現し、伝統的メディアではズーム映像や文章で断片的にしか伝えられない被害者の恐怖と苦しみをユーザーに体験してもらおう、と。

バーバラはハリケーン・カトリーナを取材して何本もの記事やドキュメンタリーにまとめていて、VRで迫真のシナリオを再現するのに必要な被害のディテールに詳しかった。ラボの物理的なトラッキング・スペースもちょうど一軒家の屋根くらいの広さだったので、ここを活用することにした。

その後の作業はひたすら同じプロセスの繰り返しだった。まずバーバラの取材メモとビデオにじっくりと目を通す。それをもとに被災地の情景やインタラクティブな仕掛けをプログラムする。定期的に誰かジャーナリストを引っ張ってきては感想を聞き、デザインを練り直す。その後はまたバーバラの取材メモをもとに次のシーンに取りかかる――。

プロジェクトのクライマックスは、ある大規模な発表会だった。多数の著名人を含む招待客に、会場でハリケーン・カトリーナのVRを体験してもらったのだ。VRについて学ぼうと参加していたBBCのニュース部門のトップ、ジェームス・ハーディングやワシントン・ポストの編集局長マーティン・バロンにとって、カトリーナのVRがこの日最大の収穫だった。

ＶＲコンテンツを作り始めたニューヨーク・タイムズ

我々が実験的にカトリーナのＶＲを制作していた頃には、まさかわずか数年後にＶＲジャーナリズムのコンテンツが実際に制作され、多くの人が視聴するようになるとは夢にも思っていなかった。だが、消費者向けＶＲ装置が市場投入された直後から、記者やレポーター、報道機関、独立系プロデューサーたちはこれをチャンスと考え、ＶＲジャーナリズムの独自コンテンツ作製に動き始めたのである。

なかでも一番強気だったのがニューヨーク・タイムズだ。彼らは紙の新聞の購読者を対象に一〇〇万個を超える段ボール製のＶＲ視聴装置を無料配布し、同社が制作するオリジナルＶＲコンテンツを購読するための高機能なスマホアプリも開発した。他にもＶＩＣＥやウォールストリート・ジャーナル、ＰＢＳフロントライン、英国のガーディアンといった報道機関がＶＲジャーナリズムの試験的取り組みを行っている。

「どうすれば報道する出来事の真の姿に少しでも視聴者を近づけられるか」というのは常にジャーナリストの最大の関心事だ。そしてＶＲ体験はそれを実現する理想のマルチメディアのように見える。加えて報道機関の熱意には、なかば強引で切迫した楽観主義の匂いもわずかに感じられる。というのも、我々を取り巻くメディアの細分化が進み、ニュース提供元が急増するにつれ、伝統的な報道機関は視聴者や購読者を失いつつあるからだ。彼らはなんとかして視聴者を取り戻そうと悪戦苦闘している。ブラウザやフェイスブックで無料のニュースが見られるのに、誰がニユースのためにお金を払うだろう？　そのような観点から見れば、ニューヨーク・タイムズのように自社サイトでしか視聴できないＶＲコンテンツをサービスの一環として購読者に提供することは、業績不振に苦しむニュース・ビジネスにとって収益改善の一手段となるかもしれない。

ジャーナリズムとテクノロジーの歴史

振り返って見ると、新しいメディア技術はいつも、ジャーナリズムと手を取り合って発展してきた。新しいメディア技術が生まれるたびに、ジャーナリズムの定義も進化してきたのだ。一七世紀に生まれた新聞は、最初は文字だけでできていたが、印刷技術の進歩によってイラストや図表の掲載も可能になると、それらはすぐさま取り入れられた。一九世紀後半になると、写真や写真をもとにしたリアルな版画が記事と並んで挿入されるようになる。こうした新しい写真や版画はきわめて詳細だったので〝本物〟だと思わせる説得力が強まり、それまでは決して得られなかった信頼感を読者から獲得できた。

もちろん、そうした写真の信憑性については大いに疑問の余地がある。写真は真実の一側面しか捉えられないという事実を別にしても、初期のフォト・ジャーナリストが撮影のために演出を加えたことはよく知られている。昔は写真撮影とは大いに時間と費用のかかる大変な作業であり、史上初の職業写真家たちは実際にシャッターを押す前にすべてを完璧にセットしておきたかったことであろう。

例えば南北戦争時代の写真家マシュー・ブレイディは、写真の構図をより良くするため戦場で戦死した兵士の死体を動かしたことで知られる。[1] 彼がこの手業を恥じていなかったことは間違いない。なぜなら死体写真の衝撃度を高めることで、残酷な戦争の恐ろしさをより良く伝えられると考えたからだ。とはいえ、今日のフォト・ジャーナリストがこの種の操作を行えば、重大な職業倫理違反になるのは明白だ。今はデジタル・フィルターで写真のブライトネスをいじるだけでも非難される。

二〇世紀になると、ラジオ、ニュース映画、テレビ、後にはインターネットが次々に登場し、それまでにないマルチメディアと双方向性によってニュース・ビジネスを変え続けた。それぞれの革新性により、一七世紀半ばから進歩を続けてきたジャーナリズムの原則「客観性・独立性・真実の伝達」をいかに守るかという問題が生じた。そしてインターネットほどジャーナリズムの原則を脅かしたイノベーションはない。良かれ悪しかれインターネットはニュース配信の仕組みを二度と元に戻れないほどに変えてしまったのだ。

ニュースの消費者からすれば情報入手先の選択肢が増えたわけだが、一方で伝統的報道機関の権威は根底からむしばまれている。メディアが細分化し、同じ現実でもさまざまに違って描写される。まさに〝客観性〟という概念そのものを疑問視せざるを得ない実態を目にすることが増えてきたのだ。

ニュースの消費者は、自分の考えを裏付けてくれるニュース発信源に次第に引き寄せられていく。確固たるジャーナリズムの原則を貫こうとする報道機関の数が減るにつれ、彼らの深く掘り下げたニュース記事は、特定の政治的見方に偏ったストーリーや注目を集めて激情をかき立てることを狙ったフェイク・ニュースなどの間に埋もれてしまいがちになる。こうした現状が続き、不信感と皮肉な見方に染まった結果、もはやプロのジャーナリストの仕事とプロパガンダの見分けがつかない層が一定数まで増えれば、いよいよ悪意に満ちた扇動の機が熟すことになる。

強力なプロパガンダや情報操作に利用される危険性

このように激変の渦中にあるニュース業界の現状を見ると、ＶＲのような強力なメディアに不安を抱かざるを得ない理由が大きく二つある。一つはＶＲが我々の感情を激しく動かす点だ。ＶＲ特有のアフォーダンスは多くの状況で合理的な判断を導く助けにはならない。例えば残虐行為を描いたＶＲを体験したユーザーは、まるで自分がその出来事を目撃したかのように感じ、それにふさわしい怒りを抱くだろう。いったい、その怒りはどこに向かうのだろうか――。

この種の激情をあおり、脅威を感じると誰かを攻撃したくなる人間の本能的欲望をうまくかき立てる手法は、はるか昔から独裁者やテロリスト、政治家たちが利用してきた戦略だ。私はＶＲがプロパガンダを広めるための素晴らしい道具になるだろうと確信している。

上記の点にも関連するが、ＶＲの二つ目の心配事は、デジタル製であるがゆえに加工や細工が簡単にできる点にある。もちろん、これは他のデジタル・メディアとて同じである。私たちは写真やビデオ映像が操作できると知っている。それどころか文章でさえ、特定のイデオロギーを反映するよう操作することは可能だ。だが、受け手を欺くための細工がＶＲ以外のメディアでもできるという事実はなんのなぐさめにもならない。なぜなら〝本物のように〟感じられるＶＲの場合、ニセ情報や感情操作の潜在的危険性は他のメディアより桁違いに大きいからだ。

ＶＲコンテンツの設計者は、コンテンツと無関係な技術的側面で数々の意志決定を迫られよう。例えば、あるシーンをどの高さの視点でユーザーに見せるべきか。ユーザーの背の高さに合わせるべきか、それともカメラをセットする平均的な高さにすべきなのか。テレビなら視聴者は全員が同じ高さからそのシーンを見る。すなわちカメラ位置の高さだ。ＶＲもそうすべきなのだろうか？

加えて、対象が３Ｄで立体的に見える（ステレオスコープ）ＶＲならではの細かい意志決定が山ほど必要になる。ユーザーの両目とどのように整合性を取るか、という問題だ。完璧な整合性を取るのは非常に難しい。というのも、二つの目で見た情景を融合させる能力は人によって大きく異なるからだ。なかには対象を立体的に見る能力が欠如している〝ステレオ・ブラインド〟の人もいる。そうでなくとも「瞳孔間距離」と呼ばれる両目の間隔は個人差がとても大きく、その差をハードウェア側で調整するのは容易ではない。これらの要因はＶＲコンテンツの印象を大きく左右する。各パラメータの設定次第で、ユーザーのＶＲニュースの解釈が変わってくるのは確実だ。ニセの出来事を見せられて信じ込んだユーザーに、本当は事実でなかったと後から納得させるのは難しいだろう。なにしろユーザーはその目で出来事を見たのだから――。

職業意識の高いジャーナリストなら、ＶＲジャーナリズムでも正確さと客観性を担保できるよう進化した業界ルールを遵守するだろう。だが一部の輩は、特定のイデオロギーを広めたり人々をあおり立てる目的で、加工しやすいＶＲの特徴を悪用するだろうことは間違いない。

こうしたＶＲ技術の悪用は当初、コンピュータを使って制作者がゼロから好きなように作り出せるＶＲ体験でまず起きるだろう。こうしたＶＲ体験はすべてコンピュータで作るため、簡単に人をだませるような写真レベルのリアルさや現実のような精密さはない。ところが、〝光線空間《ライトフィールド》〟という技術の進歩によって、近い将来すべてが変わる可能性がある。高性能コンピュータとデジタルカメラを組み合わせると、不十分な光学情報しか入手できなくても、そこから推測して写真レベルのリアルさを持つ立体的なアバターを3D空間に描き出すのに十分な情報を補えるようになるのだ。(2)

将来は写真レベルのリアルさを持つVRビデオを撮影し、後から手軽に事実を編集できるようになるだろう。ちょうど雑誌の表紙を飾るモデルのデジタル写真をスリムに加工するのと同じように――。

そうなれば、倫理観に欠けるVR〝ニュース〟制作者が特定の目的に合わせて映像を細工する姿は容易に想像できる。ソビエト連邦の指導者たちが歴史的写真から面汚しの共産党幹部だけを消し去ったように。またはアメリカの政治キャンペーンで、集会の参加者を実際より多く見えるよう写真を改ざんしたように。(3)

ライトフィールド技術で先頭を走る企業の一つ、ライトロ（Ｌｙｔｒｏ）のデモビデオは、まさにこの種の改ざんを皮肉たっぷりに肯定している。――月の表面を歩く宇宙飛行士。そこに明るい照明が当たり、カメラが後ろを振り返る。するとディレクターズチェアに座ったスタンリー・キューブリックのような人物がこのシーンのすべてを指揮していたとわかる。(4)月面着陸は実はアメリカ政府がキューブリック監督に撮影させたニセモノの映像だった、という有名な陰謀説をネタにした傑作デモビデオだ。

殺人事件を再現するVRドキュメンタリー

コンピュータで生成する立体的な仮想人間を使ったVRジャーナリズムもある。その先駆者がノニー・デラ・ペーニャだ。議論を呼んだトレイボン・マーティン射殺事件やサウスカロライナ州で起きた悲劇的な家庭内殺人事件などを題材に、ユーザーがその事件を目撃できる完全没入型のVR体験を制作している[5]。

もともとベテランのジャーナリストだったデラ・ペーニャは、VRの近接性と感情移入を呼び起こす力に魅了された。彼女は可能な限り事実に基づくVR体験にするため、持てる力を総動員して目撃者の証言、犯行現場写真、建築図面、音声記録などを入念に調べ上げてから制作している。想像力で補う部分はほとんどない。例えばトレイボン・マーティン射殺事件のVRでは実際に銃で撃たれる場面は再現されない。なにが起きたのか信頼に足る説明が得られていないからだ。代わりにユーザーは近隣住民の家にいる。彼らと同じ部屋で銃声を聞き、住民が警察に通報する場面を体験するのだ。

デラ・ペーニャはVRジャーナリズムに対する前述の懸念を和らげるには大変な努力が必要だと認識しており、私と話したときはちょうどVRジャーナリズムのベストプラクティスの基準を作るというナイト財団との共同プロジェクトに関わっていた。一方で彼女は、つい最近までドキュメンタリー映画も、VRジャーナリズムに向けられるのと同じ懸念の対象になっていたと指摘する。すべてのメディアは作為的であり、読者と視聴者の興味を引くための技巧やテクニックを駆使するのであると。あるインタビューでは次のように語っている。

「ドキュメンタリー映画を作るなら、カメラは現場で作業中の人々を映し、次に牛を映し、さらには車体に反射した風景へと場面を切り替えていかねばなりません。人々の証言に基づきその場で起きたとされることをすべて映像にしているわけではないのです。ところが、同じことをＶＲでするとなぜか人々は作り手の職業倫理が低いかのように受け止めるのです。実際はそうではありません。たんなる手法の違いです[6]」

このインタビューでデラ・ペーニャは、エロール・モリス監督の映画『警官隊（The Thin Blue Line）』（日本未公開）についても触れている。一九七六年にテキサス州で起きた警察官射殺事件をもとに〝再現ドラマ〟の手法を使い、アカデミー賞を受賞したドキュメンタリー映画だ。この手法を巡り激しい批判が繰り広げられたのはわずか数十年前のことだ。だが今では同様の再現ドラマの手法は日常的に使われているではないかとデラ・ペーニャは指摘する。綿密な取材と再現シーンの描かれ方の透明性は不可欠だが、悪用の懸念だけで切り捨てるにはＶＲドキュメンタリーの有効性はあまりに重要すぎる、と彼女は考えている。

感情に訴えるＶＲの力を如実に示すドキュメンタリー作品に『キヤ（Kiya）』がある。家庭内のいざこざが最終的に殺人と自殺に至るまでの五分間を描いたＶＲ体験だ。ユーザーは事件現場となった家の中におり、目の前には被害者女性を人質にして銃を振り回す元彼氏がいる。女性の二人の姉妹が元彼氏に向かって彼女を解放するよう懇願している。登場人物たちのアバターは市販のコンピュータで生成されており、どちらかというと漫画チックだが、音声は実際に緊急通報サービスにかかってきた二本の電話の録音が使われており、ユーザーの目前で進行するストーリーが生々しい現実だったことをまざまざと突き付ける。話は恐ろしい結末に向かって進むが、最後のシーンでデラ・ペーニャはユーザーを家の外に連れ出す。外からは、事態を沈静化しようと容疑者に近づく警官たちが見える。そして何発かの銃声が聞こえ、作品は終わる。

デラ・ペーニャが死の瞬間を描かないことにした（前述の『警官隊』でモリスも同じようにした）のは、好ましい自制であると同時に、取り上げた事件に対する誠意の表れでもある。だが、ジャーナリズムの世界も「血が多く流れればトップ記事」という言葉があるほど過当競争が進んでおり、こうした自制と誠意がいつも優先されるとは思えない。現実世界の暴力的なシーンをＶＲジャーナリズムでどう扱うべきなのか、そしてＶＲで死と暴力にさらされることがユーザーにどんな影響を与えるのか、いまはまだ白紙だが、いずれは行動基準と業界慣行を確立して対処せねばならない。

ＶＲジャーナリズムではストーリーを作るのは難しい

二〇一六年、ＶＲ利用の問題を研究するため、スタンフォード大学のジャーナリズム部門が没入型ジャーナリズムに特化したクラスを開設した。私の知る限り、あらゆる大学で初めての取り組みではないだろうか。一〇週間のコースに学部生と院生合わせて一二人が参加し、ニューヨーク・タイムズやウォールストリート・ジャーナル、ＡＢＣニュースなどのさまざまなＶＲジャーナリズム作品を論評した。一番重要なテーマは、「なぜ出来事を伝えるのにＶＲを使うのか？」「どのような条件のときＶＲは報道内容を強化できるのか？」である。

彼らの下した結論は思いがけなく慎重であった。今のところＶＲが報道内容に付加価値を加えるのは特定のケースだけに限られ、しかも従来型の報道スタイルを補完する形でのみ可能である――これが彼らの結論だ。ＶＲによるニュース報道の大半は没入型ビデオを使っており、そのような映像を撮るのは報道する側にとって複雑な問題をはらんでいる。

一つには、その種の映像は三六〇度視界のカメラで撮影するので、撮影担当者が映像に映り込まないようにするためには、カメラをセットした後で現場から離れなければならないことだ。すなわち撮影担当者の手の出しようがない状況で撮影が進み、おそらくはそこでなにが起きているのかさえ撮影担当者は知りようがない。これでは思わず引き込まれるような映像は撮れないだろう。また、カメラを一カ所に固定したままの受け身の撮影になるので、演出と選別の結果である「ストーリー展開」は皆無になりかねない。

ある意味、産声を上げたばかりの今のＶＲジャーナリストは、一九世紀のフォト・ジャーナリストがカメラを現場に持ち出し始めたときと同じ状況に置かれている。重くてデリケートな機材一式を現場に運び込み、時間をかけてセットしてからやっと撮影に入るわけだから、きちんと結果を出すには事前に撮影シーンを整えておくのが一番確実だ。だからこそ最初期の実験的ＶＲジャーナリズムの作品は、演出されたドキュメンタリーとか実話のドラマ化とか、もしくはデモや徹夜祭や政治集会といった組織化された活動の静止映像といった類いが多いのだ。おそらく、大事故や大事件の速報ニュースの現場にＶＲジャーナリストがあえて乗り込み、混乱のど真ん中で使い物になる映像を撮れるようになるには、まだしばらく時間がかかるだろう。

ＶＲジャーナリズムの優秀なパイオニアたちは、「現場状況や周辺環境こそがニュースの主役」

というケースが最もＶＲに向いていると気づき始めている。私がデラ・ペーニャと話したとき、彼女は増加中のエア・レイジ（飛行機内での乗客の逆上）をテーマとした制作中の作品について教えてくれた。このＶＲ体験はユーザーを数十年前の飛行機の座席に座らせ、時計を早送りする。数十年の間に定員乗客数と座席数はゆっくりと増え続け、ユーザーを取り巻いていた快適な座席スペースは次第に狭くなってくる。なぜエア・レイジが増加しているのか。それは我々がイワシの缶詰のようにぎゅうぎゅうに機内に詰め込まれているからだ――。そのことを、仮想の我が身の周辺環境を通して見事に理解させてくれる作品だ。

ガーディアンの制作した『６×９』もこのタイプの優れたＶＲ作品だ。このＶＲ体験はユーザーを刑務所の独房に閉じ込める。閉所への恐怖はＶＲで感じさせることの難しい課題の一つだが、それをしっかりと再現している。

これらの作品がＶＲの優れた活用例である理由は、ユーザーを取り巻く周辺環境全体がそのテーマにとって重要なポイントとなっており、ユーザーは頭や身体を回して前後左右の環境を吟味する必要があるからだ。もしすべての動きがユーザーの真正面でのみ起きるのなら、三六〇度映像は不要である。政治討論会などがそのケースだろう。話の展開についていくのに一方向だけ見てればいいのであれば、そもそもＶＲにする意味があまりない。

３Ｄテレビとの根本的な違いはコンテンツにある

こうした初期のＶＲジャーナリズムの実験により、緊急に答えを出すべき一つの疑問が浮き彫りになった。果たしてマスコミがＶＲを制作したとき、視聴者や読者はついてくるのだろうか？　ＶＲは定着するのか、それとも３Ｄテレビと同じ道をたどるのか？　３ＤテレビとＶＲには共通点がある。高価な機材、そして不格好で使い心地の悪い広角のゴーグルだ。とはいえＶＲ業界では巨額の投資と開発が進行中で、すでに〝今さらやめられない《トゥービッグ・トゥーフェイル》〟状況だろう。

　では、ＶＲと３Ｄテレビの違いはどこにあるのか。３Ｄテレビの場合、三次元にしなければならないコンテンツ上の明快な理由はまったくなかった。〝キラー〟ソフトは現れず、市場のクリティカルマスに到達できたコンテンツ・メーカーは一つもなかった。一方のＶＲを見ると、すでに刺激的なコンテンツは何本も制作されており、この軌道を維持できるなら高品質コンテンツ提供の足場はすでに築かれたと言える。ひとたびＶＲで〝アハ体験〟を味わえば、消費者は二回目が待ちきれなくなるはずだ。

　今後、ＶＲジャーナリズムは倫理面と実務面の議論を中心に発展していくだろう。だが、どんな具合に出来事を物語るのかという芸術的な側面、そしてユーザーの感情に強く訴えかけるためのテクニックは、ＶＲジャーナリズムの世界ではそれほど進展しないだろう。概してストーリー展開が直球になりがちなドキュメンタリー映画が好例だが、ノンフィクションのコンテンツは一般に情報の伝達を最優先する。ときにはジャーナリストも受け手の感情に訴えようと狙う場合もあるが、多くの場合、彼らの目的はそこにはない。それどころかジャーナリズムは客観性を好むため、過度に感情に訴えようとする報道はマイナスの評価を受ける。

　では、感情に訴えることを目的としたストーリーについてはどうだろう。ニュース報道の決まり事に縛られないフィクションのことだ。ハリウッドとシリコンバレーでは、フィクションの舞台としてVRの可能性を探る産業がすでに育ちつつある。そこではハリウッドとゲーム業界から来たストーリー作りの専門家たちが、技術面でテクノロジー企業の助けを借りながら、VRでフィクションを物語るための文法作りを手探りで始めている。

VRファンにとっての古典的カルト映画

ブレット・レナードが故郷のオハイオ州トレドを出て、若き映画人としてカリフォルニア州サンタクルーズにやってきたのは、一九七九年の第一次VRブームが始まる直前だった。その地で彼はスティーブ・ウォズニアックやスティーブ・ジョブズ、ジャロン・ラニアーといった後にシリコンバレーのアイコンとなる人々と知り合う。ラニアーはテクノロジーが人間の商取引と文化に及ぼす影響について最も鋭い目で先を見通せる思想家の一人で、当時も今もラニアー自身が名前を付けて世に広めた〝バーチャルリアリティ〟を代表する顔である。

テクノロジーとSFが大好きだったレナードは、シリコンバレーを訪れて、ここが世界で一番面白い場所ではないかと思った。未来の世界を形づくるような大きな仕事をしている人々に囲まれたからだ。その楽観と興奮に満ちた空気の中で、レナードはラニアーの会社VPLで初期のVRを体験したり、芸術や表現の手段としてVRが持つ創造の可能性をラニアーと長時間話し合ったりするようになる。

このようにしてVRと出会ったことが、彼の初めて監督した長編映画『バーチャル・ウォーズ』（一九九二年）にストレートに反映されている。インディーズ映画として成功を収め、今でもVRファンの間では古典的カルト映画とされる作品だ。脚本はレナードともう一人による共作、原作として名前だけスティーヴン・キングの同名の短編小説『芝刈り機の男』〔映画も小説も原題は『The Lawnmower Man』〕を借りている。

あらすじは、一人の科学者がVRを使って知的障害者の知的能力を高めようとしたところ、相手を悪魔のように残酷な天才に変えてしまうというものだ。レナード自身の解説によれば、「核の部分はメアリー・シェリーの『フランケンシュタイン』で、そこにダニエル・キイスの『アルジャーノンに花束を』を少々加え、さらにSFドラマ『アウター・リミッツ』第五話〝狂った進化〟も投げ込んだ」という。

映画『バーチャル・ウォーズ』にはVRに関する大事なテーマがいくつも盛り込まれている。行動修正への恐怖、中毒化、デジタル世界にのめり込むことで生じる現実世界の人間関係の悪化――。同時に、正しく使えば認知スキルを鍛え、創造性を引き出す大きな力を持つとしてVR技術の肯定的な側面も描いている。さらに映画ではVRを「人類の歴史で最も人間を変えうる力を秘めたメディア」であると同時に「これまでに発明された最も優秀なマインドコントロール装置」かもしれないと警告する。四半世紀前の作品だが、こうしたVRのとらえ方は今でもレナードの中で変わっていない。

映画はこの一〇〇年でどのように進化してきたか？

レナードは映画監督およびテレビ・ディレクターとして数十年のキャリアを積んだ後、多彩な才能を集めたクリエイター集団「バーチュオシティ」を結成して再びＶＲの世界に戻ってきた。彼は二〇一六年末、我々の研究成果に学ぼうとラボを訪れ、ＶＲを使った物語作りの今後について私と議論した。これは近年レナードが深く考え続けてきたテーマでもある。

フィクションの表現方法としてＶＲの利用法を探っているクリエイターの多くがそうであるように、レナードもＶＲの将来像を考える際には映画の発展の歴史を参考にしている。その歴史から得られる明らかな教訓の一つは、芸術を表現するためのマルチメディア的な新形式が登場しても、芸術家がその新形式のあらゆる可能性を利用し尽くせるようになるまでには数世代という長い時間がかかること、そしてその新形式の可能性を左右するのは芸術家がどれだけ発想を転換できるかという点だけでなく、ビジネスとテクノロジーの進歩にも同程度の影響を受けるということだ。

マーシャル・マクルーハンの最も重要な洞察の一つをわかりやすく言い換えると、次のようになる――新しいメディアを利用する際に人々が一番苦労するのは、旧式のメディアに引きずられた思考法から抜け出すことである。ハリウッドの映画制作の歴史にその実例を見出せる。

ハリウッドの映画産業の黎明期、初めて映画を監督した人たちの多くは演劇界の出身であった。その結果、彼らの撮る映画は要するに演劇の舞台をフィルムに収めただけになった。カメラのアングルは舞台の真正面に固定され、カットはほぼゼロかまったく無し。しかも旧メディアに引きずられたのは映画監督だけではない。最初期の俳優たちは映画独特の〝どアップ〟に慣れていなかったので、目の前のカメラに向けて演技するのではなく、あたかも観客席の最後列にもきちんと伝えようとするかのような大げさな演技をした。この初期の時代に監督と俳優は短期間で頭を切り換え、映画向きのやり方を考え出した。監督は編集とカメラ効果を導入し、映画という新形式がいかに奇抜で超現実的なストーリーを表現できるかを明らかにしていく。

一九二〇年代になるとカメラはそれまでよりはるかに機動的に動き回り、アングルや焦点をさまざまに変えて多彩な映像を撮り、編集段階でそうしたショットの切り貼りもひんぱんに行われるようになった。こうしたショットやカットの技術はバスター・キートンやチャールズ・チャップリンのドタバタ喜劇で多用されているし、シリアスな映画にも使われている。例えば初期のドイツ表現主義のホラー映画『吸血鬼ノスフェラトゥ』（一九二二年）は、照明と編集のテクニックを駆使して視覚に訴える映画の特長を大いに活かしている。

もちろんこれは無声映画時代の話だ。一九二〇年代末期に音声のあるトーキー映画が生まれると、映画はそれまでよりさらにストーリー中心のメディアになり、コンテンツもそれに合わせて変化していく(7)。

初期の映画の変遷を駆け足で振り返ったが、それを見れば明らかなように、芸術の新形式は必ずしも直線的に進歩するわけではないし、その新形式が到達すべき論理的な〝最終目標〟があるわけでもない。そうではなく、テクノロジーの進歩で新たになにができるようになったのか、クリエイターがその新形式を使ってなにを表現したいのか、お金を払う消費者はなにを見たいのか、そうしたことに影響を受けながら芸術の新形式は絶えず変化し続けるのである。

市場が制作物の内容に与える影響力はどれほど強調しても足りないほどであり、今後のＶＲの草創期にもコンテンツに大きな影響を与えるだろう。クリエイターが人々の望むものを見つけ出すまで、多数の試みと多数の軌道修正が行われるはずだ。

レナードは、最初の商業映画が五セント劇場《ニッケルオデオン》だったことを指摘する。ポケットの小銭と引き換えに、海岸の遊歩道などに設置された機械で無声の短編映画を再生し、わくわくするような新技術の動く様子を数分間楽しめる。それまでなら演劇のチケットを買わないと見られなかったパフォーマンスが、その場ですぐに楽しめるようになったのだ。その次に流行ったのは、フィルムのリールが一つで済む、上映時間一〇分から一二分の「ワン・リーラー」だ。人々はＤ・Ｗ・グリフィスの『國民の創生』（一九一五年）までは長編映画を観ようとはしなかった。

「みんなはグリフィスを笑い物にし、頭がおかしいと言いました」とレナードが解説する。「当時の人々は〝いったい誰が映画を観るために二〇分以上もじっと座っているものか〟と考えたのです。いまＶＲについて言われていることは全部、長編映画がまともな商品になりかけていた当時に言われたことと同じです」。この解説を聞いて私は笑ってしまった。私のラボにはＨＭＤを二〇分以上装着しないというルールが今でもあるからだ。

　上記の点は、今から五〇年後や一〇〇年後にＶＲの文法がどうなっているかを考える際に心に留めておくべき重要なポイントだ。我々が「映画」と呼ぶメディアは誕生から現在に至るまで常に変わり続けてきた。市場の要求、個別の天才クリエイター、そして映画ファンをぞくぞくさせるような新しい映画体験を生み出すための映画スタジオの技術投資。この三つの要素が組み合わさった結果、映画は休むことなく変わり続けてきたのだ。音声、カラー、ステディカム、サラウンド、３Ｄ、ＩＭＡＸ、シネラマ、デジタル録画――これらは映画作りの選択肢を広げてきた変化のほんの一例である。

VRにおける『オズの魔法使』を作るのは誰か？

では、現在のVRを映画の歴史になぞらえると、いったいどのあたりの時代にいるのだろうか。どれほど強気なVRコンテンツ制作者であろうと、オーソン・ウェルズの『市民ケーン』のあたりとは言えないだろう。むしろリュミエール兄弟ら映画界の開拓者が実験を繰り返していた一九世紀に近いと言わざるを得ない。グーグル・カードボードなど初歩的なVR体験の実験に注目が集まったことは、潜在的利用者を開拓した側面はあるにせよ、VR業界にとってはマイナスだったとレナードは考えている。VRの劣化版を見せられてもわくわくする人はあまりいないからだ。

「今は新しいメディアの草創期にあたるわけですから、研究開発と製品化を同時進行しなければなりません。この時期の最大の課題は、実際に市場を生み出すことだと思います」

〝市場を生み出す〟――レナードに言わせれば、それは才能と技術にかなりの投資をしなければ実現できない。今や世界中の映画市場を席巻する特殊効果満載のスペクタクル巨編。その先駆けとなった一九三九年の映画『オズの魔法使』を制作するためにMGMがどれほど巨大なリスクを負ったことか、とレナードは指摘する。「MGMは腹をくくり、こう宣言したんです。俺たちは撮影用の大型起重機やらドリー（カメラ用の台車）やら、とてつもない道具をたくさん作るぞ！職人を育てるために職人養成コースも作るぞ！ってね。こうして彼らは、いまでも映画産業の中核をなす〝スペクタクル巨編〟というジャンルを生み出したのです。極めて重要ながら、決して簡単にできることではありません。考えの異なるさまざまな分野の人々を束ね、一つ屋根の下で結束させなければなりませんでしたから」

ＭＧＭが果たしたこの役割を、ＶＲの世界では誰が担うのだろうか。

スピルバーグが驚愕した四分間の実験作品

巨大なリスクを負ってパラダイム・シフトを起こしたハリウッド映画の直近の実例は、おそらくジェームズ・キャメロンのＳＦ叙事詩『アバター』だろう。デジタル・エフェクトと３Ｄ映画に新展開をもたらし、映画の作り方を変えた作品である。

視覚効果担当チームの責任者を務めたのはロバート・ストロンバーグ。彼は『アバター』制作中の二〇〇六年に初めてＶＲの味を知ったという。ただしＨＭＤは装着していなかった。「それまでに経験したことがない映画作りだった」とストロンバーグは私に話した。「三六〇度見渡せる世界をＣＧで作り上げ、その世界をいわば仮想カメラで撮影したようなものだ。そんなやり方で作られた映画はないし、作ろうとしたことすらないだろう。僕はその映画に四年半関わった。おかげで新しい世界に開眼したんだ。仮想空間に自分を連れて行く方法があるとわかったから」

ストロンバーグはその後も『アリス・イン・ワンダーランド』や『オズ　はじまりの戦い』、『ＢＦＧ：ビッグ・フレンドリー・ジャイアント』などの映画でプロダクションデザイナーを務め、『マレフィセント』で監督デビューを果たす。ハリウッドでのキャリアは順調だったが、常にＶＲ技術の進歩にも関心を持っていた。

そんな二〇一四年のある日、フェイスブックがオキュラスを買収すると記事で知る。「記事が出たまさにその日、僕はオキュラスにお願いごとの電話をかけていたんだ。開発中の技術を見せてほしいってね。驚いたことに返事はイエスだった。当時はカリフォルニア州アービンにある小さな会社で、訪ねてみたら会社というより機械だらけのただの部屋だった。印象は良くなかった」と彼は振り返る。

その日、ストロンバーグは二つのVRデモを体験する。一つはさまざまな大きさのロボットがいる部屋で、自分の頭を動かして周囲を見回すことにより、いかにオブジェクトの存在感が生まれるかを体験できる内容だった。二つ目のデモは、最初は狭い部屋の中にいて、次第にその部屋が広がっていくという内容だった。上下左右の壁が遠くに離れていくにつれ、ストロンバーグは変化し続ける金属製の世界に取り残され、ふわふわと漂うような感覚を味わった。「その瞬間のことは忘れられない。それまでの人生でひたすらこの種の世界を作ってきたけど、生まれて初めて本当にその世界に自分が入っていけるような気がしたんだ」

その日のうちにストロンバーグは何人かの友達に電話をかけ、バーチャルリアリティ・カンパニー（VRC）という名の会社を設立した。彼はその日、VR体験をマス市場に届けるためのハードウェアがついに登場したことを知った。それなのに誰ひとりとして本気でコンテンツを作ろうとしていないじゃないか——。だから会社を設立したのだ。

ストロンバーグが最初に作ったVRコンテンツは、『あちらへ（There）』というタイトルの四分間の実験作品だ。ユーザーは、いくつかの島がなにもない空間にふわふわと浮かんでいる夢のような世界を体験する。現実世界の物理法則から解き放たれた世界だ。映画音楽が静かに流れる中、一人の少女が現れて超現実的なこの土地を案内してくれる。

誰かにこの作品の評価を聞きたいと思ったストロンバーグは、作品を手にロングアイランドのスティーヴン・スピルバーグの自宅を訪れる。スピルバーグは作品に驚愕し、孫たちや、妻で女優のケイト・キャプショーにも体験させた。「彼女はこれを観たあとで本当に涙を流してた」とストロンバーグ。感銘を受けたスピルバーグはアドバイザーとしてＶＲＣの経営にも関わることになり、スピルバーグの熱意を目の当たりにしたストロンバーグは、ＶＲこそ物語の作り手たちが探し求めてきた魔法と感動を伝えるメディアであるとの自信をさらに深めた。「未来へ続く道が見えたよ」と彼は振り返る。

ストーリー内に伏線をはってても見逃されてしまう

そのときから現在まで、ストロンバーグおよびＶＲＣの関係者は実験的取り組みを続けている。数々のハードルを乗り越えて、ＶＲならではの長所をいかした作品を作るためだ。おそらく伝統的映画の制作者にとって最大の難関は、ストーリー展開に不可欠な監督としての手法（作り手側の視点の押しつけ）と、ＶＲの持つインタラクティブな特長（ユーザーの自由意志でどこでも好きな方向を見て、場合によってはその世界を自由に歩き回ることさえできる）とのバランスを取ることだろう。

ＶＲの場合、ユーザーが注意を向ける先を作り手がコントロールすることはできない。ユーザーの五感は完全な無政府状態に置かれるのだ。一方、映画はその対極にある。終始一貫、観客はその世界のほんの一部分を、カメラによって切り取られた小さな枠を通して見るだけだ。振り向いてカメラの後方を見ることもできないし、空を見上げることもできない。

　どの映画でもいいから、カメラが主人公の表情をアップでとらえたシーンを思い浮かべてほしい。もしその瞬間に観客が後ろを振り向いて主人公の見つめている先を見てみたいと思っても、それは不可能だ。そして監督がその瞬間に主人公の表情を観客に見せるのにはちゃんとした理由がある。画面構成《フレーミング》はストーリーを語るうえで不可欠の要素なのだ。もしその瞬間に観客が後ろを振り返っていたら、主人公の目に浮かんだ一瞬の輝きを見逃してしまう。その輝きこそがこのシーンで一番大事な意味を持っていたというのに。

　ＶＲはいわば民主主義だ。ユーザーはいつでも見たいときに、どこでも見たい場所を見られる。映画では監督が独裁者となって観客の五感を支配する。監督の望むときに、監督の見せたい場所を見るよう観客に強いる。監督たちが極めて上手にそれを行ったからこそ映画はメディアとして成功したのだ。

　ストーリー展開の基本テクニックの一つに〝プラント・アンド・ペイオフ（伏線）〟と呼ばれる手法がある。一つのシーンで植えられた種が、後に意外な展開という花を咲かす。その種は一瞬の流し目かもしれないしテーブルに置かれた財布かもしれない。会話の最中に伏線が張られることもあれば、ただ映像だけで示されることもある。いずれにせよ伏線となる種は普通さりげなく示される。

　名作映画『ショーシャンクの空に』を例にとろう。この映画ではリタ・ヘイワースのポスターと小さなツルハシが一見偶然のように同じシーンに現れる。観客は時間をおいて何度かその二つを目にするが、スクリーンの端っこにわずかに映り込んでいるだけだ。その二つが後に咲かせる花がこの映画の最大の見せ場になる。実は主人公はそのツルハシで独房の壁に脱出用のトンネルを掘り、そこにポスターを貼って隠していたのだ。監督に求められるのは、観客が気づく程度には伏線を目立たせつつも、後の意外な展開が読めるほどあからさまにはしないことである。

ところがこの大原則がＶＲではうまくいかない。伏線がさりげなければユーザーはなかなか気づいてくれない。さりげなく置かれた近くのツルハシには注目せず、視線は遠くにある別の独房に向けられるかもしれない。もしくは天井を見上げてライティングのリアルさに感嘆するかもしれない。一般にＶＲの世界はなにもかもが興味深く見え、どうしてもユーザーは注意散漫になりがちだ。

映像を楽しむか、ナレーションに耳を傾けるか

ＶＲの醍醐味はあちこちをうろつく探索にある。一方、物語の要諦はコントロールにある。この矛盾のせいで、ＶＲでストーリーを展開する際の基本戦略は大きく二つに絞られる。

一つは、ニューヨーク・タイムズのＶＲコンテンツなどジャーナリズムの三六〇度映像でもっとも多く使われている手法で、原則としてすべての動きを一カ所に集中させるやり方だ。例えば一人の人物にずっとしゃべらせておき、ユーザーがその人から目を離せないようにする。もしくは正面方向を中心にストーリーが展開するようにして、ユーザーは時々周囲を見回すにしても、ほとんどの時間は正面を向くように仕向ける。

この方法は当然ながら、「なぜあえてＶＲを使うのか？」という問いを生む。どんな形であれ

ユーザーが一方向だけしか見ないのであれば、テレビでもいいではないか。実際、ＨＭＤを装着したユーザーの姿を見ていれば、この方法を使ったＶＲ体験かどうかわかる。ユーザーの頭部が最後まで正面から向きを変えなければ、そのＶＲコンテンツはテレビや映画と大して違わない可能性が高い。

二つ目の方法は、周囲三六〇度の空間をすべて生かし、四方八方で大事な動きが発生するようにするやり方だ。それが〝一部屋サイズ〟のＶＲなら、ユーザーは歩き回ってあちらこちらを探索できる。つまりＶＲにしかない特長を全面的に味わえるわけだ。だが問題は、ＶＲ体験に夢中になるあまり、監督の聞かせたいナレーションがユーザーの耳に入りにくくなることだ。

自由な探索とストーリー展開をなんとか両立させようと、ＶＲの監督たちは現在いろいろな技法を模索している。こうした創造的な技法の多くが、双方向性と探索を特徴とするビデオゲームの世界、および映画の世界から輸入されているのもうなずける。一つの技法は、監督がユーザーに見せたい場面へと視線を誘導するため、音と動きとライティングを使って注意を引くやり方だ（研修用ＶＲなど娯楽作品でない場合は注意を引くために矢印を使う手もあるが、当然ながら物語性のある作品ではユーザーに興ざめしてほしくないのでこの手は使えない）。

最も一般的な解決策は、空間的広がりを持つ〝立体音響〟を使うことだ。基本的には一つの音を異なる大きさで左右の耳に届けることで、あたかも音源が受け手の周囲の特定の場所にあるかのように感じさせる。読者の大半は高品質サラウンド対応の映画館で似たような体験をしているだろう。この手法はそれほどあからさまではないため、矢印に比べれば視線を引きつける効果は低いが、ストーリー展開に無理なく溶け込んだ音でこの手法を使う限り、跳ね回る矢印のように臨場感をぶち壊す恐れはない。

自由な探索とストーリー展開を両立させるもう一つの解決策として考えられるのは、あるシーンにおける大事な動きを〝一時停止〟して止めておき、ユーザーがその動きの起きる場所に目を向けるまで待つという手だ。そしてユーザーが目を向けた瞬間にその大事な動きが発生する。ユーザーが見てくれるまで〝種〟が待ち続けることで、後に花を咲かせたときに確実にその意味が伝わるというわけだ。

『ショーシャンクの空に』でたとえれば、観客が小さなツルハシに目を留めるまで映画は一時停止する。数秒間待って観客が間違いなくツルハシに気づいたところで映画は再開する。お気づきの通り、この手法を使うと上映時間が確定しなくなる。ある人は九〇分で見終わるかもしれないが、大事な動きになかなか気づかない人なら一八〇分かかるかもしれない。

もう一つの問題はナレーションだ。ＶＲでストーリーを展開するにはどうしてもナレーションに頼りがちになる。ところが仮想世界にいるユーザーはモノローグなど聞いていたくない。知覚への豊かな刺激に満ちた素晴らしい体験の真っ最中だからだ。とはいえ、ほとんどのメディアにおいてストーリーを展開させるには長いモノローグをしゃべらせる必要がある。とりわけＶＲはそうだ。

このため一般にＶＲユーザーは二つの選択肢を迫られる。ナレーションに注意の大半を割いてきちんと聞き、周囲で起きている動きの多くを見逃すか、もしくは周囲を見回して素晴らしいビジュアルをしっかり楽しむが、監督が求めるレベルの注意力ではナレーションを聞かないか、のどちらかだ。私のラボでもこの難問にぶつかった経験がある。我々のＶＲ作品『スタンフォード海洋酸性化体験』の初期バージョンでは、海洋科学を教えるためにユーザーを海底への見学旅行に連れ出し、途切れることなくナレーションを聞かせつつ、絶え間なく変化する海底の様子も見せた。結果、ユーザーは見るほうを選んだ。色とりどりの魚に手を伸ばし、周囲の珊瑚礁に感嘆し、海の底にいる臨場感を全身で楽しんだ。だが残念なことに、ナレーションを通して伝えたはずの海洋科学の講義内容はほとんど彼らの耳に届いていなかった。VR体験は傑作、ナレーションは駄作ということだ。後の修正バージョンでは、素晴らしいビジュアルと面白いナレーションを用意し、競合を避けるためタイミングが重ならないよう気をつけた。

映画的手法とゲーム的手法をどう融合させるか？

もうそろそろ、この問題の解決策が一つくらい見えてきてもいいはずだ――。VRは有機的でユーザー指向で、一人ずつ違った内容になるため〝体験〟にはうってつけ。一方で監督もしくは著者の意図にしたがい、受け手の関心が休む間もなく誘導される映画と文章は〝ストーリー展開〟にぴったり。この異なる二つをどのようにして一本化し、それが伝統的な〝物語〟の概念をどのように変えるのか、今でもまだ見えてこない。

「ルールブックはまだ書かれている最中なんだ」とストロンバーグは私に言う。「僕は決してVRを映画になぞらえないし、舞台演劇にもたとえない。VRはいろいろなものが混ざったハイブリッドだと思う。そこには伝統的な意味での編集やコマ割りはもはや存在しない」

ストロンバーグはオキュラスのオフィスを訪ねて〝伸縮する部屋〟に入ったときの、衝撃のV

R体験に話を戻す。「(VR内では)まるでそこにいるかのように感じられる」。だからVR内での視点移動は、映画の視点移動のような〝肉体を持たない神の視点〟には感じられないという。そうではなく、視点移動は自分の肉体に起きた変化と感じられるのだ。映画ではカメラが主人公の表情にズームインしても、観客はその俳優の個人空間に入り込んで相手に密着したとは感じない。ところがVRではそのように感じられる。「VRの監督は映画監督よりも空間とスケールを意識しなければならない。ストーリー展開の扱い方が両者では違うということだ」

おそらくVRでストーリーを伝える際の最も根本的な問題は、ユーザーがどのような見方を望むのか、であろう。幽霊のような存在になって動き回り、場面ごとに好きな位置からストーリー展開に立ち会いつつも、自分は巻き込まれず観察するだけでいたいのか。それとも肉体を持った俳優としてストーリーに参画し、自らの行動で話の展開を左右したいのか――。

今のところ優れたVR映画の作り手は、ほとんどがハリウッドとゲーム業界の出身者だ。そしてハリウッドの人々は前者のやり方のプロであり、ゲーム業界出身者は後者のやり方のノウハウを持つ。ゲーム業界の新しい物語手法は、双方向性のあるストーリー展開がもたらす魅力や、探索するほどさらに引き込まれ、何度も繰り返し楽しむだろうと最初からわかっている点などが強みだ。だが、ごく少数の例を除き、ほとんどのゲームはストーリー展開に本物の感動と効果的な構成が欠けている。

例えば映画や小説なら監督や作家がガイド役となり、よく練られた話であれば展開のテンポにも慎重な配慮がなされている。一方、ゲームの場合は話が進む合間にプレーヤーが勝手にうろついたり周囲を探索できるが、概して効率の良いストーリー展開は期待できない。当面は両方の手法が併存することになるだろう。だが、ＶＲを使った物語の将来像を考えるとき、ブレット・レナードを最も興奮させるのは巨大な〝ソーシャル共有型ストーリー〟の可能性だという。それはどのようなものなのか？

ＡＩを駆使してストーリーを〝発見〟するエンタテイメントになる

レナードは、すべてのＶＲ関係者と同じで、ＶＲを使った物語の将来像はまったく不明だと認める。そのうえで、映画とは根本的に異なるものになるのは確実だとする。巨額の制作費をかけたハリウッドの大作を見ている限り、最近の映画産業はもう新しいアイデアが尽きてしまったように見える、と。「それがＶＲ業界に移ってきた大きな理由の一つです。ここでは想像力を発揮してあらゆる可能性を探れるチャンスがふんだんにあります。ＶＲ業界ではストーリーの冒頭に、スパンデックス素材の服とマントを身にまとったＳＦ風の人物を登場させる必要などありません。それしか人々の興味を引くアイデアがない、なんてことはないからです」

ＶＲはいずれ一本道の物語手法とゲーム的手法の中間地点にある未知の王国を見つけるだろう、とレナードは信じている。「映画の手法には、筋書きと登場人物と感動があります。そしてそれは一本道を進む旅です。その一本道は観客を引き込むために構成がしっかりと考えられています。映画のシナリオはその一点だけを考えています」。だがＶＲの手法は違うものになるとレナードは考えている。まずは登場人物と感動があり、その二つをエンジンに進むうちにストーリーを発見するのだという。そのプロセスをレナードは「物語の提示《ストーリーテリング》」ではなく「物語世界の創造《ストーリーワールディング》」と呼ぶ。

「そのような考え方を受け入れ、新しい世界を構成要素の一つ一つから実際に作り上げてみて初めて、本当に〝ストーリーを発見する〟のだとわかるでしょう。発見されるストーリーは、その物語世界を創造するプレーヤー集団の行動過程に組み込まれていなければなりません。そうでなければ、そのプレーヤー集団だけの独特で有機的なストーリーにならないからです」

レナードに見えている将来像はこんな姿だ。そこには数多くのエピソードが埋め込まれた娯楽用の仮想空間があり、あちこちにストーリーが始まる可能性が隠されている。一つ一つのストーリーが動き出すには〝ストーリー磁石〟を使う必要がある。これはビデオゲームでマップの特定の場所に来ると新しいミッションが始まるのと同じ仕組みだ。優れたAIを使えば、プレーヤー同士のやりとりをきっかけに新しいストーリーが始まる仕掛けにできる。

友達同士でプレーヤー集団をつくり、みんなでこの娯楽用仮想空間に入ったとしよう。そこで起きるドラマには一人一人違う役割が与えられる。例えば、高級ホテルにあるカジノのバカラ・テーブルを舞台に繰り広げられるスパイもののドラマだったとしよう。友達の一人はウェイター役、別の一人は主人公のスパイ役、もう一人はディーラーの補佐役が割り当てられる。

役者が全員そろったところでストーリーは動き始める。まず登場するのはAIが操作する仮想人間。ジェームズ・ボンドに似た敵役だ。この敵役がバカラ・テーブルに加わり、大金を賭けるシーンからイベントが始まる。プレーヤーたちはそれぞれの役割に応じた視点でこのイベントを目撃し、自分の役割にふさわしいと思える行動を取る。例えばあなたの役割は、たまたま観光でそのホテルに泊まっていた女性客だとしよう。主人公のスパイ役とのロマンスから舞台裏に引きずり込まれ、気づけば主人公の逃走計画を手助けするはめになる。そして今、あなたは悪人たちから追いかけられるシーンの真っ只中にいる――。このシーンは、あなたが演じる女性客にまつわる遠大なストーリーの中ではたんに一つのサイドストーリーに過ぎない。

「一本道の物語手法というのは洗濯物を干すロープだと思うのです。でもそのロープにはさまざまな服がぶら下がっていて、（ＶＲユーザーは）好きな服をロープからはずして、それを着ることができるのです」というのがレナードの考える将来像だ。

物語の本筋から逸れて別のエピソードを楽しんでも、すぐにまた本筋に戻ってこられる。謎解きや問題解決が物語の中心を貫く不可欠の要素として存在し、物干しロープにあたる物語の本筋はどうしても登場人物中心になる。だが、作り手が用意したその世界にあらゆる種類のエンタテイメント要素を盛り込むことはできる。レナードはそう考えている。

一人称視点でゾンビＶＲをプレイしたいか？

もちろん、映像エンタテイメントがそうであるように、ＶＲエンタテイメントも種類は一つだけではない。映像にはミュージックビデオやドキュメンタリー、長編映画、短編アニメ、ＩＭＡＸ３Ｄ、そしてそれらを組み合わせたあらゆる種類の映像がある。どう考えても、同じように幅広いエンタテイメントがＶＲでも提供されることになるだろう。

自宅だけではなく商業施設でも提供されるはずだ。すでにユタ州にはＶＲエンタテイメント施設「ザ・ヴォイド」がオープンしている。触覚を刺激するさまざまな装具を身に着け、友人と一緒にＶＲゲームを楽しみながらソーシャルＶＲシナリオを経験できる。シナリオは古代ピラミッドの探検やエイリアンと戦うＳＦもの、ゴーストバスターになって幽霊と戦うものまで用意されている。

ＶＲが登場した頃を振り返ると奇妙に感じるのは、いずれＶＲがストーリーを伝える手段になるだろうと考えた人がほとんどいなかったと思われる点だ。私の前著『無限の現実』ではＶＲの利用法に一章を割いているが、ストーリーというテーマには触れてさえいない。私の尊敬する共著者ジム・ブラスコビッチの考えについてはなにも言えないが、少なくとも当時の私は映画やニュース報道について一章を割こうなどとは夢にも思わなかった。

何十年も前のＶＲの先駆者たち――ジャロン・ラニアーやアイバン・サザランドやトム・ファーネス――を思い返してみても、誰一人ストーリーについては語っていない。少なくとも彼らのビジョンの中心部には存在していなかった。ストーリーを伝えるという利用法は当然のように思い浮かぶものではなかったのだ。その理由はおそらく本章で述べた数々の制約条件にあるだろう。だが、映画産業と報道機関はＶＲにこそ彼らの未来があるとして大きな賭けに出ている。私にはあまりうまくいくとは思えないのだが――。

仮にストーリー展開の問題を解決できたとしても、「観る」のと「する」のはまったくの別物だ。恥ずかしいので隠しておきたかったが、実は私はゾンビ映画の大ファンである。ジョージ・ロメロの全作品、テレビドラマの『ウォーキング・デッド』、要するにゾンビものならなんでもいい。ところが私は仮想世界でゾンビと戦いたいとはまったく思わない。腐った口で腕の肉を食いちぎられるなどまっぴらごめんだ。一人称視点のゾンビもののＶＲを想像してほしい。触覚効果つきで、臭いまで再現されていたら――。

何度か、他人がゾンビVRの実験的デモを体験しているのは見たことがある。だが自分でHMDを着けてその世界に入ったことは一度もない。映画程度の距離感がちょうどいいと思うのだ。観客はゾンビに魅了される。そして優れた映画なら当然のことだが、主人公と一体化し、その視点に立つことができる。だが、あくまで心理的に一体化するだけで、知覚まで主人公と同じ経験をするわけではない。

そんな映画でさえ、場合によっては悪夢の原因となる。『サイコ』を観た人はシャワーの前に浴室をよく調べるだろうし、『ジョーズ』を観たせいで海やサメの恐怖症になった人さえいるかもしれない。だが、「観る」と「する」の違いは極めて大きい。本書ではすべての章で「人間の脳はVR内の経験を現実の経験と同じように扱う」と訴えている。あなたの大好きな映画を思い浮かべ、その映画のシーンが本当に自分に起きたとしたらどうかを考えてほしい。クエンティン・タランティーノは一瞬で失業するだろう。

第９章　バーチャル教室で子供は学ぶ

ハーバード大学では、一九世紀の町をインタラクティブに再現したＶＲを制作。当時の世界にタイムスリップして科学を学ばせる「ＶＲ社会見学」を中学生に体験させた。結果、生徒たちの学習意欲は大きく向上。ＶＲは教育の世界も劇的に変えていく。

私が子供だった一九七〇年代、テレビにはあまり子供向け番組がなかった。数少ない子供向け番組も、あまり情操教育に役立ちそうなものはなかった。私の家の〝映画館〟で上映されるのはほとんどがアメフト番組かホームコメディの『オール・イン・ザ・ファミリー』、刑事ドラマの『バーニー・ミラー』で、ごくたまに本物の映画館にでかける程度であった。

ただし『セサミストリート』だけは例外で、私は三歳のときから虜になっていた。登場するキャラクターも都会風のセットも大好きだった。当時ニューヨーク市からそれほど遠くない場所に住んでいたのだが、セサミストリートにでてくる街中の風景は別の惑星くらいエキゾチックに見えた。数々の興奮材料に夢中だった私は、この番組があらゆることを私に教えてくれていることに気づきもしなかった。

もう一つ私が気づかなかったことがある。実は自分が大がかりな社会的実験に参加していたという事実だ。私がセサミストリートを観ていた当時、テレビを「楽しい教育ツール」として活用しようという考え方は極めて斬新であり、賛否両論があった。そのようなアイデアが生まれた遠因は、一九五〇年代に子供の心理と発達に関する研究が進んだためだったが、その研究成果がテレビ業界に持ち込まれるのはセサミストリートの放送が始まった一九六〇年代末になってからだった。

さきほど述べたように、当時は子供向け番組がほとんどなかった。子供たちは消費者市場で大した存在ではなかったのだ。当時の親はなんというか、新しいおもちゃを買ってほしいという子供の懇願に簡単には応じない世代だった（彼らの親の世代が大恐慌時代に育ったことを考えればそれも理解できる）。

いずれにせよ、当時のテレビ番組はメロドラマ、ホームコメディ、西部劇、スポーツ中継など今でもおなじみのジャンルで占められていた。テレビは大衆消費市場を狙う広告主導型メディアであり、情操教育向きとは見なされていなかった。知的な人々はテレビを見下して〝まぬけ管〟とか〝愚者の箱〟などと批判した。

だが、一九六〇年代になるとテレビプロデューサーの草分けジョアン・クーニーが、視聴者を夢中にさせる性質を持つテレビこそ幼児に学習スキルを教え込むのに向いているのではないかと考えた。クーニーは一九六八年に「チルドレンズ・テレビジョン・ワークショップ」（ＣＴＷ、二〇〇〇年以降は「セサミ・ワークショップ」）を設立し、児童発達心理学の専門家を大勢集めると、子供の注意を引いて知識を伝える効果的な方法を真面目に研究させた。(1)

VR版セサミストリートを制作する

こうしたテーマを早くから調べてきた研究者の一人にルイス・バーンスタインがいる。彼は一九七〇年、イスラエルのヘブライ大学で心理学の修士課程在籍中に初めてセサミストリートを見た。当時のバーンスタインは大学院で理論ばかり扱うことに幻滅し、実際の活動を通して恵まれない子供たちの能力開発に自分の研究を役立てたいと思っていた。そんな折にセサミストリートを見た彼は、子供の認知スキルを高めようという野心的な取り組みだけでなく、社会性や道徳、情緒面についてまで熱心に教育しようという番組作りに心を打たれた。[2]

色の異なるモンスターたちが（おおむね）仲良く暮らし、彼らと関わる人間たちも多種多様なアメリカ人を体現していた。あらゆる人種の大人と子供、金持ちと貧乏人、都会人と田舎暮らし——。「彼らは支え合い育て合うコミュニティを作り上げていました。そしてそこには学びの喜びがありました」とバーンスタインは私に言う。

彼は学業を終えると実家のあるニューヨーク市に戻り、インターンとして働けないかとCTWに打診する。インターンの空席はなかったが、CTWの主任研究員エドワード・パーマーはバーンスタインと面接した直後に彼を正社員として採用すると決める。イスラエルでの猛勉強により、幼児教育に関する研究成果をすべて学んでいるとわかったからだ。バーンスタインはそれから四〇年以上CTWで働くことになる。研究者からエグゼクティブ・プロデューサーまで多岐にわたる仕事をしてきた。

セサミストリートはあらゆる子供に向けて作られてはいたが、制作者側の思いとしては特にスラム街や貧しい家庭の子供に番組を届けたいと思っていた。恵まれない子供たちに学びのチャンスを提供するため、学習に役立つならどんなメディアでも活用しようと彼らは考えていた。おかげで私は二〇一三年、VR版セサミストリートを作れないか検討していたバーンスタインと一緒に仕事をする栄誉を得た。

当時のバーンスタインはセサミ・ワークショップで教育・研究・支援活動担当のヴァイス・プレジデントを務めていた。我々は子供向けVRに関する一連の実験を共に行い、その間にこの番組の歴史について素晴らしい話をいろいろと聞けた。二〇一四年に一緒に昼食をとりながら新しい研究の計画を練っていたとき、私は子供時代にどれだけセサミストリートが好きだったたか、特にどんな部分が好きだったかを熱く語った。

知らない世界をのぞく「社会見学」で想像力を養う

ほとんどの子供が夢中になるのはビッグバードやグローバー、オスカーなどの魅力的なキャラクターだ(私の子供時代にエルモはまだいなかった)。しかし私が心から楽しみにしていたのは番組内の社会見学だった。自分の地元にはない美術館や科学研究所、農場や工場やダンススタジオなどの内部を、他の子供たちにぴったりくっついてのぞきに行く、あの時間である。

だが、キャラクターたちの繰り広げる寸劇が子供に大人気だったのに対し、番組の狙いである教育という側面で非常に大事な役割を担っていた社会見学はあまり熱心に見てもらえなかったとバーンスタインは感じていた。ファンタジーっぽさがないからだろう。しかしCTWは子供たちにただ数や文字を教えるだけでなく、世の中の広さや多様さを感じさせたいと考えていた。

田舎の子供なら、番組内の社会見学でニューヨークの摩天楼《まてんろう》や、ブルックリンの路上でボール遊びをする都会っ子の姿を見たときにそれを感じたかもしれない。都会の子供なら、酪農場やステート・フェア［家畜品評会を起源とするお祭りイベント］を訪れたときにそれを感じたかもしれない。いずれの場合も、セサミストリートの社会見学はのんびりと進んだ。カメラが細部をじっくりと写し、なにが起きるのかはゆっくりと明かされていく。

ふだん見慣れていない異国風の世界に連れて行かれることは、想像力の新しい可能性を広げる。とりわけ旅行の経験が乏しい貧困家庭の子供にはその効果が大きい。また、自分と違う地域社会のさまざまな暮らしを知ることで、すべての子供は感情移入するための想像力が強化される。

今はテレビをつければ二四時間三六五日アニメを放送しているチャンネルがいくつもある。見たいときに見られるストリーミングサービスにより、無限に思える子供向け映画がスマホでもタブレットでも大画面モニターでもボタン一つで見放題だ。

今の子供向け番組はおおむね良くできている。私の子供時代と比べると洗練されてピカピカに見える。だが、テンポの速すぎる展開はどこか熱に浮かされたようで心配になる。今のメディア市場は内容もスタイルもすっかり昔と様変わりし、セサミ・ワークショップなど昔ながらの番組制作者はどこも苦戦している。

セサミストリートの競争力をいかに高めるかという問題は、セサミ・ワークショップの組織内で大きな論点となっている。残念なことに、解決策の一つは社会見学の回数を減らすことだと判明した。子供たちは番組内の漫画チックなシーンが大好きだ。だが、たとえ大好きなエルモと一緒だとしても、研究所や工場への社会見学はそれほど好まれない。漫画とアニメに勝てるものはない――四〇年以上セサミストリートを作り続けてきたバーンスタインは、引退間際になって残念ながらこの流れを認めざるを得なかった。

彼はセサミ・ワークショップを去るとき、どうか今後も社会見学を続けてほしいと強く言い残してきた。子供たち、とりわけめったに旅行に行けない子供にとって、他の子供たちと一緒にふだん見られない施設を見学する実写映像は極めて重要な学びの機会であり、学校生活の予行練習としても欠かせないものだと。

一九世紀にタイムスリップして科学を学ぶ中学生たち

社会見学は見事にＶＲ学習とそっくりだ。社会見学ではふだん行かない特別な場所に行く。実際にその場に行くことに意味がある。

例えばニューヨーク州北部で育った私は、何度か社会見学でピアノ山の自然散策にでかけた。自然に詳しい大人が案内し、木や鳥やトカゲを指さしては子供たちに教えてくれたものだ。だが、鳥の名前を覚えなくても、ただそこにいるだけでなにか特別な感じがした。教室の外で、学びに最適な時間を持てたのである。

もちろん社会見学には毎日は行かない。社会見学の目的は教室の拡張であって代替ではない。ＶＲ学習も同じであるべきだ。認知心理学者からスタンフォード大学教育学部長になった私の同僚ダン・シュワルツがよく言う通り、〝為すことによって学ぶ〟という経験学習の大切さばかりが強調されるが、実際には〝話すこと〟もやはり大いに学びを助ける効果がある[3]。いまだにほとんどの大学生にとって大学での勉強の大半が講義を聴くことだ。教育学の研究者は判で押したように経験学習を勧めるが、実際のところ我々は多くのことをただ聴くだけで学んでいる。

第7章のソーシャルVRで触れたように、VRが教室での授業に取って代わり、同レベルの学習効果をあげるには、まだ越えるべきハードルがいくつかある。解決にはまだ何年もかかると思う。しかし生徒を日常と違う環境、すなわち新しい知識が得られ、地域社会や自然環境の多様性と豊かさに気づかせてくれるような環境に没入させるVRの力は大いに役立つ。「VR社会見学」は今すぐにでも実現可能なのだ。

ハーバード大学教授のクリス・ディデはVR学習法の先駆的研究者で、一五年前からVR学習のシナリオを考案し続けている。彼が二〇〇九年に『サイエンス』誌で発表した画期的な研究論文には、学生にVR社会見学を体験させる教育的効果がすべて網羅されている[4]。ディデのVR社会見学は、「学びに最適の時間を持つために選ばれた特別な場所に行く」という本物の社会見学が持つ長所を完璧に備えている。だがそれだけでなく、本来なら不可能な場所にも行けてしまうところがVR社会見学のすごい点だ。

例えば古代の遺跡を実際に見学した後、過去にさかのぼってその遺跡が栄えていた当時の姿を見ることもできる。もしくは、いったん物理法則を〝オフ〟にしてから再び〝オン〟にして観察したり、歴史的瞬間を複数の登場人物の視点で見比べてみたりして、学びに最適の時間を生み出せる。

　ディデとその仲間は長年の研究を通じてＶＲが学習に役立つことを証明してきた。その一例が「リバーシティ」プロジェクトだ。これは一九世紀の町をインタラクティブに再現した多人数参加型仮想環境（ＭＵＶＥ）で、中学生を対象にしている。参加した中学生たちは現代の知識とスキルを使って一九世紀の人々を悩ますさまざまな病気や健康上の問題を解決するのだ。伝染病の流行といった医学的問題に立ち向かった中学生は、疫学と予防について教室で学ぶよりも多くを学んだ。とりわけＶＲを体験した生徒はより長い時間を勉強に充てようという気になる。資料を読もうというモチベーションが上がるのだ。そして、教室での勉強が苦手な生徒ほどその効果が強く見られた。

　ディデのプロジェクトは、落ちこぼれそうな生徒、科学になどまったく興味が持てない生徒にこそＶＲがとりわけ効果的であることを示した。そうした生徒は一九世紀の仮想の町で医者や科学者の役割を演じたことで、自分にも科学ができるという自信、「自己効力感」が持てたのである。ディデらは次のように述べている。

「これまでアメリカとカナダで数千人の生徒と数百人の教師がリバーシティを使っています。その結果、ＭＵＶＥは生徒を仮想世界に没入させ、学習意欲を高めることが判明しました。リバーシティはふだん学習意欲が低く学業成績の悪い生徒にとりわけ大きな効果を発揮しました。対照実験の結果、科学への理解が深まり、高度な調べ物スキルが身に付き、科学への学習意欲と自己効力感が高まることがわかったのです(5)」

ＶＲ社会見学を制作するには莫大な時間と資金が必要

私はいくつかのプロジェクトでディデと一緒に仕事をした。その経験を通して明らかになったのは、ＶＲ社会見学の制作には大量の時間と労力と資金がかかるということだ。エンジニア、プログラマー、３Ｄアーティスト、教育の専門家、演出家、俳優たちから成るチームの長期間の血と汗と涙の結晶なのである。

魅力的でインタラクティブ、そしてなんと言っても科学的に間違いのないＶＲ社会見学を作るのは決して簡単ではない。ましてや教師の賛同を得られるものとなるとさらに大変だ。現在ＶＲ設計者が作っているコンテンツのほとんどは、せいぜい数分間だけユーザーを虜にすればいいが、それでさえ制作コストは決して安くない。例えばニューヨーク・タイムズなどの報道機関が作る三六〇度映像の制作費は、インタラクティブでない短編ビデオ数本でさえ数十万ドルを超える場合もある。一方、ディデの二大意欲作と言うべき「リバーシティ」と「エコＭＵＶＥ」は何時間も、ときには何日間も学生たちを夢中にさせる。

私は二〇年間ＶＲの世界にいるが、教育用のＶＲ社会見学は誰もその姿をみたことのない伝説のユニコーンのような存在だった。誰もがＶＲ社会見学は素晴らしいＶＲの利用法だと口にするが、それを制作して実例を示す人はほぼ皆無である。ビジネス界のＶＲ利用について皮肉った私の同僚の言い方を借りれば、それは「高校の校舎内でのセックス」のようなものだ。みんながそれについて話すが、本当にした人は誰もいない。要するに、まともなＶＲ社会見学を作るのはとてつもない大仕事だということだ。

ＳＴＥＭ（科学・技術・工学・数学）教育での効果も高い

だが良い知らせもある。ひとたびＶＲ社会見学を作り上げれば、膨大な数の人々に利用してもらえる。インターネットとＨＭＤさえあれば、どんな人にでも学びの機会を提供できるのだ。ユーチューブのハウツーものビデオが世界中の人々に無料レッスンを提供したように、近い将来ＶＲ利用者はいつ、どこからでも教育用仮想環境にアクセスして学習できるようになるだろう。

すでに存在する大規模公開オンライン講座（ＭＯＯＣ）は破壊的創造《ディスラプション》の可能性を感じさせる。ひとたび講座が公開されれば、地球上すべての人がそれを受けられるからだ。例えばスタンフォード大学教授のアンドリュー・ウ（二〇一七年まで中国の巨大ＩＴ企業バイドゥのチーフ・サイエンス・オフィサーだった）による「機械学習」の講座は、まさにＭＯＯＣのお手本だ。彼の講座こそオンライン教育革命を引き起こすきっかけになったとも言える。なにしろ世界各地から一〇〇万人をゆうに超える生徒が受講したのである。

私のラボで学位論文を書いた大学院生のブライアン・ペローネは、高校の教室でＶＲ社会見学の実験を行った。おそらく世界初の試みであろう。我々は許可をくれた地元パロアルト地区の高校の教室にフル装備のＶＲ機材一式を持ち込み、生徒たちを第4章で紹介した〝バーチャル・イスキア島〟へ、ＶＲ社会見学に連れ出した。高校生はスキューバダイバーとなって海の底に潜り、CO_2の吸収による海洋酸性化がどのような被害をもたらすか能動的に学習した。

しかもこの実験の驚嘆すべき点は、ペローネが完璧な対照条件を用意したところにある。彼は同じクラスの生徒たちを社会見学としてモントレー湾に連れ出し、本物のスキューバダイビングを体験させたのだ。

この対照実験の結果については後で触れるが、ここではこの高校生たちが得た体験がどれほど貴重であるかを指摘しておきたい。高校でスキューバダイビングのやり方を教えてもらうなど、ほとんどの読者は想像もできないだろう。ダイビングには馬鹿らしいほどお金がかかる。一方、多くの高校が教科書と最低限の文房具をそろえるのにも苦労している。モントレー湾に行った高校生と同程度の学習機会を得られるほど裕福な環境に生まれた学生は、全世界の学生の中でも一%をはるかに下回る。

ところが、デジタル製の〝社会見学〟なら無料でコピー／ペーストできる。ひとつ作れば一〇億個にも増やせるのだ。まさにアンドリュー・ウが一〇〇万人を超える生徒にニューラル・ネットワークとサポートベクターマシンの作り方を教えたように、未来の生徒はあらゆる講座を聴講できるだけでなく、あらゆる種類の社会見学に行けるようになる。

どれほど高価、どれほど希少、どれほど危険な旅でも選び放題だし、現実では不可能な場所にさえ行けるようになる。バーチャル・スキューバダイビングにはライセンスも保険も要らない。高価な装備もガソリン代も不要だ。

ただし、まだ大きな疑問が残されている。ＶＲ社会見学にはどれほどの教育効果があるのか？この種のＶＲ体験はどのような基本方針に沿って制作されるべきなのか？

本書で述べてきたように、ＶＲは極めて具体的なスキルの習得には大いに役立つ。ＳＴＲＩＶ

Rを活用するスポーツ選手、腹腔鏡手術の練習をする外科医、フライト・シミュレーターで訓練する兵士などだ。とりわけ有名なのは南カリフォルニア大学の工学者ジェフ・リッケルが一九九〇年代に行ったVRの実験で、大型船のエンジン点検作業にVR訓練が役立つことを証明した。とはいえ、こうした具体的スキルの習得と、科学や数学の学習とは性質が大きく異なる。いわゆるSTEM（科学・技術・工学・数学）教育になると、手順を覚える要素は減り、認知能力を鍛える要素が増えるからだ。

だが、ディデは「リバーシティ」と「エコMUVE」で科学のテスト成績が上がることを何年もかけて証明した。ただし、この二つは〝デスクトップVR〟であり、HMDを装着する没入型VRではない。本書で取り上げる本格的VRというよりは、むしろインタラクティブなビデオゲームに近い。

没入型VRなら学びに適した環境に全身で浸れる。その種のVR社会見学が学習促進効果を持つことを示した実験はいくつもある。例えば前述のブライアン・ペローネによる実験は、高校と大学の教室を舞台にVR社会見学による海洋酸性化の学習効果を調べた。そしてVR社会見学を実施する前と後のテスト成績を比較した結果、大幅な知識の増加が見られた。

それでもまだ大きな疑問は残る。優れたVRコンテンツの制作にかかる莫大なコストを考慮に入れ、それでもやはり教育にVRを利用するだけの価値はあると言えるのだろうか？　昔ながらの教科書を読むだけの勉強法で十分ではないのだろうか？　このテーマに答えを出せるほどのデータはまだないのが実情だ。

熱心さと学習効果にはなぜ関連性が見られないのか?

従来型のPCモニターと没入型VRによる学習効果の違いを初めて厳密に比べた実験の一つは、二〇〇一年にUCSB（カリフォルニア大学サンタバーバラ校）のリチャード・メイヤーとロクサーナ・モレノが行った。二人は私が同校でポスドク時代を過ごしたときの研究仲間だ。彼らはユーザーに植物学を教えるための仮想世界を作った。被験者の一部はHMDを装着して没入型VRでこれを学習し、残りの被験者はこの仮想世界を従来型PCモニターで見て学んだ。

実験ではとりわけ二種類の〝学び〟に注目した。一つは「記憶」だ。仮想世界で教えられた植物の生存と成長に関する事実を被験者がどれだけ暗記しているかで測定する。もう一つは「学習移転」で、これは学んだことを新しい状況に応用する力を見る。学習移転を調べるテストでは例えば被験者に「気温が低く、地下水位の高い環境に適した植物を考えなさい」といった質問をする。被験者はこの質問の答えを仮想世界で直接には教えられていないが、そこで学んだ情報をもとに正解を推測できる（一般に教育学者は記憶力よりも応用力に関心を持つ）。

実験の結果、従来型PCモニターを使った被験者より、HMDを使った被験者のほうが熱心に学習することがわかったが、熱心さと学習効果に関連性は見られなかった。没入型VRを使った被験者のほうが勉強に熱中したが、テストの点に差は見られなかったのである。(6)

私のラボでもいくつか似たような実験をした。科学に関する学習を没入型VRで行った場合と、デスクトップPCやビデオ映像で行った場合とを比較したのだ。結果はほぼすべての実験で没入型VRによる知識の増加が証明された。VR学習の前と後でテスト結果を比べれば、被験者が科学について学んだことは一目瞭然だ。

ところが、没入型VRと非没入型システムとを比較すると話はとたんに複雑になってくる。実験の結果、概して没入型VRは学習者の態度を変えるとわかった。非没入型システムと比べ、学習テーマにより多くの関心を抱き、教えられた見解を受け入れる率も高かった。だが、学習内容の記憶についてはは差がないか、あったとしてもごくわずかだった。この理由はいまでも謎である。ディデは次のような説得力のある主張をしている。すなわち、VRは他のメディアより多くの学習移転をもたらすはずである。なぜならVRを使えば学習者は一つの場面を複数の視点から見られるし、現実のように感じられる環境の中で学べるからだ、と。VR学習が十分に複雑かつインタラクティブな環境下——例えば、伝染病の原因を解明しようとしている都市——で行われるならば、そこで得た知識を別の新しい環境に応用する力は高まるに違いない。それなのにVRが他のメディアより高い学習効果をもたらすという実験データがこれほど少ないのはなぜなのだろう——。

「集中力とストーリーのバランス」という難題

私の考えでは、最大の問題はVRエンタテイメントの制作者が直面する課題と同じだと思う。すなわち「集中力とストーリーのバランス」である。効果的に教えるためには一種のストーリー性が必要になる。伝えたい事実や情報をただ並べるのではなく〝文脈〟の中で伝えるためだ。

我々も初期のＶＲ作品では、ユーザーに魅力的なビジュアル・イベントを観賞させつつ、大事な情報や意見を伝えていた。例えば海洋酸性化をテーマにしたＶＲでは、素晴らしい珊瑚礁に見とれているユーザーに向けて、酸性化が進むと珊瑚礁がどのように変化するかをナレーションで伝えていた。だがユーザーはＶＲの描く美しい風景に気を取られ、ナレーションの情報など耳に入らない。

今にして思えば当たり前の話だが、大切なのは「夢中にさせる体験」――ディデはこれが学びの動機になるとする――と「学習すべき内容」とを切り離すことだ。とはいえ「体験」と「学習」を切り離すと、今度はそもそもＶＲで学ぶ意味が失われてしまう恐れがある。どうすればいいのか。

私の考える解決策は、ナレーションや事実説明がまったく不要のＶＲ体験を制作することだ。ＶＲ学習の潜在能力をフル活用するには、能動的になにかを発見するというＶＲ体験を通して、学ぶべきことがすべて伝わるようにすればいい。また、別の解決策としては、ＶＲ体験の中で「行動する時間」と「話を聞く時間」を交互に繰り返す手もある。まずはユーザーに行動と発見をさせて、その後で発見したことをまとめたナレーションを聞かせるのだ。

海洋酸性化を学ぶために行列を作った人々

そうはいっても、どちらも口で言うほど簡単に作れるものではない。では、仮にＶＲの学習効果がビデオと変わらないとしよう。だとしてもＶＲにはモチベーションという側面がある。ＶＲ

なら学びが楽しくなるのだ。

二〇一六年に開催されたトライベッカ映画祭。我々は海洋科学をテーマにした没入型ＶＲシステムを出展したが、これが実は教育用の「ＶＲ社会見学」であることを隠して、ＶＲエンタテイメントのように見せかけた。

同映画祭の共同創設者でハリウッドのプロデューサー、ジェーン・ローゼンタールは、ＶＲエンタテインメントの将来像を最も深く考えている人物の一人だ。彼女はこの映画祭で巨大なＶＲ専用アーケードを用意し、見わたす限りに延々と続く多数のＶＲデモを訪問客やニューヨーカーが楽しめるようにした。映画祭は一日一二時間、六日間連続で続き、我々はその間二つのブースを使って海洋酸性化をテーマにしたＶＲ社会見学の体験コーナーを運営した。終わってみれば、我々は六日間で約二〇〇〇人にこのＶＲを体験させることができた。順番を待つ人の列は途切れることがなく、ときには何十人もの行列ができた。彼らは海洋酸性化を学ぶために何時間も並び、そのうえお金まで払ったのである。

そのとき私は「教科書を読むための待ち時間をめぐって口論する人々なんて初めて見たぞ」とほくそ笑んだことを覚えている。もちろん、人々を行列に並ばせた主な理由は、見たこともないＶＲという装置の目新しさだ。だが私はそれが問題だとは思わない。技術が進化しコンテンツがより高度化する限り、優れたＶＲ体験には飽きるということがないと思うからだ。私は二〇年間で一度も飽きたことはない。ＶＲには限界がない。唯一の限界は人間の想像力である。学びを愛する人にとって、未来はわくわくするような学びのチャンスに満ちあふれていると私は確信している。

さて、本章もあとわずかだが、残るページをＶＲの持つもう一つの教育的メリットについて割きたいと思う。ＶＲというメディアだけが持つ、魅力的だが場合によっては恐ろしいアフォーダンスについての話だ。どういうことかというと、ＶＲを使用中のユーザーに関してコンピュータは莫大な量のデータを収集できるのである。仮想世界にいるユーザーは、自分がどのような動き方、しゃべり方、見方をするか、長期的に利用可能な大量のデータをコンピュータに提供している。それを分析すれば学習効果を劇的に高められる可能性がある。

没入型ＶＲはユーザーの動作をすべて読み取り、分析できる

かつてニューヨーカーに掲載された有名な風刺漫画がある。ネットサーフィンを楽しむ犬が描かれ、その下に「インターネットでは誰もあなたが犬だとわからない」と書かれている。私はいつも学生に言うのだ。ＶＲではあなたが犬だとわかるだけではなく、品種や首輪のタイプ、朝食の内容までわかるよ、と。

メディア利用の歴史の中で、さらに言えば社会科学の研究ツールとしても、没入型ＶＲほど人間の動作を正確に、高頻度で、こっそりと計測できる道具は存在したことがない。しかもそうして集めたデータは極めて含蓄に富み、ユーザー個人について多くのことを物語る。口に出す言葉と違い、非言語行動は無意識に行われる。その人の精神状態、感情、自己認識をダイレクトに映し出す鏡なのだ。誰でも自分が口に出す言葉には注意を払える。だが、自分のちょっとした動きやジェスチャーを常にコントロールできる人はきわめて少ない。

私はこうした〝デジタル痕跡《フットプリント》〟を一〇年近く研究しており、その過程で人々の身体の動かし方、視線の振り向け方といったデータを大量に集めた。そして私のラボや他の研究者たちはみな、こうしたデータを読み解く分析手法に磨きをかけ続けている。コーネル大学教授のデボラ・エストリンが〝スモールデータ〟分析と呼ぶ手法だ。

こうした分析から我々は〝行動の告白〟を読み取り、例えば工場労働者のミスや乱暴運転を予測したり、オンラインショッピングの利用者が商品に興味を持った瞬間を知ることさえできるようになる。このデジタル・フットプリント技術には極めて幅広い利用法がある。建設的なものもあれば、まぎれもなくおぞましい利用法もある。私の意見を言わせてもらえば、最も素晴らしい利用法の一つは学習態度の評価に使うことだ。(7)

授業中の動作を分析すれば、その生徒のテスト結果は正確に予測できる

学生は学期を通して、教室の内外で多くの時間を専攻科目の勉強に充てる（はずである）。ところがその成果を評価する段になると、チェックできる項目は実はそれほどない。数ヶ月におよぶ学習の成績はわずか数種類のデータ点――中間テスト、期末テスト、出席日数、さらに場合によっては一～二回の論文提出――だけで決められてしまう。このように極めて少ない情報で決められる成績が、大学院への進学や就職の成否、さらには高給が稼げるかどうかさえ左右するのである。本来、学業成績とはその学生がいずれ社会に出たときにどれほどうまくやっていけるかを予測し、採用する側から見ればその学生の真面目さや自制心、勤勉さに関する手がかりになるべ

きものとされているのに――。

ところが、もし授業が没入型ＶＲで行われるとしたら、その内容が短時間のＶＲ社会見学だろうと、比較的長時間のバーチャル教授による講義だろうと、受講生の動作に関する莫大なデータが収集できるはずだ。そしてそのデータから受講生の熱意と受講態度について多くのことがわかるだろう。

例えば二〇一四年に論文発表した我々の実験では、教師一人が生徒一人に対して授業を行う様子をＶＲ用トラッキング装置で計測し、両者の非言語行動のデータを集めた。そしてこのデータを使って生徒ごとにテストの点数を予測してみた。(8) その結果、授業中の教師と生徒のボディランゲージを分析すれば、その生徒が後で受けるテストの良し悪しを正確に予測できると証明できた。ＶＲ装置は授業中の生徒の様子を見るだけで、その生徒がテストで良い点をとるか悪い点を取るかわかるのである。

この種の実験が強い説得力を持つ理由は、〝ボトムアップ型〟の実験だからである。「うなずき」や「指さし」といった、すでに知られている特定のジェスチャーを探すのではなく、未知のかすかな動作パターンを数値データから見つけ出すのだ。その多くは人間の目なら見逃すであろう微妙な動きだ。例えば点数予測の手がかりとなった特徴的な動作パターンの一つは「頭部と胴体の合計歪度」と名付けた生徒の動きだ。この特徴的な数値分布が実際にどんな動きに見えるのかをビジュアル化するのは極めて難しいが、頭部をまっすぐにしている人が時々うなずく動作によってこの歪みが生まれるときもある。

私は〝バーチャル・ピープル〟の講座で毎年学生に聞く質問がある。成績をつける方法として、緊張の数時間だけで決まる学年末テストに基づく従来型がいいか、それともデジタル・フットプリントの分析に基づく方法、文字通り何百万ものデータ点から学習態度と熱意を数ヶ月にわたり継続的に計測する新しい方法がいいか、という質問だ。

今のところ新しい方法を選ぶ学生はまずいない。ほとんどの学生は学業成績の計測手段としてデジタル・フットプリントのほうが優れていると認めつつも、学年末テストを選ぶ。たとえデジタル・フットプリントのほうが精度が高いとしても、学生たちはテストで成績をつけられる仕組みにすっかり慣れているのだろう。それか、学期中の限られた数時間だけ優秀な学生でいるほうがはるかに気楽なのかもしれない。

生徒の反応に応じて効果的な姿に変化するバーチャル教師

さらに、生徒の動作のすべてをリアルタイムで計測できるとなれば、成績評価だけにとどまらないさまざまな利用法がある。例えば生徒の反応に応じて授業中に変身したり微調整できるバーチャル教師が考えられる。

完全にVRの中で講義を行うとすれば、私よりも私のアバターのほうが対面教師として優れた教え方ができるだろう。たとえ生徒が二〇〇人以上いても、アバターなら一人一人に完璧な注意を振り向けられる。アバターなら、私らしい最も適切なジェスチャーを使って教えられるし、ついカッとなって私が冷静さを失っても、そうした失敗を覆い隠してくれる。そして二〇〇人の生徒それぞれのわずかな動作も見逃さず、理解できずに混乱しているとか理解が進んだとかの状態を把握できる。

　一般に教え方（に限らずあらゆる形の社会的交流について）の常識としては「相手と直接向き合うのが王道であり、どのような間接的手法にも勝る」と信じられている。だが、アバターと学習に関する私の研究によれば、教師のアバターは現実世界には存在しない能力を持てるのだ。

　ＶＲの仕組みは次のようなサイクルになっている。まずユーザーの動作をコンピュータが把握し、次にその動作を反映するようにユーザーのアバターを再描画する。例えば生徒がフィラデルフィアに、教師がサンタフェにいるとしよう。生徒が頭を動かして教師（のアバター）のほうを向き、片手を挙げると、一連の動作はすべてセンサー技術によって検知される。一方、サンタフェにある教師のコンピュータには、この生徒の顔つきや体つきといったアバター用データはすでに保存されており、一連の動作のデータだけをインターネット経由で受け取る。そして生徒のアバターをそれに応じて再描画する。

　教師と生徒それぞれの動きをトラッキングし、その情報をインターネット経由で伝え、受け取った情報を相手のアバターに反映させる――このサイクルがすべて切れ目なく流れるように起きるため、教師と生徒はあたかも仮想空間で一つの部屋に一緒にいるかのように感じられる。お互いのコンピュータは相手のコンピュータに向けて、自分の所有者の現在の姿を要約した情報をストリーミング配信するのである。

　ところがここで、ユーザーは現実を加工することもできる。なんらかの目的のためにリアルタイムでやりとりする情報を操作するのである。例えば教師は自分のコンピュータに命じて、自分の怒った顔は決して相手に伝えず、常に冷静な表情だけを描かせることもできる。もしくは、気を散らされる生徒の動作、例えば鉛筆で机をコツコツ叩くとか携帯電話でチャットの文字入力をしているといった動作をアバターで再現しないよう命じることもできる。

一〇〇人の生徒に「一対一」の指導を同時に行える

一九八〇年代にベンジャミン・S・ブルームが行った研究、およびそれに引き続く一連の研究により、教師から一対一で指導される生徒は普通の教室で大勢と一緒に授業を受ける生徒よりもかなり高い学習効果が得られることがわかっている。VRを使えば一人の教師が同時に多数の生徒に向けて一対一の指導を行えるようになる。実際は一対一〇〇のクラスでも、非言語行動のやりとりに関して言えば「一対一の関係が一〇〇通り」あるようなものになる。

一つのクラスにはいろいろなタイプの生徒がいる。例えば内向的な生徒と外交的な生徒のばらけ具合一つ見ても、学校外のさまざまな集団と同じように大きくばらけている。一部の生徒は身振り手振りや笑顔といった非言語行動を多用する教師のほうがコミュニケーションしやすいかもしれないし、一方で別の生徒はあまり感情を表に出さない教師を好むかもしれない。第7章で触れた「カメレオン効果」を思い出してほしい。いくつもの心理学の研究で証明されている効果で、要するに相手と同じような姿勢やしぐさをして非言語的に相手を真似すると、相手に対する社会的影響力を最大化できるというものだ。人は自分と同じ非言語行動をする相手をより好ましく感じ、より説得されやすくなるのである。

私のラボで何度も行っている仮想世界の動作の実験でも同じことが証明されている。VR内で教師が生徒の非言語行動を真似すると、すなわち生徒の非言語行動のデータを受け取った教師側が、自分のアバターに生徒と同じような動作をさせると、次の三つのことが起きる。

第一に、生徒側は教師が自分の真似をしていることにまず気づかない。

第二に、それでも生徒はより熱心に教師の話を聞くようになる。自分の真似をしない普通の教師と比べ、真似をする教師だと目をそらさずにじっと見つめることが増えるのである。

第三に、生徒は自分を真似る教師からより強い影響を受ける。そのような教師の指示に従うことが増え、教師が授業中に言った内容により多く同意するようになる。(9)

私が一〇〇人の生徒の前に立って授業をしたとする。もし私が一人の生徒の非言語行動を真似しようと思えば、その作業に多くの認知能力を割かねばならない。しかしこのクラスをVRで行えば、私のアバターは生徒の知らぬ間に自動的に一〇〇通りのバージョンに分裂し、それぞれが一〇〇人の生徒の非言語行動を真似するのだ。私は自分の動作になんら注意を払う必要はないし、ましてやキーボードでコマンドを打ち込む必要もない。私のコンピュータが私の（アバターの）ジェスチャーやその他の動作を加工し、それぞれの生徒を真似するように再現してくれる。心理的にはクラスの生徒数を一〇〇人から一人へ減らすことに等しい。

ペトラ遺跡のVRを経験した考古学者による新発見

過去を振り返ってみると、最も成功したVR利用法の一つは現実世界では見るのが不可能なものを可視化することだった。アイバン・サザランドはずいぶん早く、一九六五年の画期的論文

「究極のディスプレイ」でそうした使い方を提唱している。サザランドの指摘によれば、我々はみな生まれてからずっとこの世界という物理的環境で過ごしてきたため、この世界の性質について一まとまりの「予測セット」を作り上げている。物理的存在が重力に対してどう動くか、お互いにどう反応するか、視点を変えるとどのように見えるか、そうしたことを自分の五感と経験を通して予測できるのである。

ところが、日常生活で出会う物質的存在に対しては極めて役立つこの予測セットも、日常では気づかない隠れた物理法則を理解しようとするときには間違いのもとになる。サザランドは次のように書いている。「我々は、荷電粒子の力学や不均一場に働く力、非射影的幾何学変換の効果、高慣性で低摩擦の運動といったものに対してはそのような慣れと経験を欠いている。だがデジタル電算機につなげたディスプレイなら、現実の物理環境では実現不可能な概念に慣れ親しむ機会を我々に与えてくれる。それは数学の不思議の国《ワンダーランド》を映し出す鏡なのだ[10]」――この〝数学のワンダーランドを映し出す鏡〟という言葉は、一九六〇年代から現在に至るまでVR界で多くの人々の羅針盤となってきた。

VRによる可視化を科学教育に役立てようと研究してきた第一人者は、ブラウン大学のアンドリーズ・ヴァン・ダムだ。彼はコンピュータによる可視化テクニックを利用して〝隠された〟科学的因果関係を目に見えるようにする技術を何十年も研究してきた。その輝かしいキャリアを通して彼は常に医学や人類学、地理学など他分野の専門家と協力し、科学の学習や新しい科学的知見の発見に役立つシミュレーション・ツールを開発してきた。

それらのシミュレーションは数字や二次元図形の形で受け取った情報を、ユーザーが〝体験〟

できる動的な環境へと変換する。例えば宇宙飛行士ならシミュレーションで火星の表面に降り立ち、移動のしかたや距離感覚を体感できる。または生物学者を細胞サイズに縮めて、血液の流れの機能と構造をまったく別の視点で観察できるシミュレーションもある。考古学者のための遺跡シミュレーションでは、崩壊して過去の痕跡をかすかに伝えるだけの現在の遺跡ではなく、完全な形に再現されて文化的遺物も無傷の状態にある当時の遺跡を探検できる。

可視化研究（研究論文が何百と書かれている一つの研究分野である）の歴史を振り返ると、科学者が自分の研究データをさまざまな角度から見直すことによって、目から鱗が落ちる〝気づきの瞬間〟を迎えた実例が山ほどある。

一例としてヨルダンのペトラ遺跡の大神殿をＶＲにした「ＡＲＣＨＡＶＥシステム」を取り上げよう。このシステムの狙いは遺跡の発掘溝で見つかったランプとコインの分析にあり、考古学者はＶＲ内に再現された大神殿を歩き回ることができる。だが、それ以上に意味があるのは、文化的遺物や長期間かけて収集された各種データなどの発掘データベースを〝可視化〟したことだ。研究者はＶＲ内でこうしたデータを実物大に復元された大神殿の姿としてくわしく調べることができる。

このＶＲ大神殿に初めて足を踏み入れた考古学者たちは、可視化されていなかったら何ヶ月も気づかなかったであろうことを、すぐにいくつも発見した。例えば一人の専門家は、文化的遺物としてデータベース化されていたランプとコインが、ＶＲ大神殿の中に置かれた〝モノ〟として存在している姿をじっくりと観察し、その配置の特徴に気づいた。西側通路の発掘溝にビザンチン様式のランプがまとまって貯蔵されている場所があったのだ。可視化するまで見落とされていたこのランプの配置の特徴は、ビザンチン占領下時代にこの場所に誰が住んでいたかを推測する重要な手がかりとなったのである。(11)

ＶＲが一夜にして従来型の教室での学習に取って代わるとは思わない。またそうあるべきだとも思わない。私はＶＲという新奇で強烈なテクノロジーが、ゆっくりと、注意深く、試行錯誤を繰り返しながら着実に、従来型の教室と融合していく姿を見たいと思っている。そして、そうなるための努力を今後も続けていくつもりだ。

第10章　優れたVRコンテンツの三条件

かつては一部の専門家にしか扱えなかったVRも、今では誰でも簡単に入手できるようになった。既存のメディアとは全く異質で、測り知れない力を秘めたこの技術は、人類にとって諸刃の剣だ。その制作者は三つのルールを必ず守らなければならない。

本書の最後の章を書いている今、二〇一六年のクリスマス・シーズンがまさに終わろうとしている。例年よりだいぶ遅く始まったハヌカ［クリスマスとほぼ同時期に行われるユダヤ教のお祭り］も真っ最中だ。この時期は一年で最大のプレゼント・シーズンでもあり、多くのVR関係者の狙い通り、何百万もの人々が包装紙を破って友人や家族から贈られたViveやオキュラス・リフト、プレイステーションVR、その他のVR装置を手にした。

この珍妙な装置を目の前にして、多くの人は私の祖父と同じ反応をしたのではないかと思う。二〇一四年に私が初めてVR装置をプレゼントしたとき、祖父は「いったいこれをどうしたらいいんだ?」と途方に暮れたものだ。そしてVR装置の扱い方にとまどった人の多くは、現代人がみな困ったときに頼る方法にすがったらしい。グーグル検索だ。

グーグルトレンドによれば、二〇一六年一二月二三日から二六日の間に〝VRコンテンツ〟というワードの検索数は三倍に急増している。同じ期間に〝VRポルノ〟という検索ワードが急増したのも偶然ではあるまい(1)。どうやらHMDを手にした人々は、付属のデモをいくつか試した後でアダルト業界のソフトを探し求めたようだ。ビデオテープからインターネットのストリーミング配信に至るまで、発展途上のメディアの先陣を切り開いてきたいつものパターンである。ビル・ゲイツの言葉を借りれば「コンテンツこそ王様」であり、消費者向け新技術としてVRが順調に普及するかどうかは、アダルトもの以外で消費者に見たいと思わせるVRコンテンツがどれだけ早く登場するかにかかっている。

数十万ドル規模の予算と専門のエンジニアが必要だった時代

一九九〇年代後半にVRの研究を始めた当初、私の意識には消費者向けVRなど存在していなかった。心理学部に所属していた私にとって、VRとはごく限られた少数の研究者が研究用ツールとして利用する装置であり、一般家庭にテレビと並んで置かれるお手軽なガジェットには見えなかった。今では理解しがたいだろうが、当時私のいたUCSBのラボでは、VRシステムをfMRI装置と同列に扱っていた。fMRIはあきれるほど高価で、ばかでかい機械で、定期的なメンテナンスが必要で、訓練を受けた専門家にしか扱えない。当時のVRシステムは、予算面でも生産体制でも使い方の面でもそのfMRIに近かったのである。

当時私を含めたVR研究者は、どのようにVRを利用しようともそれが一般の人々にまで漏れ広がる可能性は皆無だったので、VRというツールをなんの制限もなく自由に使い、自分の疑問を追究してきた。私のメンターで前著『無限の現実』の共著者でもあるジム・ブラスコビッチは、遵法精神の実験のためラスベガスのようなカジノを設計し、さらに〝アバターの死〟がユーザーに与える影響まで調べた。私のもう一人のメンターであるジャック・ルーミスは内耳前庭器官の限界を調べるために床も天井もない超現実的な部屋をつくった。前にも触れたが、スキップ・リッツォは戦闘によるPTSDの治療のためのVRシステムを作り上げ、ジョアン・ディフェーデは九月一一日の同時多発テロ被害者の治療用にVRを利用した。ハンター・ホフマンは臨床現場の疼痛管理の実験に高性能VRシステムを使った。

いずれも純粋な科学的研究であり、重要な実験だったが、いつかまったくの素人がクリスマスの朝にプレゼントの箱からVR装置を取り出すという前提で行われた実験は一つもない。fMRI装置と同じように、VR装置も当分の間は〝プロの監視〟のもとに使われると誰もが思い込んでいた。

その後私はスタンフォード大学に移り、VRを脳科学研究の道具と見る心理学部からコミュニケーション学部へと鞍替えした。コミュニケーション学部ではメディア利用の研究をする。その影響で私の考え方は変わり、いずれはアバターとVRがそこらじゅうにある世界が来るだろうと思うようになった。私はスタンフォード大学で終身在職権の獲得を狙っていたので、コミュニケーション研究の柱の一つである「メディア効果」に〝VR〟という一ひねりを加えることにした。メディア効果とは「人はメディア利用でどう変わるか」というわかりやすいテーマを追究する学問だ。

まず私はウィリアム・ギブスンやニール・スティーヴンスンが描いたような、VRが日々の生活に浸透している未来世界を想像し、次にどのようにVRを利用すればその世界が滅茶苦茶になるかを考えた。例えば政治家はアバターを不正に利用して選挙工作ができるだろうか。広告はVRを利用して説得力を高めることができるだろうか。自分のアバターの体重を減らすと現実世界で本人の食生活にも影響がでるだろうか――。こうしたテーマを研究しながらも、私は夜ぐっすりと安眠できた。当時はまだ消費者市場に関する限り、VRの普及は完全な夢物語だったからだ。VR技術はプロの管理下にあり、VR装置を動かせるのは数十万ドル規模の予算と専門のエンジニアを抱えた人だけに限られていた。

どのようなコンテンツを目指すべきなのか?

だが二〇一〇年を境に私の考え方は変わり始めた。理由の一つは新しい家族を得たことかもしれないし(この年に第一子が生まれた)、消費者向けVRの第一波となるマイクロソフト・キネクトの成功を目撃したからかもしれない。もしくは私の新しいメンターたち、ジャロン・ラニアーの強力なビジョンや、フィリップ・ローズデールの社会性のあるネットワーク・アバターへの熱意に感染したからかもしれない。または、ついに私もシリコンバレーの教義に染まり「世界をより良い場所にできる」と信じ込んでしまったのかもしれない。

いずれにせよ、私は考えを変え、次のことを確信するようになった。VRは強い力を持つメディアであり、これまでに存在したあらゆるメディアと異なる。それは「メディア経験」ではなく、「経験」そのものである。しかもクリック一つでいつでも欲しいときに呼び出せる経験なのだ。

私たちは現実世界でしたいと思わない経験を、ＶＲ経験としても作ってはならない――。

そう考えると次に、どのような類いのＶＲ経験なら作っても問題ないのか、どのような姿勢でＶＲ経験の制作に取り組むべきなのか、という疑問が生まれる。

多くの人が世界各地から私のラボにやってきては、こうした質問の答えを求める。ＶＲ業界に参入をもくろむ企業から最もよく聞かれる質問の一つは「なにをすればいいでしょう?」である。当然ながら私の返事は状況によって異なる。ＶＲが世間の注目を浴び始めた二〇一四年以降、私はその種の会話を何百回となく繰り返してきた。その経験から見えてきたおおまかな指針を以下で示そう。

①「それはＶＲである必要性があるのか」と自問しよう

他のすべてのメディアと同じく、ＶＲもそれ自体に良し悪しはない。ただの道具である。たしかに私はＶＲがもたらす驚くべき経験に魅了され、いずれ世界中の人々がそれを共有できると前向きに考えているし、ＶＲが新たな社会的交流の可能性を広げ、さらには人々の創造性を解き放つとも信じている。とはいえ、ここでＶＲのマイナス面も指摘しなければ怠慢のそしりを免れない。

まず、前にも述べたように、仮想世界に没入すると現実世界では〝不在〟になるというマイナス面がある。人の意識は同時に二カ所には存在できない。漫然とＶＲを使っていると、犬のしっぽを踏んづけたり、壁に向かって歩いたり、地下鉄内で財布をスられたりしかねない。また、第二のマイナス面としてハードウェアの使い心地の悪さがある。今の市販のＶＲ装置を二〇分ほど使い続ければ、使用後はおでこに跡が残り、足元がふらふらするだろう。第三に、ＶＲは抗いがたいほど魅力的だ。想像しうる最高の経験がボタン一つで手に入るようになれば、おそらくＶＲは依存症を引き起こすだろう。

では、ＶＲの適切な使い方とはどのようなものか——私が学んだいくつかの経験則を記そう。

第一に、ＶＲはあなたができないであろうことにはうってつけだが、現実世界でしないであろうことには使うべきでない。スーパーマンのように月まで飛んでいくのは問題ない。だが仮想世界で大量殺人を行うのは——それがリアルに作られていればなおさら——問題がある。極めて大問題である。ＶＲを使った訓練について知れば知るほど、ＶＲというメディアはユーザーの将来の態度や行動に信じられないほど大きな影響を与えると考えざるを得ない。未来のテロリストをＶＲで鍛えたくはないし、暴力的行為に対する人々の感覚を麻痺させるのもごめんである。

第二に、日常的でつまらないことにＶＲを無駄遣いすべきではない。ＶＲ経験は全身全霊で味わうべきだ。今から五年後、たんにＥメールをチェックするために人々がＶＲを使っていれば、本書の狙いは失敗したことになる。ＶＲによる注意力散漫と依存症を心配するのなら、真に特別な体験をするためだけにこのメディアを使おう。

「真に特別な体験」の一番簡単な定義は、〝現実では不可能な体験〟である。ある行動が現実世界ではありえない選択肢であるなら、それをＶＲで体験するのはいい選択だ。時間旅行はハリウッド以外では不可能なので、時をさかのぼって自分の曾祖父の曾祖父に会いたければＶＲを使うのがいいだろう。牛になってそこらへんを歩き回るのがどんな感じか知りたいときや、仕事の生産性を上げるために第三の腕を生やしたいときもＶＲが向いている。

もう一つ優れたVRの使い方として、現実では危険な行為をVRで危険なく経験するという利用法がある。前にも触れたが、VR技術の原初のひな形は一九二〇年代後半のフライト・シミュレーターだ。なぜわざわざフライト・シミュレーターを開発したのか。それは仮想世界ならミスしてもタダなのに対し、現実世界で飛行機の運転ミスをすれば貴重な人命（と飛行機）が失われるからだ。昔から人々がよく犯すミスの一部をVRシミュレーションに〝格下げ〟できれば、我々の生活はよりよくなるだろう。そろそろこの軍事訓練のモデルを消防士や看護師や警察に広げてもいい頃合いだ。

私のご近所さんには二〇年のキャリアを持つオークランド警察署の刑事がいて、先日彼をラボの体験ツアーに招待したところ、第1章で紹介したアメフトのVR訓練を体験して即座にこれは暴動鎮圧訓練に使えると指摘した。警察官にとって群衆管理は定期的に直面する難しい仕事だが、「反抗的な群衆に対処する」という作業は訓練ができない。ご近所さんによれば、彼が最初に完全装備を身に着けて怒れる暴徒と直面したとき、警察官としてこれほど異様で難しい現場に立ち会ったのは初めてだと感じたそうだ。その場にいる全員の身の安全を守るのが職務であるというのに――。もし彼や同僚の警察官がVRでこうした暴徒と向き合う訓練を何度も繰り返していたら、現場ではるかに落ち着いていられたかもしれない。私は警察関係者からかなりひんぱんに電話やメールをもらう。彼らはVRが訓練環境を一変させる切り札になると見ているのだ。

上記に加え、VRの優れた使い方の指針には「コストと利用しやすさ」も含めるべきだ。観光でキリマンジャロの山頂まで行くのは一部の人々にとって不可能でも危険でもないだろうが、膨大な時間とお金がかかる。キリマンジャロ登頂という離れ業が肉体的には可能な人でも、そのほとんどは経済的にそこまで恵まれていない。だが、ＶＲなら数分の一の費用と苦労で息をのむような山頂からの眺望が味わえるだけでなく、貴重な時間の節約にもなる。かつて私は南アフリカで四五分の講演を行うためだけに、往復四〇時間を費やしたことがある。これは一週間分の労働時間に等しい。もし講演をアバターで行えていたら、その年は私にとって一年が五三週間に増えたようなものだったろう。

こうしたコスト要因を大いに検討すべきなのが医師の訓練だ。そこにはＶＲを活用できる素地が大いにある。例えば一人前の外科医になるまでの訓練内容を考えてほしい。解剖用の人間の死体は高価でしかもなかなか入手できない。そのうえ一つの臓器は一回メスを入れたら再利用できない。だがＶＲなら、シミュレーション制作費として初期投資は必要だろうが、ひとたび作ってしまえば他のデジタル・コンテンツと同じく一〇億回でもコピーでき、ボタン一つで世界中に送れるうえ、永遠に腐ることもない。

ある種の経験は長期的には素行改善につながるものの、短期的には悪い結果をもたらす場合がある。私の若い頃は、タバコを吸っているところを親に見つかり、戒めとして一箱全部吸わされた、なんて話を聞いたものだ。いわゆる愛の鞭で、ベビーブーマー世代のやり方だ。効果的な教訓を与えるのに適したタイミングかもしれないが、そんなやり方では確実に子供の肺にダメージを与えてしまう。

しかし、ＶＲならもっと良い教訓の与え方ができる。もちろん有毒な煙を大量に吸い込む苦しさこそ再現できないが、長期に及ぶ喫煙の影響をアバターで示すことはできるし、痛んだ肺の見学ツアーに連れ出して喫煙の影響を解説してもいい。第４章で紹介したように、実際に木を切り倒してもらわなくても、環境に害を与える行動のコストをユーザーに理解してもらうことはできる。ＶＲならユーザーには現実のように感じられ、脳も実際の経験のように扱うが、環境にはなんら害を与えないのだ。

結論として、その経験を実際に行うのが①不可能、②危険、③高価、④望ましくない結果を生む、のいずれかであればＶＲを使うのが適切だ。いずれにも当てはまらないなら別のメディアを使うことを真剣に検討するか、現実世界で実際に行えばいい。ＶＲはもっと特別な機会にとっておこう。

②ユーザーを酔わせてはならない

なんであれＶＲコンテンツを作るとき、「ユーザーを酔わせない」ことを最優先課題にしなければならない。優れたＶＲを体験するのは実に素晴らしいことだ。楽しいし、のめり込めるし、わくわくするし、ときには価値観が変わることさえある。人によっては良いところしかない体験となるだろう。だが、ユーザーをシミュレーター酔いさせてはすべてが台無しになる。私が恐れているのは、近い将来、ほんの数回の〝絵になる〟極端なシミュレーター酔いの実例が世間の注目を集め、その制作者がその種のＶＲを作れなくなるだけでなく、ＶＲ業界全体の発展にもブレーキをかける事態になることだ。

私がＶＲの研究を始めたばかりの頃、当時所属していたＵＣＳＢでこんな事故が起きた。まず、ＶＲの実験に参加した四〇代の女性が軽いシミュレーター酔いになった。当時はＶＲを使うとしばらくの間そうなるのはごく普通だった。なにしろフレームレートは三〇ｆｐｓ（今は九〇ｆｐ s）でレイテンシーが極めて高かったため、仮想世界は常にわずかに遅れ気味に再現され、気持ち悪さの原因となるラグが生まれていたからだ。

我々はこの女性を座らせて休ませ、ジンジャーエールを一口飲ませ、大丈夫だと思ったら教えてくれるよう言い聞かせた。シミュレーター酔いの患者にこのように対処するのはUCSBの施設内倫理委員会から全面的な賛同を得たやり方であり、我々はルールに従って適切な処置をした。彼女はしばらく休んだ後でもう大丈夫だと言い、我々に別れを告げた。

彼女はその後運転して帰宅し、自宅ガレージに車を停めた。そして玄関まで歩く途中でめまいに襲われ、塀の支柱に倒れ込んで頭を打った。そのことを我々は翌日の電話で知らされた。我々にとって辛い一日だった。不幸中の幸いで彼女は大した怪我もせず、裁判沙汰になるようなこともなかった。だがこの事故は忘れられない教訓となった。なにを犠牲にしても絶対にシミュレーター酔いは避けねばならない、と。

さらにVR制作者は「ユーザーの視界を勝手に動かさない」よう注意しなければならない。視界を動かすのはユーザー自身に任せる必要があるのだ。私は最近訪れた見本市で、某大手自動車メーカーが来賓のCEOたちを次々とシミュレーター酔いさせるところを目撃した。その自動車メーカーはCEOたちの頭にHMDをかぶせて仮想世界のスポーツカーに乗せ、猛烈なスピードで急カーブを攻めては急加速と急減速を繰り返したのである。まるで参加者全員の内耳前庭器官に警鐘を与えようとしているかのようだった。

仮想世界のドライブがなぜそれほどユーザーの五感に負担を与えるのか――。これまで何十万年も変わらず、人が動くときには三つのことが起きている。まず最初にオプティックフロー（網膜上の運動パターンの流れ）が変化する。これは、岩に近づくと視界の中でその岩が大きくなることを凝った言い方で表現しただけだ。次に内耳前庭器官が反応する。この器官は非常に敏感で、自分の動きに合わせて内耳で振動し、自分が動いていることを脳に伝える。第三に、自分の皮膚や筋肉から固有受容覚（身体の位置や動き、加えた力を感じる感覚）を受け取る。例えば歩いているときに足の裏が感じる床からの圧力も固有受容覚である。

さて、仮想世界でのドライブはこの三つの仕組みをめちゃくちゃにする。見本市でスポーツカーを運転したCEOたちは、道路が猛スピードで後方に流れ去るのを見た。そして彼らのオプティックフローはそれに正しく反応した。ところが、内耳前庭器官はそれにふさわしい振動を感知しない。というのもスポーツカーが急カーブを曲がっても、彼らの身体は実際には回転していないからだ。また、固有受容覚も目で見ているものにふさわしい情報を送ってこない。本来ならスポーツカーが急加速すれば、彼らの背筋は座席に押しつけられる圧力を感じるはずなのに。

この見本市のエピソードは、仮想世界での移動に関する根本的かつ大きな課題を示している。人は広大な仮想空間を探検したいと望む。例えばバーチャル月面探索だ。ところが月面に匹敵する広さの部屋が自宅にある人などいない。結果として、ユーザーのいる現実の部屋よりも広い仮想空間を歩き回れるようにしなければならないが、これが難しいのだ。残念ながら現状の解決策ではいずれもユーザーの五感に不愉快な思いをさせることになる。広大な仮想空間を歩き回るとき、それに応じた適切なオプティックフローが発生する――すなわち視界が捉える動きは現実と同じなのに対し、内耳前庭器官と固有受容覚はその動きに対応するしかるべき情報を受け取らない。なぜなら現実では広大な空間を歩き回っているわけではないからだ。

これまで何十年もの間に、この問題を解決するための非常に興味深い挑戦がいくつかなされてきた。一番の解決方法は巨大な部屋を用意することだ。ＵＣＳＢ時代の同僚デイブ・ウォーラーはオハイオ州のマイアミ大学にＶＲ研究所を新設するにあたり、使われなくなった体育館を譲り受け、ＨＩＶＥ（Huge Immersive Virtual Environment：大規模没入型仮想環境）という名前を付けた。おそらく人間の知覚系にとってはこれが最高の解決策だろうが、体育館サイズのＶＲ室を用意できる幸運な人はそう多くないだろう。

最高に傑作な解決法は〝人間ハムスターボール〟だ。初期の軍事用ＶＲの一部で使われて有名になった方法で、回し車の上を走るハムスターよろしく、回転する巨大な球体の中に人間を入れるのだ。ユーザーが走ると歩調に合わせて球体も回転し、無限に広大な空間を動いているのと同じ知覚を感じさせる仕組みである。当然ながらこの方法でも相当に大きな部屋（しかも極めて高い天井）が必要となる。ユーザーの足が球体の底を曲面でなく平面と感じるためには、極めて大きな球体でなければならないからだ。これもやはり消費者向けＶＲでは解決策にならない。

最近では全方位型のトレッドミル（ランニングマシーン）が急浮上している。トレッドミルとは基本的にユーザーが歩いた方向と反対向きにユーザーを引き戻し、常にユーザーが装置の中心にいるよう調整することで、ひたすら歩き続けられるようにする装置だ。ユーザーがＶＲ内で右に曲がると、トレッドミルは足元の向きと速度を変えてユーザーを中心部分に引き戻す。全方位型トレッドミルはこの一〇年で大幅に進化したが、それでも問題ないほど現実に近い感覚を内耳前庭器官と固有受容覚に感じさせるまでには至っていない。トレッドミルに合わせてユーザーが歩き方を調整する必要があるからだ。加えて安全性が大きな課題で、市販の全方位型トレッドミルはほとんどがユーザーをハーネスでつなぐ仕組みになっている。装置から転げ落ちないためだ。

さらに別の解決策として、（感覚的な情報でなく）観念的な情報で「これから動きます」とユーザーに伝えるやり方もある。ビデオゲームで移動するときにジョイスティックやマウス、矢印キーを使うのと同じことである。最も簡単な解決策であり、「セカンドライフ」のようなデスクトップ型ＶＲシステムならこれで問題なくプレイできるが、同時にオプティックフローと他の二つの感覚との連携を完全に断ち切る最悪の方法でもある。私のラボではなんらかの理由でユーザーを仮想世界内部で移動させる必要が生じたとき、マウスを使ってユーザーを動かす。自分は動いていないのに目前の視界が突然自分に向かって動き出すのを見たユーザーは、多くが驚きの叫び声をあげる。なかには転んでしまう人もいるほどだ。

このタイプの解決法で現在多くのＶＲシステムが採用しているのが〝テレポート方式〟である。ユーザーをある場所から別の場所まで一瞬で飛ばすのだが、その移動に関してはなんら知覚情報を与えない。ユーザーはプレゼンで使うレーザーポインターのように、手に持ったコントローラーで移動先を指定してからボタンをクリックするとその場所へと瞬間移動する。感覚が狂いそうに思えるかもしれないが、実際には驚くほどうまくいく。観念的情報で移動を伝える他の手法だと移動中のオプティックフローを再現する必要があるが、それよりはるかに快適に移動できるのだ。このやり方だと普通の寝室ほどの広さしかない部屋でＶＲを使っても、ユーザーはさまざまな場所へとまずテレポートし、その後で現実と同じ自然な感覚で、すなわちオプティックフローと内耳前庭器官と固有受容覚が適切な情報を受け取りつつ、狭い部屋を歩き回ることができる。

大事なのはテレポートする際の移動処理を適切に行い、ユーザーが一瞬で遠くへ移動してもショックを受けないようにすることだ。

部屋の狭さの問題を解決する私のお気に入りのテクニックは〝方向転換歩き〟だ。こんな状況を想像してほしい。あるユーザーがVRの中で何キロも直進しなければならないとする。ところが彼はそんな物理的スペースを持っていない。正方形の広い部屋があるだけだ。そこで彼はこの部屋の左下の隅から歩き始め、左手の壁に沿って歩くとしよう。ここまではなんの問題もない。ユーザーは現実世界でも仮想世界でも直進している。ところがユーザーが部屋の左上の隅に近づくと、VRシステムは彼の視界を少しずつずらし始める。一歩ごとに、身体が反時計回りにわずかに方向を変えているかのように仮想世界を描くのである。すると彼は仮想世界でまっすぐ歩こうとして、知らず知らずのうちに現実世界では時計回りに方向転換しながら歩くことになる。この結果、ユーザーは現実世界ではひたすら円を描いて歩いているのに、仮想世界ではまっすぐに歩いていると思い込むことになる。

このテクニックのポイントは、方向転換の調整がほんのちょっとずつで済むよう十分に広い部屋を使うことだ。これが極めて重要な理由は二つある。一つにはあまり急激に視界を回転させるとユーザーは気持ち悪くなってしまうため。もう一つは、物理法則を破っていることにユーザーが気づかないほうがずっと楽しめるからだ。

VRではたくさんの驚くべき経験ができる。空を飛び、ピラミッドを駆け上っては駆け下り、歴史的大事件に立ち会うことも可能になる。だが絶対に守るべきルールが一つある。ユーザーに嘔吐させないことだ。めまいすら引き起こさないほうがいい。VRの発展の初期段階でこのルールさえしっかり守れば、VRユーザーもVR関係者もみんなが幸せになれるだろう。

③安全を最優先する

優れたVRは現実世界にいることを忘れさせる。私は七〇歳の老人たちにVR内で後ろ宙返りをさせて、勢い余って現実世界で転倒する彼らを腕で抱きとめたこともあるし、有名なジャーナリストを全速力で現実世界の壁に向かってダッシュさせたこともある。ロシア人事業家はもう少しで私の顔に回し蹴りをたたき込むところだったし、有名なアメフトの監督らは仮想世界の選手を牽制しようとして演台を全力で殴ったものだ。今まで私のラボでけが人がでていないのは、VR被験者の一挙一動を見守る優秀で注意深い監視役を常に置き、必要とあらば被験者を抱きとめたり制止したりしてもらっているからだ。

もちろんこの〝監視役〟制度をVRと一緒に一般家庭に普及させるのは無理だ。私はよく「ほとんどの消費者向けVRセットには私が付属しない」と冗談を言う（私は自分の〝監視役〟能力を大いに誇っている）。代わりに付属するのは「ゲームは座ってプレイしてください」などと書かれた「使用上の注意」か、壁に近づくと多くの場合（一〇〇％ではない）警告を発するスキャン装置などだ。VR革命をつぼみのうちに摘み取るには、世間の注目を集める恐ろしい事故が二、三件起きれば十分だろう。私はVRを楽しむつもりの人々に助言したい。どれだけ安全面に気を遣っているつもりでも、その用心を三倍にしてほしい。

安全性を高める一つの方法はVRのプレイ時間を常に短く保つことだ。人生を振り返って忘れがたい経験をいくつか思い出してほしい。それは何時間も続いただろうか、それとも数分間の話だろうか？　どんな形態であれ大半のストーリー作りの現場では〝少ないほうが豊かである〟が合い言葉になっている。VRに関してはなおさらこの言葉が当てはまる。ほとんどのVRコンテンツはユーザーに強烈な印象を与え、大いに感情移入させたり、胸が張り裂けそうな気持ちを感じさせたり、心理的に強い説得力をふるったりする。このため多くの場合は五分から一〇分程度のVR体験でも十分過ぎるほどなのだ。

私たちはこの世界をより良い場所にできる

この数年はVRに対するメディアの関心が大いに盛り上がったせいで、VRは新しい技術ではないという事実が忘れられがちだ。新しいどころか〝少し前〟の技術でもない。もう何十年も前から、VRならこんなこともできるだとか、こんなふうに世の中を変えるだとかいった憶測が常に飛び交っていた。ふたを開けてみれば、今でもVRの将来がどうなるか誰にもわからないというのが本当のところだ。今の我々にできる精一杯のことは、VRの仕組みを知り、なにができるかを正しく理解しようと努め、次にそうした要素を人間のニーズと欲望に役立てる方法はないかと想像力を働かせるくらいであろう。

本書では、メディアとしてのVRがどのように機能するのか現時点でわかっていることを概説した。その内容はしっかりとした研究に基づくものではあるが、一つの技術がこの先どのように成長し、実際にどのような使われ方をするのかという予測は常に一か八かの賭けである。

過去の技術を振り返っても、専門家や設計者が予測した将来像が正しかったことはめったにない。誰が想像できただろうか――4Gネットワークと高精細スクリーンを使い、人々がいつも持ち歩く超高性能なデジタルデータ対応携帯電話機の最も多い使い道が、一九世紀の電報技術でも対応可能なテキストメッセージの送信や一四〇文字のつぶやきになるとは――。もしくは、これまでに開発されたあらゆるゲーム操作方法の中でも最も精緻でよくできており、ユーザーの身体全体の動きをトラッキングしてコントローラーにしてしまうマイクロソフト・キネクトが、まさか従来型のＸｂｏｘコントローラーに取って代わることができないなどと、誰が予測できたであろうか。

今後のＶＲの進化を占ううえで、もしインターネットがなんらかの参考になるのであれば、おそらくほとんどの人はたんにＶＲユーザーになるだけで終わらずに、自らＶＲコンテンツの制作者となるだろう。ちょうどインターネット利用者の多くがブログを書き、ユーチューブに動画をアップロードし、ツイッターでつぶやくのと同じである。

この章では「優れたＶＲコンテンツの作り方」について書いてきたが、お気づきのように私は、コンテンツ自体よりもその考え方について、はるかに多く触れている。その理由は、今後ＶＲ技術がさらに進歩してコンテンツ制作ツールの開発が進めば、人々がＶＲを使ってあらゆる自己表現を行い、あらゆるＶＲの使い方を考え出すようになるからだ。

人々の想像力が及ぶことはすべてコンテンツ化されるであろう。不快感をもたらすものも必ず作られる。私は「デジタル・シミュレーションも憲法で表現の自由を保障されている」とした米連邦最高裁判所の判決に心から賛同するが、とはいえ好きなものをなんでも制作できる自由があるからといって、そうすべきだとは思わない。ただ刺激だけを追い求めるコンテンツや現実逃避のための娯楽ではなく、もっと大きなものを作ろうと努力すべきだ。シリコンバレー式の決まり文句で恐縮だが、私たちはこの世界をより良い場所にできる——ただしVRにしかない独特の力を大事に使い、社会によい影響を与える面だけを活用するようにすればの話だが。

どんな結果になるにせよ、VRという技術がもたらす大変革を同時代に生身で味わえるのは極めて貴重な経験である。激しい変化の日々が私たちを待っているだろう。

謝辞

なによりもまず、妻のジャニン・ザカリアに感謝したい。前著『無限の現実』の読者ならお気づきになったかもしれないが、本書は前著よりも踏み込んで具体的なＶＲの利用法――実際に人々や政府、動物や地球環境の役に立つ利用法に多くのページを割いた。前著ではＶＲでなにができるかを概説したが、本書はＶＲでなにをすべきかに焦点を当てている。たんなる科学を超えて、世の中を積極的に変えていこうという行動主義が一さじ加味されているのだ。

そしてジャニンこそが、その変化を私にもたらしてくれた。私により良い行動を促し、ただＶＲ自体を考えるのではなく、なににそのＶＲを使うのかを考えるよう刺激を与えてくれた。私がラボで気候変動や共感、その他の社会に役立つＶＲ利用を主に研究するようになった一因は彼女にある。

次に、ジェフ・アレクサンダーに感謝を述べたい。彼は本書執筆のあらゆる場面で助けになってくれた。取材、編集、調べ物、ラッパーたちへのＶＲデモ、アイデア出し、考えを深める議論――。ジェフの素晴らしい頭脳と熱心な仕事ぶりがなければ本書はずいぶん違ったものになっていただろう。

私のエージェントを務めるウィル・リッピンコットは文字通り本書の生みの親だ。二冊目を書こうという熱意を失っていた私が結局は挑戦する気になったのは、まさに彼の忍耐力とはげましと叡智のおかげである。二人の担当編集者にもお礼を述べたい。ブレンダン・カリーは本書全体の輪郭を整えてくれた。キン・ドゥの仕事は〝打率一〇割〟で、彼女の編集作業は一つの例外もなく本書を改善してくれた。

次に名を挙げる博士課程の学生一〇人の主任指導教官であったことは私にとってこの上ない幸運だった。スンヨー・アン、ジャッキー・ベイリー、ジェシー・フォックス、フェルナンダ・ヘレーハ、レネ・キジルチェク、スヨン・オー、キャスリン・セゴビア、ケターキ・シュリラム、アンドレア・スティーブンソン・ウォン、そしてニック・イー。本書ではたびたび「我々の実験では」といった書き方をしているが、正直に言えばこの一〇人の院生が実験のほとんどを考え、実行してくれたのである。一〇人の素晴らしい頭脳がなければ、ラボの研究成果は極めて乏しかったはずだ。彼らの献身と才能に感謝すると同時に、私が彼らの研究における自分の貢献を過大に言い過ぎたときに彼らが示す優しさと忍耐力にも感謝したい。

加えて、本書に登場する研究と実験に不可欠の存在であった何十人ものスタンフォード大学の学部生および修士課程の大学院生にもお礼を述べたい。また、本書の草稿にコメントをしてくれたトービン・アッシャー、ニール・ベイレンソン、ケイト・ベッティンガー、マイケル・カサーレ、アルバート・カシュチェネフスキー、シェルビー・ミンハイアー、そしてジャニン・ザカリアにも謝意を示したい。

専門の常勤スタッフを雇える幸運な大学教授は極めて少ない。二〇一〇年以来、私はラボの運営責任者を全面的に頼りにしてきた。初代のコーディ・カルーツ、続いてショーニー・ボーマン、今のトービン・アッシャー。また、プロジェクト・マネジャーのエリーゼ・オーグルもラボには欠かせない存在だ。スタンフォード大学にこのラボが作られて以降、我々は一万人を超える人々にＶＲツアーやＶＲ体験を提供してきた。だがこの種の社会貢献活動に教授が関与できる時間はあまりない。トライベッカ映画祭で初公開するＶＲ映画をジェーン・ローゼンタールのために制作しているときも、人々をＶＲツアーに案内しているときも、私の素晴らしいスタッフ陣が活躍してくれた。彼らはこのラボをたんに科学的研究の場とするだけにとどまらず、社会見学に来た小学三年生から買収の下見に来た億万長者のＣＥＯまで、誰もが気楽に訪問してはＶＲについて学べる場所にしてくれた。

本書を私の教員指導者《ファカルティ・メンター》だったクリフォード・ナスに捧げる。クリフは天才であったが、それよりなにより、彼ほどあふれる親切心を持った特別な教授を見たことがない。彼がいなければ私がスタンフォード大学に職を得られることもなかったろう。私が最終的に終身在職権を獲得するまでに彼の指導が果たした役割はどれほど強調しても足りないほどだ。

加えて、「ＶＲ経験は現実の経験であるかのように扱うべきだ」とする本書の根底をなす思想について、似たような話を聞いたことがあると思った読者もいるかもしれない。「人はメディアを現実であるかのように扱っている」と最初に指摘したのはバイロン・リーブスとクリフォード・ナスの著書『人はなぜコンピューターを人間として扱うか――「メディアの等式」の心理学』（翔泳社、二〇〇一年）である。スタンフォード大学で私の知性および学者としてのキャリアを前に進めることができたのは、クリフとバイロンの二人のおかげだと感謝している。

他にも数多くのメンターに謝意を表明したい。ジム・ブラスコビッチは社会心理学を教えてくれた。アンディ・ビールはＶＲに関するすべてを、コーディングからハードウェア、そして大きな考え方をすることまで教えてくれた。ジャック・ルーミスは知覚システムについて教えてくれた。ジャロン・ラニアーはＶＲが変革をもたらすもの——人々をより良く変えるためのものであるべきだと教えてくれた。そして私が本当に独創的なアイデアを思いついたとき、実は同じことをジャロンが数十年前に考えていたと後で気づくことがしょっちゅうある。

ウォルター・グリーンリーフとスキップ・リッツォは医療および臨床治療のＶＲ利用について教えてくれた。ＶＲにおける人間の行動を理解するうえでメル・スレーター以上の仕事をした人はほぼ皆無だ。ロイ・ピーとダン・シュワルツは学習と教育について教えてくれた。

私が事業運営に開眼したのはブルース・ミラーのおかげであり、ビジネス界の人々との付き合い方も教えてくれた。メル・ブレイクは私のそのスキルにさらに磨きをかけてくれた。彼の根気と智恵なくしては、本書に記したようなＶＲの将来に関する私のビジョンをこれほど多数の企業の意思決定者たちに伝えることは決してできなかっただろう。ディルク・スミッツとシュイラー・カレンはシリコンバレーという猛獣を探究する手助けをしてくれた（まだまだ先は長いが）。キャロル・ベリスは折に触れ法律相談に応じてくれただけでなく、その時間を楽しいものにしてくれた。

デレク・ベルチには特別の感謝を伝えたい。いずれＶＲの歴史を振り返ったとき、彼はＶＲを一般に普及させ、トレーニングのやり方を変えた人物として名を残すであろう。私の仕事仲間はみな勤勉だが、デレクほど熱心に仕事をする人を私は知らない。

研究にはお金がかかる。有り難いことに私は、度量が広いだけでなく概して思慮深く手助けを惜しまない資金提供者に恵まれた。以下の方々にお礼を述べたい［組織名は英語表記でアルファベット順］。ブラウン・インスティテュート、シスコ、コーラル・リーフ・アライアンス、大日本印刷株式会社、米国防高等研究計画局（DARPA）、グーグル、ゴードン・アンド・ベティ・ムーア財団、HTC Vive、コニカミノルタ、メディアーX、マイクロソフト、米国立衛生研究所（NIH）、全米科学財団、日本電機株式会社（NEC）、オキュラス、米海軍研究事務所（ONR）、オムロン株式会社、ロバート・ウッド・ジョンソン財団、スタンフォード大学長寿研究センター、スタンフォード大学技術ライセンス事務所、スタンフォード大学VPUE（学部生用教育プログラム）、スタンフォード大学ウッズ環境研究所、TESS（Time-sharing Experiments for the Social Sciences）、米エネルギー省、WorldViz。

最後に、今の私の成功をもたらしてくれた究極の恩人、エレノアとジム、そしてニールとマーナに感謝したい。ある賢い女性がかつて私に言ったことがある。人生でなにか一つだけ選べるとしたら、両親を選びなさいと――。もし生まれ変わったとしても私はまったく同じ家族を選ぶ。それは私の新しい家族、リチャード・ザカリアとデブラ・ザカリアについても同じである。

そしてもちろん、私の人生の光であるアナとエディーも。

ソースノート

序　章　なぜフェイスブックはＶＲに賭けたのか？

1 "Oculus," *cdixon blog*, March 25, 2014, http://cdixon.org/2014/03/25/oculus/.

2 "Insanely Virtual," *The Economist*, October 15, 2016, http://www.economist.com/news/business/21708715-china-leads-world-adoption-virtual-reality-insanely-virtual.

第１章　一流はバーチャル空間で練習する

1 Bruce Feldman, "I Was Blown Away: Welcome to Football's Quarterback Revolution," *FoxSports*, March 11, 2015, http://www.foxsports.com/college-football/story/stanford-cardinal-nfl-virtual-reality-qb-training-031115.

2 著者によるカーソン・パーマーのインタビューより。June 9, 2016.

3 Peter King, "A Quarterback and His Game Plan, Part I: Five Days to Learn 171 Plays," *MMQB*, Wednesday, November 18, 2015, http://mmqb.si.com/mmqb/2015/11/17/nfl-carson-palmer-arizona-cardinals-inside-game-plan; Peter King, "A Quarterback and His Game Plan, Part II: Virtual Reality Meets Reality," *MMQB*, Thursday, November 19, 2015, http://mmqb.si.com/2015/11/18/nfl-carson-palmer-arizona-cardinals-inside-game-plan-part-ii-cleveland-browns.

4 Josh Weinfuss, "Cardinals' use of virtual reality technology yields record season," *ESPN*, January 13, 2016, http://www.espn.com/blog/nflnation/post/_/id/195755/cardinals-use-of-virtual-reality-technology-yields-record-season.

5 M. Lombard and T. Ditton, "At the Heart of it All: The Concept of Presence," *Journal of Computer-Mediated Communication* 3, no. 2 (1997).

6 James J. Cummings and Jeremy N. Bailenson, "How Immersive Is Enough? A Meta-Analysis of the Effect of Immersive Technology on User Presence," *Media Psychology* 19 (2016): 1–38.

7 "Link, Edwin Albert," *The National Aviation Hall of Fame*, http://www.nationalaviation.org/our-enshrinees/link-edwin/.

8 National Academy of Engineering, Memorial Tributes: *National Academy of Engineering, Volume 2* (Washington, DC: National Academy Press, 1984), 174.

9 James L. Neibaur, *The Fall of Buster Keaton: His Films for MGM, Educational Pictures, and Columbia* (Lanham, MD: Scarecrow Press, 2010), 79.

10 Jeremy Bailenson ほか, "The Effect of Interactivity on Learning Physical Actions in Virtual Reality," *Media Psychology* 11 (2008): 354–76.

11 注１と同じ。

12 Daniel Brown, "Virtual Reality for QBs: Stanford Football at the Forefront,"*Mercury News*, September 9, 2015, http://www.mercurynews.com/49ers/ci_28784441/virtual-reality-qbs-stanford-football-at-forefront.

13 注３と同じ。

14 K. Anders Ericksson and Robert Pool, *Peak: Secrets from the New Science of Expertise* (New York: Hough-

ton Mifflin Harcourt, 2016), 64.

15　B. Calvo-Merino, D. E. Glaser, J. Grèzes, R. E. Passingham, and P. Haggard, "Action Observation and Acquired Motor Skills: An fMRI Study with Expert Dancers," *Cerebral Cortex* 15, no. 8 (2005): 1243–49.

16　Sian L. Beilockほか "Sports Experience Changes the Neural Processing of Action Language," *The National Academy of Sciences* 105 (2008):13269–73.

17　http://www.independent.co.uk/environment/global-warming-data-centres-to-consume-three-times-as-much-energy-in-next-decade-experts-warn-a6830086.html.

18　http://www.businessinsider.com/walmart-using-virtual-reality-employee-training-2017-6.

第2章　その没入感は脳を変える

1　Stanley Milgram, "Behavioral Study of Obedience," *Journal of Abnormal and Social Psychology* 67, no. 4 (1963): 371–78.

2　Mel Slater et al., "A Virtual Reprise of the Stanley Milgram Obedience Experiments," *PLoS One* 1 (2006): e39.

3　同右。

4　K. Y. Segovia, J. N. Bailenson, and B. Monin, "Morality in tele-immersive environments," Proceedings of the International Conference on Immersive Telecommunications (IMMERSCOM), May 27–29, Berkeley, CA.

5　C. B. Zhong and K. Liljenquist, "Washing away your sins: Threatened morality and physical cleansing," *Science* 313, no. 5792 (2006): 1451.

6　T. I. Brown, V. A. Carr, K. F. LaRocque, S. E. Favila, A. M. Gordon, B. Bowles, J. N. Bailenson, and A. D. Wagner, "Prospective representation of navigational goals in the human hippocampus," *Science* 352 (2016): 1323.

7　Stuart Wolpert, "Brain's Reaction to Virtual Reality Should Prompt Further Study Suggests New Research by UCLA Neuroscientists," *UCLA Newsroom*, November 24, 2014, http://newsroom.ucla.edu/releases/brains-reaction-to-virtual-reality-should-prompt-further-study-suggests-new-research-by-ucla-neuroscientists.

8　Zahra M. Aghajan, Lavanya Acharya, Jason J. Moore, Jesse D. Cushman, Cliff Vuong, and Mayank R. Mehta, "Impaired Spatial Selectivity and Intact Phase Precession in Two-Dimensional Virtual Reality," *Nature Neuroscience* 18 (2015): 121–28.

9　Oliver Baumann and Jason B. Mattingley, "Dissociable Representations of Environmental Size and Complexity in the Human Hippocampus," *Journal of Neuroscience* 33, no. 25 (2013): 10526–33.

10　Albert Banduraほか, "Transmission of Aggression Through Imitation of Aggressive Models," *Journal of Abnormal and Social Psychology* 63 (1961): 575–82.

11　Andreas Olsson and Elizabeth A. Phelps, "Learning Fears by Observing Others: The Neural Systems of Social Fear Transmission," *Nature Neuroscience* 10 (2007): 1095–1102.

12　Michael Rundle, "Death and Violence 'Too intense' in VR, game developers admit," WIRED UK, October 28, 2015, http://www.wired.co.uk/article/virtual-reality-death-violence.

13 Joseph Delgado, "Virtual reality GTA: V with hand tracking for weapons," *veryjos*, February 18, 2016, http://rly.sexy/virtual-reality-gta-v-with-hand-tracking-for-weapons/. ［リンク切れ］

14 Craig A. Anderson, "An Update on the Effects of Playing Violent Videogames," *Journal of Adolescence* 27 (2004): 113–22.

15 Jeff Grabmeier, "Immersed in Violence: How 3-D Gaming Affects Videogame Players," Ohio State University, October 19, 2014, https://news.osu.edu/news/2014/10/19/%E2%80%8Bimmersed-in-violence-how-3-d-gaming-affects-video-game-players/.

16 Hanneke Polman, Bram Orobio de Castro, and Marcel A. G. van Aken, "Experimental study of the differential effects of playing versus watching violent videogames on children's aggressive behavior," *Aggressive Behavior* 34 (2008): 256–64.

17 S. L. Beilock, I. M. Lyons, A. Mattarella–Micke, H. C. Nusbaum, and S. L. Small, "Sports experience changes the neural processing of action language," *Proceedings of the National Academy of Sciences of the United States of America*, September 2, 2008, https://www.ncbi.mln.nih.gov/pmc/articles/PMC2527992/. ［リンク切れ］

18 Helen Pidd, "Anders Breivik 'trained' for shooting attacks by playing Call of Duty," *Guardian*, April 19, 2012, http://www.theguardian.com/world/2012/apr/19/anders-breivik-call-of-duty.

19 Jodi L. Whitaker and Brad J. Bushman, "'Boom, Headshot!' Effect of Videogame Play and Controller Type on Firing Aim and Accuracy," *Communication Research* 7 (2012) 879–89.

20 William Gibson, *Neuromancer* (New York: Ace Books, 1984), 6.

21 Sherry Turkle, *Alone Together* (New York: Basic Books, 2011).

22 Frank Steinicke and Ger Bruder, "A Self-Experimentation about Long-Term Use of Fully-Immersive Technology," https://basilic.informatik.uni-hamburg.de/Publications/2014/SB14/sui14.pdf.

23 Eyal Ophir, Clifford Nass, and Anthony D. Wagner, "Cognitive control in media multitaskers," *PNAS* 106 (2009): 15583–87.

24 Kathryn Y. Segovia and Jeremy N. Bailenson, "Virtually True: Children's Acquisition of False Memories in Virtual Reality," *Media Psychology* 12 (2009): 371–93.

25 J. O. Bailey, Jeremy N. Bailenson, J. Obradovic, and N. R. Aguiar, "Immersive virtual reality influences children's inhibitory control and social behavior," paper presented at the International Communication 67th Annual Conference, San Diego, CA.

26 Matthew B. Crawford, *The World Beyond Your Head: On Becoming an Individual in an Age of Distraction* (New York: Farrar, Straus, and Giroux, 2015), 86.

第3章　人類は初めて新たな身体を手に入れる

1 Gabo Arora and Chris Milk, *Clouds Over Sidra* (Within, 2015), 360 Video, 8:35, http://with.in/watch/clouds-over-sidra/.

2 同右。

3 Chris Milk, "How virtual reality can create the ultimate empathy machine," filmed March 2015, TED video, 10:25, https://www.ted.com/talks/chris_milk_how_virtual_reality_can_create_the_ultimate_empathy_machine #t-54386.
4 同右。
5 John Gaudiosi, "UN Uses Virtual Reality to Raise Awareness and Money," *Fortune*, April 18, 2016, http://fortune.com/2016/04/18/un-uses-virtual-reality-to-raise-awareness-and-money/.
6 See Steven Pinker's *The Better Angels of Our Nature* (New York: Viking, 2011) and Peter Singer's *The Expanding Circle* (Princeton: Princeton University Press, 2011).
7 J. Zaki, "Empathy: A Motivated Account," *Psychological Bulletin* 140, no. 6 (2014): 1608–47.
8 Susanne Babbel, "Compassion Fatigue: Bodily symptoms of empathy," *Psychology Today*, July 4, 2012, https://www.psychologytoday.com/blog/somatic-psychology/201207/compassion-fatigue.
9 Mark H. Davis, "A multidimensional approach to individual differences in empathy," *JSAS Catalog of Selected Documents in Psychology* 10 (1980): 85, http://fetzer.org/sites/default/files/images/stories/pdf/selfmeasures/EMPATHY-InterpersonalReactivityIndex.pdf.
10 Mark H. Davis, "Effect of Perspective Taking on the Cognitive Representation of Persons: A Merging of Self and Other," *Journal of Personality and Social Psychology* 70, no. 4 (1996): 713–26.
11 Adam D. Galinsky and Gordon B. Moskowitz, "Perspective-taking: Decreasing stereotype expression, stereotype accessibility, and in-group favoritism," *Journal of Personality and Social Psychology* 78 (2000): 708–24.
12 Matthew Botvinick and Jonathan Cohen, "Rubber Hands 'Feel' Touch That Eyes See," *Nature* 391, no. 756 (1998).
13 Mel Slater and Maria V. Sanchez-Vives, "Enhancing Our Lives with Immersive Virtual Reality," *Frontiers in Robotics and AI*, December 19, 2016, http://journal.frontiersin.org/article/10.3389/frobt.2016.00074/full.
14 N. Yee and J. N. Bailenson, "Walk a Mile in Digital Shoes: The Impact of Embodied Perspective-taking on the Reduction of Negative Stereotyping in Immersive Virtual Environments," *Proceedings of Presence 2006: The 9th Annual International Workshop on Presence*, August 24–26, 2006.
15 同右。
16 Victoria Groom, Jeremy N. Bailenson, and Clifford Nass, "The influence of racial embodiment on racial bias in immersive virtual environments," *Social Influence* 4 (2009): 1–18.
17 同右。
18 Tabitha C. Peckほか, "Putting yourself in the skin of a black avatar reduces implicit racial bias," *Consciousness and Cognition* 22 (2013): 779–87.
19 Sun Joo (Grace) Ahn, Amanda Minh Tran Le, and Jeremy Bailenson, "The Effect of Embodied Experiences on Self-Other Merging, Attitude, and Helping Behavior," *Media Psychology* 16 (2013): 7–38.

20　同右。
21　Arielle Michal Silverman, "The Perils of Playing Blind: Problems with Blindness Simulation and a Better Way to Teach about Blindness," *Journal of Blindness Innovation and Research* 5 (2015).
22　Ahn, Le, and Bailenson, "The Effect of Embodied Experiences," *Media Psychology* 16 (2013): 7–38.
23　Kipling D. Williams and Blair Jarvis, "Cyberball: A program for use in research on interpersonal ostracism and acceptance," *Behavior Research Methods* 38 (2006): 174–80.
24　Soo Youn Oh, Jeremy Bailenson, E. Weisz, and J. Zaki, "Virtually Old: Embodied Perspective Taking and the Reduction of Ageism Under Threat," *Computers in Human Behavior* 60 (2016): 398–410.
25　J. Zaki, "Empathy: A Motivated Account," *Psychological Bulletin* 140, no. 6 (2014): 1608–47.
26　Frank Dobbin and Alexander Kalev, "The Origins and Effects of Corporate Diversity Programs," in *The Oxford Handbook of Diversity and Work*, ed. Peter E. Nathan (New York: Oxford University Press, 2013), 253–81.
27　Caroline J. Falconerほか, "Embodying self-compassion within virtual reality and its effects on patients with depression," *British Journal of Psychiatry* 2 (2016): 74–80.
28　同右。

第4章　消費活動の中心は仮想世界へ

1　*Overview*, documentary directed by Guy Reid, 2012; "What are the Noetic Sciences?," *Institute of Noetic Sciences*, http://noetic.org/about/what-are-noetic-sciences.
2　実は〝SpaceVR〟という新興のVR企業がVRカメラを搭載した人工衛星を低周回軌道に打ち上げずみで、いずれ宇宙から眺める地球の様子をリアルタイムで視聴できるサービスを提供する予定である。
3　Leslie Kaufman, "Mr. Whipple Left it Out: Soft is Rough on Forests," *New York Times*, February 25, 2009, http://www.nytimes.com/2009/02/26/science/earth/26charmin.html.
4　Mark Cleveland, Maria Kalamas, and Michel Laroche, "Shades of green: linking environmental locus of control and pro-environmental behaviors," *Journal of Consumer Marketing* 29, no. 5 (May 2012): 293–305, 22 (2005): 198–212.
5　S. J. Ahn, J. N. Bailenson, and D. Park, "Short and Long-term Effects of Embodied Experiences in Immersive Virtual Environments on Environmental Locus of Control and Behavior," *Computers in Human Behavior* 39 (2014): 235–45.
6　S. J. Ahn, J. Fox, K. R. Dale, and J. A. Avant, "Framing Virtual Experiences: Effects on Environmental Efficacy and Behavior Over Time," *Communication Research* 42, no. 6 (2015): 839–63.
7　J. O. Bailey, J. N. Bailenson, J. Flora, K. C. Armel, D. Voelker, and B. Reeves, "The impact of vivid and personal messages on reducing energy consumption related to hot water use," *Environment and Behavior* 47, no. 5 (2015): 570–92.
8　"A History of the NOAA," *NOAA History*, http://

www.history.noaa.gov/legacy/noaahistory_2.html（最終更新日はJune 8, 2006）

9 Intergovernmental Panel on Climate Change, http://www.ipcc.ch/.

10 スタンフォード大学ウッズ環境研究所での質疑応答より。「多くのアメリカ人は、コロラド州の森林火災や記録的な暑さの春、シーズン前に発生するハリケーンといった気候に関する極端な事例を日常的に経験することが増えたせいで、気候変動は本当に起きているのだと信じるようになりました」

11 Daniel Grossman, "UN: Oceans are 30 percent more acidic than before fossil fuels," *National Geographic*, December 15, 2009, https://blog.nationalgeographic.org/2009/12/15/un-oceans-are-30-percent-more-acidic-than-before-fossil-fuels/

12 Interview with the BBC.

13 Alan Sipress, "Where Real Money Meets Virtual Reality, the Jury Is Still Out," *Washington Post*, December 26, 2006.

第5章　二〇〇〇人のPTSD患者を救ったVRソフト

1 Anemona Hartocollis, "10 Years and a Diagnosis Later, 9/11 Demons Haunt Thousands," *New York Times*, August 9, 2011.

2 「PTSDの専門家向けの治療ガイドラインが最初に公表されたのは一九九九年で、WTCが攻撃された当時、そのガイドラインではPTSDの一次治療として〝想像による暴露療法と併用するCBT〟を行うべきだとされていた」JoAnn Difedeほか, "Virtual Reality Exposure Therapy for the Treatment of Posttraumatic Stress Disorder Following September 11, 2001," *Journal of Clinical Psychiatry* 68 (2007): 1639–47.

3 Yael Kohen, "Firefighter in Distress," New York Magazine, 2005, http://nymag.com/nymetro/health/bestdoctors/2005/11961/.

4 ジョアン・ディフェーデへのインタビューより。

5 JoAnn Defide and Hunter Hoffman, "Virtual Reality Exposure Therapy for World Trade Center Post-traumatic Stress Disorder: A Case Report," *CyberPsychology & Behavior* 5, no. 6 (2002): 529–35.

6 同右。

7 著者によるジョアン・ディフェーデへのインタビューより。

8 JoAnn Defideほか, "Virtual Reality Exposure Therapy for the Treatment of Posttraumatic Stress Disorder Following September 11, 2001," *Journal of Clinical Psychiatry* 11 (2007): 1639–47.

第6章　医療の現場が注目する〝痛みからの解放〟

1 "Lower Back Pain Fact Sheet," *National Institute of Neurological Disorders and Stroke*, http://www.ninds.nih.gov/disorders/backpain/detail_backpain.htm,（最終更新日は August 12, 2016）

2 Nora D. Volkow, "America's Addiction to Opioids: Heroin and Prescription Drug Abuse," paper presented at the Senate Caucus on International Narcotics Control, Washington, DC, May 14, 2014, https://www.drugabuse.gov/about-nida/legislative-activities/testimony-to-congress/2016/americas-addiction-to-opioids-heroin-prescription-drug-abuse.

3 Dan Nolan and Chris Amico, "How Bad is the Opioid Epidemic?" *Frontline*, February 23, 2016, http://www.pbs.org/wgbh/frontline/article/how-bad-is-the-opioid-epidemic/.

4 Join Together Staff, "Heroin Use Rises as Prescription Painkillers Become Harder to Abuse," *Drug-Free*, June 7, 2012, http://www.drugfree.org/news-service/heroin-use-rises-as-prescription-painkillers-become-harder-to-abuse/.

5 Tracie White, "Surgeries found to increase risk of chronic opioid use," *Stanford Medicine News Center*, July 11, 2016, https://med.stanford.edu/news/all-news/2016/07/surgery-found-to-increase-risk-of-chronic-opioid-use.html.

6 "Virtual Reality Pain Reduction," HITLab, https://www.hitl.washington.edu/projects/vrpain/.

7 "VR Therapy for Spider Phobia," HITLab, https://www.hitl.washington.edu/projects/exposure/.

8 Hunter G. Hoffmanほか, "Modulation of thermal pain-related brain activity with virtual reality: evidence from fMRI," *Neuroreport* 15 (2004): 1245–48.

9 同右。

10 Yuko S. Schmittほか, "A Randomized, Controlled Trial of Immersive Virtual Reality Analgesia during Physical Therapy for Pediatric Burn Injuries," *Burns* 37 (2011): 61–68.

11 同右。

12 Mark D. Wiederhold, Kenneth Gao, and Brenda K. Wiederhold, "Clinical Use of Virtual Reality Distraction System to Reduce Anxiety and Pain in Dental Procedures," *Cyberpsychology, Behavior, and Social Networking* 17 (2014): 359–65.

13 Susan M. Schneider and Linda E. Hood, "Virtual Reality: A Distraction Intervention for Chemotherapy," *Oncology Nursing Forum* 34 (2007): 39–46.

14 Tanya Lewis, "Virtual Reality Treatment Relieves Amputee's Phantom Pain," *Live Science*, February 25, 2014, http://www.livescience.com/43665-virtual-reality-treatment-for-phantom-limb-pain.html.

15 J. Foellほか, "Mirror therapy for phantom limb pain: Brain changes and the role of body representation," *European Journal of Pain* 18 (2014): 729–39.

16 A. S. Won, J. N. Bailenson, and J. Lanier, "Homuncular Flexibility: The Human Ability to Inhabit Nonhuman Avatars," *Emerging Trends in the Social and Behavioral Sciences: An Interdisciplinary, Searchable, and Linkable Resource* (Hoboken: John Wiley and Sons, 2015), 1–16.

17 A. S. Won, Jeremy Bailenson, J. D. Lee, and Jaron Lanier, "Homuncular Flexibility in Virtual Reality," *Journal of Computer-Mediated Communication* 20 (2015): 241–59.

18 A. S. Won, C. A. Tataru, C. A. Cojocaru, E. J. Krane, J. N. Bailenson, S. Niswonger, and B. Golianu, "Two Virtual Reality Pilot Studies for the Treatment of Pediatric CRPS," *Pain Medicine* 16, no. 8 (2015): 1644–47.

第7章　アバターは人間関係をいかに変えるか？

1 Elisabeth Rosenthal, "Toward Sustainable Travel: Breaking the Flying Addiction," *environment360*, May

24, 2010, http://e360.yale.edu/feature/toward_sustainable_travel/2280/.

2 John Bourdreau, "Airlines still pamper a secret elite," *Mercury News*, July 31, 2011, http://www.mercurynews.com/2011/07/31/airlines-still-pamper-a-secret-elite/.

3 Ashley Halsey III, "Traffic Deaths Soar Past 40,000 for the First Time in a Decade," *Washington Post*, February 15, 2017.

4 Christopher Ingraham, "Road rage is getting uglier, angrier and a lot more deadly," *Washington Post*, February 18, 2015, https://www.washingtonpost.com/news/wonk/wp/2015/02/18/road-rage-is-getting-uglier-angrier-and-a-lot-more-deadly/.

5 "UN projects world population to reach 8.5 billion by 2030, driven by growth in developing countries," *UN News Centre*, July 29, 2015, http://www.un.org/apps/news/story.asp?NewsID=51526#.V9DVUJOU008.

6 Michael Abrash, "Welcome to the Virtual Age," *Oculus Blog*, March 31, 2016, https://www.oculus.com/blog/welcome-to-the-virtual-age.

7 W. S. Condon and W. D. Ogston, "A Segmentation of Behavior," *Journal of Psychiatric Research* 5 (1967): 221–35.

8 Adam Kendon, "Movement coordination in social interaction: Some examples described," *Acta Psychologica* 32 (1970): 101–25.

9 Adam Kendon, *Conducting Interaction: Patterns of Behavior in Focused Encounters* (Cambridge: Cambridge University Press, 1990), 114.

10 Clair O'Malley et al., "Comparison of face-to-face and video mediated interaction," *Interacting with Computers* 8 (1996): 177–92.

11 Marianne LaFrance, "Nonverbal synchrony and rapport: Analysis by the cross-lag panel technique," *Social Psychology Quarterly* 42 (1979): 66–70.

12 Andrea Stevenson Wonほか, "Automatically Detected Nonverbal Behavior Predicts Creativity in Collaborating Dyads," *Journal of Nonverbal Behavior* 38 (2014): 389–408.

13 Scott S. Wiltermuth and Chip Heath, "Synchrony and Cooperation," *Psychology Science* 20 (2009): 1–5.

14 Philip Rosedale, "Life in Second Life," TED Talk, December 2008, https://www.ted.com/talks/the_inspiration_of_second_life/transcript?language=en.

15 "Just How Big is Second Life?—The Answer Might Surprise You [Video Infographic]," YouTube video, 1:52, posted by "Luca Grabacr," November 3, 2015, https://www.youtube.com/watch?v=55tZbq8yMYM.

16 Dean Takahashi, "Second Life pioneer Philip Rosedale shows off virtual toy room in High Fidelity," *Venture Beat*, October 28, 2015, http://venturebeat.com/2015/10/28/virtual-world-pioneer-philip-rosedale-shows-off-virtual-toy-room-in-high-fidelity/.

17 同右。

18 J. H. Janssen, J. N. Bailenson, W. A. IJsselsteijn, and J. H. D. M. Westerink, "Intimate heartbeats: Opportunities for affective communication technology," *IEEE Transactions on Affective Computing* 1, no. 2 (2010): 72–80.

19 A. Haans and A. I. Wijnand, "The Virtual Midas Touch: Helping Behavior After a Mediated Social Touch," *IEEE Transactions on Haptics* 2, no. 3 (2009): 136–40.

20 Tanya L. Chartrand and John A. Bargh, "The Chameleon Effect: The Perception-Behavior Link and Social Interaction," *Journal of Personality and Social Psychology* 76, no. 6 (1999): 893–910.

21 David Foster Wallace, *Infinite Jest* (Boston: Little, Brown, 1996), 146–49.

22 S. Y. Oh, J. N. Bailenson, Nicole Kramer, and Benjamin Li, "Let the Avatar Brighten Your Smile: Effects of Enhancing Facial Expressions in Virtual Environments," *PLoS One* (2016).

第8章　映画とゲームを融合した新世代のエンタテイメント

1 Susan Sontag, *Regarding the Pain of Others* (New York: Farrar, Straus and Giroux, 2003), 54.

2 Jon Peddie, Kurt Akeley, Paul Debevec, Erik Fonseka, Maichael Mangan, and Michael Raphael, "A Vision for Computer Vision: Emerging Technologies," July 2016 SIGGRAPH Panel, http://dl.acm.org/citation.cfm?id=2933233.

3 Zeke Miller, "Romney Campaign Exaggerates Size of Nevada Event with Altered Image," *Buzzfeed*, October 26, 2012, https://www.buzzfeed.com/zekejmiller/romney-campaign-appears-to-exaggerate-size-of-neva.

4 Hillary Grigonis, "Lytro Re-Creates the Moon Landing to Demonstrate Just What Light-field VR Can Do," *Digital Trends*, August 31, 2016, http://www.digitaltrends.com/virtual-reality/lytro-immerge-preview-video-released/.

5 "One Dark Night," *Emblematic*, https://emblematic-group.squarespace.com/#/one-dark-night/.

6 Adi Robertson, "Virtual reality pioneer Nonny de la Peña charts the future of VR journalism," *The Verge*, January 25, 2016, http://www.theverge.com/2016/1/25/10826384/sundance-2016-nonny-de-la-pena-virtual-reality-interview.

7 無声映画の時代からトーキー映画の初期にかけて映画におけるストーリー展開がどのように進化したかについては以下のドキュメンタリー映画を参照。*Visions of Light* (Kino International, 1992), directed by Arnold Glassman, Todd McCarthy, and Stuart Samuels.

第9章　バーチャル教室で子供は学ぶ

1 "joan ganz cooney," *Sesame Workshop*, http://www.sesameworkshop.org/about-us/leadership-team/joan-ganz-cooney/.

2 Keith W. Mielke, "A Review of Research on the Educational and Social Impact of *Sesame Street*," in *G Is for Growing: Thirty Years of Research on Children and Sesame Street*, ed. Shalom M. Fisch and Rosemarie T. Truglio (Mahwah, NJ: Lawrence Erlbaum Associates, 2001), 83.

3 Daniel L. Schwartz and John D. Bransford, "A Time for Telling," *Cognition and Instruction* 16 (1998): 475–522.

4 Chris Dede, "Immersive Interfaces for Engagement and Learning," *Science* 323 (2009): 66–69.

5　S. J. Metcalf, J. Clarke, and C. Dede, “Virtual Worlds for Education: River City and EcoMUVE,” *Media in Transition International Conference*, MIT, April 24–26, 2009.

6　Roxana Moreno and Richard E. Mayer, “Learning Science in Virtual Reality Multimedia Environments: Role and Methods and Media,” *Journal of Educational Psychology* 94, no. 3 (September 2002): 598–610.

7　“the small data lab @CornellTech,” http://smalldata.io/.

8　Andrea Stevenson Won, Jeremy N. Bailenson, and Joris H. Jannsen, “Automatic Detection of Nonverbal Behavior Predicts Learning In Dyadic Interactions,” *IEEE Transactions On Affective Computing* 5 (2014): 112–25.

9　J. N. Bailenson, N. Yee, J. Blascovic, and R. E. Guadagno, “Transformed Social Interaction in Mediated Interpersonal Communications,” from *Mediated Interpersonal Communications* (New York, Routledge, 2008), 75–99.

10　Ivan E. Sutherland, “The Ultimate Display,” in *Proceedings of the IFIP Congress*, ed. Wayne A. Kalenich (London: Macmillan, 1965), 506–8.

11　Andries Van Dam, Andrew S. Forsberg, David H. Laidlaw, Joseph J. LaViola Jr., and Rosemary M. Simpson, “Immersive VR for Scientific Visualization: A Progress Report,” *IEEE Computer Graphics and Applications* 20, no. 6 (2000): 26–52.

第10章　優れたＶＲコンテンツの三条件

1　Google Trends, https://www.google.com/trends/explore?date=today%203-m&q=vr%20porn.

訳者あとがき

精神科医がどうしても治せなかったPTSD（心的外傷後ストレス障害）患者は、VR（バーチャルリアリティ）で再現されたトラウマの現場に足を踏み入れ、記憶から消し去っていた恐ろしい事実を初めて思い出すことができ、日常生活に復帰した。ベテランの域にあるプロ・スポーツ選手は、VRを使った訓練を始めてわずか数ヶ月で、自己の最高記録を塗り替えた――。

本書にはVRの驚くべき利用法がいくつも登場する。近未来の話ではない。いずれもすでに実用化され、現場でプロの役に立っているのである。VRを新しいゲームか映画の一種だと思っているなら認識を改めたほうがいい。医療や教育、さらには我々の暮らし方まで変えかねないまったく新しいメディアなのだ。

すでにグーグル、マイクロソフト、アップルを始めとした多くの巨大企業が、VR事業に莫大な投資をしている。世界中で急速にVR業界が拡大しつつあるのは、VRがパソコン、モバイルに続く第三のプラットフォームになると、多くの人々が確信しているからである。高性能なハードの価格も家電レベルに下がってきている。このままいけば、やがてスマホのように、誰もが日常的にVRを利用する日が来るのも、そう遠くないはずだ。しかもそれは、ほんの数年後の話かもしれない。私たちはそんな変革の始まりに立っている。

だが、そんなVRについて、私たちが知っておかなければならないことが一つある。VRはこれまでのどんなメディアよりも、桁違いに大きな影響を我々の肉体と精神に与えるということだ。その圧倒的な没入感ゆえ、驚くべきことに、人間の脳はVR内で体験した仮想の出来事を「本物」だと認識してしまうのである。著者はこれを見事に一言で表現した。VR経験は「メディア経験」ではなく「経験」そのものであると。

それほど強い影響力を持つVRで「一人称視点の殺人ゲーム」をプレイしたら、私たちにはどんな変化が起きるだろうか。はたまた、全く違う人間や動物の身体に〝移転〟することに、我々の脳は対処しきれるのだろうか――。本書では、心理学の観点から行われた数々の実験によって「VRが人間をいかに変えるのか」を科学的に解き明かし、それらの知見をスポーツ、医療、コミュニケーション、教育、エンタテイメントなど、各分野でどのように活用すればよいのかを探っている。

著者であるスタンフォード大学のジェレミー・ベイレンソン教授は、VR研究の第一人者である。米国内外の政治家や政府高官、メディア幹部らに助言し、フェイスブックやグーグルといったシリコンバレーの巨大テック企業からも意見を求められるような人物だ（二〇一八年五月にはグーグルの社内講演プログラム「トークス・アット・グーグル」に登壇している）。本書の行間からは、地球環境や社会的マイノリティへの真摯な態度、教え子や研究者仲間への温かい視線、科学者らしい慎重な姿勢と同時に世界をより良くしたいという熱い心が感じられる。

一九九九年にノースウェスタン大学で認知心理学の博士課程を修了後、ＵＳＢ（カリフォルニア大学サンタバーバラ校）での四年間の研究者生活を経て、二〇〇三年にスタンフォード大学へ移った。その間一貫してＶＲの研究を続け、キャリアは二〇年近い。当初は心理学の立場から「研究ツールとしてのＶＲ」が人の脳や精神に与える影響を調べ、現在はコミュニケーション学の視点から「メディアとしてのＶＲ」が我々の考え方や行動に及ぼす影響を研究している。

ＶＲのハードやソフト、ビジネスについて書かれた本や記事は目にするが、本書のように人間心理への影響を包括的に論じた一般向けの書物はおそらく初めてだろう。前著『無限の現実』（二〇一一年、日本未訳。ＵＳＢ教授で心理学・脳科学研究者のジム・ブラスコビッチとの共著）でも、彼はＶＲの心理学を扱ってはいるが、当時のＶＲはまだとても身近な技術とは言えず、「こんな面白いこともできる」といったアイデアを紹介するための本だった。

一方、本書ではごく普通の家庭にまで普及することを前提に、ＶＲを〝正しく〟使うための原則や、実用的な方法論にまで踏み込んでいる。その背景には著者の強い危機感がある。ＶＲという恐ろしくパワフルな技術について、人々があまりにも無防備だからだ。それが端的にわかる部分を本書から引用しよう。

没入型ＶＲほど人間の動作を正確に、高頻度で、こっそりと計測できる道具は存在したことがない。しかもそうして集めたデータは極めて含蓄に富み、ユーザー個人について多くのことを物語る。口に出す言葉と違い、非言語行動は無意識に行われる。その人の精神状態、感情、自己認識をダイレクトに映し出す鏡なのだ。

フェイスブック利用者の個人データが二〇一六年の米大統領選などに利用されたことが明らかになり、世界は衝撃を受けた。だが、ＳＮＳが収集できる個人データとはせいぜい「いいね」の傾向や友人関係程度である。一方、ＶＲが各家庭に普及すれば、我々の無意識下まで含めた桁違いの質と量の個人データが収集できる（ＶＲブームの火付け役となったオキュラス社はいまやフェイスブックの傘下にある）。それを解析し、パーソナライズされた〝ＶＲフェイクニュース〟を作成すれば、特定の商品や政治信条を売り込むことは間違いなく今よりたやすくなるだろう。

本書にはこのように、ＶＲを使って人の感情を動かし、行動を変えさせるためのノウハウが多数登場する。だが著者はそうしたテクニックを悪用させないため、ＶＲの〝責任ある使い方〟をみなで考えるために本書を書いたと明言している。ＶＲは、人類が未だ手にしたことのないほど強大な力をもつメディアだ。本書はその科学的事実と正面から向き合いながら、各分野における素晴らしい将来性と、悪用された場合の恐るべき危険性、その両面を見事に描いた一冊である。そのどちらの道を選ぶかは、ＶＲを利用する我々一人ひとりの判断にかかっている。

著者

ジェレミー・ベイレンソン　Jeremy Bailenson

スタンフォード大学教授（心理学、コミュニケーション学）。同大学でバーチャル・ヒューマン・インタラクション研究所を設立し、所長を務める。ノースウェスタン大学で認知心理学の博士課程を修了。

VR（バーチャル・リアリティ、仮想現実）研究の第一人者。現在のVR ブームの発端となったフェイスブックによる「オキュラス」買収直前には、マーク・ザッカーバーグCEO がベイレンソン教授の研究室を訪れ、教授が制作した最先端のVR を視察していた。

心理学者としてキャリアを始め、人々のコミュニケーションについて研究を行う中で、VR が人の心理や行動に大きな影響を与える、従来にないまったく異質なメディアであることに注目。以後、VR 心理学の専門家となる。本書では、VR が持つ強烈な力が人の心理や脳をどう変え、それによって社会がどう変化するかを、一般書として書き下ろしている。

訳者

倉田幸信（くらた・ゆきのぶ）

1968 年生まれ。早稲田大学政治経済学部卒。朝日新聞記者、週刊ダイヤモンド記者、DIAMOND ハーバード・ビジネス・レビュー編集者を経て、2008 年よりフリーランス翻訳者。主な訳書に『物理 2600 年の歴史を変えた 51 のスケッチ』（ドン・S・レモンズ、プレジデント社）、『資本主義に希望はある――私たちが直視すべき 14 の課題』（フィリップ・コトラー、ダイヤモンド社）など。

デザイン　関口聖司

VRは脳《のう》をどう変《か》えるか？　仮想現実《かそうげんじつ》の心理学《しんりがく》

2018年8月10日　第1刷

著　者　ジェレミー・ベイレンソン
訳　者　倉田幸信《くらたゆきのぶ》
発行者　飯窪成幸
発行所　株式会社　文藝春秋
東京都千代田区紀尾井町3－23（〒102-8008）
電話　03-3265-1211（代）
印　刷　大日本印刷
製本所　大口製本

ISBN 978-4-16-390884-7　Printed in Japan